ノーラ・ロバーツ/著
野川聡子/訳

香《かぐわ》しい薔薇のベッド
Bed of Roses

JN283735

扶桑社ロマンス
1287

女友達に

すべての花はその息吹を楽しんでいる
わたしはそう確信する。

——ワーズワース

愛は火がついた友情のようなもの。

——ブルース・リー

香《かぐわ》しい薔薇のベッド

登場人物

エマリン(エマ)・グラント ――――〈Vows〉のフラワーコーディネーター

ジャック・クック ――――建築家

パーカー（パークス）・ブラウン ――〈Vows〉の代表。プランナー

マッケンジー（マック）・エリオット ――〈Vows〉のカメラマン

ローレル・マクベイン ――――〈Vows〉のパティシエ

ルシア・グラント ――――エマリンの母親

フィリップ・グラント ――――エマリンの父親

ディレイニー（デル）・ブラウン ――パーカーの兄。ジャックの友人。弁護士

カーター・マグワイア ――――マッケンジーの婚約者。高校教師

マルコム・カヴァノー ――――ジャックとディレイニーの友人。自動車整備士

ミセス・グレイディ（ミセス・G）――ブラウン家のハウスキーパー

プロローグ

ロマンスは、女の子を特別にしてくれるもの。エマリンはそう信じている。ロマンスはすべての女性を美しく変身させ、すべての男性を王子様に変える。人生にロマンスがあれば、女性は女王のように華やかに生きられる。それは、心を大切にされているから。

花、キャンドル、月明かりに照らされた秘密の庭。そこをそぞろ歩くことを想像しただけで、ため息が出る。月の光を浴びて秘密の庭でダンスをするのは、エマリンの基準ではロマンティックのきわみだった。

エマリン――エマは思い浮かべた。夏の薔薇《ばら》の香り、舞踏室の開いた窓から聞こえる音楽、月光で銀色に輝く庭。まるで映画のワンシーンのようだ。そして、どくんどくんと打ちつける心臓（今こうして思い浮かべているときと同じように）。

ああ、秘密の庭で月明かりを浴びて踊れたら、どんなにすてきかしら。

エマは十一歳だった。

そのシーンがどうあるべきか、どんなふうになるか、はっきりと思い描くことができたから、親友たちにこと細かに説明できた。

お泊まり会のときには延々としゃべりつづけ、音楽を聴いたり、映画を見たりした。好きなだけ起きていてもよかった。たとえひと晩じゅうでも。けれども今のところ、朝まで起きていられた子はいない。

パーカーの家でお泊まり会をするときは、天気さえよければ、夜遅くまでベッドルームの外のテラスで過ごすことができた。大好きな春には、エマはそこに立って、ブラウン邸の庭の春の香りをかいだ。庭師がその日に刈った草の匂《にお》いがすることもあった。

ハウスキーパーのミセス・グレイディはクッキーとミルクを持ってきてくれた。たまにカップケーキのこともあった。そしてときどきは、パーカーの母親も彼女らの様子を見にやってきた。

でもたいていは、子供たち四人だけだった。

「ニューヨークでばりばりのキャリアウーマンになったら、ロマンスなんてしてる暇ないと思う」ローレルが言った。明るいブロンドの髪にグリーンのメッシュを入れている彼女は、そのファッションセンスを発揮して、マッケンジー——マックの赤い髪をいじっている。

「でも、ロマンスなしなんてだめよ」エマはしつこく言った。

「うーん」ローレルは前歯で舌を軽く嚙《か》みながら、せっせとマックの長い髪を結い三つ編みにしていく。「わたし、ジェニファーおばさんみたいになる。おばさんはうちのママに言ったんですって。結婚してる時間なんかないし、男なんていなくても完璧《かんぺき》だって。アッパー・イーストサイドに住んでいて、マドンナも来るようなパーティーに出てるのよ。パパはおばさんのこと、じゃじゃ馬だって言ってる。だからわたしもじゃじゃ馬になって、マドンナの来るパーティーに行くわ」

「好きにすれば」マックが鼻を鳴らした。ローレルにきゅっと髪を引っぱられたが、くすくす笑っただけだった。「ダンスは楽しいし、ロマンスもいいと思うわ。それでおばかにならなければね。うちのママはロマンスのことばっかり考えてる。あとはお金。たぶん、その両方が大事なのよね。どうすればロマンスとお金を同時に手に入れられるか、考えてるのよ」

「そんなの本物のロマンスじゃないわ」エマはマックの脚をさすった。「ロマンスっていうのは、愛しているからお互いのためになることだけをするのよ。わたしたちも誰かと愛しあえるくらい大人だったらよかったのに」大きくため息をつく。「すごくすてきだと思うの」

「男の子にキスして、どんな感じか確かめてみるべきね」

全員がはっとしてパーカーを見つめた。パーカーはベッドにうつぶせになり、仲間が美容院ごっこをしているのを眺めていた。「それぞれ男の子を選んで、キスしてもらうように仕向けるの。もうすぐ十二歳なんだから、試してみるべきだと思うわ」

ローレルの目つきが険しくなった。「実験みたいにってこと？」

「だけど、誰とキスするの？」エマは不思議そうにつぶやいた。

「リストをつくってみましょう」パーカーが寝返りを打って、ナイトスタンドから真新しいノートをとった。ピンク色のトウシューズの表紙だ。「知ってる男の子の名前を全部書きだして、どの子とだったらキスしてもいいか考えるの。どうしていいのか、どうしてよくないのかも」

「そんなのロマンティックな感じがしないわ」

パーカーはエマを見てやさしく微笑《ほほえ》んだ。「どこかから始めないと。リストはいつでも役に立つから。それと、身内の男の子はだめよね。たとえばデルとか」パーカーは兄の名前を口にした。「エマのお兄さんたちとか。だいたい、年が上すぎるけど」

パーカーはノートの新しいページを開いた。「それじゃ――」

「口のなかにべろを突っこんでくる人もいるんだって」

マックの発言に、みんなは悲鳴をあげたり息をのんだりしたあとで、くすくす笑いだした。

パーカーがベッドから滑りおりて、床にいたエマの隣に座った。「じゃあ、リストアップできたら、みんなで分類していきましょう。イエスかノーかで。そしてイエスのなかから誰かを選ぶ。もし選んだ男の子にキスさせることができたら、どんなだったか報告すること。もしそいつが口にべろを突っこんできた場合に、それがどういう感じだったかも知る必要があるし」

「選んだ子がキスしたがらなかったらどうなるの？」

「エマ」三つ編みを完成させたローレルが先っぽをとめながら首を振った。「男の子なら絶対にあなたにキスしたがるわよ。そんなにきれいなんだもの。それにあなたは男の子とも普通に話せるでしょ。女の子のなかには、男の子がいると普段どおりにふるまえなくなる子がいるけど、エマはそうじゃないもの。胸も大きくなりはじめてるしね」

「男って、胸が大きいのが好きだものね」マックが訳知り顔で言った。「とにかく、もしもその子がキスしたがらなかったら、こっちからしてやればいいのよ。どっちにしても、たいしたことじゃないわ」

そうかもしれない、きっとそうだろう、とエマは思った。

四人でリストを書くうちに、みんなおかしくなって笑ってしまった。ローレルとマックがキスしようとする男の子のまねをしだすと、全員が床の上で笑い転げた。その騒ぎに、猫のミスター・フィッシュがこっそりと部屋を出て、隣の部屋に行ってしまったくらいだ。

ミセス・グレイディがクッキーとミルクを持って入ってきたので、パーカーはノートをしまいこんだ。その後はガールズ・バンドをやろうという話で盛りあがり、みんなでステージ衣装になりそうなものを探して、パーカーのクローゼットやドレッサーをあさりだした。

四人は床の上やベッドの上で、丸くなったり、大の字になったりして、いつしか眠りに落ちていった。

エマは日の出前に目を覚ました。室内は常夜灯の明かりだけしかなく暗かったが、窓から月の光が差しこんでいた。

誰かが薄手のブランケットをかけてくれて、頭に枕《まくら》をあててくれていた。お泊まり会のときはいつもこうだった。

エマは月明かりに引きつけられて、夢見心地のまま、テラスのドアから外へ出た。薔薇の香りがするひんやりとした空気が頬をかすめる。

銀色に輝く庭を見渡した。春がやわらかな色彩や愛らしい形になって息づいている。音楽が聞こえ、薔薇やつつじ、牡丹《ぼたん》のあいだで踊る自分の姿が目に浮かぶようだった。花々はまだつぼみをかたく閉じて、香りを包みこんでいる。

エマには、自分をくるりとまわしてくれる、ダンスのパートナーのシルエットまで見えるような気がした。ワルツね。彼女はため息をついた。そうよ、こういうときはワルツでなくちゃ。物語と同じ。

それこそがロマンスよ。エマは目を閉じて、夜の空気を吸いこんだ。

きっといつか、ロマンスがどんなものかわかる日が来るわ。そう自分に言い聞かせた。

1

細かいことがあまりにも多すぎて、そのほとんどがはっきりとは思いだせない。エマは一杯目のコーヒーを飲みながら、予定表をチェックした。最初から最後まで丁寧に目を通すと、濃くて甘いコーヒーの刺激とともに元気がみなぎってきた。コーヒーを片手に居心地のいいオフィスの椅子にもたれかかり、クライアントごとに書き足してあるメモを読む。

これまでの経験からすると、カップルの、いや、厳密に言えば花嫁の性格が、打ちあわせの雰囲気や式の方向性を決定する。エマは、花こそが結婚式の核の部分だと考えていた。エレガントでも楽しいものでも、凝っていてもシンプルでも、花はロマンスそのものなのだ。

式の核である花を使って、クライアントが求めるロマンスを表現することが、エマの仕事だった。

彼女はため息をついて手足を伸ばし、それからデスクの上の小さな薔薇の花瓶を見て微笑んだ。春って最高ね。いよいよ結婚シーズンに入り、毎日が忙しくなる。毎晩遅くまでデザインやアレンジ、ブーケ作りに追われることになるだろう。この春の分と、次の春向けのデザインも考えなくてはならない。

エマは仕事そのものだけでなく、この仕事が、次のシーズン、次の年へと続いていくところが好きだった。

ウェディング・コンサルティング会社〈Ｖｏｗｓ――永遠《と わ》の誓い〉のおかげで、エマと三人の親友はこの仕事をして生きていくことができる。未来へとつながるやりがいのある仕事、個人的な達成感。それに、わたしは花と戯れ、花と生き、毎日花の海で泳ぐことができるのだ。

エマは小さな切り傷だらけの両手をしげしげと眺めた。戦傷と思うこともあれば、名誉の負傷と思うこともある。今朝は、マニキュアを塗っておけばよかったと思った。

彼女は時間を見て計算すると、もう一度気合を入れて立ちあがった。ベッドルームに戻り真っ赤なパーカーをとって、パジャマの上に着た。着替えをして今日の仕事の準備に入る前に、本館へ行ってくるだけの時間はある。本館ではミセス・グレイディが朝食を出してくれるから、自分で食料を探したり料理をしたりしなくてすむのだ。

わたしの暮らしって、うれしいご褒美がちりばめられている感じね。エマは階下に駆けおりていきながら思った。

クライアントとの打ちあわせに使っているリビングルームを通り抜けるとき、さっと室内を見渡した。最初の話しあいの前にディスプレイの花を活《い》け直そう。ああ、でも、このスターゲイザー・リリー、なんてきれいに咲いているのかしら。

エマは家を出た。かつてはブラウン邸のゲストハウスだったが、今ではエマのわが家であり、彼女に任されている〈Ｖｏｗｓ〉の装飾担当部門の基地となっている場所だ。

エマは胸いっぱいに春の空気を吸いこみ、それからぶるっと身を震わせた。

どうしてもっとあたたかくならないのかしら？　もう四月なのに。たんぽぽが咲く季節なのよ。でも、植えつけたパンジーの元気なこと。寒い朝だからって、それも今にもぽつぽつと降りだしそうな天気だからって、気分をぶち壊しにされてたまるものですか。

パーカーのなかで背中を丸め、コーヒーカップを持っていないほうの手をポケットに突っこみ、本館に向かって歩きはじめた。

周囲は息を吹きかえしつつある。よく見れば、木々が緑色に芽吹いているのがわかるし、花水木や桜など可憐《かれん》な花を咲かす樹木の枝には花芽も見える。あそこのたんぽぽは今にも咲きそうで、クロッカスはすでに花開いている。もう一度くらい春の雪が降るかもしれないが、いちばん寒い時期は過ぎたのだ。

もうじき、庭を掘りかえしては、温室で育ててきれいな色つやに生長したものを植えつけるときがやってくる。ブーケもリースも花冠もすてきだけれど、母なる自然の風景くらい、結婚式で人の心に訴えるものはない。

それに、その自然をブラウン邸ほど美しく見せてくれる場所はない、というのがエマの持論だった。

まだ春も浅い今の時期でさえも美しいこの庭は、じきに色彩と花と香りであふれかえるようになる。人はいざなわれるようにして曲がった小道を散歩したり、ベンチに座って日向《ひなた》ぼっこをしたり、日陰で休んだりするようになるのだ。パーカーはそうした庭の管理をエマに任せて――パーカーが人に任せることのできる範囲でだが――くれていた。だからエマは毎年、なにか新しいものを植えたり、造園チームの監督をしたりしていた。

屋外のすてきな居住空間になっているテラスとパティオは、結婚式や催し物にぴったりだ。プールサイドやテラスでの披露宴、薔薇の咲く東屋《あずまや》や池のほとりの柳の木の下での式。

ここではどんなことでもできる。

屋敷だって、これ以上優雅で美しい建物があるだろうか？　やわらかな青に、ぬくもりを感じさせる黄色とクリーム色。さまざまな形の屋根、アーチ形の窓、優美なデザインのバルコニーが上品な雰囲気をかもしだしている。それに柱廊式玄関《ポルティコ》は、みずみずしい植物を這《は》わせるにも、凝った色合いや質感の装飾をほどこすにもぴったりだ。

子供のころのエマは、この屋敷をお城付きの妖精《ようせい》の国だと思っていた。

それが今ではわが家なのだ。

彼女は行き先を変えて、プールハウスへと向かった。仕事仲間のマックが暮らし、写真スタジオにしているところだ。エマが歩いている途中でドアが開き、ツイードのジャケットを着た、ひょろりと背の高いぼさぼさ頭の男性が出てきた。彼女はにっこりして手を振った。

「おはよう、カーター！」

「やあ、エマ」

カーターの家族とエマの家族は、彼女が幼いころから親しくつきあってきた。その、元エール大学の講師で現在は母校の高校でイギリス文学を教えているカーター・マグワイアが、エマの大親友のひとりと婚約したのだ。

人生は、単によいというだけじゃなくて、怖くなるくらいにすてきなこともあるのね、とエマは思った。

そんな浮かれ気分のまま、一緒に踊りだしそうな勢いでカーターのジャケットの襟を引っぱるとつま先立ちになり、大きな音をたててキスをした。

「おっと」カーターがほんの少し赤くなった。

「ちょっと」眠そうな目をしたマックが戸枠にもたれかかっていた。薄暗いなかに真っ赤な髪があざやかだ。「わたしの彼を口説こうっていうわけ?」

「そんなことができるのならそうするけど、彼はあなたに夢中だもの」

「そのとおりよ」

「さてと」カーターはふたりににじれたような笑みを見せた。「すてきな一日の始まりだったよ。これから向かう職員会議は、こんなに楽しいものではないからね」

「病気だってことにして休めばいいのに」マックが甘えた声を出した。「そうしたら、わたしが楽しませてあげるわよ」

「はは。まあ、とにかく行ってくるよ」

そそくさと車に向かうカーターを見送りながら、エマはにっこりした。「彼って本当にキュートね」

「そうなの」

「それにあなたときたら、とっても幸せそう」

「結婚が決まった幸せな女の子だもの。もう一度指輪を見たい?」

「もちろん」エマがしきたりどおりに答えると、マックが指をひらひらさせた。「きれいね」

「朝食に行くところ？」

「ええ」

「待って」マックは室内に手を伸ばしてジャケットをつかみ、外へ出てドアを閉めた。

「まだコーヒーしか飲んでいないのよ、だから……」ふたり並んで歩きはじめたとたん、彼女がいぶかしげな顔をした。「それ、わたしのカップ」

「返してほしい？」

「こんなひどい天気の朝にどうして明るい気分でいられるかっていうと、朝食をとる時間がなかったのと同じ理由なのよね。つまり、シャワーを一緒に浴びていたからなんだけど」

「幸せな女の子って、自慢ばっかりのいやみな女でもあるのね」

「うれしくて得意になっているのよ。あなたはどうしてそんなに元気なの？　家に男の人でも隠してるとか？」

「残念ながら違うわ。でも、今日は五組のクライアントと打ちあわせがあるの。週の始まりとしては最高でしょう。先週も、昨日のティーパーティー形式の結婚式で、すてきな締めくくりができたし。かわいらしいお式だったわよね？」

「六十代のご夫婦が誓いを交わして、それぞれの子供たちやお孫さんたちに祝福されて。かわいらしいだけじゃなく、励まされるものだったわ。おふたりに二度目のチャンスがめぐってきて、互いに、人ともう一度分かちあい、一緒に生きていこうと思っていらっしゃるんだものね。何枚かとてもいい写真が撮れたの。それはそうと、あのうるさい子たち、きっと大物になりそう」

「うるさい子たちといえば、あなたの式のお花のことも相談しないとね。十二月なんて、まだずいぶん先な気がするけど」エマはそう言いながら、ぶるっと身を震わせた。

「ほら、あっというまにやってくるから」

「まだ婚約記念の写真をどんなふうにするかも決めていないのよ。それにドレスも見てないし、式のテーマカラーを何色にするかも考えてない」

「わたしだったら、宝石みたいな色合いが映えるんだけど」エマは目をしばたたいた。

「あなたなら、たとえずた袋でも映えるわよ。まったく、どっちが自慢ばっかりなんだか」マックは本館の通用口のドアを開け、ミセス・グレイディが冬の休暇から戻ってきていることを思いだして、靴裏の汚れを落とした。「ドレスが見つかったら、あとのことも考えてみる」

「あなたはわたしたちのなかの結婚第一号なのよね。そして、ここで式を挙げるんだわ」

「そうよ。自分たちで進行する結婚式に参列するんだから、どんなふうになるか見ものよね」

「作戦はパーカーに任せておけば大丈夫よ。つつがなく進行できる人がいるとしたら、それはパーカーなんだから」

ふたりがキッチンへ入っていくと、そこは混乱状態だった。

ガスレンジの前では、何事も公平なモーリーン・グレイディが穏やかな表情できびきびと調理にかかっていたが、部屋の奥ではパーカーとローレルがにらみあっている。

「そうしなきゃならないのよ」パーカーがきっぱりと言った。

「ばかみたい。くだらないったらないわ」

「ローレル、これはビジネスなの。ビジネスではクライアントの希望どおりにサービスするものよ」

「わたしがあのクライアントになにをサービスしたいか、言ってもいい?」

「やめなさい」パーカーは豊かなブラウンの髪を後ろで束ね、クライアントとの打ちあわせ用の濃紺のスーツをすでに着こんでいる。濃いブルーの瞳がじれったそうにきらめいた。「ほら、もう彼女の希望はリストにまとめておいたわ。招待客の人数、テーマカラー、選んだ花。あなたが本人と話す必要はないの。わたしが橋渡しをするから」

「リストがなんになるっていうの」

「花嫁は――」

「あの花嫁は大ばかよ。ばかで、文句たらたらの最低女。一年近く前に彼女自身がはっきり言ったのよ、〝あなたのサービスは必要じゃないし、望んでもいない〟って。今になって自分の愚かさに気づいて、わたしのケーキを出してくれだなんて冗談じゃないわ。噛みつきたいなら、わたしに噛みつけばいいのよ」

パジャマのパンツにタンクトップ姿のローレルは寝癖のついた髪のまま、朝食用のテーブルの椅子にどすんと腰をおろした。

「落ちつきなさい」パーカーがかがみこんでファイルを拾いあげた。おそらくローレルが床に放《ほう》ったものなのだろう。「あなたに必要な情報は全部ここに書いてある」パーカーはテーブルにファイルを置いた。「花嫁には注文をお受けすると答えておいたわ。だから――」

「だったら、あなたが今日から土曜までのあいだに四段のケーキをデザインしてつくればいいじゃない。それと花婿用のケーキと、デザート二百人分もね。事前準備なしでやるのよ。しかも週末にはほかに三件も予約が入っていて、三日後には夜の予約もあるのに」

ローレルは絶対に言いなりにはならないと言わんばかりの厳しい表情でファイルをつまみあげ、わざと床に落とした。

「子供みたいなことしないの」

「いいの。子供だもの」

「ほらほら、お嬢ちゃんたち、小さなお友達が遊びにおいでですよ」ミセス・グレイディが甘ったるい声で歌うように告げた。目が笑っている。

「あ、ママが呼んでる」エマは言い訳して逃げだそうとした。

「だめよ！」ローレルが飛びあがった。「ちょっと聞いて！　フォーク家とハリガン家の結婚式よ。土曜の夜の。思いだしてちょうだい。あの花嫁が、〈Ｖｏｗｓ〉で出すケーキやデザートの飾りつけのことをどんなふうに鼻で笑ったか。わたしが案を出したら、どんな顔で人をあざ笑ったか。そして、ニューヨークのいとこがパリで修行してきて、重要なイベントにケーキをデザインしたこともあるパティシエだから、デザートはすべて彼女に担当してもらうって言い張ったのよ。あのとき、あの花嫁がわたしになんて言ったか覚えてる？」

「ええと」ローレルに指を突きつけられて、エマはもじもじした。「いいえ、正確には」

「わたしは覚えてるわ。こう言ったのよ。あの、人を小ばかにした顔でね。〝たいていの催しはあなたでも大丈夫でしょうけど、わたしの結婚式には最高のものを求めているの〟って。彼女、面と向かってわたしにそう言ったわ」

「失礼よね。それについては異論はないわ」パーカーが口をはさんだ。

「まだ終わってないの」ローレルは歯を食いしばった。「ところが、もうすぐ式というときになって、彼女の優秀なパティシエのいとこが自分のお客さんと駆け落ちしたらしいの。とんだスキャンダルよ。だって、その男性のお客さんが優秀ないとこに出会ったのは、彼の婚約パーティー用のケーキのデザインを頼みに来たからなんだもの。今ふたりは行方不明になってしまって、花嫁はわたしに助けを求めてきたってわけ」

「それがわたしたちの仕事なのよ。ローレル——」

「あなたの意見は訊《き》いてない」ローレルはパーカーに向かって指で払うようなしぐさをしてから、マックとエマをじっと見つめた。「このふたりに訊いてるの」

「なに？　なにか訊かれた？」マックが歯を見せて笑った。「ごめんなさい、シャワーを浴びたばかりで耳に水が入っているみたい。なんにも聞こえないわ」

「もう、弱虫ね。エマは？」

「あの……」

「お食事ですよ！」ミセス・グレイディが指で宙に円を描いた。「みんな、お座りなさい。卵白のオムレツの黒パンのせです。さあ、座って、食べて」

「まだ話は終わってない——」

「いいから座って」エマはローレルをさえぎって、なだめるような口調で語りかけた。

「ちょっと考えさせてちょうだい。とにかくみんな座って……まあ、ミセス・G、なんておいしそうなの」エマは受けとった二枚の皿を盾のように携えて朝食用のテーブルに行き、さっと席についた。「わたしたちはチームでしょう」

「侮辱されてこき使われるのは、あなたじゃないもの」

「あら、わたしもよ。さんざんこき使われてるわ。あの人は史上最低のモンスター花嫁よ。彼女との悪夢のような時間のことを話してあげてもいいけど、それはまたの機会にしておくわね」

「そういう話ならわたしだって」マックが口をはさんだ。

「あら、耳が聞こえるようになったの？」ローレルがぶつぶつ言う。

「彼女は礼儀知らずで、あつかましくてわがままで、気難しくて不快な人よ」エマは言い募った。「普段、結婚式の企画を立てるときは、たとえ問題が出てきても、多少変わり者のカップルだったとしても、ふたりの幸せの始まりの日を華やかに彩るお手伝いをしているんだと考えるとうれしくなるものだわ。でも、あのカップルは別。ふたりが二年もったら驚きよ。彼女、あなたにも失礼な態度をとったのね。あれはあざ笑うというより、とってつけたようなつくり笑いよ。あの人、嫌いだわ」

味方ができたことに喜んで、ローレルはパーカーを見てにやりとすると、朝食をとりはじめた。

「それはそれとして、わたしたちはチームよ。そして、たとえつくり笑いの高慢ちきな女だとしても、それがクライアントであれば、わたしたちは希望に応《こた》えなくてはならない。だから今回の仕事はしなくちゃならないのよ」そう言ったエマを、ローレルがにらみつけてきた。「でも、それよりもっと大事なのはね、あの失礼きわまりない、つくり笑いの高慢女に、目にもの見せてやるってことよ。本物のパティシエが、ここぞというときにどんな仕事をやってのけられるかを」

「その手なら、もうパーカーが使ってるわ」

「あら」エマはオムレツをほんの少し口に運んだ。「だけど、本当のことでしょう」

「彼女のいとこの略奪女を生地に混ぜこんで焼いてやりたい」

「まったくね。個人的には、あの花嫁にはせいぜい苦しんでもらいたいものだわ。ちょっとだけでも」

「それ、いいわね」ローレルが考えた末に言った。「そうして、どうしてもお願いしますって泣いてすがってもらいたい」

「そっちはわたしがなんとかできるかも」パーカーがコーヒーのカップを持ちあげた。「彼女には、そんな急な注文に応じるには追加料金が必要だと伝えたわ。二十五パーセント増しだとね。彼女はそれでもかまわないって、感謝の涙を流していたわよ」

ローレルのブルーの瞳に明るい光が差した。「泣いたの？」

パーカーはローレルに顔を近づけて眉をあげた。「だったらどうなの？」

「泣いたと聞いたらちょっと元気が出てきたけど、わたしが提供するものを受け入れて、気に入ってくれないと困るわ」

「もちろんよ」

「どんなものにするか決まったら教えてちょうだい」エマは言った。「それに合わせて、テーブルを飾りつける花を用意するから」そして、パーカーに同情するように微笑みかけた。「彼女、何時に電話してきたの？」

「三時二十分。午前のね」

ローレルは手を伸ばして、パーカーの手を軽くたたいた。「大変だったわね」

「これがわたしの仕事だから。みんなで切り抜けましょう。いつだってそうしてるものね」


わたしたちはいつだって切り抜けてきた。エマはリビングルームのアレンジメントを整えながら思った。これからもいつだって、四人でやっていけるはず。シンプルな白いフレームに飾られた写真に目を向ける。夏の庭で〝結婚式ごっこ〟をしている三人の少女の写真。その日はエマが花嫁役で、野の花でつくったブーケを持ち、レースのヴェールをつけていた。青い蝶《ちょう》がブーケのたんぽぽにとまったのを見たときには、仲間たちと一緒になって大喜びしたものだ。

もちろんマックもこの場にいた。カメラの向こうで、その瞬間をとらえたのだ。四人が子供時代に大好きだった結婚式ごっこを実際の仕事にしたなんて、ものすごい奇跡じゃないかしら。

もうたんぽぽのブーケはないけれど、とエマはクッションをふくらませながら考えた。でも、彼女が花嫁のためにつくったブーケを手渡すたびに、花嫁が昔の自分たちと同じようにうれしそうな、うっとりした表情を浮かべるのを、何度目にしてきたことだろう。

これから打ちあわせをする花嫁にも、来年の春の式が終わるときには、同じようにうっとりした表情を浮かべていてほしい。

エマはファイル、アルバム、本をそろえると、鏡の前で髪と化粧を見直し、着替えたばかりのジャケットとパンツのラインを点検した。

〈Ｖｏｗｓ〉の一員として、いい印象を与えるのは大切なことだ。

電話が鳴ったので、鏡の前を離れて明るい声で応じた。「〈Ｖｏｗｓ〉装飾担当です。ええ、こんにちは、ローザーナ。もちろん覚えていますわ。十月のお式のご予定でしたよね？　いえ、こういうことを決めるのに早すぎるということはありませんから」

話をしながら、デスクからノートをとりだして開いた。「よろしければ、来週打ちあわせのお時間をおとりできますが。ドレスの写真をお持ちいただけますか？　助かります。もしブライズメイドのドレスか色がお決まりでしたら……？　ええ、ええ。お手伝いしますよ。来週月曜日の二時はいかがでしょう？」

エマは予約を書きこみながら、近づいてくる車の音に振りかえった。

電話をかけてくるクライアントに、打ちあわせにやってきたクライアント。

ああ、春ってすてき！

エマはその日の最後のクライアントを、シルクでできたアレンジメントやブーケが飾られているディスプレイエリアに案内した。棚にはさまざまなサンプルが置いてある。

「Eメールでドレスのお写真をいただいたとき、テーマカラーやお好きな花を教えていただいていたので、こちらをつくってみたんですよ。大きなキャスケード・タイプのブーケがお好きだとおっしゃってましたよね。ですが……」

エマはパール付きの白いリボンで束ねた、百合《ゆり》と薔薇のブーケを棚からとった。

「最終決定をする前に、これも見ていただきたくて」

「まあ、きれい。それにわたしの大好きなお花だわ。でも、なんだか小さくないかしら」

「お客様のドレスのスカートのラインや、きれいなビーズ細工がほどこされたボディスには、もっと現代風のブーケのほうが映えるかもしれませんね。お望みどおりのものを持っていただきたいんですよ、ミランダ。とすると、こちらのサンプルのほうが、あなたのイメージに近いかも」

エマは棚からキャスケード・タイプのブーケをとった。

「まるでお庭みたい」

「ええ、そうでしょう。写真をお見せしますね」エマはカウンターの上のフォルダーを開いて、写真を二枚とりだした。

「わたしのドレスだわ！　ブーケと一緒に映ってる」

「写真担当のマックは画像編集ソフトを操る天才なんです。これを見ていただくと、それぞれのブーケがドレスと一緒だとどう見えるかが、よくわかります。どういったブーケを選んでも間違いということはないんですよ。あなたの結婚式なんですから、どんな小さなことでも、ご希望どおりにするべきです」

「でも、あなたのアイデアのほうが正解ね、そうじゃない？」ミランダは二枚の写真をしげしげと眺めた。「大きいほうはなんというか、ドレスがかすんで見えてしまう。だけどもうひとつは、ドレスのためにつくられた感じがするわ。エレガントだけどロマンティックで。ロマンティック、よね？」

「そう思います。百合のほんのりとしたピンク色が薔薇の白によく映えて。淡いグリーンもぴったりですよね。そこに長い白のリボンとパールの輝きが加わって、なおすてきです。もしこちらがよろしければ、ブライズメイドは百合だけのブーケにして、ピンクのリボンで束ねるといいかもしれません」

「そうねえ……」ミランダはサンプルのブーケを手に、部屋の隅の古めかしい姿見の前に立った。自分の姿を確かめるうちに、花が咲くように笑みがこぼれる。「まるで本物の妖精がつくってくれたみたい。これにするわ」

エマは花嫁の言葉をノートに書きとめた。「気に入っていただけてうれしいです。このブーケを中心に、ほかのブーケや飾りつけを考えていきましょう。メインテーブルには透明の花瓶を置きます。そうすればブーケをみずみずしい状態に保てるだけでなく、披露宴の装飾の一部にできますから。ブーケトス用には白い薔薇だけの、これより小さいサイズのブーケを考えました」彼女は別のサンプルを棚からおろした。

「ピンクと白のリボンで」

「完璧だわ。なんだか自分で考えていたよりも、ずっと楽に決められそう」

エマはうれしくなって、またメモをとった。「お花は大切な存在ですけど、楽しいと感じられるものでないと。ですから、どれを選んでも間違いということはないんですが、あなたからお聞きしたことから、わたしはこのお式をモダンなロマンス風にイメージしたんです」

「そう、まさにそれよ、わたしが思い描いているのは」

「フラワーガールを務める姪御《めいご》さんは五歳でしたよね?」

「先月五歳になったばかりなの。バージンロードに薔薇の花びらをまくのを、それは楽しみにしているのよ」

「そうでしょうね」頭の片隅のメモにあった匂い玉のアイデアは消えた。「姪御さん用にこういうタイプのバスケットを使うこともできますよ。白いサテン地で覆って、小さな薔薇で縁どりして、ピンクと白のリボンを垂らすんです。花びらはピンクと白の小さな薔薇の。フラワーガールには花冠をつけてもらってもいいですね。ピンクと白の小さな薔薇の。ドレスやお好みによってはシンプルにもできますし、後ろにリボンを垂らすようにもできます」

「それはもちろんリボンをつけて。女の子っぽいことが大好きな子なのよ。きっと喜ぶわ」ミランダはエマからサンプルの花冠を受けとった。「ああ、エマ、まるでお姫様の冠みたい」

「そうでしょう?」ミランダが花冠を頭にのせたのを見て、エマは笑った。「五歳の女の子にとっては夢の世界でしょうね。あなたは永遠に彼女のいちばん好きなおば様ですよ」

「きっとかわいいでしょうね。ええ、ええ、どれも似合いそう。バスケットに花冠、リボンも薔薇も色も」

「よかった。気に入っていただけて、こちらもやりがいがあります。さてと、あとはお母様方とおばあ様方ですね。コサージュは手首につけるタイプでも、ブローチタイプでもお作りできます。薔薇か百合か、両方を使う手もあります。ですが――」

ミランダが微笑んで花冠をおろした。「あなたが〝ですが〟って言うたびに、すてきなことが飛びだしてくるのよね。今度はなにかしら？」

「クラシックなタジマジ（小さな円形の花束）を現代風にしてみたらどうかと思ったんです」

「どんなものだか見当もつかないわ」

「小さなブーケなんですよ。こんなふうに、小型のホルダーに入れてお花をみずみずしい状態に保つんです。お母様やおばあ様のお席のテーブルには、ディスプレイ用のスタンドを置きます。ほかのお花と一緒にテーブルを華やかにしてくれますからね。小型の百合と薔薇を飾りますが、色は反対にするといいかもしれません。ピンクの薔薇に白い百合、淡いグリーン。ドレスと合わないようなら、全部白にして。小さいけれど、そんなに華奢《きゃしゃ》でもないんですよ。このような、とってもシンプルな銀のホルダーを使います。とくに凝ったものではありませんが、お式の日付か、おふたりのお名前、お母様やおばあ様のお名前を彫ることもできます」

「それぞれのブーケみたいなものね。わたしのブーケのミニチュアみたいな。ああ、母はきっと……」

ミランダの目が潤みはじめたのを見て、エマは手を伸ばし、近くに用意してあるティッシュの箱をとった。

「ありがとう。それでお願いするわ。彫ってもらう文字を考えなくちゃいけないわね。それについてはブライアンと相談したいわ」

「時間はたっぷりありますから」

「とにかく、それでお願いしますね。色は反対がいいわ。そのほうが、母や祖母たちのものという感じがするもの。ここに少し座ってもいいかしら」

エマはミランダと一緒に椅子が置いてある小さなコーナーに行き、ミランダの手の届くところにティッシュの箱を置いた。「きっときれいでしょうね」

「ええ。今から目に浮かぶようだわ。まだアレンジメントやテーブル装飾や、ほかのことはなにも決めていないのに。でも見えるの。あの、あなたにどうしても言っておきたいことがあるのよ」

「なんでしょう？」

「花嫁付添人をする妹は、わたしたちに〈フェルフット・マナー〉を予約するように言ったの。ほら、グリニッチでは有名な式場で、きれいなところ」

「あそこはゴージャスですよ。いつでも見事な仕事ぶりだわ」

「だけどブライアンとわたしは、ここに夢中になってしまった。見た目といい、雰囲気といい、あなた方四人の仕事ぶりといい、わたしたちにはここしかないように思えたの。そしてここに来るたび、あなた方の誰かに会うたびに、やっぱりわたしたちの選択は間違っていなかったと思うのよ。きっと最高の結婚式になるわ。ごめんなさい、わたしったら」ミランダはそう言って、また目頭を押さえた。

「謝らないでください」エマは自分の分のティッシュをとった。「感激です。わたしにとっては、花嫁さんがここに座ってうれし涙を流してくれることほどうれしいことはないんです。シャンパンを一杯いかがですか？　ブートニエール（上着の襟のボタンホールに差す花または小さな花束）の相談を始める前に、一度落ちつかないと」

「まあ、うれしい。エマリン、もしわたしがブライアンを熱烈に愛していなかったら、あなたに結婚を申しこむところだわ」

エマは笑いながら立ちあがった。「すぐに戻りますから」

しばらくして興奮気味の花嫁を見送ると、エマは心地よい疲れを覚えて、コーヒーを手にオフィスに座りこんだ。打ちあわせの詳細を入力しつつ、ミランダの言ったとおりだと思った。すばらしい結婚式になるだろう。あふれんばかりの花、ロマンティックでモダンな雰囲気。キャンドルの光、リボンとヴェールの輝き。ピンクや白に、ところどころ入る濃いブルーやグリーンが映えるに違いない。光沢ある銀と透明なガラスもアクセントになる。長い裾《すそ》を引くドレス、飾り電球の気まぐれな光。

エマは明細契約書をつくりながら、実りの多い一日だったことを喜んだ。明日は、週半ばにある夜のイベント用のアレンジメント作りにかかりきりになるため、今夜は早く休むことにしよう。

本館へミセス・Gの夕食がなにか見に行きたい気持ちもあるが、自分でサラダとパスタでもつくろう。映画か雑誌を見てのんびりして、母に電話するのだ。全部すんだらゆっくりくつろいで、十一時までにベッドに入ろう。

契約書を出力しているときに、電話が短く二回鳴った。仕事ではなく私用の電話の合図だ。エマは電話機の表示画面をちらりと見て微笑んだ。

「こんにちは、サム」

「やあ、美人さん。ぼくとデートしてくれているはずのときに、家でなにをしてるんだい？」

「仕事よ」

「六時過ぎだよ。仕事はおしまいにしよう。アダムとヴィッキがパーティーを開くんだ。先に軽く食事をしてから行くのはどうかな。一時間で迎えに行くよ」

「ちょ、ちょっと待って。ヴィッキに今夜のパーティーには行けないと断ったのよ。

今日は予約がいっぱいだったし、あと一時間はかかる——」

「でも、食事はしなけりゃならないだろう？　それに一日じゅう仕事をしていたのなら、息抜きをする権利がある。一緒に行こうよ」

「お誘いはありがたいけど——」

「ぼくひとりでパーティーに行かせる気かい？　ちょっと寄って、飲んで笑って、帰りたくなったら帰ればいいさ。頼むよ、エマ」

エマは天井を見あげた。今夜は早く寝ようというもくろみは、あっけなく消え去ってしまった。「夕食の時間はとれないわ。だけど、八時ごろに向こうで落ちあうなら」

「じゃあ、八時に迎えに行くよ」

そうしたら、帰りに送ってきたときに家へ入ってこようとするのよね。でも、そうはさせないわ。「向こうで会いましょう。そのほうが、あなたが楽しんでいる最中にわたしが帰りたくなったとしても、あなたはそのまま残れるもの」

「きみとデートするにはそれしかないというのなら、条件をのむよ。じゃあ、あっちで」

2

パーティーは好きでしょう。エマは自分に言い聞かせた。人も好き、おしゃべりも好き。彼女は楽しい気分で服を選び、化粧をし、髪を整えた。

女の子だもの。

アダムとヴィッキは大好きな友人たちで、四年前、アダムとは恋人よりも友人でいるほうがうまくいくことがわかってから、エマがふたりを引きあわせたのだった。〈Ｖｏｗｓ〉でふたりの結婚式を引き受けた。

サムも好きよ。エマはモダンな二階建ての家の前に車をとめて、ため息をついた。サンバイザーのミラーを引きだし、メイクを確かめる。

サムと一緒にディナーやパーティーやコンサートに出かけるのは楽しかった。問題は、彼といてもちっともときめかないことだ。はじめて会ったとき、エマの〝ときめきメーター〟は手堅くも十ポイント満点中七ポイントを記録し、先々さらにアップする予感さえあった。サムは頭がよくておもしろく、しかも感じのいいハンサムときている。ところが最初のデートでキスをされたとたん、ときめきメーターはわずか二ポイントまで落ちこんでしまった。

サムが悪いわけじゃないのよ。エマは車をおりながら思った。ただ、そこにときめきがないだけなのだ。エマだって、すぐにあきらめたわけではない。その後も何度かキスをしてみた。キスは好きなのだ。けれど、絶対に二ポイントを超えることはなかったし、二ポイントでもましなほうだった。

男性に向かって、あなたと寝るつもりはありません、と告げるのは容易なことではない。相手の感情や自尊心を傷つけてしまう恐れがある。だが、エマはサムにはっきりとそう告げた。問題は、今のところサムが彼女の言葉を本気にしていないということだ。

パーティーで誰か紹介してあげられればいいかもしれない。

エマは音楽と声と光にあふれた家のなかに入っていった。とたんにぱっと気分が高まる。やっぱりパーティーはいい。

さっと見まわしただけで、見知った顔が十人以上いる。

頰にキスをして、抱擁を交わしながら、アダムとヴィッキを探して移動していく。遠縁のアディソンを見つけると、手を振って、あとでそっちに行くからと合図した。アディソンは独身で、楽しくて魅力的な女性だ。そう、アディソンとサムならうまくいくかもしれない。

あとで絶対にふたりを引きあわせよう。

ヴィッキは大きな部屋のキッチンコーナーで、友人たちと話をしながらトレイの料理を入れ替えていた。

「エマ！　来られないんだと思っていたわ」

「すぐに失礼することになりそうだけど。あなた、すてきよ」

「あなただって。まあ、ありがとう！」ヴィッキはエマが差しだした縦縞《たてじま》模様のチューリップの花束を受けとった。「きれいだわ」

「〝あらやだ、もう春なのね〟っていう気分なのよ。これを見ると、まさにそんな気分になるわ。なにか手伝いましょうか？」

「とんでもない」

ヴィッキは手を空けようと、カウンターに花を置いた。「ひとりで来たの？」

「実はサムと待ちあわせみたいなもので」

「ふうん」ヴィッキが意味ありげな声を出した。

「そんなんじゃないのよ」

「へえ」

「ねえ。それ、わたしがやるわ」ヴィッキが花瓶をとりだしたのを見て、エマは花を活けるのを引き受けた。それから声を落として言う。「アディソンとサムってどう思う？」

「あのふたり、つきあってるの？　全然気づかなかった――」

「そうじゃなくて。どうかなって思ったのよ。お互いに気に入るんじゃないかと思うんだけど」

「そうね、うまくいくと思うわ。でも、あなたたちもいい感じじゃない。あなたとサム」

エマはあいまいに返した。「アダムはどこ？　途中の人ごみでは見かけなかったけど」

「デッキでジャックとビールを飲んでいるはずよ」

「ジャックが来てるの？」エマはせっせと手を動かしながらさりげなく尋ねた。「挨《あい》拶《さつ》してこないと」

「野球の話をしてたわよ。さっきわたしが聞いたときにはね。わかるでしょう、どんなだか」

エマにはよくわかった。ジャックとは十年以上のつきあいになる。彼はパーカーの兄、ディレイニーのエール大学時代のルームメイトで、ブラウン邸にもよく訪ねてきていた。その後グリニッチへ移り住んできて、注文建築の会社を興した。

パーカーとデルの両親がプライベートジェットの墜落事故で亡くなったとき、ジャックはずいぶんと支えになっていた。そしてパーカーやエマたち四人がビジネスを始めようと決めたときには、会社のニーズに合わせてプールハウスやゲストハウスを改築して助けてくれた。

ジャックは家族のようなものだった。

そうよ、帰る前に挨拶しに行かないと。

グラスを手に動きだそうとしたとき、サムが入ってきた。本当に格好いいんだから。エマは思った。長身でたくましく、目がきらきらしている。いつだって髪は完璧にセットされ、いつだってその場にぴったりの服を着ていて、ちょっと決めすぎなくらい。でも――。

「ああ、いたいた。やあ、ヴィッキ」サムはヴィッキに高級なカベルネのボトル――まさにうってつけの手土産だ――を渡し、頬にキスすると、エマに微笑みかけてきた。「探したよ」

サムは熱烈なキスを浴びせてきたが、エマのときめきメーターは相変わらず穏やかな数値を示しただけだった。

なんとか体を離すと、もう一度キスされないように、空いている手で彼の胸を押しやった。それからにっこりして、友人らしい楽しげな笑い声をあげた。「こんばんは、サム」

　ちょうどそのとき、ジャックがデッキから室内に入ってきた。ダークブロンドの髪は夜風に乱れ、色あせたジーンズに革のジャケットを着ている。彼はエマを見て眉をあげ、かすかに微笑んだ。「やあ、エマ。邪魔をしてしまったかな」

「ジャック」エマはサムをさらに遠くへ押しのけた。「サムのことは知っているわよね？」

「ああ。調子はどうだい？」

「おかげさまで」サムが体の向きを変え、エマの肩に腕をまわした。「そちらは？」

「まあまあかな」ジャックはポテトチップを手にとって、サルサソースに浸した。

「会社のほうはどう？」今度はエマに訊いた。

「忙しいわ。春は結婚式のシーズンだから」

「春は野球のシーズンだよ。ところで先日、きみのお母さんに会った。相変わらず、神が創造した女性のなかで誰よりも美しかったよ」

　かすかに微笑んでいたエマは、ぱっと顔をほころばせた。「そうでしょう」

「ぼくのためにお父さんを捨てて駆け落ちしてくれと頼んだけど、またしても断られてしまった。でも、希望はある。じゃあ、またな。サムもまた」

　ジャックが去っていくと、サムが再び体の向きを変えた。予測していたエマは、カウンターと彼のあいだにはさまれないように、さっと身を翻した。「ヴィッキとアダムとは共通の友人が大勢いることを、すっかり忘れていたわ。ここにいる人はほとんど知りあいよ。挨拶にまわってこないと。そうそう、あなたにぜひ会ってもらいたい人がいるの」

彼女は明るい調子でサムの手をとった。「わたしの遠縁のアディソン、まだ会ったことなかったわよね？」

「だと思う」

「わたしも久しぶりなのよ。彼女を見つけて、あなたを紹介しなくちゃ」

エマは、室内のいちばんにぎわっているあたりにサムを引っぱっていった。

ジャックはナッツをひとつかみとり、友人たちとおしゃべりを楽しんでいた。するとエマが、エリート青年を引き連れて人ごみをかき分けていくのが見えた。彼女は……なぜあんなに、憎らしくなるくらい魅力的なんだ？

ただセクシーというだけではない。ダークブラウンの瞳、女性らしい体つき、健康的な色の肌、豊かな巻き毛、ふっくらとやわらかそうな唇。どこをとっても魅惑的で信じられないほどだ。熱や光を放っているようにも見える。まったく、非の打ちどころのない完璧さじゃないか。

彼女は親友の妹も同然の存在なんだぞ。ジャックは自分に言い聞かせた。

とにかく、エマがあの仲間たちや家族と一緒でないところを見るのは珍しかった。いつでも人に囲まれているのだ。でなければ、今みたいにどこかの男がついている。エマリン・グラントのような容貌《ようぼう》の女を、男が放っておくはずがない。

それでも目の保養にはなる。ジャックは直線と曲線を愛する男だった。それは建築物でも女性でも変わらない。エマは建築学的にきわめて完璧に近いバランスからなっている。彼はナッツを口に運び、人の話に耳を傾けているふりをしながら、エマが部屋のなかをゆったりと進んでいくのを眺めていた。

見たところ、あちこちで足をとめては挨拶を交わし、動きだしてはまたとまり、笑ったり微笑みあったりと、行きあたりばったりに動いているようだ。だが、長年彼女の様子を観察してきたジャックはぴんときた。エマはなにか目的を持って動いている。

彼は興味をそそられて、友人たちからさりげなく離れ、エマが見える位置へと移動した。

例の男――サムはしきりに彼女の背中をさすったり、肩に腕をまわしたりしている。エマはにこやかに微笑みかえし、まつげをぱちぱちさせて笑い声をあげていた。しかし、ジャックが研究してきたエマのボディ・ランゲージの傾向からすると、彼女はこの男に対して〝受けつけません〟というシグナルを出しているのだ。

エマが〝アディソン!〟と呼びかける声が聞こえ、血をたぎらせるようなセクシーな笑い声が続いたのちに、彼女が美しい顔立ちのブロンド女性を抱きしめているのが見えた。

ふたりの女性はぺちゃくちゃしゃべり、いかにも女同士らしく微笑みあい、抱きあったあとで少し離れて互いを観察し、相手の容姿を褒めあっている。〝とってもきれい〟〝やせた?〟〝その髪型すてき〟なんてことを言っているのだろう。ジャックが観察してきたところでは、この種の女性の儀式にはいくつかのバリエーションがあるが、基本は同じだ。

エマが、サムとブロンド女性とが向かいあう形になるように巧妙に体の向きを変えた。

なるほど。ジャックはエマのしぐさを見てようやく気がついた。ほんの数センチ斜め後ろにさがり、片手をさっと振ってから、サムの腕をぽんとたたいたのだ。エマはあの男を厄介払いしたくて、あのブロンド女性なら彼の気を引いてくれるのではないかと期待しているのだろう。

キッチンのほうにエマがするすると消えていったのを見て、ジャックは手にしていたビールを掲げた。

よくやったぞ、エマリン。お見事だ。

ジャックは早めにパーティーを切りあげた。明日は午前八時に朝食をとりながらのミーティングがあり、一日じゅう現場をまわって監督する予定が詰まっている。その合間か明後日にはなんとか時間をひねりだして、マックに頼まれているスタジオ増築の図案を描《か》かなければならない。カーターと婚約して一緒に暮らしはじめたマックは、仕事場兼住居のスタジオを広くしたがっているのだ。

建物の線や形をそこなうことなく増築するにはどうすればいいか、頭のなかでは絵ができている。しかし紙に描いて確かめてみなければ、マックに見せることは不可能だ。

マックが結婚すると考えると、いまだに妙な気分になる。しかも相手はカーターだ。あいつとは仲よくならないといけないな、とジャックは思った。カーターはジャックやデルとエール大学で同期だったが、当時はあまり接点がなかった。これからはうまくやっていかなくては。

あいつはマックの瞳に光をもたらしてくれた。それは大きなことだ。カーラジオをがんがんかけながら、マックのスタジオにスペースを増やすアイデアを練る。ホームオフィス用の空間ができれば、カーターも……どんなことをするのか知らないが、英語の教師が家でするような仕事ができるだろう。

車を走らせているうちに、一日じゅう降ったりやんだりしていた雨が雪に変わった。ニューイングランドの四月はこれだ。

そのとき、ジャックの車のヘッドライトが路肩にとまっている車と、その前でボンネットを開けている女性を照らしだした。女性はこぶしに握った両手を腰にあてている。

ジャックは車を寄せておりると、ポケットに手を突っこんで、ぶらぶらとエマに近づいていった。「また会ったね」

「頭にきちゃう。急にとまってしまったのよ」エマはいらいらと両腕を振りあげた。手に握っている懐中電灯で殴られてはたまらないと、ジャックは一歩後ろにさがった。

「それに雪まで降りだして。このありさまよ」

「まったくだな。ガソリンの残量は確かめたかい?」

「ガス欠ではないの。そこまでばかじゃないわ。バッテリーよ。でなければキャブレターね。それかホースのどれかか、ベルトか」

「なるほど、ずいぶん絞りこめるな」

エマがふうっと息を吐いた。「しょうがないでしょう。わたしは花が専門で、整備士じゃないんだもの」

それを聞いてジャックは吹きだした。「たしかに。ロードサービス会社には連絡した？」

「これからよ。その前に自分で見ておこうと思ったの。もしかしたら、すごく単純で、見ればわかるようなことかもしれないと思って。どうして車を運転する人にすぐわかるような、もっと単純でわかりやすい仕組みにしてくれないのかしら？」

「どうして花には、誰も発音できないような奇妙なラテン語名がついているんだい？それと同じだよ。どれ、ぼくが見てみよう」ジャックは手を伸ばして、エマの手から懐中電灯をとろうとした。「おいおいエマ、凍えているじゃないか」

「吹雪の夜に路肩に立ちつくすことになるとわかっていたら、もっとあたたかい服装で来たんだけど」

「吹雪というほど降っていないよ」ジャックはジャケットを脱いで彼女に手渡した。

「ありがとう」

エマがジャケットをはおり、彼はボンネットのなかをのぞきこんだ。「最後に点検したのはいつ？」

「わからない。だいぶ前よ」

ジャックはちらりと振り向き、煙るようなグレーの瞳で彼女を見た。「だいぶ前というか、一度もしていないみたいだな。バッテリーのケーブルが腐食してる」

「どういうこと？」エマはさっと前に出てきて、彼の隣に立ってボンネットのなかをのぞいた。「直せる?」

「そうだな……」

ジャックが振りかえったと同時に、エマも彼のほうに顔を向けた。彼の目に映ったのは、ベルベットのようにつややかなダークブラウンの瞳だけだ。ジャックは一瞬、言葉を失った。

「どう?」エマがささやき、あたたかな息が彼の唇にかかった。

「どうって?」ぼくはなにをしているんだ? ジャックは危険地帯から逃れようと背中をそらした。「ああ……ぼくができるのは、せいぜいケーブルをつないで一時的にエンジンをかけてあげることくらいだ。それで家までは帰れるだろう」

「そうね、よかった。助かるわ」

「帰ったら、修理に出すんだぞ」

「もちろんよ。明日の朝いちばんに出す。約束するわ」

エマのかすかにうわずった声に、ジャックは寒さを思いだした。「さあ、車に乗って。ぼくがケーブルをつなぐよ。まだエンジンはかけないで、なにもさわるんじゃないぞ。ぼくがいいと言うまで待っているんだ」

彼はエマの車と向きあう位置に自分の車を移動させた。ジャンプケーブルをとりだしていると、彼女が車からおりてきた。「どうやるのか見ていたいの。自分でやらなきゃいけないことがあるかもしれないでしょう」

「わかった。ジャンプケーブルでバッテリーをつなぐんだ。バッテリーにはプラス極とマイナス極がある。間違えるなよ。間違ってつなぐと――」

ジャックはケーブルの一本をバッテリーにつないでから、絞りだすような悲鳴をあげてぶるぶる身を震わせた。エマは悲鳴の代わりにけらけら笑い、彼の腕をぴしゃりとたたいた。「ばかね。うちには兄がいるんだから。そんなお芝居でだまされるものですか」

「お兄さんから、バッテリーのジャンプスタートの方法を教わっておけばよかったのに」

「教えてもらったことはあるような気がするの。でも、わたしがちゃんと聞いていなかったのね。こういうの、ほかの非常用道具と一緒にトランクに入れてあるのよ。でも、今まで一度も使ったことがなくて。エンジンの下のところ、あなたの車のほうが、わたしのよりぴかぴかしているわ」エマはジャックの車のエンジンを見て顔をしかめた。

「地獄の底も、きみの車のボンネットのなかよりはきれいなんじゃないかな」

彼女はため息をついた。「これを見てしまったら、言いかえせないわ」

「さあ、乗って、まわしてみて」

「まわすって、なにを？　嘘《うそ》、冗談よ」

「はは。もしエンジンがかかったら、切るんじゃないぞ」

「了解」エマは車に乗りこみ、指を交差させて祈りながらキーをまわした。エンジンがこんこんと咳《せ》きこむような音をたてはじめ、ジャックが顔をしかめていると、やがて低い音でうなりだした。

エマが窓から顔を出し、彼に微笑みかけた。「やったわ！」

このまばゆい笑みの威力をもってすれば、切れたバッテリー百個くらい、やすやすとよみがえらせることができるのではないか。ちらりとそんなことを思ってしまう。

「少しアイドリングさせよう。ぼくが後ろからついて送っていくよ」

「そこまでしてくれなくていいのよ。まわり道になっちゃうわ」

「途中でエンストを起こしたら困るだろう」

「ありがとう、ジャック。あなたが通りかかってくれなかったら、いつまでここにこうしていなければならなかったことか。きっと、パーティーへ行ったことを呪《のろ》いつづけていたでしょうね。本当は家で映画でも見てくつろいで、早くベッドに入りたかったのに」

「じゃあ、なぜ行ったんだい？」

「意志が弱いのね」エマは肩をすくめた。「サムがどうしてもひとりで行きたくないと言い張るし、わたしもパーティーは好きだから、現地集合で一時間くらいならかまわないかと思ったのよ」

「なるほど。彼とあのブロンド美人はどうなった？」

「えっ？」

「きみが彼を押しつけようとしてたブロンドだよ」

「押しつけたわけじゃないわ」エマはふっと視線をそらしてから、またジャックを見た。「ええ、そうよ。でも、お互いに気に入るんじゃないかと思ったからだわ。実際そうだった。このことだけでも、今夜出てきたかいがあったと思ったくらい。こんな道端でエンストしてしまったのが誤算だったけど。最悪よね。しかも、あなたに気づかれていたなんて恥ずかしいわ」

「それどころか感心したよ。今夜気に入ったのは、きみのあの場面とサルサソースくらいだ。じゃあ、ケーブルを外すよ。エンジンが途切れないかどうか見てみよう。大丈夫そうだったら、ぼくが車に乗りこむのを待ってスタートしてくれ」

「わかったわ。ジャック、借りができたわね」

「ああ、そうだな」ジャックはにやりとして歩み去った。

エマの車のエンジンがとまらなかったので、彼は自分の車のボンネットを閉めた。トランクにジャンプケーブルを放りこんで運転席に乗りこみ、発車を促す合図にライトを点滅させる。

細かい雪がちらつくなかを、ジャックはエマの車の後ろから走っていった。ボンネットのなかを見ていたときに、彼女のあたたかな息が唇にかかった瞬間のことを頭から締めだすよう努めながら。

ブラウン邸の私道まで来ると、エマが挨拶代わりのクラクションを鳴らした。ジャックはスピードを落として停車し、彼女の車のテールライトが暗闇《くらやみ》をちらちら照らしながら遠ざかり、ゲストハウスへと続く角を曲がって消えていくのを見送った。

そのまましばらくのあいだ、彼は闇のなかで座っていた。それから車をUターンさせて家に向かった。


エマはバックミラーで、ジャックが私道の入口に車をとめたのを見ていた。Uターンして帰る前に、よければコーヒーでも飲んでいって、と声をかけるべきだろうか？

そうするべきだったし、できたはずなのに、もう手遅れだ。でも、これでよかったんだわ。間違いない。

夜遅い時間に、ときめきメーターで十ポイントをたたきだした家族同然の友人をもてなすのは賢明とは言えない。車のボンネットをのぞいていたときの、あの妙な一瞬に生じた、胸のあたりのざわざわした感覚。それがまだ残っているのだからなおさらだ。あのときは、もう少しで彼にモーションをかけてしまい大恥をかくところだった。絶対にだめ。

このばかげた混乱状態について、パーカーかローレルかマックか——ううん、三人全員に話せればいいのだけれど。でも、それもだめ。世の中には、親友にも話せないことだってあるものなのだ。なんといっても、ジャックとマックがかつていい仲だったことが、はっきりしているのだから。

そういう女性は大勢いるに違いない。

だからといって、彼のことをどうこう言うつもりはない。エマは車をとめながら思った。わたしだって男性と一緒に過ごすのは好きだし、セックスだって好きだ。ときには、一緒にいるうちにセックスにつながることもある。

それに理想の男性を求めずにいたら、どうやって愛を見つけることができるだろう?

エマはエンジンを切って唇を噛み、キーをまわしてみた。エンジンは不機嫌そうな音をたてて迷っていたようだったが、もう一度かかった。

これはいい兆候だわ。そう判断して、再びエンジンを切る。でも、できるだけ早く修理に出そう。どこの工場に出せばいいか、パーカーに訊いてみなくては。彼女ならなんでも知っている。

家のなかに入ると、水のボトルを持って二階へあがった。サムとおばかなバッテリーのせいで、十一時という理想的な時間にベッドに入ることはかなわなかったが、なんとか深夜までには眠りにつけそうだ。つまり、予定している早朝のワークアウトをパスする口実はなくなったということになる。

言い訳はなしよ。エマは自分に言い聞かせた。

水をベッドサイドのテーブルの、フリージアを活けた花瓶のわきに置き、着替えを始める。そのときになって、まだジャックのジャケットを着ていたことに気がついた。

「あら、やだ」

なんていい匂いなのかしら。革とジャックの匂いがする。今夜、静かな眠りの邪魔をしそうな匂い。エマはジャケットを持って部屋を横切り、椅子の背にかけた。ジャケットは彼に返さなければいけないけれど、どうするかはあとで考えることにしよう。

三人のうちの誰かがなにかの用で街に出るかもしれないので、ついでに届けてもらえばいい。誰かに頼んだからといって、臆病《おくびよう》というわけじゃない。そのほうが効率的なのだから。

そうよ、臆病なんてことはないわ。ジャックには四六時中会っている。いつものことだ。ただ、ほかに街へ行く人がいるときに、わざわざわたしが出かけるのは無意味だもの。きっと彼はほかにもジャケットを持っているはずだから、すぐにこれが必要ということはないだろう。もしそんなに大事なものなら、返してくれと言ったはずだ。

だから、彼が悪いのよ。

だいたい、このことはあとで考えることにしたんじゃなかったかしら?

エマはナイトウェアに着替えると、バスルームに行って夜の儀式を始めた。メイクを落とし、化粧水と乳液をつけて、歯を磨いて髪をとかす。お気に入りのきれいなバスルームでその儀式をすれば、たいていはリラックスできた。バスルームは明るい色彩にあふれ、かわいらしいスリッパ形のバスタブに、淡いグリーンの瓶が並んだ棚があり、瓶にはそのときどきで手に入った花を活けている。

今は春を祝って、ミニたんぽぽだ。けれども、その陽気な表情が彼女をばかにして笑っているように見えてきた。エマはいらいらして電気を消した。

それからベッドの上の枕の山をどかし、刺繍《ししゅう》のクッションをわきによけ、眠るとき用の枕をふくらませた。上掛けの下にもぐりこみ、なめらかでやわらかなシーツを肌に感じ、空中を漂うフリージアの芳香を楽しみ……。

もうっ! まだ彼のジャケットの匂いがする。

エマはため息をついて寝返りを打った。

だからなんなの? 親友のお兄さんの親友に肉体的な魅力を感じたらいけない?

別に犯罪ではないわ。肉体的な魅力を感じることは、きわめて合理的で正常なことよ。

実際、いいことだわ。健康的よ。大いにけっこうじゃないの。

まともな女なら、セクシーでゴージャスな男性に魅力を感じないわけがないのよ。見事な体と、霧のように煙る瞳を持つ男性なんだから。

そう、魅力を感じないほうがおかしいの。

その欲求のままに行動したら、それは異常というものだけど、思うだけならなんの問題もないはずよ。

あのとき、ボンネットをのぞいていたときに、あと数センチ近づいていたら、彼はどうしただろう?

ジャックだって男だわ、彼のほうからも一歩踏みだしてくれたのではないかしら? そうしたら、わたしたち、とても興味深い数分間を過ごしていたかもしれない。ちらちらと雪の舞うなか、道端で燃えあがりかけたかも。雪を浴びながら体を熱くし、胸をはずませていたかも……。

ううん、ロマンティックに考えすぎよ。どうしていつもこうなの? いつだって、健全な肉体的欲求がロマンスになってしまうんだから。これがわたしの弱点ね。この原因は間違いなく、夢みたいにロマンティックな両親のラブストーリーに根ざしている。両親があんなにロマンティックな経験をしたんだもの、わたしにもそういうことがあったっていいじゃない?

もうやめなさい。エマは自分に命じた。ジャックと〝そしてふたりはいつまでも幸せに暮らしました〟なんてことになるわけがないんだから。肉体的欲求のみにとどめておかないと。

だから、ふたりは道端で熱く燃えあがってからみあったかもしれない。ただし、この本能的で紛れもなくときめきにあふれたキスのあとには、お互いに気まずくなって恥ずかしくなったに違いない。

そのあとは謝りあう羽目になったか、でなければ、なにか冗談を言って紛らわそうとしたのではないかしら。すべてが奇妙な、ぎこちない感じになってしまったことだろう。

要するに、肉体的な欲求に従って行動するには遅すぎるということだ。ジャックとは友達、家族みたいなものなんだもの。彼を男として見てしまったなんて、そんな思いは自分の胸のうちにとどめておいて、本物を探しつづけたほうが絶対にいい。本当の愛を。

永遠に続くような愛を。

3

腹立たしさと自己憐憫《れんびん》でいっぱいになりながら、エマはとぼとぼと本館にあるホームジムへ向かった。ホームジムの設計には、効率を優先するパーカーのやり方と揺るぎない好みが反映されている。どちらも今のエマには好ましくないものだ。

ジムではフラットスクリーンにCNNが流れるなか、パーカーが電話のイヤホンをつけて、エリプティカルで何キロも走る苦行に励んでいた。エマはスウェットシャツを脱ぎながら、ボウフレックスをにらみつけた。それにも、リカンベント・バイクにも、フリー・ウェイトの台やDVDの棚にも、背を向ける。DVDはやたらと元気のいいインストラクターが登場して、ヨガやピラティスを指導してくれたり、エクササイズボールで痛めつけてくれたり、太極拳《たいきょくけん》で脅かしてくれたりするものだ。

エマはマットを広げ、簡単なウォームアップ・ストレッチをするつもりで腰をおろしたが、そのまま横になった。

「おはよう」パーカーがせっせと動きながら、ちらりとエマを見た。「昨夜は遅かったの？」

「それ、いつからやってるの？」

「あなたもやりたい？　もうすぐ終わるわ。そろそろクールダウンに入るつもりだったから」

「この部屋、大嫌いよ。床がぴかぴかで壁がきれいな色に塗られていたって、拷問部屋は拷問部屋だもの」

「二、三キロ走れば気分がよくなるわよ」

「どうして？」エマはうつぶせのまま両腕を振りあげた。「誰が言ったの？　毎日何キロも走らなきゃならないとか、体を不自然な格好にひねることが健康にいいとか、そんなことを言いだしたのは誰？　こういう醜い道具を売ってる人たちなんじゃないの？　それと、あなたが着ているみたいなかわいらしいウェアをデザインしてる人とか」

エマはパーカーが着ている濃い青灰色のクロップドパンツと、明るいピンクとグレーのトップスをじっと見た。「そういうウェア、何着くらい持ってるの？」

「千着くらい」パーカーがそっけなく答える。

「ほらね。もし何キロも走ったり、体を不自然な格好にひねったりするべきだ、そうするとスタイルがよくなると言われなければ、そんなかわいらしいウェアにお金をかけたりしないでしょう？　代わりに、もっと価値のある運動に寄付することだってできたはずよ」

「だけど、このヨガパンツはわたしのお尻をきれいに見せてくれるのよ」

「それはそうよ。でも、あなたのお尻を見ているのはわたしだけなのに、なんの意味があるの？」

「個人的な満足感」パーカーはスピードを落とし、やがてとまった。マシンから飛びおりると、アルコール消毒用のウェットティッシュを一枚とってマシンを拭《ぬぐ》う。「どうしたの、エマ？」

「言ったでしょう。この部屋が嫌いなのよ。この部屋が意味するところも」

「それは前にも聞いたけど、今日は声の調子が違うから。いらいらしてるみたい。あなたにしては珍しいわね」

「わたしだって、いらいらくらいするわよ」

「ううん」パーカーはタオルをとりだして顔を拭《ふ》き、ボトルの水を飲んだ。「あなたはいつも明るくて楽観的でやさしいわ。機嫌が悪いときでもね」

「そうかしら？　ねえ、それってむかつかない？」

「全然」パーカーはボウフレックスに移動して、上半身のエクササイズを始めた。彼女がやると、いとも簡単そうに見える。だが、そうではないのだ。エマは新たな怒りがわいてきたのを感じて体を起こした。

「わたし、いらついてるの。今朝は最高にいらいらしているのよ。昨夜――」

エマは言葉を切った。ローレルが現れたのだ。髪をシニヨンにまとめて、ほっそりした体をスポーツブラとバイク用ショーツに包んでいる。「CNN、切るわよ」彼女は宣言した。「見たくないの」リモコンをとりあげて、がんがん響くハードロックに替えた。

「少し音量をさげて」パーカーが命じた。「どうして今朝は最高にいらいらしているのか、エマが話してくれるところなんだから」

「エマが最高にいらいらするなんてありえないわ」ローレルはマットをとりだして床に広げた。「だからむかつくんだけど」

「ねえ」せっかく床の上にいるのだからと、エマはストレッチを始めることにした。「あなたたちは親友なのに、長年わたしが人をむかつかせるようなことをしているのを見過ごしてきたわけ?」

「むかつくのはわたしたちだけでしょう」ローレルは腹筋運動を始めた。「ほかの人たちより、あなたのそばにいることが多いんだから」

「それはそうね。でもそれを言うなら、あなたたちこそむかつくわよ。ねえ、ふたりとも、毎朝こんなことをしてるの?」

「パーカーは毎日よ、とりつかれてるから。わたしは週三回。動きまわりたいときは四回ね。今日はやらないはずの日だけど、泣きついてきた花嫁のためのデザインを思いついたから、エンジンがかかっちゃって」

「わたしに見せてくれないの?」パーカーがすかさず訊いた。

「ほらね、うるさいんだから」ローレルはロールアップのエクササイズに切り替えた。

「あとで見せるわ。今はそのいらいらの話を聞きたい」

「どうしてそんなことができるの?」エマはいらだちを抱えたまま、とげとげしく言った。「まるで目に見えないロープで誰かに引っぱりあげてもらってるみたい」

「わたしのは鋼鉄の腹筋なのよ」

「あなたなんか大っ嫌い」

「まったく、しょうがないわね。そのいらいらの原因は男でしょう」ローレルが言う。

「詳しいことを聞かせて」

「実は――」

「ちょっと、何事なの?　ブラウン・ジムのレディース・デイ?」マックが入ってきて、スウェットパーカーを脱いだ。

「地獄のような一日の憩いのひとときよ。あなたこそ、ここでなにをしてるの?」ローレルが言った。

「わたしだって、ときどきはここに来ているのよ」

「ときどきここの写真を眺めることが、ワークアウトだと思っているんじゃないの?」

「わたしは生まれ変わったの。健康のために」

「ばっかみたい」ローレルはにやりとした。

「そうよね、ばっかみたい。でも、きっとストラップのないウェディングドレスを着ることになると思うのよ。だから腕と肩を美しくしたいの」マックは鏡のほうを向き、腕を曲げた。「いい腕と肩なんだけど、これでは足りないのよね」ため息をつきながら、スウェットパンツを脱ぐ。「ちょっと強迫観念にとらわれた、うるさい花嫁になりつつあるのかもしれないわ。自分で自分がいやになっちゃう」

「強迫観念にとらわれてうるさくなっても、ウェディングドレスがよく似合う花嫁になればいいじゃない。ほら」パーカーが言った。「わたしがやるのを見ていて」

マックが眉をひそめた。「見ているけど、好きじゃないかも」

「一定のペースで流れるように続けるの。少し簡単にしてあげるから」

「わたしがそんな甘ちゃんだって言いたいの?」

「わたしと同じレベルから始めたら、明日うめいたり泣いたりすることになるからよ。わたしは週に三回やっているんだもの」

「あなたの腕と肩、それは見事だものね」

「そのうえ、このパンツをはくとお尻もきれいに見えるというお墨付きももらったわ。一定のペースで流れるようにね。ワンセット十五回を三セットよ」パーカーはマックをとんとんとたたいた。「さあ、これ以上邪魔は入らないはずよ。エマ、話を続けて《ハブ・ザ》ちょうだい《・フロア》」

「もうフロアにいるけど」マックが指摘した。

「しいっ。エマは今朝いらついているのよ。その理由を……」

「昨夜、アダムとヴィッキー——マクミラン夫妻よ——のパーティーに行ったの。本当は行かないつもりだったのよ。昨日は予定が詰まっていたし、今日もそうだから。昨日はいい仕事ができたの。とくに最後の打ちあわせはうまくいったわ。それで契約書を作成したり、メモをとったりして、軽く食事をして映画を見て早く寝ようと思っていたのよ」

「誰があなたを誘いだしたの?」マックが顔をしかめて一セット目をやりながら訊いた。

「サムよ」

「サムって、熱血のコンピュータおたくっていう、なんだか矛盾するタイプの人だっけ? バディ・ホリー(一九五〇年代に活躍した米国のミュージシャン。眼鏡をかけたロックンローラーとして知られた)みたいな眼鏡をかけていたのに、というか、かけていたせいでそう見えたのかしらね」

「違うわ」エマはローレルに向かって首を振った。「それはベン。サムは笑顔がすてきな広告会社のエリート社員よ」

「もうデートはしないことに決めた人よね」パーカーがつけ加えた。

「そう。昨日のはデートというわけじゃないのよ。ディナーの誘いも、迎えに来てもらうのも断ったもの。でも……当初の予定を曲げてパーティーへ行くことにして、現地で落ちあうことにしたの。あなたと寝るつもりはないって、二週間前にはっきり彼に言ったのよ。だけど、彼は本気にしてないみたいだった。ただ、パーティーには父方の遠縁にあたるアディソンが来ていたの。彼女はすてきだし、サムの好きなタイプだと思ったから、ふたりを引きあわせたわ。そこまではよかったのよ」

「縁結びサービスも始めたらどうかしら」ローレルが左脚をあげながら言った。「エマが振りたい男性に誰かを紹介するだけでも、いいビジネスになりそう」

「振るっていうのはマイナスの意味合いがあるでしょう。わたしは方向を変えてあげているのよ。とにかく、パーティーにジャックが来ていたの」

「うちのジャック?」パーカーが訊いた。

「そう、おかげで助かったのよ。早めに抜けだして帰る途中で、車がエンストしちゃって。変な音がしだしたと思ったら、そのままうんともすんともいわなくなっちゃっくて」

脚あげはそんなにきつそうに見えなかったので、エマもローレルの動きをまねた。

「だから〈オンスター〉サービスに入れと言っているでしょう。緊急時に安心だから」パーカーが言った。「あとでパンフレットをあげるわ」

「でも、あれはちょっと気味が悪くない？」マックは息を切らしながら、三セット目に入った。「自分が今どこにいるか、〈オンスター〉の人に知られているのよ。きっとこちらの声だって聞こえているんだわ。こっちがボタンを押していないときでも聞いてるのよ。絶対にそう」

「人がラジオに合わせて調子っぱずれに歌うのを聞くのが好きなんでしょう。楽しい気分になるんじゃないの？　それで、誰に連絡したの？」パーカーがエマに訊いた。

「それがね、連絡する必要がなかったのよ。電話をかける前にジャックが通りかかったの。それで調べてくれて、バッテリーのせいだとわかったから、ジャンプスタートってやつをしてくれたのよ。ああ、そういえばジャケットを借りたのに返しそびれちゃったわ。というわけで、静かな夜を過ごすはずが、サムのキスをよけて方向転換させて、凍えるような寒さのなかで道端に立ちつくしていたというわけ。サラダをたっぷり食べて、ロマンティックな映画を見ていたかったときに。これから車を修理に出して、ジャックのところまでジャケットを返しに行かないと。だけど今日は予定がびっしりで無理。そういうわけでいらついているのよ、だって……」

そこでエマは言葉を濁し、体の向きを変えて反対の脚をあげた。「今日の予定がすべてこなせるか心配で、そもそも口車に乗せられてのこのこ出かけていった自分に腹が立って、昨夜はよく眠れなかったの」

ふうっと息をつく。「でも、こうやって全部吐きだしてみたら、大騒ぎするほどのことじゃないように思えてきたわ」

「エンストはどんなときでもいやよ」ローレルが言った。「それが夜で、しかも雪が降っているときだなんて最低。いらいらして当然よ」

「ジャックにはわたしが悪いと言われたわ。それもむっとしたけど、最悪なのはそのとおりだということ。だって、一度も車を点検に出したことがなかったんだもの。ただの一度もね。だからむっとはしたけど、ジャックは助けてくれたし、ジャケットも貸してくれた。それにわたしが無事に帰りつくように、後ろをついてきてくれたのよ。とにかくそういうこと。これから誰か車を修理してくれる人を探して頼まないと。実家の父親か兄さんたちに頼めばなんとかなりそうだけど、車をほったらかしていたことで、またお説教されるのは勘弁だもの。ねえ、パーカー、どこに頼めばいいかしら?」

「それなら任せて」マックが息を荒らげながらトレーニングをやめた。「冬にうちの母親の車を運んでくれた人に頼むといいわ。デルの友達よね？　あのリンダにはっきり意見してくれたんだから、たいした人よ」

「それがいいわ」パーカーも同意した。「彼なら、ディレイニー・ブラウンのお墨付きよ。デルは自分の車を誰に任せるかについては本当にうるさいの。〈カヴァノー整備工場〉というところよ。電話番号と住所を教えるわね」

「オーナーはマルコム・カヴァノー」マックがつけ足した。「すごくホットな人」

「そうなの？　それならバッテリーがだめになったのも、そんなに悪いことではないかもしれないわね。来週にでも頼むことにする。それとは別に、誰か街に出かける人はいる？　ジャックのオフィスの近くまで。今日はどうしても時間がとれないのよ」

「土曜日に返せばいいじゃない」パーカーが提案した。「彼、夜に執り行われる式に参列する予定だから」

「あら、よかった」エマはあからさまにいやそうな顔でエリプティカルをにらみつけた。「せっかくここにいるんだから、汗を流すべきなんでしょうね」

「わたしはどう？」マックが意見を求めた。「引きしまってきたかしら？」

「めざましい進歩よ。次はバイセプスカールね」パーカーが指示を出す。「やってみせるから見ていて」

九時になるころには、エマはシャワーを浴びて着替えをし、自分がいたい場所にいた。花に囲まれた、オフィスのカウンターの前だ。

クライアントは両親の結婚五十周年記念のお祝いに、かつての結婚式と裏庭でのガーデン・レセプションを再現したいと依頼してきた。ひと味違ったお祝いをしたいのだという。

エマはウェディング・アルバムから提供してもらったスナップ写真のコピーをボードに貼《は》りつけ、そこにテーマに沿ったスケッチや表、花や容器、装飾品のリストを加えていった。別のボードには、ローレルが描いた優雅な三段のウェディングケーキのスケッチがとめてある。ケーキの周囲には、明るい黄色のたんぽぽと淡いピンクのチューリップが描かれていた。そのわきにはクライアントから預かったケーキの飾りの写真がある。結婚式の日の夫婦の姿を模したもので、花嫁の釣鐘形の膝丈スカートの裾についたレースまで忠実に再現されている。

五十年もともに生きてきたなんて。エマは写真を眺めながら考えた。来る日も来る日も、誕生日もクリスマスも。誕生と死、いさかい、笑い。なにもかもをともにしてきたのだ。

エマにとっては、吹きさらしの荒野よりも、おとぎばなしのお城よりもロマンティックに思える。

ふたりのための庭をつくってあげよう。すばらしい庭を。

まずはたんぽぽだ。苔《こけ》で縁どった長い桶《おけ》にチューリップ、ヒヤシンス、水仙と一緒に植え、そこここに日々草のつるをあしらう。エマはカートをいっぱいにして冷蔵ケースまで運ぶことを六回くりかえした。

それからたっぷりの活性剤と水を混ぜて、背の高いガラスのシリンダーを満たす。飛燕草《ひえんそう》、ストック、金魚草、ふわふわのかすみ草、レースのようなアスパラガスの茎をむき、流水の下で切ってから活けはじめた。やわらかな色とはっきりした色を組みあわせ、さまざまな高さになるように切って、春の庭の雰囲気をつくりだしていく。

時間が過ぎていった。

エマは手を休めると、肩をまわしたり、首をまわしたり、指を曲げ伸ばしたりした。水に浸したフローラルフォームにレモンリーフを巻きつけ、葉面光沢剤で磨いてベースをつくる。

バケツに薔薇を集め、茎をむく。手に傷がついても毒づきもせずに茎を切ってそろえ、五十年前に花嫁が持っていたブーケの複製をひとつつくった。全部で五十個つくるうちのひとつ目だ。

中心から外側に向かって、茎の一本一本をフローラルフォームに接着剤で丁寧につけていく。茎の表面をむいて切ってくっつけながら、花嫁が選んださまざまな色の薔薇をめでる。

きれいだわ。エマは幸せな気持ちで思った。ずんぐりしたガラスの花瓶に入れたホルダーにブーケを入れて、さらに思う。なんてかわいいの。

「あと、たったの四十九個よ」

休憩してから、残りの四十九個にとりかかることにした。

ごみを詰めた袋をごみ置き場へ運び、作業エリアのシンクで緑色に染まった指や爪の内側をごしごしこする。

午前中の仕事のご褒美に、ダイエットコークとパスタサラダの皿を持って、家のわきのパティオに出た。目の前の庭は、さっき彼女がつくりだした庭にはまだかなわない。でもクライアントのご両親は、ヴァージニア南部で結婚したのだ。ここもあと数週間で春咲きの球根の葉が伸びて、多年草のみずみずしい葉が見られるだろう。

青い空が広がり、少しむっとするような気温の今日は、昨夜の雪が遠い昔のことのように思える。

パーカーが数人の客を引き連れて、本館のテラスのひとつを通っていくのが見えた。ここでの結婚式を考えている人たち向けの館内見学だ。パーカーが薔薇の東屋を指さした。客は白い薔薇やみずみずしい藤《ふじ》が咲き乱れるさまを思い浮かべているのだろうが、エマがパンジーと匍匐性《ほふくせい》のヴィンカをあしらった壺《つぼ》も美しく映えているはずだ。池には、睡蓮《すいれん》があり、ところどころに植わっている柳に緑の新芽が出かけている。

これから式を挙げる新郎新婦が、未来の結婚記念日に五十個のブーケを花屋に注文することがあるだろうか？　生まれくる子供たちや孫たちが、愛する両親や祖父母に、五十周年のお祝いをしてあげたいと思うようになるかしら？

朝のワークアウトと仕事のせいで筋肉痛にうめきながら、エマは向かい側の椅子に足をのせ、太陽に顔を向けて目を閉じた。

土と肥料の独特の匂いがして、鳥が楽しげにさえずる声が聞こえる。

「こんなふうにあくせく働くのはやめるべきだな」

エマははっとした。眠りこんでいたのだろうか？　ぱちぱちとまばたきすると、目の前にはジャックがいた。ぼうっとしたまま、彼がエマの皿からパスタをつまんで口に放りこむのを眺める。「うまいな。もっとあるかい？」

「なに？　あら、やだ！」エマはあわてて腕時計に目をやり、ほっとしてため息をついた。「うたた寝をしちゃったみたい。でも、ほんの数分だったわ。ブーケをあと四十九個もつくらなくてはいけないのに」

ジャックがグレーの瞳の上の眉をひそめた。「四十九人も花嫁がいる結婚式？」

「いいえ、違うの」エマは頭のなかの霧を払うように首を振った。「結婚五十周年のお祝いで、その一年一年の分のブーケをつくっているのよ。あなたはどうしたの？」

「ジャケットをとりに来た」

「ああ、そうよね。ごめんなさい。ゆうべ返すのを忘れてしまって」

「いいんだよ。ちょうどこの近くで仕事があったから、寄ってみたんだ」またパスタをフォークにからめる。「これ、もっとあるかな？　昼を食べそこねたんだ」

「あるわよ。せめてお礼にお昼ぐらいはごちそうしないとね。どうぞ座っていて。お皿を持ってくるわ」

「ありがとう。それと、ちょっとカフェインをもらえないかな？　熱いのでも冷たいのでもかまわないんだが」

「ええ、もちろん」エマは彼の顔を見つめながら、髪から抜けかけていたピンをとめ直した。「なんだかすごく疲れているみたい」

「忙しかったんだ。それに、四十五分後には次の現場に行かなくちゃならない。ここの近くの仕事が途中だったから……」

「それはちょうどよかったわ。すぐ戻るわね」

たしかに疲れきっている。ジャックはそう思いながら脚を伸ばした。だがそれは仕事のせいでも、検査官とやりあったせいでもない。睡眠不足でさえなければ、もっとうまくやれたはずだった。昨夜、寝返りを打ちながら、ダークブラウンの瞳の美女との官能的な夢を打ち消そうとしていたせいで、こんなことになってしまったのだ。

そのくせ、わざわざジャケットを理由に立ち寄るなんて愚かだし、マゾヒスティックだと自分でも思う。

日差しを浴びて眠っていたエマのセクシーなことといったら。

あの姿を見てしまっては、ますます眠れなくなりそうだ。

どうにかして乗り越えるしかない。ブロンドの女性か赤毛の女性とデートをするべきだろう。ひとりやふたりではだめだ。何人かとデートを続けてエマを頭から締めだし、再び立ち入り禁止区域に戻すしかない。

そう、彼女には立ち入り禁止区域にいてもらわなければ。

エマが腕にジャケットをかけ、両手でトレイを持って戻ってきた。

男が思わず息をのむ美しさだ。今みたいに微笑まれたら、全身を稲妻に貫かれたような衝撃が走る。

ジャックは頭のなかに〝立ち入り禁止〟の標識を思い浮かべた。

「おばのテリーがつくったオリーブパンがあったの」エマが言った。「おいしいのよ。飲み物は冷たいのを持ってきたわ」

「助かるよ。ありがとう」

「どういたしまして。それに、休憩時間に話し相手がいるのはいいものだわ」エマは腰をおろした。「今はどんなお仕事をしているの？」

「いくつか同時進行していてね」ジャックはパンを口にした。「本当だ、こいつはうまい」

「テリーおばさんの秘密のレシピなのよ。この近くで仕事があったと言っていたわよね」

「二件あるんだ。ひとつはこれから向かう先で、延々と続いている。二年前にキッチンの改装を始めたんだが、そこから主寝室のバスルームの改築に移行して、今では日本式の浴槽、埋めこみ式の泡風呂、六人一緒に入れるくらいのスチームシャワーまで完備してる」

エマがそのゴージャスな目の上で眉をひそめて、パスタを口に入れた。「すごいわね」

「そのうち競泳用プールまでつくってくれと言われるんじゃないかと覚悟していたんだが、今度は外に目が向いたらしくてね。プールのわきにオープンキッチンをつくりたいと言いだした。雑誌で見かけて、それなしでは生きていけないんだそうだ」

「なくても生きてる人は大勢いるのに」

ジャックは微笑み、パスタを食べた。「彼女は二十六歳で、ご主人は五十八歳なんだよ。ご主人は奥さんの言いなりで、彼女が気まぐれを言いだすたびに大喜びで聞いてやってる。しょっちゅう気まぐれを起こしているんだが」

「奥さんを愛しているのね。望みどおりにしてあげられるのなら、喜ばせてあげればいいと思うわ」

ジャックは肩をすくめた。「ぼくはかまわないけどね。おかげでビールとナチョスが買える」

「皮肉屋なのね」エマはフォークを彼のほうに向けてから、またパスタをからめた。

「頭が空っぽのお飾りみたいな妻と、中年のまぬけな夫だと思っているんでしょう」

「最初の奥さんはそう思っているだろうけど、ぼくにとっては大切なクライアントだからね」

「年の差は恋愛や結婚には関係ないと思うのよ。大事なのは、ふたりの人間がお互いをどう思うかということ。きっとその奥さんのおかげで、ご主人は若返ったような気持ちになれたり、自分のなかの新しい面に気づいたりできたんじゃないかしら。セックスだけが目当てだったら、彼女と結婚しなくたっていいんだもの」

「彼女のような容姿の女性にはかなりの力があるものだ、とだけ言っておくよ」

「そうかもしれないけど、ここでたくさんの結婚式を手がけていると、年齢に差のあるカップルも大勢いるから」

ジャックはフォークを振り、エマのしぐさをまねてパスタをつついた。「結婚式イコール結婚じゃない」

エマは座り直して、指でとんとんとテーブルをたたいた。「たしかにそのとおりよ。でも、結婚式は序章だわ。結婚の始まりを象徴する儀式なの。だから――」

「その夫婦はラスヴェガスで結婚したんだ」

ジャックは笑いをこらえているエマを見ながら、表情を変えずに食べつづけた。

「ラスヴェガスで結婚する人も大勢いるわ。だからといって、幸せで満ち足りた結婚生活を送れないということにはならないでしょう」

「式を執り行ったのは、エルヴィスに扮した役者だったそうだ」

「ねえ、それって作り話なんでしょう。でも本当だったとしても、その手の……選択はユーモアのセンスが感じられて楽しいわ。そういうことも、結婚がうまくいくのに必要な要素なんじゃないかしら」

「なるほどね。おいしかったよ」ジャックはパーカーが見学客と一緒にいる本館のテラスのほうに目を向けた。「ビジネスは順調なようだね」

「今週はここでのイベントが五件と、出張でのブライダル・シャワーが一件あるわ」

「ああ、ぼくも土曜の夜にある式に出席するんだ」

「どちらの友人として?」

「花婿のほうだよ。花嫁はモンスターだろう?」

「そうなのよ」エマは背中をそらして笑い声をあげた。「彼女、親友のブーケの写真を持ってきたの。同じようなものをつくってほしいというんじゃなくて、絶対に同じにしてほしくないからって。まったく別のスタイルのブーケなのに、それでも薔薇を数えて、自分のブーケにはそれよりひとつでも多く花を入れてほしいと言ったのよ。しかも、ちゃんと数を確認するからって警告までしてきたの」

「実際に数えるだろうな。賭《か》けてもいいが、きみがどんなにすばらしいものをつくっても、彼女は難癖をつけるだろう」

「ええ、それはもう覚悟してる。そういうことも含めての仕事だから。モンスターもいれば天使もいるし、普通の人もいるものよ。でも、今日は彼女のことは考えなくてもいいの。幸せな日なんだもの」

ジャックには、エマが心からそう思っているのがわかった。くつろいで輝きを放っている。だが、それはいつものことだ。「ブーケを五十個つくるから？」

「それと、結婚五十周年を迎える花嫁がそのブーケを気に入ってくれることがわかるからよ。五十年ですって。想像できる？」

「なにについてでも、五十年なんて想像がつかないよ」

「そんなことないでしょう。あなたが建てたものは五十年後も残っているもの。それよりもっとかもしれない」

「たしかにそうだな。だけど建物だから」

「結婚も同じよ。生きている建物のようなものね。働きかけて、大事にして、修理をしていかないといけないの。そして結婚記念日を迎えるこのご夫婦は、それが可能だということを証明してくれているのよ。さあ、そろそろ仕事に戻らないと。休憩時間は終わり」

「ぼくもだ。これはぼくが片づけるよ」ジャックはトレイに皿をのせて、エマと一緒に立ちあがった。「今日はひとりで仕事なのかい？　妖精たちは？」

「彼女たちには明日来てもらうことになっているの。週末にある式のお花の準備を始めたら、ものすごい騒ぎになるはずよ。今日はわたしひとり、三千本の薔薇と一緒に至福のときを過ごすの」エマがジャックのためにドアを開けた。

「三千本？　本当に？　指がとれちゃうんじゃないか？」

「わたしの指はものすごく強いのよ。それにいざとなったら、仲間が二、三時間は茎をむくのを手伝ってくれるから」

ジャックはキッチンのカウンターにトレイを置き、ここはいつもながら牧草地のような香りがすると思った。「がんばって。お昼をごちそうさま」

「どういたしまして」エマに戸口まで送ってもらったところで、彼は足をとめた。

「車はどうなった？」

「ああ。パーカーが整備工場を紹介してくれたわ。カヴァノーという人がやっているところ。電話してみるつもり」

「やつなら間違いないよ。早くかけてみるといい。じゃあ、土曜日に」

ジャックは車に向かって歩きつつ、エマが花のもとに戻り、何時間も薔薇の香りに包まれながら棘《とげ》のついた茎の皮をむき……あとはなにをするのかわからないが必要な作業をして、結婚を決意した女性たちが手にするブーケをつくる姿を想像した。

それに、彼が近づいていったときのエマの姿ときたら。日だまりのなかに座り、顔を上向けて目を閉じていた。楽しいことを夢見ているかのように、かすかに笑みをたたえていた官能的な唇。まとめた髪から、わずかにほつれたひと筋が耳にかかっていた。

あのとき一瞬、身を乗りだして、あの唇を奪ってしまおうかと考えた。軽い調子で、眠れる森の美女を目覚めさせるかのようにすることもできたはずだ。エマにはユーモアのセンスがあるから、おもしろがってくれたかもしれない。

だが、彼女は怒るときもあるからな。しょっちゅうかっかしているわけではないが、怒ったのを見たことはある。

どちらにしても関係ないか。ジャックは自分に言い聞かせた。キスする機会は、彼がふいにしてしまったのだ。エマのことを考えてこれ以上じりじりするよりも、ブロンドか赤毛の女性たちのことを考えたほうがよさそうだ。

友達は友達、恋人は恋人。恋人を友達にすることはできても、友達を恋人にしたら、がらがらと足場が崩れてしまう。

もう少しで現場に着くころになって、ジャックはジャケットをエマのパティオに忘れてきたことに気がついた。

「ああ、ちくしょう」

これでは、また会いに行く口実をつくるために、わざと女のところに忘れ物をしてくる愚か者みたいじゃないか。そんなつもりではなかったのに。

本当にそうか？

くそっ。もしかしたら、そのつもりだったのかもしれない。

4

土曜日の二時十五分、エマは部隊を集めて会場の模様替えにとりかかった。昼間に執り行われた結婚式を彩ったカリブ海風の明るい雰囲気の飾りつけから、エマがひそかに〝パリの爆発〟風と名づけている飾りつけに変えるのだ。

「全部片づけて」エマは動きやすいスニーカーで小走りになった。「花嫁は残ったバスケット、花瓶、装飾をすべて欲しいそうよ。ゲストに差しあげたもの以外、残っているものは全部まとめて。ビーチとティファニーは花輪を外してね、屋内も外もよ。柱廊式玄関《ポルティコ》から始めて、なかに移動してきて。ティンク、あなたはわたしと大ホールの模様替えよ。ポルティコの飾りつけにとりかかれるようになったら知らせて。新郎新婦の控室はもうすんでいるわ。次の花嫁は三時半からヘアメイクと着付けをして、控室で写真撮影の予定よ。三時二十分までに玄関、玄関ホール、階段の飾りつけをすませて、四時までに大ホール、四時四十五分までにテラス、東屋、パティオ、五時四十五分までに舞踏室を完了すること。もしもっと人手が必要なら、わたしかパーカーに言ってちょうだい。じゃあ、始めましょう」

エマはアシスタントのティンクを従えて、猛スピードで動きだした。ティンクはその気があるときは頼りになる。四回に一回くらいは心配なときがあるが、たいていは指示や説明を一度すればすむ。なんといっても、フラワーコーディネーターとしての才能はあるのだ。本人がその気になりさえすれば。そしてその気になったときには、エマがぎょっとするほどたくましい。

ティンクは小柄な引きしまった体つきで、ばっさりと切った根元まで黒い髪に、春らしく綿菓子のようなふんわりしたピンクのメッシュを入れている。彼女はつむじ風のような勢いで、暖炉の飾りつけの片づけにとりかかった。

エマのほうは飾りをはがしたり、箱に詰めたり、箱を引きずって運んだり持ちあげたりした。それからマンゴー・オレンジとサーフ・ホワイトのキャンドル、ブーゲンビリアの花飾り、羊歯《しだ》と椰子《やし》の鉢植えを運んだ。

ティンクはガムをくちゃくちゃ噛みながら、鼻にしわを寄せた。その拍子に銀のフープのピアスがきらりと光る。「椰子の木だのなんだののビーチ風がいいっていうんなら、最初からビーチでやればいいのに」

「でもそうしたら、わたしたちがビーチをつくりだしてお金をもらうこともできないのよ」

「そうね」

エマは連絡を受け、ホールを離れてポルティコに出ていった。何メートルもある白いチュールレースを撚《よ》ってひだをつけて垂らし、そこに大量の白い薔薇をあしらい、花嫁とゲストのために通路を壮麗に飾りつけていく。色とりどりのハイビスカスと蘭《らん》の鉢植えを並べた先には、ライラックをふんだんに活けた大きな白い壺を置く。

「新郎新婦その一とゲストは全員帰ったわ」パーカーが知らせてきた。彼女はシンプルなグレーのスーツ姿で、片手にブラックベリーを持ち、ポケットには携帯用無線機《ウォーキー・トーキー》を引っかけ、イヤホンをぶらさげている。「まあ、エマ、すばらしいじゃないの」

「そうでしょう。もうちょっとで完成するわ。あのモンスターみたいな花嫁は、シンプルすぎるからってライラックをいやがったのよ。でも、写真を見せて説得したの」

一歩さがってうなずく。「これでよしと。うまくできたわ」

「あと二十分で到着よ」

「間に合わせるわ」

エマはなかに入り、ティンクとティファニーが作業している階段へ向かった。ここでもさらにチュールと白薔薇を使い、飾り電球をからめ、二十五センチおきに薔薇の花綱が垂れさがるように飾りつけている。完璧だ。

「いいわ、ビーチ、入口とギフトテーブルのアレンジメントをお願い。大ホール用の材料の第一弾も運んでこないと」

「カーターに手伝ってもらいましょう」パーカーがウォーキー・トーキーをぽんぽんとたたいた。「舞踏室の手伝いに呼んだんだけど、そっちにまわってもらってもいいから」

「マックがたくましくて協力的な人とくっついてくれて助かるわね。じゃあ、お願いするわ」

背の高いカーターとがっしりしたビーチとともに、エマは鉢、花瓶、バスケット、装飾用の葉、花輪、花綱、キャンドルを運んだ。

「MBのご到着よ」ヘッドセットを通して聞こえてきたパーカーの声に、エマは鼻を鳴らした。モンスター《M》・ブライド《B》ね。

白と銀のキャンドルに、白薔薇、ラベンダー色のトルコ桔梗《ききょう》をあしらった暖炉の飾りつけの仕上げをすると、ホールを駆け抜けて外のアレンジメントにとりかかる。

いくつもの壺にライラックを活け、濃紫と白のカラーでいっぱいの巨大な銀のバスケットを運び、白い布をかけた通路の椅子に銀のリボンをつけた球果を垂らして飾りつけを終えると、エマは水をごくごく飲んだ。

「すごいな、これがきみの最高傑作？」

痛む背中をさすりながら振りかえると、ジャックがいた。

しゃれたグレーのスーツのポケットに両手を突っこみ、まぶしい日差しを避けるようにオークリーのサングラスをかけている。

「まあね、花嫁がシンプルなのがお好みだから」

ジャックは笑って頭を振った。「すばらしいよ。凝っていて、どことなくフランス風だ」

「そうなのよ」エマは彼のほうに指を向けた。「まさにそれが狙《ねら》いなの。待って！」急に恐怖に襲われた。「ここでなにをしているの？　今、何時？　そんなに遅れているわけないわ。それならパーカーが――」腕時計を確かめてほっとする。「ああ、よかった。ずいぶん早く来たのね」

「ああ、パーカーからデルを通じて言われたんだよ。参列するなら、早く来て手伝ってくれないかって。だから手伝いに来た」

「じゃあ、一緒に来て。ティンク！　ブーケをとってくるわ。十分で仕上げをして、それから舞踏室よ」

「了解」

「荷物を積むのを手伝ってくれる？　これからとりに行くところなの」エマはヘッドセットのマイクに向かって言った。「ねえ、彼女のシャンパンにザナックス(抗不安薬の商品名)を入れておいてよ、パーカー。これ以上速く動くのは無理。十分でいいから。マックに彼女を足止めさせて」

早足で運搬用のバンのところまで行くと、運転席に乗りこんだ。

「しょっちゅうやってるのかい？」ジャックが訊いた。「花嫁に薬を盛るの」

「そんなことしないわよ。でも、ときどきそうしたくなる花嫁はいるわ。今日の花嫁に関しては、そうしたほうがみんなのためになるでしょうね。彼女は今、ブーケを欲しがっているの。なぜって、自分の目で見て気に入らなかったら大騒ぎするためよ。ローレルがマックから聞いた話では、あのＭＢは美容師を泣かせて、花嫁付添人とけんかしたそうよ。もちろんパーカーが丸くおさめたけど」

「ＭＢって？」

「なんだと思う？」エマはそう言ってバンからおり、仕事場に飛びこんだ。

ジャックも彼女について なかに入った。「ええと、なんの略だい？　モンスター・ビッチか。いや、モンスター・ブライドだな」

「あたり」エマは冷蔵ケースのドアを引き開けた。「右側にあるのを全部持っていくの。薔薇のキャスケード・タイプのブーケをひとつ、ブライズメイド用のブーケを十二。十二個数えてね」箱のひとつをぽんとたたく。「これがなにかわかる？」

「ブーケだろう。紫色っぽい。すごくすてきだ。こんなのは見たことがないな」

「キャベツの仲間なのよ」

「本当に？」

「観賞用のケール。斑入《ふい》りの紫とグリーン。花嫁のテーマカラーは紫とシルバーなの。赤紫から茄子紺《なすこん》までの色調に、シルバーのアクセントをふんだんに加えて、白とグリーンをたっぷり入れてアレンジメントにしたわ」

「信じられないな。キャベツのブーケだなんて。彼女には言ってないんだろう？」

「これを見て気に入ってくれてからね。さてと、ブーケとコサージュとブートニエール、匂い玉ふたつ。フラワーガールがふたりいるのよ。白薔薇とラベンダーの冠に花瓶ね。チェックして、チェックして、もう一度。じゃあ、積みこみましょう」

「花にかかわるのがいやになることはないのかい？」ブーケの箱を運びながら、ジャックが尋ねた。

「絶対にないわ。このラベンダーの香りがわかる？　そっちの薔薇は？」

「それはわかるよ、この状況ならね。たとえば、きみをはじめてのデートとか特別なことに誘った男が花を持ってきたら、きみの場合は〝まあ、お花。すてきね〟とはならないだろう？」

「思いやりのある人だと思うでしょうね。ああ、体じゅうの筋肉という筋肉が、グラス一杯のワインと熱いお風呂を求めてる」ジャックがバンのドアを閉めると、エマは背筋を伸ばした。「さあ、これからＭＢをぎゃふんと言わせてやるわ。ああ、待って。

このあいだ貸してくれたジャケット。なかにあるのよ」

「あとでとりに来る。それで、彼女のブーケは友達のより薔薇の花が一本多いのかい？」

一瞬なんの話かわからず、エマはきょとんとしたが、ブーケの話をジャックにしたことを思いだした。「十本多いの。今日の日が終わるまでには、〝まいりました〟と言わせてやるんだから。はい、ええ、パーカー、今向かってるところ」携帯電話でパーカーと話しているあいだに、ウォーキー・トーキーが鳴りだした。「今度はなに？　ねえ、これ読める？　運転してるから読めないのよ。スカートにくっついてるの、あなたのほうのジャケットのすぐ下」

ジャックがエマのジャケットの裾を持ちあげ、指先でさっとウエストの少し上の肌をかすめてから、ウォーキー・トーキーを傾けた。彼女は息をのみながらも、まっすぐ前を見つづけていた。

「〝DTMB！　マック〟だって」

「DTMB？」ジャックの指の関節がまだウエストの上あたりにあたっているので、気が散って仕方がない。「ああ……モンスター・ブライドに死を《デス・トゥ・モンスター・ブライド》、よ」

「返信は？　殺害方法についての提案とか？」

エマは小さく笑った。「今はいいわ。ありがとう」

「すてきなジャケットだ」ジャックは上着の表面をさっと撫《な》でてから、裾をもとに戻した。

車は本館の前にとめた。「これを運ぶのを手伝ってくれたら、式の前に大ホールへ行ってビールをくすねても、パーカーには黙っておいてあげる」

「約束だ」

ジャックはエマと一緒に、箱をロビーに運びこんだ。しばし足をとめて周囲を見渡す。「いい仕事をしているね。これできみを認めないようだったら、彼女は大ばか者だよ。もうわかっていることだけど」

「しいっ！」エマは笑いを嚙み殺し、目をくるりとまわした。「近親者や披露宴の招待客がいるかもしれないのよ」

「ぼくが彼女に我慢ならないと思ってることは、あっちも知っているよ。直接そう言ったから」

「まあ、ジャック」エマは階段を急ぎ足であがりながら笑った。「彼女を刺激するようなことは言わないでね。口を開く前に、パーカーの怒りを思いだして」

彼女は持っていた箱を持ち替えて、花嫁控室のドアを開けた。

「ああ、やっと来たわ！　エマリン、ブーケなしでどうやって記念写真を撮れっていうの？　もう緊張でおかしくなりそうなのよ！　早めにブーケを見たいと言っておいたでしょう？　変更ができるように。今、何時だかわかってる？　ねえ？」

「ごめんなさい、今のあなたの言葉、耳に入ってこなくて。見とれてしまったんです。ホイットニー、なんて美しいんでしょう」

少なくとも、それは本当だった。何メートルも流れる長い裾のスカート、パールとビーズがきらめくヴェールとボディスに包まれて、形よくまとめた明るいブロンドの髪にティアラをのせたモンスター・ブライドは、まばゆいばかりの美しさだった。

「ありがとう。でも、ブーケのことを心配しすぎてぐったりよ。もし完璧じゃなかったら――」

「お望みどおりのものだと思います」エマは箱から白い薔薇でまとめたたっぷりしたキャスケード・タイプのブーケをとりだした。花嫁がぱっと目をみはったときには心のなかで小躍りしたが、いかにもプロらしく言葉を続けた。「薔薇が少しだけ開くように温度を微調整しました。葉の緑とシルバービーズがアクセントになって、花を引き立てています。シルバーのリボンを長く垂らす形にしたいとおっしゃったのは覚えています。でもそうすると主役の花が目立たなくなってしまうし、形もよくないと思いまして。もちろん、どうしてもそちらがいいとおっしゃるなら、すぐにリボンをおつけします」

「シルバーがあったほうがきらきらするけど、でも……そうね、あなたの言うとおりかもしれない」ホイットニーは手を伸ばしてブーケをとった。

すぐそばで花嫁の母親が、祈るように両のてのひらを合わせて唇に触れた。

これはいい兆し。

ホイットニーはくるりと振りかえり、姿見で自分の姿を点検して笑みを浮かべた。エマがそばに歩み寄って耳もとでささやくと、その笑みが顔じゅうに広がった。

「あとで数えてみてくださいね」エマは言った。「では、次はマッケンジーにあなたを引き継ぎます」

「そこの窓のあいだで撮ってみましょう、ホイットニー。光がすごくいいわ」マックが花嫁の後ろで、エマに向かって親指を立ててみせた。

「さあ、お嬢さんたち、今度はあなた方の番よ」エマはブライズメイドやフラワーガールに声をかけた。

ブーケとコサージュを配り、ブーケのホルダーを置き、花婿の母に匂い玉とフラワーガールの支度を任せた。

エマは少し後ろにさがってジャックを振りかえった。「ふう」

「〝あなたの言うとおりかもしれない〟というのは、彼女にしてみたら〝まいりました〟と言ったも同然だよ」

「わかってるわ。ここからは大丈夫だから、ビールを飲んできてちょうだい。カーターがどこかそのへんにいるはずよ。うまく言いくるめて、一緒に行けばいいわ」

「やってみる。でも、あいつは頭がかたいからな」

「あとはブートニエール」エマは歩きながら言った。「それから舞踏室をチェックして」腕時計を見る。「スケジュールどおりに進んでいるわ。ありがとう。あなたが荷物を積むのを手伝ってくれなかったら、時間に遅れていたところだった」

「ブートニエールはぼくが持っていこう。ジャスティンの顔を見るチャンスだし、かかあ天下についてのジョークを言わないと」

「そうね、そうして」おかげで数分の余裕ができたので、エマは大ホールを通ってテラスに出てみることにした。

何箇所か手直しをして満足すると、舞踏室へあがっていった。すでにアシスタントがきっちり仕事を進めてくれている。エマは袖《そで》をまくって飛びこんでいった。

作業中、パーカーからは定期的に連絡が入り、ついにカウントダウンが始まった。

〝招待客はまださみだれ式に入ってきている。ほとんどは席につくか、テラスにいる〟

〝式前の記念撮影終了。マックが移動中〟

〝祖父母を二分でエスコート。わたしは男の子たちを。ローレル、引き渡しの準備を〟

「了解」ローレルが淡々と言った。「エマ、ケーキはセットしてあるから、いつでもテーブルに飾れるわ」

〝男の子たちをローレルに引き渡し完了〟エマが紫陽花《あじさい》のスタンドを仕上げた直後にパーカーの声がした。〝花婿の母は花婿の弟がエスコート。花嫁の母はデッキ。エスコートは花嫁の弟。ブライズメイド整列。こちらの指示で音楽切り替え〟

エマは玄関の扉まで歩いて戻り、十秒間目をつぶってから、ぱっと開けて全体を見渡した。息をのんで吐きだす。

〝パリの爆発〟だわ。でも、とてもみずみずしい。白、銀、紫の花々、緑の葉が、完璧な四月の空の下でこぼれ落ち、広がり、きらきらと揺れている。花婿と付添人の一団が、あふれんばかりの花に包まれた東屋の前で位置についたのが見える。

「みんな、やったわね。お疲れ様。キッチンに行って食べ物と飲み物をどうぞ」

エマはアシスタントたちにそう言うと、もう一度最後に室内を点検した。パーカーは付添人ひとりひとりにゴーサインを出している。エマはため息をつき、背中とうなじをさすって手をこすりあわせた。それから靴を履き替えに行った。ちょうどパーカーが、モンスター・ブライドに合図を出したところだった。

いったい彼女たちは、どうやって毎回毎回乗りきっているのだろう？　ジャックには想像がつかなかった。彼自身、これまでにもときどき手を貸してほしいと頼まれたことはあった。物を運んだり、持ちあげたり、飲み物を出したり、短時間でテーブルを移動させたりもした。報酬はいつもおいしい料理とドリンクと音楽だったが、それで充分だと思っていた。

彼女たちが毎回どうやって切り抜けているのか見当もつかない。

パーカーはつねに現場をすべて把握しようと動きまわっている。誰も気づいていないようだが、彼女はさっき花婿付添人に乾杯の音頭の練習をさせていたと思ったら、次の瞬間には花嫁の母親にティッシュを渡していた。同時に、戦闘中の部隊を指揮する将軍のごとく、大ホールの料理の給仕について指示を出しているのだ。

マックもあちこちに顔を出し、パーティーの様子や招待客のスナップ写真を撮ったり、花嫁と花婿にさっとポーズをとらせたりしている。

ローレルは出たり入ったりして、ヘッドセットを通してか、手で合図を送っている。もしかしたら念力かもしれない。その可能性もあるとジャックは思った。

そしてエマは、客がテーブルクロスにワインをこぼしたときや、指輪を持ったリングボーイが退屈してフラワーガールをつつきはじめたときには、すぐさまその場に駆けつけた。

このイベントを女性四人だけで取り仕切っているとは、ここにいる客の誰も思っていないのではないだろうか。彼女たちはいくつものボールをジャグリングしながらパスしあっている。しかも、ＮＦＬのクオーターバック並みの見事な玉さばきだ。

どういう作戦とタイミングで客をホールから舞踏室へと移動させているのかも、わかっている者はひとりもいないだろう。エマとアシスタントたちがローレルと一緒にヘッドテーブルに集まり、ブーケやホルダーの花瓶を集めるあいだ、ジャックはその場にとどまっていた。

「なにか手伝おうか？」彼はエマに訊いた。

「あら、いいえ、大丈夫。手は足りてるわ。ティンク、片側に六個ずつで、バスケットは端よ。ほかはこのまま二時間おいてから、片づけて積みこみ。ビーチ、ティファニー、キャンドルを消して、上の照明は半分だけ残して」

「それはわたしが」花嫁のブーケをとろうとしたエマに、ティンクが言った。

「ひとつでも傷んだ薔薇があったら、きっと文句を言いはじめるわ。あなたが責められるより、わたしが言われたほうがいいから。行きましょう。最初のダンスが始まるわよ」エマはそう応えてブーケを持った。

花が裏階段を運ばれていくあいだに、ジャックは表階段のほうへぶらぶらと出ていった。舞踏室に入ると、最初のダンスが始まったところだった。花嫁と花婿は『アイ・ウィル・オールウェイズ・ラブ・ユー』を選んでいた。ジャックに言わせれば、使い古された大げさな曲だ。花にあふれた舞踏室では、立っている人もいれば、ダンスフロアのまわりに効果的に配置されたテーブルまわりの椅子に座っている人もいた。テラスのドアは開いたままで、客は誘われるように外へ出ていっている。ジャックもワインをもらったら外に出ようと思った。

しかし、エマがまた舞踏室を出ていったのを見て計画を変えた。ワインのグラスをふたつ持って、裏階段をおりていった。

二段目に座っていた彼女は、ジャックの足音を聞いてはじけるように立ちあがった。

「ああ、あなただけね」すぐにまた階段に座りこんだ。

「ぼくだけだけど、ワインを持ってる」

エマはため息をつき、首をまわした。「〈Ｖｏｗｓ〉では、仕事中に飲むのはよしとしていないのよ。でも……明日、自分を叱《しか》りつけることにするわ。ちょうだい」

ジャックは彼女のそばに腰をおろして、グラスを手渡した。「調子はどう?」

「あなたの意見を聞かせて。招待されたお客様なんだから」

「客の視点から言うと大成功だね。なにもかもがすばらしい。料理はうまいし、いい香りがする。みんな楽しんでいるし、すべてが厳しいタイムスケジュールにのっとって分刻みで進行しているとは、誰も夢にも思わないだろう。スイス鉄道の車掌も感心して涙しそうなくらいだ」

「そういうふうに思ってもらえるのが、わたしたちの目標なのよ」エマはワインを口にして目をつぶった。「ああ、おいしい」

「MBはどんな様子？」

「そんなに悪くはないわね。みんなにきれいだと褒めそやされて、おめでとうと言われていたら、そうそう不機嫌にはなれないものよ。実際にブーケの薔薇の花を数えていたけど、喜んでいたみたい。何度か危機的状況はあったものの、パーカーが丸くおさめてくれたし、マックは花嫁と花婿の撮影で認めてもらったわ。あとはローレルのケーキとデザートが検閲を通れば、わたしたちはすべての危険地帯を通過できたことになると思う」

「クレームブリュレが出てくるのかな？」

「そうよ」

「金メダルはきみだな。花のこと、あちこちで褒めているのが聞こえたよ」

「本当？」

「二、三度、はっと息をのむのが聞こえた。もちろんいい意味でね」

エマは肩をまわした。「それなら、手を尽くしたかいがあったわ」

「ほら」

ジャックは階段を一段あがって彼女の後ろで脚を開いて座り、指で肩をもみはじめた。

「いいのよ、そんな……ううん」エマが彼の手に体を預けてきた。「続けて、お願い」

「肩がコンクリートみたいだよ、エマ」

「週六十時間の働きの分がそこに詰まっているのよ」

「それと三千本の薔薇だね」

「ああ、ほかの式もあったから、優にその倍になるわ」

親指でうなじをもむと、エマが小さくうめいた。それに反応して胃がきゅっと締めつけられ、ジャックは自分をいじめているような気がした。「そういえば、五十周年のお祝いはどうだった？」

「すてきだったわ。本当にすてきだったの。四世代が集まったのよ。マックがすばらしい写真を撮ってくれたわ。記念日を迎えたご夫婦が最初のダンスを始めたときには、そこにいる人みんなの目が潤んでいてね。あのパーティーは、いつまでもお気に入りのひとつとして心に残りそう」

彼女はまたため息をもらした。「もうやめて。ワインとあなたの魔法の手のおかげで、ここでお昼寝をしてしまいそう」

「まだ終わっていないのかい？」

「まだまだ。ブーケトス用のブーケをとってきて、ケーキを配るのも手伝わないといけないし。それからシャボン玉シャワーもあるわ、外でやるのよ。一時間したら大ホール内の解体、装飾品とアレンジメントの箱詰め」

ジャックが首をもむにつれ、エマの声が少しかすれて、眠たげになっていく。「うーん……その箱詰めを積みこんで、それから贈り物。外のアレンジメントもね。明日は午後に式があるから、舞踏室の飾りつけも解体よ」

ジャックは彼女の腕に手を這わせ、また肩へとあげていきながら、自分を拷問しているような気分になった。「じゃあ、できるあいだにくつろいでおかないと」

「あなたは階上《うえ》でパーティーを楽しめばいいのに」

「ここにいるほうがいい」

「それはわたしも同じよ。あなたのワインとマッサージのおかげね。もう戻って、ローレルと見まわり役を交代しなきゃ」エマは後ろに手を伸ばして彼の手を軽くたたき、立ちあがった。「ケーキを三十個に切り分けるのよ」

彼女が階段をあがりはじめたので、ジャックも立ちあがった。「どんなケーキ?」

一段上で足をとめて振りかえったエマと、彼の目の高さが同じになった。エマは深いベルベットのような瞳をしており声と同じく眠たげに見える。「ローレルは〝パリの春〟と呼んでいるわ。淡いラベンダーブルーの生地が、白薔薇、ライラックの小枝で覆われて、やわらかいチョコレートのリボンが――」

「ぼくが知りたいのは、どちらかというと中身のほうなんだが」

「ああ、イタリア製のメレンゲバタークリームを使ったジェノアーズよ。あれを食べそこねたら大損よ」

「クレームブリュレには勝ちそうだな」エマは花の香りがする。なんの花かはわからない。彼女自身が、謎《なぞ》めいた、みずみずしいブーケのようだ。やわらかで深みのあるダークブラウンの瞳と、あの口もと……唇はローレルのケーキと同じくらい豊かな味わいなのだろうか？

もうどうにでもなれ。

「よし、これは脱線になるかもしれないから、あらかじめ謝っておくよ」

彼はエマの肩をつかみ、自分のほうに引き寄せた。ダークブラウンの瞳がびっくりしたように見開かれたときには、ジャックの唇が彼女の唇を奪っていた。

エマは逃げようとしなかったし、ジョークとして笑い飛ばしもしなかった。代わりに、さっき肩をもまれていたときと同じような声をあげた。少し息を切らしたように。

彼女は両手でジャックの腰につかまり、みずみずしい唇をわずかに開いた。

香りと同じく、唇の味も謎めいていて、間違いなく女らしかった。あたたかで官能的な味わい。彼女の手が背中へ這いあがってくると、ジャックはキスを深めた。ほんの少しだけ。

それから角度を変えてさらに味わうと、エマがうれしそうに喉を鳴らした。このまま彼女をさらって、どこでもいいから暗い部屋を見つけ、衝動的に始めてしまったことを最後まで終わらせたい。

そのときエマのウエストのウォーキー・トーキーが鳴りだして、ふたりを驚かせた。彼女は苦しげな声をあげ、それから絞りだすように言った。「ああ、あの」ぎこちない動きでウォーキー・トーキーを外し、表示を見つめる。「パーカーから。その、行かないと。行かなきゃ」そう言うとくるりと向きを変え、階段を駆けあがっていった。

ひとり残されたジャックはもう一度階段をおりて、残っていたワインをふた口で飲み干した。そして披露宴には戻らずに、外をゆっくり散歩することにした。


エマは仕事が忙しくて考える暇もないことに感謝していた。リングボーイがチョコレートエクレアで汚してしまったところを掃除するのを手伝い、ブーケトス用のブーケを運び、ケーキを配りやすいようにテーブルの装飾を手直ししてから、大ホール内の解体にとりかかった。

装飾品とアレンジメントを運搬できるように準備し、それがちゃんと届くように積みこみを監督する。

シャボン玉が飛ばされ、最後のダンスが終わると、パティオとテラスでも同じ作業を始めた。

ジャックの姿は見あたらない。

「万事順調？」ローレルが訊いた。

「えっ？　ああ。もちろん。すべてうまくいったわ。ちょっと疲れちゃった」

「同じくよ。少なくとも、明日の式は今日のあとでは楽勝ね。ジャックに会った？」

「えっ？」エマは警報に驚いた泥棒のようにどきんとした。「どうして？」

「どこにもいないのよ。お菓子で釣って、解体作業を手伝ってもらおうと思っていたのに。途中で帰ったのかしら」

「そうかもね。気にしてなかったから、わからないわ」

〝嘘ばっかり〟どうして友達に嘘をついているのだろう？　これはよくない兆候だ。

「パーカーとマックは、まだ残っている人たちを送りだしているところよ。戸締まりはふたりがやってくれる。あなたのところに運ぶ分、手伝いましょうか？」

「ううん、自分でやるわ」エマは冷蔵ケースにしまう予定の残りの花を車に積みこんだ。まとまったものは地元の病院に寄付し、残りは分けて小さなアレンジメントをつくり、自分や友人たちの部屋に飾るのだ。

エマはバンのドアを閉めた。「また明日の朝ね」

運転して家に戻ると、花や花輪を仕事場の冷蔵ケースへ運んだ。

落ちついて、よけいなことは考えないの。どんなにそう自分に言い聞かせても、たったひとつのことに思いが行きついてしまう。

ジャックにキスされた。

あれはどういうこと？

なにか意味があるの？

ただのキスでしょう。一瞬の産物。それ以上のものじゃないわ。

エマは寝る支度をしながら、あれはなんでもなかったのだと思いこもうとした。でもたった一度のキスで、ときめきメーターは一気にあがった。〝なんでもなかった〟とはとても言えない。

なにかがあった。そう認めざるをえない。けれど、どうしたらいいかわからない。これまで男性、キス、ときめきについて、どうしたらいいかわからないという経験がなかったので、今はとてもいらだたしかった。

彼女はベッドにもぐりこんだ。どうせ眠れるわけがないのだから、闇のなかで横たわって、解決策が浮かぶのを待とう。

ところが、あまりにも疲れていたためか、エマは瞬く間に眠りに落ちていった。

5

エマは日曜日の式と月曜日の打ちあわせを切り抜け、次の式用のアレンジメントを花嫁の希望に合わせて手直しした。

ふたりの完璧な好青年とデートの約束をしていたが、一緒に過ごす気になれなくて断った。予定が空いた晩は在庫調べをして、リボン、ピン、コンテナ、フローラルフォームの注文をして過ごした。

ジャックに電話して、キスのことを軽く茶化して話題にしてみるべきか、それともなにもなかったふりをするべきか。

ふたつの選択肢のあいだで迷い、それから三番目の、彼の家に行って抱きつくという選択肢も考えてみた。だが結局なにもせずに、ひとりで悩むことにした。

いらいらしていたエマは、午後のスタッフミーティングに早めに到着した。ローレルのキッチンへ入っていくと、彼女は小さなフルーツとチーズをのせた皿のわきに、クッキーの皿を置いていた。

「ダイエットコークを切らしちゃって」エマは冷蔵庫を開けて一本とりだした。「なにもかも切らしてるのよ。車のバッテリーのことを忘れていたものだから」

「整備工場に電話した？」

「それだけは十分前に思いだしたわ。専門家の尋問に対して、あの車を買ってから四年になるけど一度も整備に出していないと思う、出したことがあったとしてもいつだったか思いだせない、オイル交換と簡単な点検くらいはしたかもしれないけど今はわからないと言ったら、その人、引きとりに来て預かると言ったわ」

エマは少し口をとがらせ、コークの缶を開けてじかに飲んだ。「なんだかわたしが車を人質にとっていて、その人がそれを解放しに来るみたいな感じ。ジャックに言われたとき以上に、自分がばかだという気にさせられたわ。クッキー、もらっていい？」

「どうぞ」

エマはクッキーを一枚とった。

「そんなわけで、相手が車を返してくれる気になるまで、車なしで過ごさなきゃならないのよ。だいたい、返す気になってくれればいいけど、どうだかね」

「もう一週間以上、車なしで過ごしているんでしょう。バッテリーが切れてるから」

「そうよ、でも車庫にあるんだもの、車があるという気にはなれるじゃない。こうなったら、食料の買い出しはバンを使うしかないわね。先延ばしにしてきたあちこちに用事をすませに行くのにも。でも、ふと思いだして怖くなってしまったのよ。バンはあの車の一年前から乗っているのよね。今度はあれがストライキを起こすかも」

ローレルはきれいなパステルカラーのミントをクッキーのトレイにのせた。「それは考えすぎでしょうけど、車が戻ってきたらバンも点検に出したら？」

エマはクッキーをかじった。「向こうはすでにその気よ。なにか慰めが欲しい気分。今夜、一緒にディナーと映画の夕べなんてどう？」

「デートじゃないの？」

「キャンセルしたの。そういう気分になれなくて」

ローレルは驚き、目にかかった髪をふっと吹いて、エマをまじまじと見つめた。

「デートをする気分じゃない？」

「明日は朝早いのよ。ブーケを六つ、つくらなくてはいけないし、花嫁のブーケを入れたら七つ。たっぷり六、七時間の仕事になるわ。ティンクに半日来てもらうから、かかる時間も半分になるけど、それで捻出《ねんしゅつ》できた残りの時間は金曜の夜の用意にあてないと。それに午前中のほとんどの時間は、花の下準備をして過ごすしね」

「今まではそんな理由でデートをやめたことなんてなかったじゃない。大丈夫なの？最近、ちょっとおとなしすぎるんじゃない？」

「ううん、大丈夫よ。なんともないわ。ただちょっと……男の人は避けたい気分なだけ」

「ぼくは違うんだろうね」ディレイニー・ブラウンが入ってきてエマを持ちあげ、音をたててキスをした。「ふむ。シュガー・クッキーだな」

エマは声をあげて笑った。「自分で食べたら？」

彼はトレイから一枚とって、ローレルに微笑みかけた。「これはぼくへの報酬の一部ということで」

ローレルはいつものように、ジップロックをとりだしてクッキーを詰めはじめた。

「ミーティングに出るの？」

「いや。パーカーと法律事務の手続きについて話をしたところなんだ」

デルはすぐそばのコーヒーポットに近づいた。

彼はパーカーと同じく髪はブラウンで、目は濃いブルーをしている。ふたりとも整った顔立ちだが、ローレルはデルのほうがほんの少し荒削りな感じがすると思っている。グレーのピンストライプのスーツにエルメスのネクタイを締め、イタリア製の靴を履いた彼は、どこから見ても有能な弁護士そのもの。コネティカットのブラウン一族の後裔《こうえい》だ。

食料の準備が整うと、ローレルはエプロンを外してフックにかけた。

デルがカウンターに寄りかかった。「先週末のフォーク家の結婚式で、誰かのお尻を蹴《け》ったんだって？」

「知りあいなの？」エマは訊いた。

「花嫁の両親がぼくのクライアントなんだ。結婚してミセス・ハリガンになったが、あの女性と会ってうれしいと思ったことは一度もないよ。ジャックから聞いたことからすると、ぼくが会ったときの彼女はまだましな態度だったようだが」

「離婚訴訟になったら、いい思いができるかもね」ローレルが言った。

「いつでも楽観的なんだな」

「彼女は悪夢のような人だから。今朝、パーカーに苦情リストを送りつけてきたのよ。ハネムーン先のパリからファックスしてきたんですって」

「まさか！」エマは驚き、ぽかんと口を開けてローレルを見た。「完璧な式だったわよ。すべてが完璧だったわ」

「シャンパンはもっと冷やせたはず、給仕はもっとすばやく、空はもっと青く、芝生はもっと青々とできたはずだって」

「そんなの言いがかりよ。わたしは十本も薔薇を多くしてあげたのよ。一本じゃなくて十本も」エマは首を振った。「どうでもいいわ。あそこにいた人はみんな、まともな人間なら、あれが完璧な式だったことをわかっているはず。彼女になんと言われようと、それは変わらないもの」

「よく言った」デルがコーヒーのカップでエマと乾杯した。

「それはそうと、ジャックといえば最近会ってる？　つまり、会う予定がある？」

「明日会うよ。ヤンキースの試合を見に行くんだ」

「じゃあ、彼にジャケットを渡してくれないかしら？　忘れていったの。というか、たわたしが返し忘れたんだけど。とにかく、うちにジャックのジャケットがあって、たぶん彼も必要なんじゃないかと思うのよ。オフィスにあるからとってくるわ。とにかく、すぐとってくる」

「出かけるときに、きみのところへ寄るよ」

「よかった。助かるわ。とにかく、もともと彼に会う予定だったのなら、迷惑ではないわよね」

「もちろん。さあ、そろそろ行かないと」デルはクッキーの袋を手にとり、ローレルに向かって軽く振った。「クッキーをありがとう」

「今食べた一枚分を含めて計十二枚、あなたへの支払い分から引かせてもらうわ」

デルはローレルに微笑みかけ、ゆったりと出ていった。

ローレルは少し待ってから、エマに指を突きつけた。「ジャックね」

「なに？」

「ジャック」

「違うわ」エマはのろのろと言いながら、胸のあいだを手で押さえた。「わたしはエマよ。エ、マ」

「ふざけないで。すぐにわかったわ。あなた、一分間に三回も〝とにかく〟って言ったのよ」

「言ってない」ううん、言ったかも。「だからなに？」

「だから、ジャックとなにがあったのよ？」

「なんにも。あるわけないでしょう。ばかを言わないで」嘘で舌先がひりひりする。

「誰にもなにも言わないでよ」

「言うなってことは、なにかあったってことね」

「なんでもないわよ。なんでもない、と思う。過剰反応してるだけなの。ああ、もうっ」エマは口のなかに残っていたクッキーを一気にのみこんだ。

「そんなわかりやすい食べ方をして。あなたらしくもないわね。さあ、白状しなさい」

「まず誓って。パーカーやマックにはなにも言わないって」

「いきなり強気じゃない」ローレルは胸もとでさっと十字を切り、その指を天井に向けた。「誓ったわ」

「キスされたの。というか、お互いにキスしたのね。でも始めたのは彼のほうで、途中でパーカーに呼びだされたから、続けていてもあのあとどうなっていたかはわからない。わたしは行かなきゃならなかったし、彼は帰ってしまったし。だから、それだけよ」

「ちょっと待って、耳が聞こえなくなったみたい。ジャックにキスされたって言った？」

「ふざけないでよ。真剣な話なんだから」エマは唇を噛んだ。「いいえ、そうでもないわね。ううん、どうかしら？」

「あなたらしくないわよ。男性のあしらいや、ロマンティックあるいはセクシーな状況の切り抜け方はお手のものでしょう」

「そうなのよ。ただ、相手がジャックだったから。いつものように……」エマは宙で手を振った。「あしらうことができなくて。きっと考えすぎなのよね。たまたま状況的にああなっただけなんだもの。たいしたことじゃない。もう終わったことだし、気にすることではないんだわ」

「エマ、あなたは男性に対してや、彼らとのおつきあいに関して夢見がちなところはあっても、そのせいでいらいらすることはなかったでしょう。でも、今はいらいらしてる」

「だからそれは相手がジャックだからよ！　考えてもみて。あなたがそのへんに立って仕事のことを考えていたりお菓子を焼いていたりしたときに、ジャックが入ってきていきなりキスをしてきたらどう？　なんならデルでもいいわ。あなただって、きっといらいらするわよ」

「ふたりがここに入ってくるときは、お菓子をつまみ食いしに来るときだけだもの。ねえ、それ、いつの話なの？　車がエンストしたとき？」

「ううん。あのときも、一瞬そういう感じになったけど……あの一瞬があったから、あんなことになったのかも。土曜日の披露宴の最中のことよ」

「ああ、パーカーに呼びだされたと言ってたものね。それで、どうだった？　エマリン特許のときめきメーターでは何点ついた？」

エマは息を吐いて親指を立て、それから宙に線を描くように動かした。「レッドゾーンのいちばん上のポイントをたたきだして、メーターはそのまま壊れちゃった」

ローレルは唇を結んでうなずいた。「ジャックはそうなんじゃないかと思っていたわ。レッドゾーンに達しそうな雰囲気があるって。それで、どうするつもり？」

「わからない。まだ決めてないの。すっかり混乱してしまって。まずは落ちつきをとり戻して、それからどうするか考える。あるいは、どうもしないか」

「決めたら教えてちょうだい。箝口令《かんこうれい》が解除されるときもね」

「わかったわ。でも、今のところは絶対に黙っていて」エマはチーズのトレイを持ちあげた。「さあ、仕事よ」

〈Ｖｏｗｓ〉は、かつて図書室だった部屋を会議室にしている。残っている本が部屋をとり囲んでいて、写真や記念品のスペースも残されていた。ビジネスのために使われていても、昔のぬくもりと優雅さが維持されているのだ。

パーカーが象嵌《ぞうがん》模様の大きなテーブルに、ノートパソコンとブラックベリーを置いて座っていた。午前中のクライアントとの打ちあわせと今日の分の館内見学を終えたので、スーツのジャケットは椅子の後ろにかけてある。マックはその向かいに座って、長い脚を前に投げだしていた。ジーンズとセーターという作業用のいでたちだ。

エマがテーブルにトレイを置くと、マックは身を乗りだして、小分けにした葡萄《ぶどう》をとった。「遅いじゃないの」

「デルが来てたのよ。仕事の話に入る前に訊くけど、今夜ディナーと映画につきあってくれる人はいる？」

「はい！」マックがさっと手をあげた。「カーターは仕事で遅いの。みんなと食事ができたら、彼が帰ってくるまで仕事をすることもなくなるから助かるわ。今日はもう目いっぱい仕事をしたから」

「たまたま、わたしの予定も空いてるわ」ローレルはトレイのわきにクッキーの皿を置いた。

パーカーが黙って内線電話をとり、ボタンを押した。「ねえ、ミセス・G、今夜四人分の夕食をお願いできる?　よかった、ありがとう」電話を切る。「チキン料理をつくってくれるそうよ」

「いいわね」マックは葡萄を口に入れた。

「さてと、今日の議題の一番目はホイットニー・フォーク・ハリガン、またの名をモンスター・ブライドの件よ。ローレルはもう知っているけど、彼女からEメールが来たの。われわれが改善できそうな点について箇条書きにしてきたのよ」

「まったく」マックがまた身を乗りだして、ローズマリー・クラッカーにゴートチーズを塗った。「あの披露宴では、わたしたち、難敵を見事にやっつけたのに」

「彼女をやっつけてやるべきだったわね」ローレルが言った。

「ホイットニーの感じた点を順不同であげるわね」パーカーはファイルをめくり、印刷しておいたメールを読みはじめた。「シャンパンの冷やし方が適切ではない。ディナーの給仕が遅い。庭園は色彩に欠け、花が少ない。カメラマンは花嫁の写真を撮るべきときに、必要以上にパーティーの写真を撮っていた。デザートテーブルの品数が、期待していたほどではなかった。それから式と披露宴のあいだじゅう、ウェディング・プランナーにせかされているように感じたり、放置されているように感じたりしたそうよ。わたしたちがこうした批判を、そこにこめられた気持ちとともに受けとめることを願っている、ですって」

「それについての返答はこうよ……」マックが中指を一本立てた。

「簡潔だこと」パーカーはうなずいた。「でもわたしは、ご意見に感謝します、ジャスティンとともにパリを楽しんでください、と返信しておいたわ」

「卑怯者《ひきようもの》」ローレルがつぶやいた。

「たしかにね。たとえば、〝親愛なるホイットニー、あなたって最低〟と返すこともできたでしょう。最初はそれも考えたけど、思いとどまったの。でも、彼女はモンスター・ブライドからモンスター・ビッチ・ブライドに格上げよ」

「彼女は本質的に不幸な人なのね。本気で言っているのよ」エマが言うと、友人たちが振り向いた。「わたしたちが彼女のために用意した結婚式を細かいところまで粗探しできるなんて、生まれながらに不幸な人だわ。こんなに腹が立っていなかったら、気の毒だと思うところよ。怒りがおさまったら哀れむでしょうね」

「怒っても、気の毒がっても、くそったれでもなんでもいいけど、よかったこととしては、あの日のうちに四件も館内見学の申しこみがあったことね。もっと増えそうよ」

「あらあら、パークスが〝くそったれ〟ですって」マックがにやりとして、またひとつ葡萄を食べた。「相当怒ってるのね」

「乗り越えるわよ。土曜日にわたしたちがしたすばらしい仕事の結果として、さらに四件予約が入るなら。今のところは、新しくつくった〝醜悪のクローゼット〟にホイットニーを閉じこめておくことにするわ。すべてが彼女を太って見せるのよ。柄は全部水玉で、色は暗褐色か死肉みたいなベージュしか選べないの」

「それってすごく意地悪。気に入ったわ」ローレルが言った。

「さて、次の議題」パーカーが先を続けた。「デルと法的、財政的問題について話しあったわ。パートナーシップ契約を書き換えることになるわよ。個々に外のイベントで仕事をした報酬から〈Ｖｏｗｓ〉に還元する割合も含めて。契約の変更点について話しあいたい人は意見をどうぞ」

「うまくいっているわよね？」エマはパートナーたちを見渡した。「〈Ｖｏｗｓ〉を始めたとき、誰も今のようになるとは思っていなかったでしょう。経済的なことだけじゃないのよ。お金のことだけを考えたら、ひとりでお店を始めていたほうが、もっと稼げたと思うから。でもモンスター・ビッチ・ブライドは別として、わたしたちが一緒にやってきたこと、個々でやってきたことで、評判を確立することができた。割合は適正だと思うわ。それより、デルが提供してくれているこの地所の持ち分に対する支払い額が少なすぎるんじゃないかしら。わたしたちはみんな、大好きな仲間と大好きな仕事をして、それで食べていけているのよね」

「つまりエマが言いたいのは、〝サインする〟ってことね」マックが口に葡萄を放りこんだ。「わたしも同じよ」

「わたしも」ローレルも声をあげた。「なにかを変える必要があるの？」パーカーに尋ねる。

「わたしも必要性は感じていないけど、デルが顧問弁護士としてアドバイスしてきたのよ。みんなもう一度契約書を読んで、疑問や提案があったら、更新する前に聞かせてちょうだい」

「わたしはデルに契約書を書いてもらって、みんなでサインして、ドンペリニョンのボトルを開けることを提案するわ」

マックが同意のしるしにエマに指を向けた。「賛成」

「わたしも賛成」ローレルも宣言する。

「デルに知らせておくわ。会計についても話しあったのよ」

「あなたでよかった。わたしではだめだから」ローレルが言った。

「たしかにね」パーカーは微笑んで水を少し飲んだ。「今年の第一四半期の業績は好調で、純利益が昨年比で約二割増になりそうよ。利益の一部を事業拡大に投資するべきだというアドバイスももらったわ。だから、もしなにか必要なこと、思いつき、個々に追加でこんな備品がほしいという希望、あるいは会社全体で使えるものでなにかアイデアがあれば、なににいくらぐらいお金をつかうべきか、みんなで考えましょう」

エマは、誰もなにも言わないうちにさっと手をあげた。「ずっと考えていたのよ。とくに、この四半期の帳簿を見てから。来年の春、シーマン家の結婚式という最大のイベントがあるでしょう？　お花だけでも、わたしのところの冷蔵ケースには入りきらない量になるから、数日間専用ケースをレンタルする必要が出てくるわ。でも中古のものを見つけて購入したほうが、長い目で見ればコスト的にもレンタルより得になると思うの」

「それはいいわね」パーカーはメモした。「見積もりをとってみて」

「シーマン家の結婚式や最近の仕事の増え方を考えると、普段レンタルしているほかのものについても購入することを考える時期なのかもしれないわ。たとえば屋外用の座席の予備とか。購入したら、外でのイベントのときにはそれをクライアントに貸しだす形にして、使用料金をとればいいのよ」

「本気で考えていたのね」マックが言った。

「そうよ。マックはすでに増築を計画しているわよね。二階の生活エリアでいとしの彼と暮らせるように。だったら同時に、作業エリアやスタジオの増築も考えたらど

保管スペースがもっと必要だし、小さな化粧室ではない更衣室があったほうがいいでしょう。それにローレルのキッチンのそばの通用口は余分よね。メインのキッチンのそばに別の出入口があるんだもの。あそこを改装できれば、オーブンや冷蔵庫、保管庫の備わった補助のキッチンができるわよ」

「この話はエマに任せておけばよさそうね」ローレルが口をはさんだ。

「それからパーカーには、コンピュータのセキュリティ・システムが必要よ。屋敷じゅうのパブリックエリアをモニターできるように」

パーカーは一拍待ってから口を開いた。「それには一回の純益増加では足りないわ」

「お金をつかうのは稼ぐ楽しみの一部でしょう。パーカーがパーカーらしく、わたしたちの行きすぎを抑えてくれればいいのよ。でも少なくとも、今言ったなかのいくつかはやるべきだと思う。残りは、できるようになったときのためにリストにしておいて」

「ではパーカーらしく言わせてもらうと、冷蔵ケースはいいと思うわ。どんなものがあるか探してきて。あなたの作業エリアに冷蔵ケースを組みこむにはどうしたらいいか、ジャックと話す必要があるから、そのついでにマックのスタジオの増築と通用口の改装についても、彼の意見を聞いてみてちょうだい」

パーカーは話しながらメモをしていく。「家具を買うことはすでに考えていて、コストの調査も始めているわ。見積もりをとってみれば、どの程度まで実現可能かわかるでしょう。それから、どれを最優先すればいいか決めていきましょう」

パーカーはうなずいて、次の議題に移った。

「さて、わたしたちの希望と夢をかなえてくれそうな今後のイベントについて。合同の誓約式よ。誓約書と式次第が送られてきたわ。金曜の夜の式は、コイントスの結果アリソン――こちらが花嫁その一――が三時半に到着、花嫁その二のマーリーンが四時に到着。その一は花嫁控室を、その二は花婿控室を使用。花嫁付添人は共通だから、彼女は両方の部屋を行き来する。花嫁その一の兄が花婿付添人、彼には二階の親族控室を使ってもらう。必要に応じて花嫁の父たちにもね。花婿付添人は式のあいだその一の隣に立ち、花嫁付添人はその二につく」

「待って」マックが指を一本立てて、詳細をパソコンに打ちこんでいく。「いいわ」

「花嫁ふたりは希望がはっきりしていて、計画どおりに進めるつもりでいるわ。だから、こちらとしてはとても楽よ。花嫁その一の母親と花嫁その二の兄妹はこの方式をとくに希望しているわけではないけれど、協力するつもりはある。マック、クライアントが希望するとおりに、彼らを入れて写真を撮ってね」

「問題ないわ」

「よかった。エマ、お花のほうは？」

「ありきたりでないもので、女らしいものを希望していたわ。どちらもブーケは持ちたくないというので、アリソンにはヘッドピースを、マーリーンには花をあしらったコームをつけてもらうことにしたの。花嫁付添人は花冠をつけて、白薔薇を四本持ってもらう。式で誓いのキャンドルをつけた直後に、白薔薇を一本交換するの。そして、それぞれが母親に薔薇を一本渡すのよ。男性は白薔薇のブートニエール。とてもきれいなものになるはずよ」

エマはダイエットコークを飲みながら、アレンジメントの話に移った。「軽い、牧《ま》場《き》風《ばふう》のアレンジメントと装花を希望されたの。たっぷりのかすみ草にカラーデイジー、シャスタデイジー、ガーベラ、桜の花をつけた枝、ワイルドストロベリーなどを使うつもりよ。チュールと花輪はデイジーの鎖みたいにするの。披露宴のあいだには薔薇用の花瓶を置くわ。大ホールと舞踏室には飾り電球とキャンドルをふんだんに使って、アレンジメントの自然な感じが出るように飾りつける。シンプルだけど、とても甘い感じになると思う。もし誰かひとり運ぶのを手伝ってくれたら、飾りつけはわたしひとりでできるんだけど」

「わたしが運ぶ」ローレルが手をあげた。「ケーキはバニラのスポンジにラズベリームースのフィリング、イタリアンメレンゲで飾りつけよ。エマの花と合うように、シンプルな花をつけてほしいって。仕上げのデコレーションは五時ごろだから、手伝えるわよ。あんまり待たせると、クッキーやパステルミントまで出さなきゃならなくなりそうだし」
「金曜日の夜の予定表はいつもどおり」パーカーがつけ加えた。「ブーケとガータートス以外はね。リハーサルは木曜の午後で、もしなにか問題があったら、そのときに解決策を考える。次に土曜日」彼女はさらに話を続けた。

エマは両親がどのように出会って恋に落ちたかを考えるたびに、おとぎばなしのようだと思う。

むかしむかし、ひとりの若い娘が、メキシコのグアダラハラから大陸を渡ってニューヨークにやってきた。おじが家の管理や子供の世話係を必要としている家々に人を派遣するビジネスをやっていて、彼女もその仕事をするつもりだった。けれどもルシアは、もっとほかのことを求めていた。うるさいアパートメントではないきれいな家が欲しかったし、舗装された道ではなく、木々や花々にあふれた庭が欲しかった。彼女は一生懸命働きながら、いつか自分の家を持ちたい、できれば小さな店を持って、きれいな品々を売りたいと考えていた。

ある日おじから、コネティカットという何キロも離れたところに住んでいる男性の話を聞かされた。妻が亡くなったため、幼い息子には母親がいなくなり、彼は静かな生活を求めてニューヨークを離れた。妻と暮らした家には思い出がありすぎてつらかったのだろう、とルシアは思った。その男性は本を書いていたので、物静かな場所が必要だったし、旅をすることが多かったため、幼い息子を預けられる人が必要だった。妻が亡くなって以来三年間、子供の世話をしてくれていた女性がいたが、彼女はニューヨークに戻りたがっていた。

そこでルシアは思いきってニューヨークを出て、フィリップ・グラントと息子アーロンの住む大きな家に住みこむことにした。

フィリップは王子様のようにハンサムで、息子を心から愛しているのがよくわかった。けれども息子の瞳には悲しみがあり、それがルシアの心に触れた。わずか四年の人生のあいだに多くの変化を経験してきた男の子は、なかなか打ち解けてくれなかったが、ルシアにはその気持ちがよくわかった。彼女は食事をつくり、掃除や洗濯をし、フィリップが執筆中はアーロンの面倒を見た。

そうしてルシアは少年をいとおしく思うようになり、少年もまた彼女になついた。いつもいい子というわけではなかったけれど、少しやんちゃなほうがルシアはうれしかった。夜にはフィリップとアーロンのことや本のこと、それからごくありきたりなことについて話しあった。フィリップが仕事で家を空けると、ルシアは彼とのおしゃべりを——彼自身を恋しく思うようになった。

ルシアは窓からアーロンと遊ぶフィリップの姿を眺めては、思いを募らせていった。

彼が同じように思っていることは知らなかった。だがルシアがフィリップを愛したように、彼もまたルシアを愛するようになっていた。フィリップは気持ちを打ち明けたら、彼女が自分たちを置いて出ていってしまうのではないかと恐れていた。ルシアもまた、自分の気持ちを伝えたら、追いだされてしまうのではないかと恐れていた。

しかしある春の日のこと、桜の花のアーチの下で、ともに愛する少年をブランコに乗せながら、フィリップはルシアの手をとり、彼女にキスをしたのだ。

木々の葉があざやかな秋の色に染まるころ、ふたりは結婚した。そしてそれからも幸せに暮らした。

わたしが生まれつきロマンティストなのもしょうがないわよね。日曜の夜、エマはそんなことを考えながら、実家の混《こ》みあった私道にバンを乗り入れた。あんな物語を聞かされて、その登場人物たちのそばで育ったのだもの、同じような物語を自分自身にも望まずにいられるわけがない。

両親は三十五年間愛しあい、古いヴィクトリア朝様式の大きな家で四人の子供を育てた。堅実で揺るぎない、すばらしい生活を築いてきたのだ。

エマは自分自身も、両親と同じくらい、あるいはそれ以上に幸せになるつもりでいた。

つくってきたアレンジメントをバンからとりだし、家族の食事会へと向かう。遅れてしまったが、それはあらかじめ伝えておいたことだ。片腕でアレンジメントを抱えてドアを押し開け、家のなかに入る。屋内は母が愛してやまない色彩にあふれていた。エマはダイニングルームへと急ぎ、絵画やファブリックの色どりに負けないくらいにぎやかな室内に足を踏み入れた。

大きなテーブルには両親、ふたりの兄、姉、義姉、義兄、姪と甥《おい》がそろい、小さな軍隊をまかなえそうなほどの料理が並んでいた。

「お母さん」エマはまず母のルシアに歩み寄って頬に口づけ、花を置いてから、テーブルをまわりこんで父のフィリップに近づいた。「お父さん」

「さあ、食事を始めますよ」ルシアの声には、今もメキシコの国を思わせる情熱と音楽の響きがある。「子豚ちゃんたちが全部食べてしまう前に、座って食べましょう」

エマのいちばん上の甥が、ブーブーと豚の鳴きまねをしてにやりとした。彼女はその隣の席につき、アーロンがまわしてきた皿を受けとった。「おなかがぺこぺこなの」兄のマシューーがワインのボトルを持ちあげたのを見て、促すようにうなずいた。「みんなの近況がわかるように、どんどんしゃべって」

「まずはビッグニュースから」テーブルの向かい側に座っている姉のシーーリアが、夫の手をとった。彼女がしゃべりだす前に、ルシアがうれしそうに声をあげた。

「おめでたね！」

シーリアは声をあげて笑った。「びっくりでしょう。ロブとわたしに三番目の子供が生まれることになったの。これが本当に本当の最後よ。予定日は十一月」

祝福の声が飛び交い、末っ子がうれしそうにスプーンでハイチェアをたたいた。ルシアが跳びあがって娘夫婦を抱きしめた。「赤ちゃんが生まれることほどうれしいことはないわ。フィリップ、また赤ちゃんですって」

「気をつけてくれよ。きみが最後にそう言ったときには、九ヶ月後にエマリンが生まれたんだからな」

ルシアは笑いながら夫に近づき、後ろから首に腕をからめて頬ずりした。「子供たちががんばってくれているんだから、わたしたちはただ楽しめばいいんですよ」

「エマはまだ役目を果たしてないよ」マシューが指摘して、目配せした。

「この子は父親と同じくらいハンサムで、兄ほど厄介じゃない男性が現れるのを待っているのよ」ルシアはマシューを見て眉をあげた。「そういう男性は、そのへんの木になっているわけじゃないものね」

エマは兄に向かってにやりとしてから、ローストポークをひと切れ切り分けた。

「わたしはまだ果樹園を散歩しているところなの」

きょうだいたちが帰ったあともエマは残って、父と一緒に庭を歩いてまわった。彼女が花や植物について学び愛するようになったのは、父の導きのおかげだった。

「本の進み具合はどう?」

「全然だ」

エマは笑った。「いつもそう言ってるじゃない?」

「それは、この段階ではいつもそうだからだよ」父は娘のウエストに腕をまわして歩いた。「だが家族で食事をしたり、土を掘り起こしたりしていると、いっときでもいやなことを忘れられる。そのあとで再びとりかかってみると、思っていたほど悪くなかったりするものなんだ。おまえのほうはどうなんだ?」

「順調よ。とっても順調。すごく忙しいの。週の前半には、利益がアップしているからって会議を開いたのよ。わたしたち、ううん、わたしって、なんて幸運なんだろうと思ったわ。大好きな仕事を最高の親友たちと一緒にしているんだもの。お父さんもお母さんもいつも言っていたわよね。大好きなものを見つければ、幸せに働くことができるって。わたしは見つけたのよ」

エマが振りかえると、母がジャケットを抱えて芝生を横切ってくるところだった。

「寒いわよ、フィリップ。風邪を引いて、わたしに文句を聞かせたいの?」

「気づかれたか」フィリップは妻の手を借りてジャケットを着た。

「昨日、パムに会ったの」ルシアはカーターの母親の名前をあげた。「結婚式をとても楽しみにしていたわ。わたしもうれしいのよ。かわいがってきた子供たちふたりが恋に落ちたんだもの。パムはすばらしい友人で、お父さんがお手伝いと結婚すると言って噂《うわさ》になったときには、ずいぶんと助けてくれたのよ」

「まわりの連中は、わたしがどれだけ賢いかわかっていなかったんだ。すべての家事をただでやってもらえるようになったのにな」

「まったく、計算高い北部人《ヤンキー》だこと」ルシアは夫にぴったりと寄り添った。「とんでもない奴隷主よね」

ほら、これよ。エマは思った。ふたりは互いにとって完璧なのだ。「ジャックがこのあいだ、お母さんのことを神が創造した女性のなかで誰よりも美しいと言っていたわよ。お父さんを捨てて駆け落ちしてくれるのを待ってるって」

「次に会ったら、一発お見舞いしてやらないといけないな。忘れていたら言ってくれ」フィリップが言った。

「ジャックは本当に魅力的で、女心をくすぐるのがうまいのよ。あなたたちふたりに、わたしをとりあってもらうのはどうかしら」ルシアは顔を上向けて夫を見つめた。

「代わりに足のマッサージはどうだい？」

「約束よ。エマリン、足のマッサージが上手な男性を見つけたら、よく見てみること。その特技だけでも、ほかの欠点を補って余りあるものなのよ」

「覚えておくわ。さあ、そろそろ帰らないと」エマは腕を広げて両親を抱きしめた。「愛してるわ」

歩きだして振りかえると、まだつぼみのかたい桜の枝の下で、父が母の手をとってキスをしていた。

やっぱり、わたしが生まれながらにロマンティストなのはしょうがないのよ。自分自身にも、どこかで同じ物語を求めてしまうのはやむをえない。

エマはバンに乗りこみ、裏階段でのキスのことを思いだした。

ふざけただけか、興味本位でしてきたのかもしれない。一瞬の化学反応だったのかも。けれど、なにもなかったことにはできないし、彼にそんなふりをさせておくこともできない。

そろそろ、事実と向きあわなければ。

6

自らの手で改装した古いタウンハウスの二階のオフィスで、ジャックはコンピュータを前に仕事のコンセプトを練っていた。マックのスタジオの増築についてはは時間外の仕事になるが、彼女もカーターもとくに急いではいないので、もっと練り直して、全体の構造や細かな点を手直しすることができそうだ。

パーカーが改めて一階と二階両方の増築を含めたプランを頼んできたので、細部や設計だけでなく、全体の動線を考える必要が出てきた。どうせ増築するのなら、一度にやってしまったほうがいいというのがジャックの考えだった。たとえそのために、最初に考えたコンセプトが無駄になってしまうとしても。

増築スペースの一部はスタジオになるため、線や流れをあれこれいじり、光の動きについても考えた。今ある化粧室と倉庫の分に増築分の面積を合わせると、バスルームを拡張できそうだ。後々重宝しそうなシャワー設備を加え、マックの希望どおりクライアント用の更衣室を設けて、今ある保管スペースを二倍にする。

二階のカーターの書斎は……。

ジャックは椅子にもたれて水を飲みながら、イギリス文学の教師らしく考えようとした。仕事場にはなにを求めているのか、なにが必要なのか？　効率性と保守的な好みこそが、カーターらしさだろう。つくりつけの本棚を、壁二面に入れよう。

中央部がせりだした形がいい。ジャックはU字型の作業エリアを移動して、簡単な手描きの図面を書いた。下のキャビネットには、事務用品や生徒のファイルを入れる。

派手なものやしゃれたものはいらない。それではカーターらしくない。

濃い色の木材がいいだろう。オールドイングランド風に。ただし窓は広くとって、建物のほかの部分と合わせる。屋根に傾斜をつけてラインを切る。明かりとりの窓をふたつ。現在の壁の位置を外にずらして、アルコーブをしつらえる。さらにおまけで居間をつくろうか。

妻の機嫌が悪いとき、あるいは昼寝をしたいときに、男がひとりで逃げこめる場所だ。

そこにアトリウムへ通じるドアをつけ、小さいテラスを増築する。男には、ブランデーや葉巻を手にしたいときもある。

ジャックは一瞬手をとめて、左側にあるフラットスクリーンで放映されている試合に目を向けた。頭のなかでアイデアを引っくりかえしつつ、フィリーズがレッド・ソックスをきっちりと三振に仕留めるのを見ていた。

頭にくるな。

図面に注意を戻したとたん、エマのことを思いだした。

ジャックは毒づき、髪をかきむしった。ずっと彼女のことを思いださずにがんばってきたのに。うまく頭のなかを仕分けできていたのだ。仕事と試合と、ほかの試合のスコアを確かめるためにチャンネルを変えることに集中していた。エマは別の仕切りのなかにいて、そこは閉めたままにしておくはずだった。

彼女のことは考えたくなかった。考えてもろくなことはないのだ。ぼくは明らかに過ちを犯したが、それは世界を揺るがすほどのものではない。あの子にキスをした、それだけのことだ。

ただのキスじゃないか。いくつもしてきたキスのひとつ、ほんの一瞬の出来事。あと何日かしてあの余韻が消えてしまえば、きっと普通の生活に戻れるはずだ。

エマはあんなことを根に持つようなタイプではない。

それに、あの件については彼女も同罪だ。ジャックは眉をひそめて、さらに水を飲んだ。そうだとも、エマもキスを返してきたじゃないか。だから彼女が怒るのはお門違いだ。

大人のふたりがキスをした。それだけのことだ。

もしぼくが謝罪するのを待っているのだとしたら、勝手に待っていればいい。あのことを、そしてぼくのことをどう考えるかは、彼女が決めることだ。ぼくとデルは親友で、〝四人組《カルテット》〟のメンバーともいい友達なのだ。それにパーカーから頼まれた改築を手がけるとなれば、今後数ヶ月間はブラウン邸で過ごす時間が増える。

ジャックはもう一度髪をかきむしった。そうか、ということは、お互いに顔を合わせなければならないってことだな。

「くそっ」

顔をごしごしこすって、仕事に集中しろと自分に言い聞かせる。顔をしかめ、設計図の骨組みを調べて、じっと目を凝らした。

「ちょっと待て、待てよ」

全体を斜めに切って角度を変え、片梁《かたはり》を持ちだして書斎を突きだす形にしたら、裏手に半分だけ屋根のついたパティオをつくることができる。そうすれば、今はない屋外のスペースが生まれ、プライバシーも確保できる。花壇をつくったり、灌木《かんぼく》を植えたりも可能だろう。エマだったら、なにかアイデアを考えてくれそうだ。

建物の形と線におもしろみが出るし、建築費用をさほどかけずに使用できるスペースを増やすのも可能だ。

「おまえは天才だな、クック」

図面に書きはじめたところで、誰かが裏口のドアをノックした。

図面のことを考えながら、事務所の二階の居住スペースを通り抜けていく。デルかほかの友人だろう。ビールを持ってきてくれたのならいいが。そう思いつつ、キッチンから外に出るドアを開けた。

ポーチの明かりに照らされて立っていたのはエマだった。月明かりを浴びた牧場《まきば》の香りがする。

「エマ」

「話があるの」彼女はジャックのわきをすり抜け、髪を払ってくるりとまわった。

「おひとり?」

「ああ……そうだ」

「よかった。あなた、いったいどうしたの?」

「やぶからぼうになんだよ」

「ふざけないで。そういう気分じゃないの。あなたはわたしに色目を使ってきて、車のバッテリーをジャンプスタートさせてくれて、肩をもんでくれて、わたしがつくったパスタを食べて、ジャケットを貸してくれて、それから――」

「きみが道端に立っているとき、手を振って通り過ぎればよかったのか。きみが寒さで真っ青になっているときに、そのまま震えさせておけばよかったのか。パスタを食べたのは、腹が減っていたからだ」

「全部つながっているのよ」エマはぴしゃりと言うと、キッチンを抜けて広い廊下を進みながら、宙で手を振った。「それにあなた今、肩をもんだことと、〝その後〟についての言い訳はしなかった」

ジャックは彼女についていくしかなかった。「ずいぶんいらいらしているみたいだな。あのときはなんでもなかったじゃないか」

エマはくるりと振りかえり、ベルベットのようなダークブラウンの目を細めた。

「〝その後〟については？」

「ああ、たしかに〝その後〟はあった。きみもぼくもあの場にいて、〝その後〟があったよ。ぼくがきみに飛びかかったわけじゃないし、きみもぼくを払いのけたりはしなかった。ぼくたちはただ……」〝キスした〟という言葉が急に重たく思えた。「一瞬、唇をくっつけただけだ」

「唇をくっつけた、ね。あなた、十二歳の子供なの？　あなたはわたしにキスしたのよ」

「双方合意のうえでしたんだ」

「あなたから始めたんでしょう」

ジャックは微笑んだ。「きみは十二歳の子供なのか？」

エマが悔しそうにあげた低い声に、彼はうなじがぞくぞくした。「あなたがモーションをかけてきたんじゃないの。ワインを持ってきたのも、階段でくつろいでわたしの肩をもんだのも、キスしてきたのもあなたよ」

「あらゆる点で有罪だな。きみはキスを返してきた。それからまるでぼくに血を吸われたとでも言わんばかりに、あわてて逃げだした」

「パーカーに呼びだされたからよ。仕事中だったんだもの。あなたは消えて、そのままずっと雲隠れしていたでしょ」

「消えた？ 帰ったんだよ。きみは猟犬みたいな勢いで逃げていくし、ホイットニーにはいらいらさせられたし。だから帰った。それにぼくにだって、きみと同じく仕事があるんだ。先週はずっと仕事をしていた。隠れていたわけじゃない。われながら、こんな弁明をしているなんて信じられないよ」ジャックはふうっと息を吸いこんだ。

「なあ、とにかく座ろう」

「座りたくない。頭にきていて、そんな気になれないの。あんなふうに逃げるなんて」

エマが責めるように指を突きつけてきたので、ジャックも彼女のほうに指を向けた。

「逃げていったのはきみのほうだ」

「そのことを言っているんじゃないのよ。わかってるんでしょう。わたしはパーカーに呼びだされて仕事に戻っただけ」どうしようもないというように、両手を宙に投げだした。「どこかに逃げたわけじゃない。ただ、モンスター《M》・ビッチ《B》・ブライド《B》がトスするブーケを点検したいと言いだして、今すぐ見せてくれないとだめだと言い張ったからよ。みんな彼女にいらいらさせられたけど、わたしは逃げたりしなかった」

　エマはジャックの胸にてのひらをあてて押しのけた。「逃げたのはあなたよ。ずいぶん失礼だわ」

「おいおい。今度はぼくを責めるのか。いや、今に始まったことじゃないな。ああ、キスしたさ。白状するよ。きみの唇を見ていたら、欲しくなったんだ。それだけはたしかだよ」ジャックの瞳がきらめいた。雷鳴とともに嵐《あらし》の空に光る稲妻のように。

「きみが助けを求めて悲鳴をあげなかったから、ぼくは君の唇を奪った。それが悪かったというなら絞首刑にしてくれ」

「キスのことじゃないの。それもあるけど、それだけではなくて。つまり、なぜってことと、あのあとのことと、なにってこと」

　ジャックはまじまじと彼女を見つめた。「なに？」

「そうよ！　納得のいく答えを求める権利はあるでしょう」

「〝どこ〟は？　〝どこ〟を忘れているようだから、ぼくが加えてあげよう。どこに納得のいく答えを求める質問があったんだい？　それを見つけてくれたら、ぼくも納得のいく答えを考えるよ。その質問に対してね」

エマの表情が怒りにくすぶる。ジャックはこれまで、女性がこんなふうに怒りをたぎらせるのを見たことがなかった。なんてことだ、セクシーじゃないか。

「この件について大人として語りあえないのなら――」

「うるさいわね」

一度やってしまったことなら、二度やっても同じだ。ジャックはエマをつかんで引き寄せ、つま先立ちにさせた。彼女は〝なに？〟か〝なぜ？〟と言いかけていたのかもしれないが、その言葉が終わらないうちにジャックが口をふさいでいた。じれったそうに一度だけさっと歯を立てたところ、驚いたのか、応えようとしたのか、エマの唇が開いた。どちらだろうと彼はかまわなかった。自分の舌がエマの舌を見つけ、彼女の味が五感に火をつけているのだから。

ジャックは輝くような彼女の髪に手をからませ、顔を上向かせた。

やめて。エマはそう言おうとした。本当にそう言うつもりだった。だが、まるで真夏のように暑かった。暑さと湿気に、まともな考えはことごとく消えていき、体は怒りからショックを通り越して、熱っぽく反応しはじめた。

ジャックが顔をあげて彼女の名前を呼び、エマは首を振っただけで彼を引き寄せた。

一瞬、ジャックの手が誘うように、火をつけるようにあらゆるところに触れてきて、エマは息がつけなくなりかけた。

「ぼくが――」彼がエマのシャツのボタンをいじりはじめた。

「いいわ」彼女はなにをされてもいいと思った。

ジャックの手が激しく打ちつづける心臓のあたりに触れたと同時に、エマは彼を引っぱって床に倒れこんだ。

なめらかな肌とかたい筋肉、飢えた唇。彼女はジャックの下で背中をそらし、それから転がって彼の上になった。Tシャツを引っぱりあげて胸に歯を立てると、ジャックはうめき声をあげ、エマの体を引きあげて唇をむさぼった。彼女の激しさにも負けない狂おしいほどの熱っぽさで、唇から喉もとへと唇を這わせていく。

ジャックが乱暴にエマを引っくりかえし、服を引きはがそうとしたとき、彼女の肘が銃声のような音とともに床にぶつかった。エマの目の前で星が飛んだ。

「痛っ！」

「どうした？　くそっ。ごめん。見せてごらん」

「ううん、いいの」ずきずきする痛みにぼうっとしたが、しびれてはいない。エマはどうにか体を起こした。「肘よ。いやあね。あ、痛い」

「ごめん、ごめんよ。さあ」ジャックは痛そうな彼女の腕をさすってやり、自分の呼吸を落ちつかせようとあえいだ。

「あなた、笑ってるのね」

「いや、違うよ。欲望と情熱に圧倒されて、息が吸えなくなっているんだ」

「笑ってるわよ」エマは痛めていないほうの手の人差し指で、彼の胸を突いた。

「いや。笑わないように雄々しく闘ってるんだ」実際のところ、欲望に激しく体が反応しているときにこんなふうに笑いをこらえているなんて、はじめてのことだった。

「よくなったかい？　少しはいい？」彼はそう問いかけながら、エマの瞳をのぞきこむという過ちを犯してしまった。

ダークブラウンの瞳が、笑みにきらめいて金色に見える。ジャックは闘いをあきらめて、腹の底から笑いだした。「本当にすまない」

「どうして？　あんなに見事な技を見せてくれていたのに」

「ああ、みんなにそう言われるよ。あの段階で床に倒れこんだのはきみがはじめてだ。ぴったりのソファまで三メートル、寝心地のいいベッドまでだって、階段をあがればすぐだったのに。でも、ぼくがやわらかい場所を見つける前に、きみのほうがコントロールを失ってしまったからね」

「セックスにやわらかい場所を求めるなんて、意気地なしよ」

ジャックは視線をあげて、ゆったりと熱っぽく微笑んだ。「ぼくは意気地なしではないよ」座り直して言う。「二回戦に挑戦しようか」

「待って」エマは彼の胸をぴしゃりとたたいた。「ああ、いい胸筋ね。でも、待って」まだずきずきする腕を持ちあげて、髪を後ろに流す。「ジャック、わたしたちはなにをしているのかしら？」

「それを説明しなきゃならないのなら、ぼくのやり方がまずかったということだな」

「ううん、そうじゃなくて。だから……」エマは自分の胸もとを見おろして、開いたシャツのあいだからちらりとのぞくレースの白いブラを見つめた。「このありさまだわ。わたしを見てよ」

「だから、見てたよ。今も見てる。もっと続けたいんだ。きみは本当に魅力的で、だからぼくは――」

「ええ、それはわかるわ。あなたもすてきよ。でもね、ジャック、このままというわけには……ここで道をそれてしまったんだもの」

「ぼくからすると、道をたどって家に向かってるところだという気がするけどな。両者の見解を一致させるのに五分くれないか。いや、一分でいい」

「三十秒あれば充分だと思うわ。でも、だめなの」ジャックがにやりとしたのを見て、エマはあわてて言い足した。「本気で言っているのよ。このまま、なし崩しにそうなるわけにはいかないの。いえ、そうじゃなくても」彼女のなかのなにもかもが、きらきらときらめき、求めている。

「よくわからないけど、わたしたちはじっくり考えてみる必要があるんじゃないかしら。時間をかけて、しつこいくらいに。だって、わたしたちは友達なのよ」

「友達として大事に思っているよ」

エマはやさしいまなざしになり、手を伸ばして彼の頬に触れた。「だって友達なのよ」

「ああ、そうだ」

「それに、わたしたちには共通の友人がいる。あちこちでつながってるの。だから、どんなに〝いいわよ、ソファを試して、それからベッドに行って、三回戦は床で〟と言いたくても――」

「エマリン」ジャックのまなざしが深みを増し、暗い翳《かげ》りを帯びた。「もう我慢できないよ」

「セックスは裏階段でのキスとは違うわ。それがどんなにすてきだったとしても。だから、よく考えてから決めないと。今ここであなたを裸にしたいと思ったがために、あなたと友達でいられなくなるのはいやなのよ。大切な存在なんだもの」

ジャックは大きくため息をついた。「それは言われたくなかったな。ぼくにとってもきみは大切な存在だ。ずっとそうだよ」

「じゃあ、少し時間を置いて、よく考えてみましょう」エマは彼から離れ、シャツのボタンをとめはじめた。

「きみがそうしているのを見るのがどんなに残念か、わからないだろうな」

「わかるわよ。自分でもこうするのが残念でたまらないもの。そのままでいて」彼女はひとりで立ちあがり、ジャックにつかまれたときに落としたバッグを拾った。「こんなことを言って慰めになるかどうかわからないけど、今夜わたしはみじめな夜を過ごすと思うわ。あそこでやめて考えようなんて言いださなければ、どうなっていただろう、って考えつづけるでしょうね」

「慰めにはならないね。ぼくも同じことをするだろうから」

「そうね」エマはドアへと向かいかけて、ちらりと振りかえった。「始めたのはあなたなのよ」


思ったとおりのみじめな夜を過ごした翌朝、エマは仲間の慰めとミセス・グレイディのパンケーキを求めていた。胸のうちであれこれと考える。仲間には無条件で会える。でもパンケーキを食べていいのは、その前におぞましいホームジムと対決したときだけだ。

ウェアを身につけ、カフェインなしでいらいらしたまま、のろのろと本館へ向かった。途中で方向転換して、マックのスタジオに寄る。友達なんだから痛みを分かちあってくれてもいいじゃない、と思ったのだ。

なにも考えずになかに入り、キッチンへ向かった。そこには、コットンのボクサーパンツにタンクトップを着たマックがコーヒーを手にしてカウンターにもたれ、にっこり微笑んでいた。向かい側にはツイードのジャケットを着たカーターがいて、まったく同じ格好で、同じ笑みを浮かべている。

ノックをするべきだった。エマはあわてて思った。カーターがここで暮らすようになったのだから、ノックをするようにしないと。

マックがエマのほうを見て、軽く挨拶するようにカップを持ちあげた。「あら」

「ごめん」

「またコーヒーを切らしたの？」

「ううん――」

「たっぷりあるよ」カーターが言った。「ポット一杯分つくったんだ」

エマは悲しそうな顔をした。「どうしてあなたが、わたしではなくて彼女と結婚することになっちゃったのかしら」

カーターは耳の先をぽっと赤くしたが、ただ肩をすくめた。「そうだな、もしうまくいかなかったら……」

「この人、自分のことをかわいいと思ってるのよ」マックが冷ややかに言った。「憎たらしいことに、そのとおりなんだけど」近づいて、ネクタイをぎゅっと引っぱる。

エマの目には軽くて甘いキスに見えた。愛しあう者同士が朝に交わすキス。もっと深い熱いキスをする時間は、あとでたっぷりあるとわかっている者同士のキス。

エマは、その軽さと甘さがたまらなくうらやましくなった。

「学校に行ってらっしゃい、教授《プロフェッサー》。若い才能を啓蒙《けいもう》してあげるのよ」

「そのつもりさ」カーターはブリーフケースを持ちあげ、マックの明るい色の髪にさっと手を走らせた。「じゃあ、夜に。またね、エマ」

「ええ、また」

彼はドアを開けたが、ちらりと振りかえった拍子に戸枠に肘をぶつけた。「くそっ」ぶつぶつ言いながら外へ出て、ドアを閉めた。

「三回に一回はあれをやってるのよ……どうしたの？　真っ赤じゃない」

「なんでもないわ」エマは思わず自分の肘をさすりながら、思いだしていた。「なんでもない。拷問部屋に行く途中で寄ってみただけ。苦しんだあとは、ミセス・Gにパンケーキを頼もうと思って」

「二分で着替えるわ」

マックが二階に駆けあがっていくと、エマはひとりでうろうろしだした。マックに説明するには、シンプルにさりげなく、それでいてわかりやすく話さなければいけない。ジャックとのあいだにあったことを。ううん、ジャックとのあいだで起きつつあることを。友達の元カレとは寝ないというルールの特例を認めてもらわなければならないのだから。

マックとジャックは友達なので、そこははっきりさせておきたかった。けれどマックは今、狂おしいほどにカーターを愛している。彼女は結婚するのだ。これからいとしのきみと結婚しようというときに、友達の元カレとは寝ないというルールを振りかざして邪魔をするなんて、いったいどういう友達だろうか？

それではあまりにも自分勝手で狭量で意地悪だ。

「気が変わらないうちに行きましょう」マックが、スポーツブラとバイクパンツにパーカーをはおってキッチンに駆けこんできた。「二頭筋と三頭筋がたくましくなってきた感じ。すごい腕になりそう」

「どうしてそんなふうなの？」エマは訊いた。

「そんなふうって？　なにが？」

「わたしたち、赤ちゃんのころからの友達よね。なのに、どうしてそんなに頑《かたく》ななの。もう彼のことなんて求めてないのに」

「誰のこと？　カーター？　それなら求めてるわ。あなた、今朝はコーヒーを全然飲んでいないのね」

「コーヒーを飲んでいたら、ワークアウトをしないですませる理由を見つけてるわよ。でも、今はそんなことが問題なんじゃないの」

「わかった。じゃあ、なぜそんなに怒ってるの？」

「怒ってなんかいないわ。あなたがわたしに腹を立てているんでしょう」

「それなら、あなたが謝れば全部許してあげるわよ」マックはドアを開け、外に出ていった。

「どうしてわたしが謝るの？　わたしはやめたのに」エマも外に出て、ドアをばたんと閉めた。

「やめたってなにを？」

「やめたのよ……」エマはうめいて、指で目を押さえた。「カフェイン欠乏症ね。頭がぼうっとしてる。途中から話を始めちゃったわ。ううん、終わりからかも」

「なぜわたしがあなたに腹を立てているのか教えて。そうすれば話ができるかもしれない」

エマは息を吸いこんで、とめた。「ジャックとキスをしたの。というか、彼がキスしてきたのよ。そのあと彼が雲隠れしてしまったから、わたしから訪ねていって、思っていることを話したの。そうしたら、またキスされて。わたしもキスを返しちゃった。それからふたりで床の上を転げまわって、服が脱げかかったけど、わたしが肘を床にぶつけてしまったの。かなりひどくね。そこでわたしは、はっとわれに返ってやめたのよ。だから、あなたが怒る理由はないわ」

マックはエマの話す最初の部分を聞いたときから、呆然《ぼうぜん》として彼女を見つめていたが、まだぽかんとしている。「なに？　なんですって？」耳に入った水を出すときのように、片方のてのひらで耳をぽんぽんとたたいて首を振る。「なんて言ったの？」

「もう一度言う気はないわ。とにかくわたしは途中でやめたし、謝ったから」

「ジャックに？」

「ううん、ああ、それもそうだけど、あなたによ。今こうして謝っているでしょ」

「どうして？」

「もうやめてってば。ルールのことよ」

「わかった」マックは両手をこぶしに握って腰に押しあて、宙を見つめた。「ううん、やっぱりわからない。こういうのはどう？」両手を使って、大げさになにかを消すジェスチャーをした。「ここにきれいな黒板があると考えるの。なにもないところから始めましょう。あなたとジャックが――ああ、消化するのに一分はかかるわ。よし、と。あなたとジャックが淫《みだ》らなことをしたのよね」

「淫らなことじゃないわ。彼はすごくキスが上手なのよ、もちろんあなたも知っているでしょうけれど」

「わたしが？」

「でも、キスについて謝るつもりはないわよ。だって、まったくの不意打ちだったんだもの。ううん、まったくのではないわね。ボンネットのなかをのぞいたときから、なにか感じるものはあったから」

「ボンネット？　車の？　ねえ、生まれたときから知っている仲じゃなかったら、あなたの言ってること、半分も理解できないわよ」

「だけど、わたしが休憩しているときに、彼がワインのグラスを持ってきてくれるなんて思ってもいなかったわ。裏階段に座って、仕事のことを考えていたんだもの」

「ワイン、裏階段」マックはつぶやいた。「MBBの式のときね」

「それから彼がわたしの肩をもみはじめて、そこで気づくべきだったけど、わたしはすぐに会場へ戻るつもりだったの。だから、少しのあいだと思ってそこにいたら、彼がキスしてきたのよ。そうこうするうちにパーカーに呼びだされて、そのときになって、自分がなにをしてしまったかに気づいたの。でも、裏切りにはならないわよね。あなたにはカーターがいるんだもの」

「ねえ、その話がわたしになんの関係があるの？」

「それにわたし、彼とは寝ていないのよ。そこが重要なところよ」

鳥がにぎやかにさえずりながら、そばを飛んでいった。エマはちらりと目を向けるともなく、両手を腰にあてて顔をしかめた。「キスは突然だったのよ。二回とも。それから床に転がっていたのも、その瞬間燃えあがってしまっただけだから。やめたんだから正確にはルールは破っていないけど、でも一応謝っておくわ」

「謝罪は喜んで受けたいところだけど、なにについての謝罪なのかを教えてよ」

「元カレのルールよ」

「元……ああ、元カレのルール。そう聞いても、いったいわたしになんの関係が……待って。あなた、ジャックとわたしが……わたしがジャックと寝たことがあると思ってるの？　ジャック・クックよね？」

「もちろん、ジャック・クックよ」

「ジャックと寝たことなんてないわ」

　エマはマックをつついた。「あるでしょう」

　マックがつつき返す。「いいえ、ないわよ。自分が誰と寝たか寝てないかくらいわかっているけど、ジャックとは一度もないわ。ジャックと床を転げまわって服を脱がしあったこともない」

「でも……」困惑のあまり弱気になって、エマは両腕をわきにおろした。「でも大学時代、ジャックが休暇で帰ってくるデルと一緒にここへ来るようになったころ、あなたたち……」

「たしかに親しくはしていたわ。だけど、それだけよ。シーツの上でも床でも壁でも、ほかのどんな場所でだって裸になったことはなかった。おわかり？」

「わたし、ずっと……」

マックは眉をあげた。「訊いてくれればよかったのに」

「いやよ、だって、ああ、もうっ。わたしも彼と親しくしたかったけど、あなたが先にそうしていたからできなかった。それで、てっきりふたりは深い関係だと思いこんでいたのね。あとになって、あなたたちがどう見ても友達の関係に戻ったと思ったときには例のルールができていたのよ。たしか、そう」

「あなた、ずっとジャックに気があったってこと？」

「ずっとではないけど。ルールがあったから、そういう気持ちをほかの分野に向けたり、抑えたりしていたの。でも最近になって、気をそらしたり抑えたりがうまくいかなくなってきて。ああ」エマは自分の顔をぴしゃりとたたいた。「わたし、ばかね」

「ほんと」マックは厳しい顔をして、胸の前で腕を組んだ。「あなた、わたしが一度もセックスしたことない人と、もう少しでしそうになったのよね。なんて友達かしら？」

エマはうなだれて唇を震わせた。「謝ったでしょう」

「許してあげてもいいけど、それには全部、細かなことも包み隠さず話してくれなくちゃだめよ」マックはエマの腕をつかみ、本館に向かって早足で歩きはじめた。「コーヒーを飲んでからね。その前にワークアウト」

「ワークアウトはやめにして、すぐにコーヒーを飲むのはどう？」

「だめよ、わたしはやる気満々なんだから」マックは本館の横の入口からなかに入り、階段へ向かった。ふたりが三階に着いたところに、ローレルとパーカーがジムから出てきた。「エマがジャックとキスして、もう少しでセックスするところだったって」

「なんですって？」ふたりがそろって言った。

「今は話せないの。まだコーヒーを飲んでいないから。コーヒーを飲むまでは話せないし、パンケーキもないとだめ」エマは顔をしかめながら、エリプティカルに近づいていった。

「パンケーキね。ミセス・Gに頼んでおくわ」ローレルが大急ぎで走り去っていく。

「ジャックって？　ジャック・クックのこと？」パーカーが訊く。

　マックは腕を曲げてボウフレックスに向かった。「だから、そう言ったでしょう」

　朝食用のテーブルに全員が座り、エマが一杯目のコーヒーが注《つ》がれたカップを握りしめると、マックが手をあげた。「最初のほうはわたしが説明するわ。そのほうが手っとり早いし、そうしないと最後まで脳細胞がもたないと思うから。つまりこういうことなの。エマはジャックにあこがれてたけど、彼が以前わたしとつきあっていたと思っていたのよ。セックスも含めたつきあいってことね。それで、友達の元カレはだめというルールにこだわって、ひとり静かに苦しんでいたというわけ」

「苦しんでなんかないわ」

「黙って、ここはわたしが説明するんだから。その後、MBBの披露宴のときに、ジャックが〝ああ、きみは疲れてるじゃないか。肩をもんであげるよ〟と言って、ぶちゅっと迫ってきたんですって。そこにパーカーから呼びだしがかかって」

「だからなんだか様子がおかしかったのね。ありがとう、ミセス・G」パーカーはミセス・グレイディに微笑みかけ、テーブルに置かれた大皿からパンケーキをひと切れとった。

「それで一週間たった昨夜、エマは彼のところに行って、どういうつもりだったのか問いつめたのよ。そこからいろいろとあって、ふたりは床の上を裸で転げまわることになったそうよ」

「裸じゃないわよ。半分も脱いでいなかったわ。四分の一くらいね」エマは記憶をたどった。「せいぜいそんなものよ」

「今朝、エマがわたしに謝ってきたのよ。わたしの幻の元カレとセックスしそうになって申し訳ないって」

「それはそうでしょう」ミセス・グレイディが口をはさんだ。「友達の恋人を奪うようなら友達ではありませんからね。たとえ、相手の男を蹴ってはねのけたとしても」

「そんな感じのことが起きたのよ」エマは口を開きかけて、ミセス・グレイディの冷ややかなまなざしに背中を丸めた。「謝ったし、実際にそうなる前にやめたし……」

「それはあなたが心根の正直ないい娘さんだからですよ。さあ、フルーツを食べて。新鮮ですからね。健康的な食事をしているときのほうが、セックスだってよくなりますよ」

「はいはい、ママ」エマはパイナップルにフォークを刺した。

「そもそも、どうしてマックがジャックと寝ていたなんて思ったわけ?」ローレルはパンケーキにシロップをかけた。「もしそうなっていたら、マックのことだからべらべら自慢して、わたしたちが殺してやりたくなるくらいまでしゃべりつづけたと思うけど」

「そんなことするもんですか」

「昔のあなただったら、やったでしょうね」

マックは考えこんだ。「たしかにそうね。昔のわたしだったら。わたしも進化したのよ」

「それで、どのくらいホットだったの?」パーカーが知りたがった。

「かなりよ。裏階段の以前から高ポイントだったけど、その後は記録をつくったわ」

パーカーはうなずいて、パンケーキを食べた。「彼、キスは上手だものね」

「本当に。彼って……どうして知ってるの？」パーカーが黙って微笑んだので、エマはあんぐりと口を開けた。「あなたが？　あなたとジャックが？　いつ？　どうやって？」

「むかつくわね」マックがぶつぶつ言った。「もうひとり親友が、わたしの幻の元カレに迫っていたなんて」

「二回キスしただけよ。わたしがエール大学に入った年にパーティーでばったり会って、彼が寮まで送ってくれたの。キスはよかったわよ。とてもね。でも、どんなにキスが上手でも、どうしても兄とキスしているみたいな気がしちゃって。彼もきっと妹とキスしてるような気になっていたと思うわ。だからそれっきり。あなたとジャックが関係を結ぶうえで問題になるようなことじゃないわよ」

「わたしたちは兄や妹っていう感じではなかったわ。だけど、どうしてジャックとキスしたことがあるって話してくれなかったの？」

「キスした相手について、いちいち報告しなきゃいけないとは思っていなかったわ。でも、リストをつくれと言われればつくれるわよ」

エマは声をあげて笑った。「あなたならできるでしょうね。ローレル？　あなたはジャックとなにかあった？」

「ひとりだけなんにもないなんて、のけ者にされた気分よ。幻でさえないわ。これだけ長いつきあいなら、一度くらい迫ってきてくれたってよさそうなものなのに。あなたはどう、ミセス・G？」

「何年か前のクリスマスに、やどりぎの下ですてきなキスをしてくれましたよ。でも、そのときだけの関係ということで、彼の心を傷つけないように、あっさり離れてあげましたけど」

「とにかくエマは彼を仕留めるつもりなのよ。ばっちりとね」マックが眉をあげて言った。「そして彼のほうは、エマの驚くべき魅力の前になす術《すべ》がないというわけ」

「わからないわ。もう少し考えてみないと。ややこしいんだもの。彼は友達でしょう、わたしたちみんなの。それにデルの親友でもある。そしてデルはあなたのお兄さんだから」エマはパーカーに向かって言った。「わたしたちにとっても兄代わりのような存在だわ。わたしたちみんなが友達同士で、加えてビジネスのパートナーでもある。デルはわたしたちの弁護士で、ジャックも必要に応じて助けてくれているわ。今は改装の設計をしてくれている。みんながつながっていて、からみあっているのよ」

「これ以上複雑にからみあわせるものがあるとしたら、セックスしかないわね」マックが口をはさんだ。

「そのとおり。だから、もしそういう関係になってしまって、そのあとでうまくいかなくなったらと考えてしまうのよね。お互いに気まずくなったら、まわりのみんなも気まずくなってしまう。今はある意味、バランスがとれているでしょう？　セックスに、このバランスを崩すだけの価値はないわ」

「だったら、しなければいいことです」ミセス・グレイディが言って、かぶりを振った。「あなたは考えすぎですよ。わたしはお皿を洗ってきます」

エマはパンケーキを前にふくれっ面になった。「わたしのこと、ばかだと思っているんだわ。わたしはただ、誰にも傷ついてほしくないだけなのに」

「それなら基本のルールに従えばいいのよ。お互いになにを期待するのか、ややこしい事態にどうやって対処するつもりか」

「基本のルールって？」

パーカーは肩をすくめた。「それはあなたが決めるのよ、エマ」

7

　心地よいニューエイジ・ミックスをBGMに、エマは作業台で配達用の花の下準備をしていた。週半ばにある外の会場でのブライダル・シャワー用のもので、楽しく女性らしいものに仕上げるつもりだ。ガーベラ・デイジーが鍵《かぎ》になる。

　アレンジメントの仕上がりを思い描きながら、エマは水のなかで茎の先を数センチ切った。新鮮できれいな状態を保てるように、水と活性剤と保存液を混ぜた液にデイジーを移す。

　最初に水切りした束の潤いを保つために冷蔵ケースへ運んだ。次の束にとりかかろうとしたとき、パーカーの呼ぶ声が聞こえた。

「ここよ！」

　パーカーが入ってきて、花々と葉、バケツと道具を見渡した。「マクニキー家のブライダル・シャワーね」

「そう。このガーベラの色を見て。やわらかな色のものから力強い色まで。完璧なアレンジメントになるわ」

「それをどうするの？」

「テーブルの装花用にトピアリーを三つ、レモンリーフで飾った鉢に入れるの。マダガスカルジャスミンとアカシア、それに薄いリボンを加えてね。クライアントはほかにもいくつか欲しがっているのよ。入口のテーブルに飾る凝ったアレンジメントをひとつ、暖炉にキャンドルと一緒に飾るアレンジメント、化粧室用の繊細で香りのいい、かわいらしいもの。十一時の打ちあわせまでに、その全部の下準備をすませなくてはいけなくて、必死に進めているところなの」

「華やかで女性らしい雰囲気ね」パーカーは作業エリアを見渡した。「すでに手いっぱいなのはわかっているんだけど、もうひとつ外部会場でのイベントを入れてもらえないかしら？」

「いつ？」

「今度の木曜日。ええ、わかってる」エマの冷たい視線を受けて言う。「代表番号にかかってきたのよ。あなたがこれで手が離せないのは知っていたから、転送しなかったの。フォーク家とハリガン家の結婚式に出席していた人よ。どうしてもあのときの花が忘れられないんですって。またひとつ、ＭＢＢにわたしたちが勝ちをあげたのよ」

「そう言って、わたしを口説く気ね」

「そのとおり。彼女は切り花を買って花瓶に活ける程度ですますつもりだったのに、あなたの作品を見てからというもの、頭から離れないそうなの。どんなに美しかったか、忘れられないって」

「やめて」

「どんなにゴージャスで創造的で完璧だったか」

「もう、パーカーったら」

「眠ることも食べることも、いつもどおりにはなにもできなくなってしまったそうよ。あなたが花にかけた魔法を見たせいで」

「大嫌いよ、パーカー。なんのイベントなの？　規模はどのくらい？」

パーカーは澄まして、同情するような笑みを浮かべた。本当にうまいんだから、とエマは思った。

「種類はベビー・シャワーで、規模は今あなたがとりかかっている案件と同じくらいのようだったわ。暖炉のアレンジメント以外はね。女の赤ちゃんだから女の子らしく、たくさんピンクを使ってほしいそうよ。でも、あなたの判断に任せるとも言っていた」

「日が迫っているから、業者がなにを卸してくれるか確かめないと。それと、来週の予定も見てみなくてはいけないわね」

「それならもう確認したわ。月曜日はいっぱいだけど、火曜日の午後はまとまった時間がとれる。水曜日には金曜日のイベント用、木曜には土曜日用のデザインにかかるのよね。その二日間をティンクに来てもらうことにすれば、ふたりでこの注文に対応できるんじゃないかしら？　息子さんの赤ちゃんで、はじめてのお孫さんだそうよ」

エマはため息をついた。「それを言えば、わたしが落ちるとわかってたのね」

「ええ、わかってた」パーカーがエマの肩を軽くたたいた。「必要なら、ティファニーかビーチも呼べばいいじゃない」

「ティンクとふたりでなんとかするわ」エマは次の束を冷蔵ケースへ運び、戻ってきてから言った。「この作業がすみ次第、クライアントに電話して、希望を確認してみる。要望に確実に応えるためにね」

「名前と電話番号のメモをあなたのデスクに置いておいたわ」

「そうでしょうとも。これは高くつくわよ」

「いくらくらい？」

「整備工場から電話があったのよ。修理が終わったそうだけど、今日はとりに行けないの。明日も予定がいっぱいで」

「わたしがとってくるわ」

「そう言ってくれると思ってた」エマはこの先の予定を考えて、首の後ろをもんだ。「あなたが肩代わりしてくれた分の時間で、ベビー・シャワーのおばあちゃまに連絡できるわ」

「受けてもらえるかどうか心配しているはずだから、わたしから先に電話して、じきにあなたから連絡がいくと伝えておくわね。連絡といえば、ジャックとは話をしたの？」

「いいえ。まだじっくり考えているところなの。彼としゃべったら、すぐに、抱きつきたい、抱きつかれたいと思いはじめてしまうから。こうして話しているだけで、もうそう思っているんだもの」

「ひとりにしてあげましょうか？」

「おもしろいわね。彼には、ここでやめて考えてみましょうと言ったのよ。だからそうしてるの」エマは眉根を寄せて、澄ました声を出した。「セックスがすべてじゃないんですからね」

「それはあなたのほうがわたしより経験もあるし、もてるんだから、ずっとよくわかっているでしょうよ」

「いばっているつもりはないの」エマはちらりとパーカーを見た。「侮辱するつもりもなかった」

「別にいばったっていいわよ。はっきり言ってくれたほうが時間の節約になるし。時間といえば」パーカーは腕時計を見た。「そろそろ行かないと。花嫁と街で打ちあわせなの。マックも配達があるから、彼女が出る前につかまえて、整備工場でおろしてもらうわ。四時には戻るから。夕方の打ちあわせを忘れないで。六時半よ」

「手帳に書いてあるわ」

「じゃあ、そのときに。ありがとう、エマ。助かったわ」パーカーはそう言って駆けだしていった。

　エマはひとりで作業エリアを片づけて、ハンドクリーム代わりにしているネオスポリン軟膏《なんこう》を手にとった。できたばかりの切り傷やすり傷の手当てをしてから、打ちあわせの支度を始める。

　アレンジメント、アルバム、雑誌の準備に満足すると、エマはパーカーが置いていった番号に電話をかけ、もうすぐおばあちゃんになるクライアントを喜ばせた。話をしながらメモをとり、ベビー・ローズ、ミニ・カラーの数を計算する。ピンクは薔薇で、白はカラー。頭のなかで大きめのアレンジメントをデザインしつつ、さらに計算する。濃紺色のカラーと、ビアンカ・ローズ、ピンクスプレー・ローズをあしらうのだ。

　甘く女性らしく、エレガントに。エマの解釈が正しければ、それがクライアントの希望だった。さらにメモを書きつけ、配達の時間と場所を書きとめ、午後遅くならないうちに、メールで契約書と見積書を送ることを約束した。

時間を見て、大急ぎで卸業者に電話を入れてから、作業着を脱いで着替えにかかった。

身支度を整えてメイクを終えたとき、ふと、ジャックもまだ考えてくれているかしら、と思った。

エマは思わずコンピュータに駆け寄り、彼にメールを書いた。

〝まだ考えてる。あなたは？〟

気が変わらないうちにと、送信ボタンを押した。

ジャックはオフィスで、部下が書いた変更プランをチェックしていた。新しい建築プロジェクトは、クライアントの煮えきらない態度のせいで調整続きだった。たしか壮麗な感じにしたいと言っていたんだよな。ジャックは思った。だからそのとおりにしたはずだ。暖炉が六個欲しいと言っていたのに、そのうちに九個必要だと言いだした。それからエレベーターも。

いちばん最近の変更は、建設予定に入っていたプールを通年利用可能な仕様にして、家と渡り廊下でつなぐというものだった。

いい仕事ぶりだぞ、チップ。ジャックは二、三手を加えつつも感心していた。完成したものを眺め、それから構造設計技師が提出してきた図面を調べる。いいぞ。とてもいい。ジョージアン・コロニアル様式の威厳はそこなわれていない。来年の一月には、クライアントはプールで泳げるはずだ。

みんなが幸せになる。

ジャックはクライアント宛《あて》に図面をメールで送ろうとして、エマからのメールに気づいた。

クリックして開き、一行だけのメッセージを読む。

からかっているのか？

エマのことを——とくに裸の彼女の姿を——考えずにいるのも大変なくらいなのに。今朝なにをするにもいつもの倍時間がかかったのは、エマのことを考えていたせいだ。でも、そのことを彼女に言う必要はない。ならば、なんと返信しようか？　ジャックは首をかしげ、返信ボタンをクリックしながら微笑んだ。

〝今夜きみが、なかにはなにも着ないで、肘当てとトレンチコートだけで現れないだろうかと考えている〟

送信ボタンをクリックしたあとで、座り直して想像する。トレンチコート姿のエマはどんなだろう。ハイヒールを履いているかもしれないぞ、それも赤いやつだ。そしてコートのベルトをゆるめたとたん――。

「勝手に裏から入らせてもらったぞ」

まだトレンチコートの前を開くことを考えていたジャックは、はっとしてデルを見つめた。

「おい、どうした、なにをしてるんだ？」

「いや……仕事だよ。図面」くそっ。ジャックはなにげないふりをして、スクリーンセーバーを作動させた。「仕事は休みか？」

「裁判所に向かう途中なんだが、ここのほうがうまいコーヒーにありつけると思ってな」

デルは勝手にカウンターのコーヒーメーカーへ近づき、コーヒーをカップに注いだ。

「負ける覚悟はできたか？」

「負けるってなにに？」

「今夜はポーカー・ナイトじゃないか。今日はついてる気がするんだ」

「ポーカー・ナイトか」

デルが眉をあげて、まじまじとジャックを見た。「なんの仕事をしていたんだ？別世界から帰ってきたみたいな顔だぞ」

「それだけ目の前の仕事に集中していたってことさ。ポーカー・ナイトでも同じこととだ。ついてるくらいでは勝てないぞ」

「別口で賭けるか。百ドルでどうだ？」

「乗った」

デルは乾杯のしぐさをしてからコーヒーを飲んだ。「〝カルテット〟の増築のほうはどんな調子だ？」

「マックとカーターの住まいによさそうな案があるんだ。もう少し磨きをかけたいんだが」

「そうか。エマのほうはどうなってる？」

「えっ？　なんだって？」

「エマだよ。ふたつ目の冷蔵ケースの話」

「まだだ。そっちは……たいして難しくないだろう」なぜだ？　どうして親友に嘘をついているような気になるのだろう？

「単純な仕事だよな。さてと、ぼくはそろそろ弁護士の仕事をしに行くよ」デルはマグカップを置いてドアに向かった。「じゃあ、今晩。そうだ、百ドルをぼくに払うときに泣かないように頼むぞ。きまりが悪いからな」

ジャックが中指を立てると、デルは笑いながら去っていった。

それからたっぷり十分間、階下の物音に耳をそばだてて待ってから、ジャックはメールの確認をした。

エマからの返信はない。

どうして今夜がポーカー・ナイトだということを忘れていたんだろう？　その手のことは脳に刻まれているはずなのに。ピザとビールと葉巻とカードの夜。男だけの夜。まだ大学生だったころから、デルとともに築きあげてきた伝統、いや、儀式と言ってもいいほどなのに。

ポーカー・ナイトは神聖なものだ。

もし彼女が今晩ここに来ると言ったらどうする？　今夜このドアをノックしたら？黒いトレンチコートに赤いハイヒールのエマを思い浮かべる。

それから、よき友と冷えたビールとトランプ。

もちろん答えはひとつしかない。もし彼女がここに来ると返信してきたら、事情を説明するまでだ。

デルに、ひどい胃腸炎にかかって寝こんでいる、と。

男なら、生者でも死者でも、その決断を責められる者はいないだろう。

マックはグリニッチの街に向かって車を走らせながら、隣に座ったパーカーをちらりと見た。「ねえ、ここだけの話だけど、エマとジャックのこと、どう思う？」

「ふたりとも、大人で独身で健康な男女なのよ」

「まあね。でも本当のところ、あのふたりのこと、どう思う？」

パーカーはため息をつき、仕方なさそうに笑った。「まさかこんなことになるとは思っていなかったわ。その手の勘は働くほうだと思ってたのに。わたしがこれだけ妙な気がしているということは、当人たちはもっと妙な気分でしょうね」

「悪い方向で？」

「ううん、そうじゃなくて、ただおかしな感じってこと。わたしたち四人とあのふたり――ジャックとデルは、いつも六人一緒だったでしょう。もちろん今はカーターも入れて七人だけど、六人の関係はカーターが現れる前からのことだから。みんな、もう何年も、プライベートでもビジネスでも親しくつきあってきたわよね。わたしたち四人とデルはずっとで、ジャックとも十年以上になるわ。自分はある男性を兄のように見てきたのに、グループ内でみんながみんな同じ気持ちというわけではなかったことに気づいたら、慣れるまでに時間がかかるものよ。わたしたちのうちの誰かが彼のことを嫌っているというのと同じくらい、妙な感じ」

「だからエマもためらっているんでしょう」

「そうよね」

「ふたりが意識しあって熱くなるのはかまわないのよ。でも、熱は冷めることがある。

それも片方が先に冷めるかもしれない。それがいやなの」マックはミラーをのぞきこんで車線を変更した。「まだ熱い気持ちを持っているほうは傷つくのか、裏切られたと感じるのか」

「感情は感情よ。どうして人って、ほかの人の感じ方を責めたりするのかしら？　わたしにはわからない」

「不思議だけど、でも、そうなのよね。エマは繊細すぎるところがあるのよ。男性をあしらうのは上手で――その点は驚くほどだけれど、応えられないときでも相手の気持ちを充分に尊重してる。わたしの言ってること、わかる？」

「ええ」整備工場に近づいたので、パーカーは車に乗ってから脱いでいた靴を履いた。「彼女は最初のデートからその気になれないとわかっている相手とでも、二回、三回、四回と出かけたりするわよね。相手の気持ちを傷つけたくなくて」

「さらに、彼女はわたしたち三人がしたデートの回数を合わせた数以上にデートをしているでしょう。カーター以前の話だけど」マックはつけ加えた。「それにたいていの場合、相手の自尊心を傷つけないようにうまく振ってる。見事なものよ」

「問題は、ほかの男の人のときより、エマがジャックと親しいことよ。彼を愛しているから」

「まさか――」

「わたしたちみんな、そうでしょ」パーカーがまとめた。

「ああ、そういう意味ね。それはそうよ」

「心から大切に思っている相手との関係を断ち切るのは難しいわ。エマは関係を始める前に、その部分をどうしようか考えているのよ。彼を傷つけることだけは絶対にしたくないはずだから」

信号を待ちながら、マックは考えこんでいた。「ときどき、自分もエマくらいやさしかったらと思うわ。ごくたまにだけどね。大変そうだから」

「あなただって、やさしいときはあるわよ。わたし？　わたしは怖がらせてばかり」

マックは鼻を鳴らした。「ほんと、あなたにはびくびくしてる」信号が変わったので車を出した。「でも、コネティカットのブラウン家のパーカー・ブラウンの衣をまとったときが、いちばん怖いわ。あの雰囲気でちょっと振りかえられただけで、たいていの人は死んでしまいそう」

「死にはしないわよ。一時的に倒れるだけ」

「リンダを凍りつかせたじゃないの」マックは自分の母親の名前を出した。

「あれはあなたが自分でしたことよ。お母さんに立ち向かったでしょう」

マックは首を振った。「前にも立ち向かったことはあるわ。このあいだみたいにはいかなかったけど、精いっぱい背伸びをしてね。でも、あの人との対決を始めたのはわたしでも、とどめを刺してくれたのはあなたよ。あなたとカーター。ありがたいことにカーターはリンダのたわごとを聞く耳を持たなかったし、リンダのほうもニューヨークでリッチなフィアンセにやさしくされて、おかげでわたしの人生がだいぶ楽になったわ」

「あのあと、連絡はあった？」

「奇遇ね。実は今朝、電話があったのよ。あの見苦しいラストシーンなんてなかったみたいにね。アーリとふたりで駆け落ちすることにしたんですって。来月コモ湖まで行って、アーリの親友の別荘で結婚式を挙げるそうよ。リンダがなにもかも計画してからという話だけど、あの人にとってはそれでも駆け落ちらしいわ」

「まあ、ジョージ・クルーニーがいるというなら、わたしも行くのに」

「それだったらね。どちらにしても、わたしたちは招待されないわよ。あの人が電話してきたのは、自分だったら〈Ｖｏｗｓ〉よりずっとうまくやってみせるって言いたかったからみたい」

「あなたはなんて応えたの？」

「幸運《ブオナ・フォルテユナ》を」

「ほんとに？」

「言ったわよ。いい気分だった。それに本気で言ったのよ。幸運を祈っているのは本当なの。アーリと幸せになってくれれば、わたしのことは放っておいてくれるだろうから。そうすれば……」車は角を曲がり、もう一度曲がって、マックは〈カヴァノー整備工場〉の駐車場に乗り入れた。「万事うまくいくでしょう。ここで待っていたほうがいい？　万が一の場合に備えて」

「いいの、行ってちょうだい。また夕方の打ちあわせのときにね」

パーカーは車からおり、書類バッグを抱え直して時間を確認した。予定どおりだ。大きな車庫に事務所がついているらしい長い建物を見渡す。なにか圧縮機のようなヒューッという音が聞こえて、開いた車庫のドアの向こうに、持ちあげた車の下で作業している整備士の脚と腰と上半身の半分が見えた。

ちらりと見える棚には部品や器具、道具台、タンクやホースがのっているようだ。油と汗の匂いがしたが、不快には感じなかった。作業の匂い、生産的な香りだ。パーカーは好ましく思った。ぴかぴかに磨きあげられたエマの車が、駐車スペースにとまっている。

興味をそそられ、迂回《うかい》して車に近づいていった。日の光にクロームが輝いている。窓越しになかをのぞくと、細部まできっちりと掃除されているのがわかった。

この見た目どおりに車が動くのだったら、次の定期点検はディーラーに頼む代わりにここに持ちこもうかしら？　そんなことを考えた。

駐車スペースを横切り、支払いをして鍵を受けとるために事務所へ向かった。

なかでは、赤というよりオレンジ色の髪をした中年の女性が、L字型カウンターの短い側の前に置いたスツールに腰かけ、二本指でコンピュータのキーボードをつついていた。

眉根を寄せて口をゆがめているところを見ると、コンピュータは得意ではないのだろう。

女性が手をとめて、明るいグリーンのサングラスのレンズの上から目をのぞかせ、パーカーを見あげた。「なにかご用ですか?」

「ええ。エマリン・グラントの車を引きとりに来たんですけど」

「あなたがパーカー・ブラウン?」

「そうです」

「あなたが来るという電話をもらいました」

女性は動こうとせず、フレームの上からじろじろとパーカーを見ている。パーカーは礼儀正しく微笑んだ。「なにか身分証明証を見せたほうがいいかしら?」

「いいえ。あなたがどんなふうか聞いてますので。彼女が言っていたとおりだわ」

「請求書を見せてもらえます?」

「今つくってるところなんです」女性はスツールの上で座り直し、またキーボードをつつきはじめた。「そのへんに座っててください。そう長くはかかりませんから。紙の伝票に書くほうがもっと早いんですけど、マルがこうやれと言うものだから」

「わかりました」

「なにか飲みたければ、そのドアの向こうに自動販売機がありますよ」

パーカーはこれからクライアントと会うブライダル・ショップまでの距離と、道の混み具合を頭のなかで計算した。「長くはかからないんですよね」

「かかりませんよ。ただ……いったいこの悪魔は、どうしてほしいわけ？」女性は長く伸ばした赤い爪で、オレンジのふわふわの髪をかきむしった。「もうっ、なんで紙が出てこないのよ？」

「ちょっと失礼……」パーカーはカウンターの上に身を乗りだして画面を調べた。「なにがまずいかわかったわ。ポインターをここに持ってきてクリックして」スクリーンを指さして言う。「そう。今度は〝印刷〟と書いてあるところを見て。そこをクリック。そうよ。そうしたら、〝イエス〟をクリックして」

プリンターが動きだしたのを見て、パーカーは背筋を伸ばした。「うまくいったでしょう」

「ここをクリックして、次はここね。どっちを先にクリックするか、どうしても覚えられなくて」女性はカウンター越しにパーカーを見て、はじめてにっこりした。彼女の瞳はサングラスのフレームと同じような、あざやかなグリーンだった。「助かったわ」

「どういたしまして」

パーカーは請求書を受けとると、明細にのっている作業を確認した。バッテリー交換、調整、オイル交換、ファンベルト、タイヤの入れ替え、ブレーキパッド。「内部清掃の分の料金が見あたらないけど」

「無料です。はじめてのお客さんへのサービスですよ」

「うれしいわ」パーカーは料金を支払い、請求書の写しをバッグのポケットにしまって、キーを受けとった。「ありがとう」

「どういたしまして。またいつでもどうぞ」

「きっと来ることになると思うわ」

パーカーは外に出て、キーをかちゃかちゃいわせながらエマの車へ向かった。

「おい、ちょっと待った」

彼女は足をとめて振りかえった。さっき車庫の車の下に見えた脚と腰に、今度は胸と肩が加わっていた。軽やかな春の風が、切りそろえたほうがよさそうなぼさぼさの黒い髪をあおる。髪が乱れているのは仕事のせいなのか、身なりにかまわないせいなのか。だが、はっきりとした顔立ちにはよく似合っている。黒っぽい無精ひげが伸びていることから、一日か二日ほどかみそりを手にとっていないことがわかる。パーカーは一瞬のうちに、そうしたことを見てとった。男性の口もとがきつく結ばれ、熱を帯びたグリーンの瞳からは怒りが感じられることも。

男性がすぐ目の前に立ちはだかったせいで見あげざるをえなくなったが、そうでなければ下を向いていただろう。パーカーは顔をあげて彼の目を見つめ、できる限り冷ややかな口調で言った。「はい？」

「きみはキーと免許証さえあればいいと思ってるのか？」

「なんですって？」

「バッテリー・ケーブルはすっかり腐食していたし、オイルはどろどろだった。タイヤは空気が抜けて、ブレーキパッドも壊れかけていた。自分の顔や体には、毎日高級クリームを塗りつけているくせに――」

「なにを言ってるの？」

「車を点検に出そうとは思わないんだからな。お嬢さん、この車は恥ずかしい代物になりさがっていたんだよ。おおかた車の維持費よりも、その靴のほうが高いんだろう」

靴？　わたしの靴になんの関係があるっていうの？　パーカーはそう思ったが、淡々とした――慇懃無礼《いんぎんぶれい》なほどの口調で答えた。「それだけお仕事に熱心なのはすばらしいですけど、客に対してそんな口のきき方をするなんて、あなたのボスはどう思うかしら？」

「俺《おれ》がボスだ。だから、かまわないさ」

「そう。では、ミスター・カヴァノー、あなたのビジネス・マナーはずいぶん変わっているんですのね。よろしければ失礼させていただきます」

「この車をさんざんほったらかしてきたことは、よろしければもなにもないんだよ。俺はあんたのために、この車をよみがえらせて動くようにしてやったんだ。ミズ・グラント――」

「ブラウンです」パーカーは口をはさんだ。「ミズ・ブラウン」

男性はいぶかしげに目を細め、パーカーの顔を観察した。「デルの妹か。前に見かけたことがあるはずだな。エマリン・グラントは？」

「わたしのビジネス・パートナーよ」

「わかった。さっき俺が言ったことを彼女に伝えてくれ。これはいい車だ。もっとふさわしい扱いを受けるべきだよ」

「必ず伝えるわ」

パーカーはドアに手を伸ばしたが、彼が先手を打って開けてくれた。彼女は乗りこみ、バッグを助手席に置いてシートベルトを締めた。それから、ふたりのあいだの空気を凍らせそうなほどの冷ややかさで「ありがとう」と言った。

男性がさっと微笑んだ。稲妻のようなすばやさで。「地獄へ落ちろ、と言いたいんだろう。気をつけて」そう言ってドアを閉めた。

彼女はキーをまわし、エンジンが子猫のようなかわいい声をあげてかかると、少しだけ落胆した。走り去りながらバックミラーをのぞく。男性が腰を突きだして、こちらを見ているのが見えた。

失礼なやつ。とんでもなく失礼だわ。ただ、仕事の腕だけはたしかなようだ。

クライアントと待ちあわせたブライダル・ショップの近くで車をとめると、パーカーはブラックベリーをとりだしてエマにメールした。

〝エマ、車を受けとったわ。買ったときよりぴかぴかになっていて、軽快に動く。あなたには支払い分以上の貸しができたわよ。その件については今夜詳しく。P〟

家ではエマが、予約と予約の合間を縫って明細契約書を作成していた。最後に会った、十二月に挙式予定の花嫁の選択がうれしくてたまらなかった。色、色、さらに色を使うのだ。冬にホットで大胆な色合いを扱うのは楽しいことだった。

彼女はクライアントの承認を得るために契約書をメールで送り、〈Ｖｏｗｓ〉の保管用にパーカーにも同じものを送った。ジャックからのメールを見つけたときには思わず微笑んだ。そして読みながら、鼻を鳴らして笑った。

「トレンチコートに肘当てですって。いいわね。どうしよう……」

〝肘当ては、赤いレースと黒のベルベットのどちらかを選んでもらわないと。それとも、見てのお楽しみのほうがいいかしら。あとでトレンチコートのコレクションを試着してみるわ。とくにお気に入りがあるのよ。黒で光沢があって、だからいつも……濡《ぬ》れてるみたいなの。残念ながら、今夜は都合がつかないわ。でも、その分ふたりとも、もっと考える時間ができるわね〟

「一瞬か、もう少しか」エマはつぶやいて、送信ボタンを押した。

8

六時にエマが通用口からキッチンに入っていくと、パーカーも廊下から入ってきた。

「いいタイミングね。こんばんは、ミセス・G」

「グリルチキンのシーザー風ですよ」ミセス・グレイディは言った。「朝食用のテーブルを使ってください。ダイニングルームの用意はしませんよ。女の子だけなら、そのほうが出たり入ったりできていいでしょう」

「わかったわ。お昼を抜いたから、おなかがぺこぺこよ」

「ワインをどうぞ」ミセス・グレイディは問いかけるようにパーカーのほうに頭を向けた。「そういう気分では？」

「どんな気分でもないわ」パーカーはそう言いながらも、ミセス・グレイディが注いでくれたグラスを受けとった。「はい、請求書」

エマは総額をちらりと見て顔をしかめた。「やれやれ。でも、仕方ないわね」

「でしょうね。だけど、わたしまでとんだとばっちりを受けたのよ。整備工場のオーナーにあなたと間違えられて、さんざんお説教されたんだから」

「まあ。その人、どこの病院に入ったの？　お花を贈らないと」

「無傷で生き延びたわよ。わたしの予定が詰まっていて、時間がなかったおかげで。あなたの車はなかなかも外もきれいに仕上がっていたわ。はじめてのお客さんにはサービスですって。彼が助かったのはそのせいもあるわね」

パーカーは言葉を切って、ワインをひと口飲んだ。「ミセス・G、あなたはたいていの人を知っているわよね」

「ええ、知りたいわけじゃない人までも。さあ、座って、召しあがれ」パーカーとエマが腰をおろすと、ミセス・グレイディも自分のグラスを手にカウンターのスツールに腰かけた。「マルコム・カヴァノーについて知りたいんでしょう？　ちょっと荒っぽいところがあるんですよね。まだ子供のころに、軍人だった父親が外国で亡くなったんです。十歳かそこらのときだったかと。そのせいで、あんなふうになったのかもしれませんね。母親はあの子をしつけるのにそれは苦労していましたよ。彼女は通りにあったアーティの店でウエイトレスをしていたんです。彼女はアーティの妹で、だから夫を亡くしてこっちに越してきたんですよ」

ミセス・グレイディはワインをひと口飲んでから、椅子に軽くもたれて話を続けた。

「ご存じのとおり、アーティ・フランクはとんでもない大ばか者で、奥さんはとり澄ました、いやみな女でした。わたしが聞いた話では、アーティはマルコムを引きとろうとしたけど、あの子が必死に抵抗したそうですよ。それでよかったんでしょうね」ミセス・グレイディはおもしろがるようにつけ加えた。「あの子はここを出ていって、車だかバイクだかのレースをやるようになって、映画のスタントなんかもやっていたと思います。ひとりでがんばっていたと聞きました。稼いで母親にちゃんと仕送りをしていたそうですよ」

「へえ。いい人みたいね」パーカーが感心したように言った。

「スタントをしていたときにけがをして、いくらか和解金みたいなものをもらって、そのお金を使って一号線にあった整備工場を買ったんですよ。母親には小さな家を買ってあげてね。事業は順調と聞きましたけど、今もまだ荒っぽいところが残っているみたいですね」

「あの人の事業がうまくいっているのは、エンジンに関する技術があるからであって、顧客対応にすぐれているからではないわね」

「あなたを怒らせちゃったんだものね」エマは言った。

「そのことはもういいわ。あの人がちゃんと仕事をしてくれる限り」パーカーは入ってきたローレルのほうに目を向けた。「時間ぎりぎりよ」

「コーヒーとクッキーの準備をしていたの。打ちあわせ前に座って噂話をする暇がない人もいるのよ」ローレルは眉をひそめて、指で髪をすいた。「ワインを飲んでいる人もいるっていうのに」

「パーカーが機嫌が悪くって。実はね——」

「もう全部聞いたわよ」ローレルは自分でグラス半分くらいまでワインを注いだ。「新しい話が聞きたいわ。ジャックとはどうなってるの?」

「バーチャル・セックスをしてるみたいな感じ。まだ前戯の段階で、ここからどうなるのか見当もつかないわ」

「バーチャル・セックスなんてしたことないわ。そんなことをするほど誰かを好きになったことがないから」ローレルは首をかしげて考えこんだ。「妙な話よね。本物のセックスをするくらいには好きになるのに、バーチャル・セックスはいやだなんて」

「ゲームだもの」エマは立ちあがり、残っていたサラダ半分をローレルにあげた。「一緒にベッドに入るくらいその人のことが好きだとしても、ゲームをしたいとは思わないんでしょう」

「変だけど筋は通るかな」ローレルはうなずいて、サラダをつついた。「こと男に関しては、そういう説明が上手よね」

「エマはゲームをしたいと思うほど、ジャックが好きってことよね」パーカーが指摘した。

「彼はユーモアのセンスがあるもの。そういうところ、前から好きだったのよ。それに魅力的よね」エマはゆったりと微笑んだ。「お互いにどのくらいゲームが好きか、これからが楽しみだわ」

談話室でコーヒーとローレル特製のマカロンをつまみながら、パーカーは婚約したカップルとふたりの母親との打ちあわせを進めていった。「マンディとセスにご説明したとおり、〈Ｖｏｗｓ〉はお客様のニーズに応じてサービスを提供いたします。うんと華やかにしたい場合でも、つつましくしたい場合でも。わたしたちの目標は、四人全員がそれぞれの力を生かして、おふたりに完璧な結婚式を挙げていただくことです。おふたりのお式ですからね。さてと、前回の打ちあわせでは、まだ日取りを決めていらっしゃいませんでしたが、時間は夕方で屋外がご希望ということでしたよね」

エマは日取りについて話しあわれているのを、ぼんやりと聞いていた。

ジャックはもうメールを受けとったかしら？

花嫁はロマンスを求めているという。誰だってそうだろうとエマは思ったが、花嫁が祖母のウェディングドレスを着ると聞いてうれしくなった。

「写真があります」マンディが言った。「でも、花婿のセスはまだ見ちゃいけないから。あの……」

「セス、ビールはいかが？」

ローレルに声をかけられて、花婿はにこりと笑った。「いただきます」

「では、こちらへどうぞ。すぐにご用意します。飲み終わられたら、またお連れしますね」ローレルは花嫁に向かって言った。

「ありがとう」マンディはセスがローレルに連れられて出ていくのを見て、大きなフォルダーに手を突っこんだ。「つまらないことを気にしていると思われるでしょうけど――」

「そんなことありませんよ」パーカーはかしこまって写真を受けとり、見たとたんに顔を輝かせた。「まあ、なんてきれいなんでしょう。美しいわ。三〇年代？　四〇年代初期かしら？」

「さすがね」花嫁の母親が言った。「両親は一九四一年に結婚したんです。母はまだ十八歳だったんですよ」

「子供のころから、結婚するときにはおばあちゃんのドレスを着ると言っていたんです。サイズ直しと繕いが必要ですけど、祖母が大切にしまっていたものです」

「仕立て屋の心あたりは？」

「エスター・ブライトマンにお願いしています」

パーカーは写真を見ながら、感心したようにうなずいた。「彼女は天才よ。それに、このドレスにはうってつけの人だわ。マンディ、どんなにか美しい花嫁さんになることでしょうね。もしあなたがお望みなら、このドレスをテーマにしてウェディング全体のプランニングをすることもできますよ。格調高い年代物の魅力、気品あふれるロマンス。花婿と付添人は、よくあるタキシードではなくて燕尾服のほうがいいわね」

「まあ、すてき。彼もいいと言ってくれるかしら？」マンディは未来の義母に尋ねた。

「あなたが望めば、なんだっていいと言いますよ。わたしもそのアイデアが気に入ったわ。わたしたちも年代物のドレスか、古いスタイルのドレスを見つけなくては」

エマはまわってきた写真をじっくり眺めた。流れるような、アールデコ風のライン。いかにもシルクらしい光沢。視線をマンディに移してみて、この花嫁なら祖母と同じくらい美しくこのドレスを着こなすだろうと確信した。「写真のブーケのレプリカをつくれるかも」誰にともなくそう口にしていた。

「なんですって？」マンディが話の途中で声をあげ、エマのほうを見た。

「ご希望なら、これと同じブーケをつくれますよ。よく考えられたブーケなんです。カラーを使った大きめの三角形のブーケが、ドレスの長い、流れるようなラインを引き立てています。ヴェールとヘッドピースもありますか？」

「ええ」

「この写真で見ると、すずらんで縁どりをしているようですね。こちらがよろしければ、同じようにできますよ。今はセスが戻る前にと思ってお話ししただけなので、ゆっくり考えて決めてくだされば――」

「ぜひそうしたいわ！　ママはどう思う？」

「おばあちゃんは涙を流して喜ぶでしょうね。わたしもよ。ぜひそうしてほしいわ」

「詳細については個別の打ちあわせのときに。それまでにブライズメイドのドレスが決まって写真が撮れたら、コピーをいただけますか？　スキャンしてメールで送ってくださってもけっこうです。どんなドレスかわかれば、ブライズメイド用のお花も選べますから」

エマは写真をマンディに返した。「しまっておいたほうがいいですよ」

「マック、お式の写真についての説明をしてさしあげたら？」

「まず、おばあ様の記念写真と同じポーズの写真を撮りたいですね。結婚式らしくて美しいですから。でも今夜はまず、婚約記念のお写真をどうしたいかをうかがいましょう」

四人はひとつひとつ段階を踏み、この数年間で培ったリズムで打ちあわせを進めていった。写真、ケーキ、料理について話しあっているあいだに、エマは花嫁と花婿の姿と、ふたりが思い描いている結婚式をつくりあげる助けとなりそうなキーワードを書きとめた。

何度かジャックのことを考えてしまいそうになると、自分は複数の作業を同時にこなせるのだからと言い聞かせた。

みんなと一緒にクライアントを見送ったところで、エマはさっさと抜けだそうとした。ジャックから返信メールが来ているかどうか見に行きたかったのだ。

「お疲れ様。家に帰って、ファイルをまとめるわ。じゃあ――」

「ほかにもあるのよ」パーカーがさえぎった。「今日ブライダル・ショップへ行ったときに、マックのドレスを見つけたの」

「えっ?」マックが目をぱちくりさせた。「わたしのドレス?」

「わたしはあなたを知っているし、どんなものを求めているかもわかってる。ぴったりのドレスがあったから、コネを使って持って帰ってきたのよ。あなたに見てもらおうと思って。もしかしたらわたしの見立てが違っているかもしれないけれど、試着だけでもしてみて」

「試着のためにドレスを持って帰ってきたの?」マックは目を細めて、パーカーを指さした。「あなた、いつも言っているわよね。花嫁はドレスを決める前に、百着は試着してみるべきだって」

「ええ。でも、あなたはそこらへんの花嫁とは違うもの。どれがよくて、どれがだめか、すぐにわかるでしょう。もしだめなら、それでいいじゃない。見るだけ見てみましょうよ。花嫁控室にあるの」

「それは見てみないと」エマはわくわくして、マックの手をつかんで引っぱった。

「待って、シャンパンがいるわね。パーカーがもう手配してくれているだろうけど」

「ミセス・Gが階上に用意してくれているはずよ」

「シャンパンとウェディングドレス候補？　ぐずぐずしないで。もしわたしが気に入らなくても、気にしないでよ」マックは階段をあがりはじめた。

「当たり前よ。もしあなたが気に入らなくても、わたしのほうがあなたよりずっと趣味がいいことがわかるだけだもの」澄ましたように微笑んで、パーカーが花嫁控室のドアを開けた。なかではミセス・グレイディがグラスにシャンパンを注いでいた。

「いらっしゃるのが聞こえましたよ」マックがフックにかかったドレスに見とれているのを見て、ミセス・グレイディはパーカーに目配せした。

「きれいだわ」マックがつぶやいた。「これ……」

「ストラップがないの。そのほうがあなたに似合うと思って」パーカーはさらに言った。「それとほっそりしたAラインは、あなたの体形を引き立ててくれるわ。装飾が少ないものが好みなのはわかってるけど、それは違うと思うの。シルクにオーガンジーを重ねるとロマンティックに見えるし、ラインがやわらかくなる。あなたはやせてるから、これくらいのほうがいいのよ。後ろも見て」

パーカーはフックからドレスを外して、背中側を見せた。

「すてき！」エマは前に進みでた。「ひだ飾りのついたオーガンジーの裾。豪華で、ほんの少しだけ遊びがあって。それがあなたのお尻のところを覆ったら――」

「お尻があるように見えるでしょうね」ローレルが締めくくる。「着てみてよ。でなきゃ、わたしが着る」

「ちょっと待って、大事な瞬間なんだから。そう、大事な瞬間なの」マックはパンツのホックを外して脱ぎはじめた。

「鏡に背中を向けたほうがいいわ。着替えているところを見ないほうがいいでしょう。きちんと着付けてから見たほうが感動が大きいわよ」

「服はそのままそこに落として」ミセス・グレイディはマックが脱いだ服を拾いあげながら頭を振った。「いつもしているようにね。さあ、着るのを手伝ってあげて」みんなに指示を出すと、後ろにさがって微笑んだ。

「ああ、泣いちゃいそう」パーカーがドレスのファスナーをあげている横で、エマははなをすすった。

「ぴったりのサイズがなかったから、ちょっと大きいわよ」

「そのためにわたしがいるんですよ」ミセス・グレイディがピンクッションを手にとった。「何箇所かちょっとつまんで縫いこんでしまえば、ずっとよくなりますよ。いつも汚い格好をしてるのがもったいないわねえ」

「口でなにを言ってもかまわないけど、刺さないで」

「今のところはこれで」ミセス・グレイディはまわりこんでボディスを整えると、手を伸ばしてマックの明るい赤毛を撫でた。「今あるものでなんとかするしかないですからね」

「三つ数えたら振りかえって」エマは両手を唇に押しあてた。「ねえ、見てみて」

「わかった」マックは息を吸って吐き、それから姿見を振りかえった。これまでに多くの花嫁が自分の姿を確かめてきた鏡だ。彼女は「まあ！」と声をあげるのが精いっぱいだった。

「今のが答えね」ローレルがまばたきをして涙をこらえた。「これよ……これ。これしかない」

「そうね……わたし……ああ、わたし、花嫁さんだわ」マックはそわそわと胸に手をあて、体をひねってみた。「背中を見て。楽しげで女性らしくて、それにお尻がある」

鏡に向かったまま、パーカーに視線を移す。「パーカー」

「どうかしら、わたしは合格？　それとも不合格？」

「最高よ。これがわたしのウェディングドレスなのね。ああ、ミセス・G」

ミセス・グレイディも目もとを拭っている。「泣いているのは、四人のうちひとりでも無事にお嫁に行ってくれることがわかったからですからね」

「髪に花をつけるの。ヴェールの代わりに、花のついた幅広のヘッドバンドにするといいかも」エマは提案した。

「そう?」マックは唇をすぼめて鏡を見つめ、思い浮かべてみた。「いいかもしれない。すごくいいわ」

「いくつかアイデアを出してみるわね。それとわかっているでしょうけど、ドレスのラインに合わせて、長い曲線形のブーケがいいと思う。きっちりと結んで、腕で抱えるタイプの」エマは片方の腕でブーケを抱えるような格好をしてみせた。「それでなければキャスケード・タイプね。滝みたいなイメージの。豊かであたたかな秋の色を使って……ああ、わたしったら、ひとりで先走っちゃって」

「ううん。わたしたち、わたしの結婚式のプランニングをしているのよね。飲みましょうよ」

ローレルがグラスを手にして、マックに近づいた。「昔の結婚式ごっこで着ていたドレスより、ずっと似合ってる」

「それにこれ、かゆくならないのよ」

「見事なケーキをつくってみせるわ」

「もう、いやだ、また涙が出てきちゃった」

「みんな、こっちを向いて」ミセス・グレイディがポケットからカメラをとりだした。「写真を撮れるのは、うちの赤毛ちゃんだけじゃないんですからね。グラスを掲げて。いいわよ、それでこそわたしの娘たちだわ」彼女はつぶやき、その瞬間を写真におさめた。

女たちがシャンパンを飲みながら結婚式の花について語りあっているとき、ジャックはビールを開けて、テキサス・ホールデムで友人たちから賭け金を巻きあげる準備をしていた。

エマと彼女から来た最後のメールについては考えないことにした。

「今夜はカーターがはじめて正式に参加するポーカー・ナイトだから、彼を辱めるのはやめておこう」デルが親しげにカーターの肩をたたいた。「金を巻きあげるのと、きまりの悪い思いをさせるのとは別だからな」

「やさしくするよ」ジャックは約束した。

「ぼくは見ているだけでもいいんだ」カーターが言う。

「それではおもしろくないし、得にもならないじゃないか。ぼくたちが」デルが言った。

「はあ」カーターがなんとか声を出す。

一同はデルの家の一階に集まっていた。ジャックに言わせれば、少年の夢の空間だ。かつてはアイルランドのゴールウェイでビールを売っていたアンティーク・バーに、スレートでできたビリヤード台、フラットスクリーンのテレビ——別室のメディアルームにある、もっと大きいテレビの予備だ。ヴィンテージ物のジュークボックスにテレビゲーム、昔ながらのピンボールマシンもある。革張りの椅子、たたいても大丈夫なソファ。そして、勝負のときを待っているラスヴェガス式のポーカーテーブル。

これだけ好みが合うのだ。デルと親友なのは無理もない。

「もしおまえが女だったら」ジャックはデルに言った。「おまえと結婚するんだが」

「そうかな。おまえのことだ、セックスだけして、それっきりだろう」

「かもしれない」

ジャックはかたわらのピザを手にとった。友人たちから金を巻きあげるのは腹の減る作業なのだ。彼は食べながら、グループを見渡した。弁護士ふたり、教師、建築家、外科医、造園技師。そして、たった今ドアから入ってきたのは自動車整備士だ。

おもしろいグループだな。今回のカーターのように新しいメンバーが増えたり、誰かが来られなかったりと、顔ぶれは絶えず変化している。ポーカー・ナイトの伝統は、ジャックとデルが大学で出会ったときに始まった。そのときどきで顔ぶれは変わるが、基本は変わらない。

食べて飲んで、嘘をついて、スポーツについて語りあう。そして、友人から金をせしめようとする。

「そろったな。ビールはいるか、マル？」デルが訊いた。

「生きかえるよ。やあ、元気か？」マルコムはジャックに言った。

「まあまあだな。新顔のカーター・マグワイアだ。カーター、マルコム・カヴァノーだよ」

マルコムはうなずいた。「やあ」

「お目にかかれてうれしいよ。カヴァノーって、自動車整備工場の？」

「お察しのとおり」

「じゃあ、きみが未来の義母の車を牽引《けんいん》してくれたんだな」

「えっ？　なんの話だ？」

「リンダ・バリントンのことだよ」

マルコムの目が険しくなった。「ああ、わかった。あのＢＭＷのコンバーティブルだな。１２８ｉ」

「ああ、たしかそうだ」

「いいドライブだったよ。おもしろい女性だった」マルコムはビールを持ちあげて、にやりとした。「幸運を祈る」

「娘のほうは母親には似ていないんだよ」デルが口をはさんだ。

「それはなによりだ」マルコムはカーターに向かって言った。「彼女なら会ったよ――娘さんのほう。マッケンジーだっけ？　ホットな子だった。彼女はたしか、最近俺が修理したばかりのコバルトの子と一緒に、ウェディングビジネスをやっているんだったよな」

「エマのことか」デルは名前をあげてやった。

「そうだ。彼女は車両虐待の罪で逮捕されるべきだな。妹さんに会ったよ。車の引きとりに来た」マルコムはデルに向かって言い、またにやりとした。「彼女もホットだな。ぞっとするような思いをさせられたけど」

「じゃあ……エマは車を引きとりに行かなかったのか？」

マルコムはちらりとジャックを見た。「ああ、代わりが来たよ。ミズ・ブラウンが」ぐいっとビールをあおる。「彼女、〝なによこいつ〟と思いながら〝失礼させていただきます〟って言ったんだぜ」

「それは間違いなくパーカーだ」デルがうなずいた。

「車両虐待の彼女も、ほかのふたりと同じくらいきれいなのか？」

「みんなきれいだよ」ジャックはつぶやいた。

「会えなくて残念だったな」

「実の妹と、妹も同然の女性たちのことをいやらしい目で見ていると、パンチをお見舞いするぞ。そうなる前にポーカーを始めよう」

「よし」ほかのメンバーがぶらぶらとテーブルに向かうなか、ジャックは携帯電話を引っぱりだしてメールをチェックした。


エマが家に帰りついたのは夜中近くになってからだった。マックの結婚式のプランやアイデアについて話しはじめたら、時間があっというまに過ぎてしまったのだ。ぴょんぴょんと跳ねるようにして家へ飛びこんだ。楽しかった夕べに興奮し、シャンパンで酔ってもいた。

マックの結婚式。

あのゴージャスなドレスを着て、流れる滝のような花束を抱えた完璧な花嫁の姿が目に浮かぶようだ。パーカーとローレルとエマの三人は花嫁付添人を務める。自分は黄褐色、パーカーは秋らしいゴールド、ローレルはかぼちゃ色のドレスを着る。そうだ、花束には秋の色をふんだんに使おう。

実際は困難をきわめることだろう。エマは階段をあがりながら考えた。パーカーが実現できるように計画を立てるところから始めようと言ったのは正しかったのだ。結婚式を進行することと、進行しながら参列するのとでは、まったく別なのだから。

いつも以上の手伝いが必要になるだろうが、ただ式を進行して参列するだけではなく、成功させたい。

うきうきした気分のまま、エマは夜の儀式を始めた。ベッドの上掛けをめくって、シーツを整える。ほら、わたしは大人らしくやっているじゃないの。友人たちと仕事をしたり、楽しいときを過ごしたりしつつ、怠りなく夜の日課をこなしている。

それだけ分別のある大人だということだ。

祈るように両手の指を交差させてベッドルームからオフィスに駆けこむと、メールを確認した。

「やっぱり来てる」

ジャックのいちばん新しいメッセージをクリックして開いた。

〝ずるい手を使ってくるね。ありがとう。サプライズは大好きだ。とくにサプライズ・プレゼントを開くときはね。きみがコートを脱ぐのを手伝うのを楽しみにしているよ。プレゼントはじっくり時間をかけて楽しみたい、わくわくしながら。だから、ゆっくりゆっくり脱がせていく。じわじわと〟

「もう、やだ」

〝そしてそのときには、長い時間をかけてよく観察したい。触れる前に隅から隅まで。いつにする、エマ？〟

「今すぐはどう？」

エマは目を閉じて、ジャックにつやつやの黒いコートを脱がされているところを想像した。実際には持ってもいないコートだ。キャンドルの明かりが揺れる部屋。低音のホットな音楽が流れ、ベースのビートに血がたぎる。

ジャックの翳りを帯びた瞳にきわどくなめまわすように見つめられて、エマの肌がじっとりと汗ばむ。やがて彼のたくましい自信に満ちた手が、ゆっくりと熱い視線のあとをたどり、ベルベットの肘当てをするするとおろす……。

「ばかみたい」エマは椅子の上で背筋を伸ばした。

たしかにばかみたいだ。でも、いつのまにかわくわくしている。彼のせい？

この調子で返信しよう。

〝遊びは好きだし、ずるいと言われてもかまわないわ。

サプライズは楽しいし、自分がサプライズになるのはもっといいもの。自分がプレゼントなら、ゆっくりと開けられるのがいいときもあるのよ。指の先がじわじわとリボンをほどき、両手が細心の注意を払ってラッピングをはがし、なかで待つわたしをとりだしてくれる。

でもときには、その指で、その手で、びりびりとバリアを引き裂いてほしいときもあるの。性急に物欲しげに、少し乱暴なくらいに。

もうすぐよ、ジャック〟

もう〝もしも〟という話ではない。

問題は、それがいつになるかだけ。


ティンクがせっせともうひとつ別の配達の品をつくっているわきで、エマは三つのトピアリーを仕上げ、ノートとスケッチにさっと目を通した。

「金曜日の式用にハンドタイ・ブーケ六つ、そのうちひとつは花嫁のブーケトス用。台に飾るアレンジメントが六つ、テーブル用装花が十八個、白薔薇のボール、花輪、東屋用の花綱」ぶつぶつとリストを読みあげていく。「明日、少なくとも三時間は手伝ってもらわないと。四時間やってもらえると助かるわ」

「今夜はデートだから、ラッキーなことがあるといいなと思ってるの」ティンクは指を忙しく動かしながら、ガムを嚙んでいる。「明日はたぶん、昼ごろには来られるかな」

「四時までいてくれるなら、それでいいわ。木曜日にも午後に四時間。できれば五時間でも。明日と木曜はティファニーにも来てもらう。金曜日は丸一日ビーチが来てくれる。何時間でもいいから、あなたにも金曜日の午前中に手伝ってもらえると助かるんだけど。三時に飾りつけを始めるの。土曜日はまた二部構成ね。第一部の準備は八時から。午前八時ってことよ」

ティンクは目をくるりとまわして、棘をとりつづけている。

「最初の式の解体が三時半からで、五時までに次の式の飾りつけをすませなければならないの。日曜日は、ひとつだけだけど大きいのがあるわ。四時からだから、準備は十時か十時半から」

「なんとかがんばるわ」ティンクが憂鬱《ゆううつ》そうに言った。

「お願いね。あなたが下準備した分を冷蔵ケースへ運んで、アレンジメント用の材料をとってくるわ」ひとつ目の容器を持ちあげて振りかえると、ジャックが入ってくるところだった。

「あら……こんにちは」

「やあ。調子はどうだい、ティンク?」

「エマにこきつかわれてるわ」

「そう、彼女はひっきりなしに虐待されてるの」エマは言った。「慰めてあげて。わたしはこれを冷蔵ケースまで持っていくから」

もう、どうしよう。なんてすてきなの? 彼は作業着に色あせたジーンズとブーツを履いて、シャツの袖を肘までまくりあげている。

ああ、ほんのちょっとでもいいからキスできたら。

「手伝おう」ジャックがもうひとつの桶を持ちあげて、冷蔵ケースに向かいはじめた。

「今週はすごく忙しくて」エマは言った。「週の半ばに外部会場でのイベントがあって、週末には四つ。日曜の結婚式はモンスター級なの――いい意味でね」自分が運んできた桶をおろして、ジャックにも置く場所を指示する。「さてと、これから――」

ジャックが彼女をくるりとまわして、つま先立ちになるように持ちあげた。エマは本能のまま彼の首に腕をまわし、重なってきた唇を受けとめた。

野性的で豊かな花の香りがあふれかえるなかで、欲望と歓《よろこ》びが全身を満たす。もっともっと、早く早くという思いが血液中でたぎる。

一回のキスではいや。一瞬ではいや。もっともっと深いキスが欲しい。

「あのドアは、なかから鍵がかからないのかい？」

エマはジャックの髪に手をからめ、もう一度その唇に口を押しつけた。「ドアって？」

「エマ、もう耐えられない。頼むから――」

「ああ、あのドア。ちょっと、だめよ。ああ、もう一度だけ」今度は彼の顔を両手ではさみ、香りと欲望をこめてしっかりと口づけた。それから体を離す。

「だめよ。ティンクがいるし、それに……」残念そうに息を吐いて、あたりを見まわした。「ここにはそんなスペースはないもの」

「彼女はいつ帰る？　そのころに来るよ」

「はっきりとはわからないわ。でも……待って」

今度はジャックがエマの顔をはさんで、瞳をのぞきこんだ。「どうして？」

「ちゃ……ちゃんとした理由が思いつけないのは、たぶん今のキスのあいだに脳細胞をたくさん死なせちゃったからなんでしょうね。今夜、予約があったかどうかも思いだせない。頭のなかが真っ白よ」

「七時に来るよ。夕食になにか持ってこよう。だめなときには電話してくれ。七時に、ここで」

「わかった。いいわ。ちゃんと頭が働くようになったら手帳を調べてみる。でも――」

「七時だ」ジャックはくりかえし、もう一度彼女にキスをした。「話しあいが必要なら、そのときに話そう」

「短い宣言文か、二、三語の文にしないとだめかも」

「そうすればいい」彼の笑顔に、エマは下腹部がかっと熱くなった。「ここから持っていくものは？」

「あるんだけど、なんだったか思いだせないわ。ちょっと待って」エマは髪に手をあてて目を閉じた。「わかった、そうよ。それと、それ。運んでくれたら帰ってね。あなたのことを考えていたら仕事にならないから。セックスとか、そういうこと」

「わかってるよ。じゃあ、七時に」ジャックはもう一度言い、エマが花を運ぶのを手伝った。

「その件については連絡するわ」作業エリアに花をおろした彼に、エマは言った。

「手が……空いたときに」

「わかった」あたたかなグレーの瞳が、名残を惜しむように彼女を見つめている。

「またな、ティンク」

「ええ」ティンクはジャックを見送りながら、茎を何本か切って桶に滑りこませた。

「それで、いつからジャックと？」

「いつからって、なにが？　いやぁね、ティンク」エマは首を振って、棚を振りかえり、暖炉用のアレンジメントを飾る容器を選びはじめた。「そんなんじゃないのよ」

「裏で彼にぶちゅっとキスされなかったと言うんなら、とんでもない嘘つきよね」

「どうしてそんなこと……」ばかね。エマは自分自身に言い聞かせ、フローラルフォームに手を伸ばした。「なんでわかったの？」

「だって、戻ってきたときに目がとろんとしていたもの。彼のほうは、ちょっとつまみ食いして、いよいよこれからごちそうにありつけるっていう顔」

「ごちそう、ねえ」

「どうしてつきあわないの？　彼、最高じゃない」

「わたし――わたしたちは……あのね、セックスのことでとまどっているわけじゃないのよ。つまり、セックスについて話すってことに関してだけど。でも実際にセックスすることに少しもとまどいがないのなら、なにかが足りないと思わない？。それが気になっているの」

　エマは手を動かしつづけ、ティンクは訳知り顔にうなずいた。「友達からそれ以上の関係に移行するのには、裸になる相手のことをよく知っているっていうメリットがあるわ」

「それよ。でも、気まずくなることもあるわよね？　終わったあととか」

「どちらかがばかだったらね」ティンクはガムを楽しげにふくらませた。「わたしのアドバイスは、おばかになるなってこと」

「変わったアドバイスだけど、一理あるわね」エマはフローラルフォームを水に浸した。「手帳を確認しないといけないんだったわ」

「わたしだったら、今夜の予定にくだんの密会を入れるけど」ティンクが後ろから呼びかける。「明日には幸せいっぱいよ」

　また一本とられたわ、とエマは思った。

　手帳を見ると、夜は空いていた。彼女は五時以降の欄に大きなXを書き入れた。これでほかの誘いに乗ってしまうことはなくなる。あとは仕事でびっしりで、デートどころではない。

でも、今夜のはデートというわけじゃないのよ。ジャックが食料を持って寄ってくれるだけ。それからは……そのときになってみないとわからない。着替える必要はないし、なにを着ていくかで思い悩む必要もない……。

ばかを言わないで。もちろん、なにを着るか悩むに決まってるじゃないの。ジャックとのあいだになにが起こるにしても、仕事着を着て、茎や葉の緑色に染まったままの指ではいやよ。

そうだ、バスルームには新しい花とキャンドルを飾ろう。それに、バブルバスに入ったほうがリラックスできそうだ。この手の夕べには、着るものを選ぶのもとても大切な要素になる。上に着るものだけではなく、その下に身につけるものも。

エマは手帳を閉じた。

こうして考えてみると、デートじゃないほうが本物のデートより準備が大変そう。彼女は急いで花のところに戻った。仕事を終わらせて、クライアントに最高のものを届けなければ。それから七時まで、たっぷり時間を使って完璧に準備を整えよう。すごく手間をかけていることがわからないように、さりげなく。

9

エマはさわやかなプリント柄のワンピースを選んだ。カジュアルでシンプル、七分丈のセーターと合わせるとかわいらしくもなる。なかに着るものには勝負をかけた。

鏡の前でくるりとまわって着こなしに満足すると、最後にもう一度ベッドルームを点検した。やわらかでロマンティックな光を投げかけるキャンドル、ロマンティックな香りを放つ百合と薔薇。CDプレーヤーは、静かでロマンティックな音楽を低音量ですぐにかけられるようにセットしてある。

枕はふくらませたし、シェードはおろした。

誘惑のための女の隠れ家ね。エマは部屋の様子に得意になった。

あとは彼を待つだけ。

一階におりて、そちらも準備が万全なことを確かめる。ワイン、グラス、キャンドル、花。音楽はここでも低音量だが、階上よりはアップビートな曲になっている。エマは音楽をかけて、ボリュームを調節し、明かりやキャンドルのまわりをまわってみた。

ワインを飲んで、話をするのよね。それから食事をして、もっとおしゃべりをする。彼との会話に困ったことは一度もない。たとえ今夜の行きつく先がどこかわかっていても——だからこそ話ができるし、リラックスして一緒にいることを楽しめるだろう。それから——。

ドアが開いたので、エマはぱっと振りかえった。くらくらと神経が高ぶる。入ってきたのはローレルだった。

「ねえ、エマ、ちょっと頼みたいことが……」ローレルはぴたりと足をとめ、室内を見まわして眉をあげた。「デートね。セックス・デート」

「えっ？　どうしたの？　どこからそんなことを思いついた——」

「いつからのつきあいだと思ってるのよ？　生まれてからずっとでしょう。新しいキャンドルに火をつけて、前戯用の音楽なんてかけちゃって」

「新しいキャンドルをつけるのはいつものことだし、このCDが気に入っているのよ」

「下着を見せて」

エマはむせるように笑った。「だめ。なにをつくってほしいの？」

「それは今度でいいわ。二十ドル賭けてもいい。セックス用の下着をつけてるでしょう」ローレルはつかつかと近づいてきて、エマのワンピースのボディスを引っぱろうとした。そして、ぴしゃりとはねのけられた。

「やめて」

「勝負の夜用のバスソルトを使ってお風呂に入ったわね」ローレルがくんくんと鼻を鳴らす。「匂いでわかるわ」

「だからなに？　デートなら、しょっちゅうしているわよ。セックス・デートだってするわ。わたしは大人の女だもの。半年もセックスしないなんて、耐えられない」

「五ヶ月と二週間と三日よ。それで、誰が来るの？」ローレルはそこで言葉を切って大げさに息を吸いこみ、エマを指さした。「ジャックとセックス・デートをするのね」

「やめてよ。やめてったら。本気で怒るわよ」

「いつ来るの？　どういう段取り？」

「もうすぐよ。段取りは今考えているところ。でも、あなたがここにいるという予定はないわ。これっぽっちもね。さあ、帰って」

ローレルは命令を無視して、胸の前で腕を組んだ。「〝わたしはいい子だけどワルにもなれるの〟タイプの白？　それとも〝これをつけてるのは、あなたにはぎとってほしいから〟の黒？　教えてよ」

　エマは天井を仰いだ。「黒薔薇模様の赤よ」

「救急車を呼ぶことになったりして。明日、ちゃんと機能しているようだったら、ミニ・アレンジメントを三個つくってくれる？　春の花のミックスで。打ちあわせがあるんだけど、小さな春っぽい花があると、クライアントの求めている雰囲気に応えられそうなのよ」

「わかったわ。帰って」

「帰るわよ、帰るってば」

「家に帰る前にマックのところへ寄って、それからパーカーのところにも行くんでしよう？」

　ローレルは戸口で立ちどまり、頬にかかった髪を払った。「当たり前でしょう。それに、朝食用にフリッタータ（チーズ入りオムレツ）をつくってくれるようにミセス・Gに頼んでおくわ。あなたにこと細かに話してもらいながら、みんなが燃料補給できるように」

「明日は一日、スケジュールがびっしりなのよ」

「わたしもよ。朝の七時の、食事とセックス報告からね。幸運を祈るわ」

　エマはあきらめたようにため息をつき、ジャックを待たずにワインを飲むことにした。友人たちとのあいだに問題があるとすれば、互いのことをよく知りすぎているということだ。セックス・デート、前戯用の音楽、セックス用の下着。全部わかってしまうんだもの……。そんなことを考えながら、キッチンに入っていった。

ボトルを手にして、はっとする。ジャックは友達よね。ジャックもわたしのことをよく知っている。もしかしたら彼も……？　もしそうだったら……？

「ああ、もう！」

大きなグラスにワインを注いだ。最初のひと口を飲む前に、ドアをノックする音が聞こえた。

「遅すぎるわ」小さくつぶやく。「今からなにかを変えるのは無理。どうなるか様子を見て、対処するしかないわね」

エマはグラスを置いて、ドアに向かった。

ジャックも着替えてきていた。ジーンズの代わりにカーキ色のパンツをはいて、シャンブレーではなく、ぱりっとしたシャツを着ている。手にはエマのお気に入りの中華料理店のテイクアウトの袋と、やはり彼女が好きなカベルネのボトルがあった。

やさしいのね、とエマは思った。これは間違いなく、友達であることの利点だ。

「食べるものを買ってきてくれると言ったのは本当だったのね」エマは袋を受けとった。「ありがとう」

「きみはいろんな種類をちょっとずつ――たいていは本当に少しだけ――食べるのが好きだろう。だから、いろいろ買ってきた」ジャックは彼女の首の後ろを支え、身を乗りだしてキスをしてきた。「改めて、こんばんは」

「こんばんは。今、自分用のワインを注いだところなの。あなたもいかが？」

「いただこう。仕事はどうだった？」ジャックはエマについてキッチンに入ってきた。

「さっきここへ来たときには、仕事に埋もれそうになっていただろう」

「終わらせたわ。あと二、三日はいっぱいいっぱいだけど、こなしてみせる」エマは別のグラスにワインを注いで、ジャックに手渡した。「あなたの手がけてるオープンキッチンはどうなった？」

「すごいことになりそうだよ。クライアントがどのくらい利用するかは知らないけど、すばらしいものができそうだ。きみとも、ここでの仕事について話をしないといけないな。ふたつ目の冷蔵ケースを入れるだろう。昼に寄ったとき、パーカーのところに仮スケッチを置いてきた。あっちの改装と、マックのところのプランはできたからね。今日ここの冷蔵ケースを見てみて、なぜもうひとつ必要なのかよくわかったよ。そのワンピース、いいね」

「ありがとう」エマはジャックを見ながら、ワインを飲んだ。「わたしたち、ほかに話さなければいけないことがあると思うの」

「どこから始めようか？」

「話すことはたくさんあると思っていたんだけど、結局のところ大切なのはふたつのことで、その両方とも根っこはひとつだわ。わたしたちが友達同士だということよ。そうよね？」

「そうだよ、エマ」

「それなら、大切なことのひとつ目は、友達同士は本当の気持ちを伝えあうべきだということ。正直に、ということよ。今夜のあとで、もし期待していたのとは違ったと気づいたら、あるいはどちらかが、よかったけど、もうおしまいと感じたら、そう言えるようでないといけないと思うの。恨みっこなしで」

合理的で、率直で、厄介なこともなければ、目に見えないしがらみもない。完璧だ。

「ぼくはそれでいいよ」

「ふたつ目は、友達でいましょうということ」ジャックを見ながら、不安そうに言葉を紡ぐ。「それがいちばん大切なことだと思うのよ。なにが起ころうとも、これからどうなろうとも、ずっと友達でいようとお互いに約束すること。あなたとわたしのためだけじゃなくて、関係するみんなのために。セックスだけと言うのは簡単だけど、セックスだけではないし、それだけではいけないと思う。わたしたちはお互いが好きよね。お互いを大切に思ってる。だから、そのことは絶対に変えたくないの」

ジャックは彼女の髪をさっと撫でた。「血による誓い、それとも指切り？」彼が尋ねると、エマは笑った。「それなら約束できるよ、エマ。きみの言うとおりだ。友達であることに変わりはない」ジャックはやさしく彼女の頰にキスをして、次に反対側にもキスをした。それから軽く唇を重ねた。

「友達ね」エマも同じ動作をくりかえし、唇をわずかに離して見つめあった。「ジャック？　わたしたち、どうして何年もこうならずに来たのかしら？」

「知るもんか」彼はもう一度エマに口づけて手をとった。「ぼくたちはビーチにいた」二階に彼女を引っぱっていきながら話しはじめる。

「なんの話？」

「一週間ビーチに行ったことがあっただろう。みんなで。デルの友達がハンプトンズの家を——両親の家だったと思うが——貸してくれたときだよ。きみたちが事業を始める前の夏だったかな」

「ああ、思いだしたわ。すごく楽しかったわよね」

「ある朝早く、眠れなくてビーチにおりていったんだ。そこできみを見た。一分くらい——いや、一秒か二秒くらいかな——きみだとわからなかった。きみは長いスカーフみたいなのをウエストに巻いていた。派手な色づかいのやつで、それがきみの脚にまとわりついていた。なかに着ていたのは赤い水着だった」

「あなたが……」エマは文字どおり息をのんだ。「わたしが着ていたものを覚えているなんて」

「覚えているよ。髪が今より長くて、背中の真ん中くらいまであったことも。くるくるの巻き毛が揺れていた。足は素足で、肌は黄金色で、派手なスカーフをまとって、髪の毛が揺れて。心臓がとまったんだよ。そして思った。彼女は、今まで見たなかでもっとも美しい女性だって。それまでどんな女性にも感じたことがないほど、その女性を欲しいと思った」

ジャックはそこで言葉を切って、わずかに体の向きを変えた。エマはただじっと見つめている。「それから、きみだと気づいたんだ。きみはビーチを遠くに向かって歩いていくところだった。波が寄せてきて、きみの素足や足首やふくらはぎにかかっていた。ぼくはきみが欲しくてたまらなくなり、自分は気が変になってしまったと思ったんだ」

もう息ができない。考えることもできないし、考えたいとも思わない。

「もし、そのとき近づいてきてくれていたら、今わたしを見ているみたいに見つめてくれていたら、わたしはあなたのものになっていたわ」

「待ったかいがあった」ジャックは長くゆっくりとキスをして、エマと一緒にベッドルームへ入っていった。「すてきだ」花とキャンドルに目をとめる。

「友達同士でも、ちょっとは気をつかわないとね」こうしたほうが自分が落ちつくし、気分が高まるから。エマはライターを手にとり、部屋じゅうのキャンドルに火をつけてまわった。

「もっとよくなった」彼女が音楽をかけると、ジャックは微笑んだ。

エマは部屋の奥に立って、彼を振りかえった。「ジャック、約束したとおり、正直に言うわね。わたしはロマンティックなものに弱いの。そういう道具立てとか、しぐさとか。それから情熱的な雰囲気にも弱いわ。狂おしく燃えあがるような。あなたとはどちらでもいい。今夜はあなたの好きなように奪ってちょうだい」

キャンドルの光のなかに立った彼女にそう言われて、ジャックは欲望に一気に火がついた。

離れた場所から歩み寄り、ふたりは部屋の真ん中で出会った。ジャックはエマの髪に指をからめて顔をあげさせ、ゆっくりと唇を重ねていった。今夜は彼女の弱点をとことんまで利用してやる。

エマは体をぐったりと預けてキスを返した。ぬくもりにぬくもりが重なり、期待に切望がこもる。ジャックに抱きあげられてベッドに運ばれるときには、ダークブラウンの瞳がうっとりと潤んでいた。

「きみの隅々にまで触れたい。ずっと夢見てきたんだ」彼はワンピースのなかに手を滑りこませ、腿に手を這わせた。「どこもかしこも」

今度は、自分のものだと言わんばかりに渇望のにじんだキスをしながら、エマの肌へ、わずかに体を覆っている下着のレースへと指を走らせていく。彼女はジャックの指に応えるように背中をそらし、押しつけてきた。

彼はささやきながらエマの喉もとに唇を這わせ、セーターを腕から脱がせた。それからすばやく荒っぽい動きで彼女を後ろ向きにして、肩に歯を立てた。押さえつけてワンピースの背中のファスナーをするするとおろすと、彼女が肩越しに見つめかえしてきた。顔には謎めいた笑みが浮かんでいる。

「手伝いましょうか?」

「手は足りてる」

「そうみたいね。わたしはこの体勢では無理だから、シャツは自分で脱いで」

ジャックがシャツのボタンを外して脱ぐのを、じっと見つめていた。「夏にあなたが庭でシャツを脱いでるのを見るのが好きだったの。でも、このほうがずっといいわ」彼女はもう一度寝返りを打った。「脱がせて、そしてさわって。どこもかしこも」

エマは彼の下でじらすように動きながら、ワンピースを頭から脱がせてもらった。ジャックの熱い視線が注がれ、歓びにじりじりと焦げるような感じがした。

「なんて美しいんだ」ジャックは赤いレースの端や、小さな黒い花びらを指でなぞった。「これはちょっと時間がかかるな」

「急がないで」

彼の唇が再びおりてくると、エマは体じゅうを探られている感覚に溺《おぼ》れた。隅々まで、という言葉のとおりだった。ジャックは触れ、味わい、堪能《たんのう》した。彼女がぶるぶると震えだし、芳《かぐわ》しい香りを帯びた空気がむせかえるほど濃厚になるまで。彼女優雅にカーブを帯びた体、キャンドルの光に照らされて黄金色に輝く肌。くるくると巻きつけた黒い絹糸さながらの髪が広がる。ジャックはいつでもエマのことを美しいと思ってきたが、今夜の彼女は彼が食べることを許された晩餐会《ばんさんかい》のごちそうなのだ。やわらかでみずみずしい唇へ戻っていくたびに、彼女はさらに多くのものを与えてくれる。ジャックはゆっくりとエマを高みへ導き、どんどんのぼっていった彼女が絶頂に達して、砕け散るのを感じた。

エマは甘く、熱く、心地よい感覚に浸った。

「わたしの番よ」彼女は体を起こしてジャックの首に腕をまわし、唇をぴったりと合わせた。

そのまま位置を変えて彼をうつぶせにすると、たくましい肩、かたい胸、引きしまった腹部を探っていく。そうしてじらすようにファスナーをおろし、彼自身を解放した。

「ぼくが――」

「わたしがやるわ」

エマはナイトスタンドから避妊具をとりだして、時間をかけて楽しみながら装着した。エマの手と唇の感触に、ジャックは全身の筋肉を震わせはじめ、やがて彼女の髪をつかんで引き寄せた。「さあ」

「ええ」

エマは滑るように体を下にずらして、彼を迎え入れた。

動きだすと全身に震えが走り、明るい、銀色を帯びた光に血がざわめく。彼女はゆっくりと動いた。歓びの一瞬一瞬を引きだすように、じっとジャックの瞳を見つめながら。

彼はエマのヒップをつかんで、彼女の拷問のようなじらしに耐えていた。奔放に手を動かすエマの姿に体がうずく。彼女の肌は黄金の粉を浴びたかのようにきらめき、揺れるキャンドルの光のなかで、ダークブラウンのベルベットのような瞳が光っていた。エマがのぼりつめていくのに合わせて、ジャックの脈拍が激情に駆られたドラムのごとく激しいリズムを刻む。エマはきっちりと彼を包みこんだまま、身を震わせて果てた。

ジャックは起きあがり、エマを仰向けに寝かせた。彼女のあえぎ声を聞きながら、膝を持ちあげる。「ぼくの番だ」

彼は抑制を解いた。

眠たげな、揺らめくような快感が、一気にはじける。ジャックのすばやく力強い動きに突き動かされて、エマは声をあげた。われを忘れて高まり、心臓がひとつ拍動するたびに、狂気のような要求に応えていく。快感が全身を突き抜けて彼女を満たし、やがてすべてを奪った。

さらにジャックが奪い、絶頂に達するまでのあいだ、エマはなす術もなく身を震わせて横たわっていた。

そのうちに彼もすべてを解き放ち、エマの上に崩れ落ちた。下にいる彼女の震えが、早鐘のような鼓動が伝わってくる。エマが手を伸ばし、愛情をこめて背中をさすってくれた。いかにも彼女らしい。

ジャックは一瞬、目を閉じた。息が切れ、意識も飛んでいたようだ。彼は横になってエマの香りを吸いこみ、今ではすっかり力の抜けた彼女の体の感触を受け入れた。「じゃあ、正直に話すという約束だったから、はっきり言わないといけないな。ぼくには物足りなかったよ」

彼の下でエマが声をあげて笑い、尻をつねってきた。「あら、残念ね。わたしたち、相性がよくなかったんだわ」

ジャックはにっこりして顔をあげた。「相性がよくないから爆発してしまったのか」

「爆発ね。建物が吹き飛んだかも」エマは長いため息をつき、両手で彼の背中を撫でおろした。「まあ、なんてすてきなお尻かしら。こんなことを言っていいのかどうかわからないけど」

「ああ、いいよ。きみもすてきな尻をしてる」

彼女がジャックの顔を見て微笑んだ。「どう、わたしたち?」

彼はやさしくキスをした。それからもう一度、愛情をこめてさっと口づける。「おなかはすいてない? ぼくは腹ぺこだよ。中華料理はどう?」

「今の気分にぴったりだわ」


ふたりはキッチンのカウンターで食事をした。ヌードルとポークの甘酢あえ、チキンとピーナッツの唐辛子炒《いた》めを食べる。

「どうしてきみはそういうふうに食べるんだ?」

「そういうふうって?」

「ほんの少しずつってことだよ」

「ああ」エマがヌードルを一本すすっているそばから、ジャックがグラスにワインを注いでくれた。「最初は兄たちをからかってそうしていたんだけど、そのうち習慣になってしまったの。アイスクリームとか、キャンディとか、なんでもおやつをもらうたびに、兄たちは一気に食べてしまうのよ。わたしが残しているのを見て、大騒ぎになるの。だからわたしはもっとゆっくり食べて、もっと残すようにして、兄たちをいらいらさせるようになったの。とにかく、少しずつ食べたほうが、いっそう楽しくなるってこと」

「なるほど」ジャックはヌードルをたっぷりフォークにからめて口に入れた。「きみの家族の存在も、きみの魅力のひとつなんだ」

「そう？」

「きみの魅力の一部だと思うよ。つまり……きみの家族はみんな、すてきだってことなんだけど」

「わたしは運がいいのよ。四人のうちで――ううん、あなたとデルを入れれば六人ね――家族がそろっているのはわたしだけなんだもの。パーカーとデルのご両親はすばらしい人たちだったわ。あなたはよく知らないでしょうけど、わたしはここを第二のわが家みたいにして育ったの。本当にすばらしい人たちだった。だから亡くなったときには、みんなが打ちのめされたわ」

「デルはぼろぼろだったよ。ぼくもご両親のことは大好きだった。楽しくて、おもしろくて、実に魅力的な人たちだった。親を突然亡くすことは、しかも両方を一度に亡くすというのは、なによりつらいことだ。離婚も子供にとってはつらいことだが……」

「つらいわよね。子供のころ、マックはそれで苦しんだわ。一回だけではなかったし。

ローレルにとっては青天の霹靂《へきれき》のような出来事だった。十代のときに両親が急に別居して、よりを戻して、そのあと結局別れてしまったの。彼女はどちらにもほとんど会っていないわ。あなたも大変だったんでしょうね」

「きつかったよ。でも、もっとひどくなる可能性もあったんだ」ジャックは肩をすくめて料理を口に運んだ。長く続けたい話題ではなかった。今さら変えようのないことを、いつまでも考えていたって仕方ないではないか。「両親はぼくのとりあいにならないように努力してくれたし、醜い争いにはしなかったからね。最終的には、お互いに友人としてつきあえるようにもなった」

「おふたりともいい方たちで、あなたのことを愛しているからよ。そこで違ってくるんだわ」

「うちはまあまあうまくやってる」〝まあまあ〟というのは、〝いい〟という意味のときもある。「それに、離れているからうまくいってるところもあるんだと思う。母には新しい家族がいるし、父も同様だ」ジャックは思いを振り払うように言った。実際には、家族がばらばらになり別々の人生を生きることになってしまったことを、すんなりと受け入れられたわけではないのだが。「ぼくが大学に進んでからは、ずいぶん楽になったよ。こっちに来ることになって、さらに楽になった」

ジャックはワインを飲みながらエマを見ていた。「きみの家族は、きみがゴムひもでつくるボールみたいだ。みんながからみあっていて、しっかりした芯《しん》がある」彼は一瞬考えこんだ。「家族に今夜のことを話す?」

エマは目をぱちくりさせた。「ああ。わからないわ。訊かれたら話すけど、こんなことを訊かれるとも思えないし」

「面倒なことになるかな」

「みんな、あなたのことが好きよ。それに、わたしにセックスの経験があることは知ってるわ。それでも驚くでしょうけどね。というか、わたし自身が驚いているのよ。でも、誰かが問題にするとは思えないわ」

「よかった。安心したよ」

「ここのみんなは問題ないし」

「ここのみんな?」ジャックの煙ったような瞳が大きくなった。「みんなにぼくたちが寝るってことを話したのかい?」

「女同士だもの」エマはさらりと言った。

「そうだったな」

「それにわたし、マックとあなたが昔つきあってたと思っていたの」

「なんだって?」

「そう思いこんでいたのよ。だからルールのせいもあって、彼女に話さなきゃならなかった。そして事実がわかったころには、わたしがあなたとのセックスを考えてるということが、みんなに知れ渡っていたというわけ」

「マックと寝たことはない」

「わかってる。でも、パーカーにキスしたのは知らなかったわよ」

「あれはずいぶん昔のことだし、キスというには……いや、キスはキスだが、うまくいかなかったんだよ」ジャックはさらにポークをつついた。

「それから、ミセス・Gにもキスしたのよね。本当に女たらしだわ」

「あっちはうまくいったのか。時間が足りなかったと思ったんだが」

エマはジャックに微笑みかけて、チキンをつついた。「デルはどう思っているのかしら？」

「ぼくがミセス・Gとキスしたことについて？」

「違うわよ。あなたとわたしのこと。このこと」

「わからない。ぼくらは女の子じゃないからな」

彼女はグラスを持ち口に運びかけていた手をとめた。「デルに話してないの？　親友なのに？」

「その親友は、ぼくがきみにちょっと触れることを考えただけでも尻を蹴ってくるだろう。まして、さっき階上でぼくたちがしたことを話したらどうなることか」

「彼だって、わたしにセックスの経験があるのは知っているわよ」

「それはどうかな。あいつは別次元のこととして考えていそうだ。セックスをするのは別の次元のエマ、ってね」ジャックはかぶりを振った。「生身のきみとは思っていないよ」

「もしわたしたちがこれからもベッドをともにするのなら、不倫みたいにこそこそしたくないわ。いずれデルも気づくわよ。先にあなたから話したほうがいいわ。でないと気づいたときに、それこそお尻を蹴られるわよ」

「なんとかするよ。それともうひとつだけ、こういう話になったから言っておきたい。これからつきあっていくのなら、それぞれほかの人とはこういう関係にならないということをはっきりさせておきたいんだ。いいかな？」

どうしてそんなことを訊くのだろうといぶかしみながら、エマはワインを飲んだ。「血の誓いか、指切りが必要かしら？」ジャックが笑ったので、もうひと口飲む。「わたしは誰かとつきあっているときに、ほかの人とはつきあわないわ。相手に失礼だし、わたしの主義に反するというだけでなく、面倒でしょう」

「よかった。じゃあ、きみとぼくだけだね」

「あなたとわたしだけよ」エマはくりかえした。

さあ、そろそろ来るわよ。彼女は身構えた。明日の朝は早いんだ。楽しかったよ。

また電話する。そう言われるに違いない。

「今夜、泊めてもらったらまずいかな？　朝五時起きなんだよ」

エマは微笑んだ。「まずくなんかないわ」


ようやく眠りかけたとき、ジャックはエマが人に密着して寝るタイプだということに気がついた。ぴったりと寄り添い、覆いかぶさってくるのだ。

ジャックは自分のスペースを愛するタイプだった。文字どおりの意味でも、比喩的《ひゆてき》な意味でも、男がひとりきりでいられるスペースを大切に思っている。

ところが今、そんなことはどうでもいいと思っていることに気がついた。

エマは池に落ちた石のように、ぱたっと眠りに落ちた。一瞬浮かびあがってぴくっと動いたかと思うと、次の瞬間にはまた沈んでいった。ジャックは体が眠りにつくまでのあいだ、うとうとしながら一日の出来事と翌日のことをぼんやりと思い浮かべていた。

そうして肩にはエマの頭がくっつき、彼女の腕がウエストにまわされ、脚と脚がからまった状態で、いつしか寝入っていた。

ほぼ同じ体勢のまま、ジャックは六時間後に携帯電話のアラーム音で目を覚ました。同時にエマの髪の香りをかいだせいで、最初に頭に浮かんだのは彼女のことだった。

エマを起こさずに身を離そうとしたが、彼女はよけいにすり寄ってきた。体が一気に反応したものの、ジャックはなんとか彼女をどけようとした。

「うーん?」

「すまない。そろそろ行かないと」

「何時?」

「五時ちょっと過ぎだ」

エマはため息をつくと、唇を近づけてきてさっと口づけた。「わたしはあと一時間は大丈夫。あなたに時間がないのが残念だわ」

そのときまでには向きあう形になっていて、彼女はジャックの体にまわした手で、ゆっくりと気だるげに尻の上に円を描きはじめた。

「今、すごく便利だと気づいたことがふたつある」

「なあに?」

「自分がボスだってことだよ。だから遅刻しても首にはならない。もうひとつは、習慣でトランクに予備の仕事着を入れていることだ。ここからまっすぐ現場へ向かうことにすれば、あと一時間ある」

「便利ね。コーヒーはどう?」

「それもいいね」ジャックはそう言いながら転がって、エマに覆いかぶさった。

10

ティファニーが別の配達の品をつくっているあいだに、エマは三つ目のハンドタイ・ブーケを完成させた。フリンジ咲きのチューリップにラナンキュラスと紫陽花の組みあわせが気に入っている。花のあいだに小さなクリスタルをワイヤリングする作業で指を傷めてしまったが、このアイデアは正しかったと思った。レースの端切れとパール鋲《びょう》で茎をとめたのもよかった。

ひとつひとつ段階を踏んで細かいところまで正確に処理をしていくと、エマの経験をもってしても、ブーケひとつを仕上げるのに一時間近くかかる。幸せなことよね、わたしはその一瞬一瞬を楽しんでいるんだもの、とエマは思った。

彼女にとっては、世界じゅうでこれほど幸せな仕事はないのだ。ティファニーはカウンターの向こうで静かに作業をしていて、音楽と香水の香りが空中を舞っている。エマは次のブーケの材料をせっせと集めながら、自分はこの地球上で最高に幸せな女だと思った。

手のなかの花をまわして、長さの違うチューリップを重ねて調節し、あいだにラナンキュラスをはさみこんで形を整える。そこにビーズを加えて、そのきらめき具合を喜んでいるうちに、時間は飛ぶように過ぎていった。

「装花もつくりはじめたほうがいいかしら?」

「なに?」エマは顔をあげた。「ああ、ごめんなさい、別の世界に行ってたわ。なんて言ったの?」

「すごくきれい。素材がよく生きてますね」ティファニーはエマのブーケに感心しながら、水をごくりと飲んだ。「もうひとつ、つくるんですよね。わたしがやってもいいんですけど、ハンドタイはあまりうまくないから、装花のほうをやろうかと思って。リストとデザイン画は持ってます」

「お願い」エマはケーブルタイを使って茎を束ね、余分なプラスチック部分をワイヤカッターで切った。「ティンクが来るころなんだけど……遅れてるのよ、本当はもう来ている時間なのに」カッターをクリッパーに替えて、茎をそろえはじめる。「あなたが装花をつくってくれるなら、ティンクにはスタンド型のアレンジメントをやってもらうわ」

エマは茎をレースで包み、そのレースをパールのついたコサージュピンでとめた。ブーケを花瓶に入れて冷蔵ケースにおさめると、また手を洗って軟膏をすりこみ、最後のハンドタイ・ブーケにとりかかる。

ティンクがマウンテンデューをボトルからじかにちびちび飲みながら入ってきたときには、エマはかすかに眉をあげただけだった。

「遅刻ね」ティンクは自分で言った。「必要なら残業するわ」それからあくびをする。「なかなか寝られなくて、ていうか、三時過ぎまで眠れなくって。デートの相手の、ジェイクっていったかな？　その彼がとにかく鉄人で。それで今朝……」そこで言葉を切り、目にかかったピンクの髪を吹き飛ばして首をかしげた。「昨夜はほかにもラッキーだった人がいたのよね。ジャックとかいったっけ？　ねえ、ジェイクとジャックって、クールじゃない？」

「わたしはラッキーなことに、もう四つ、ハンドタイ・ブーケをつくったわよ。あなたもマウンテンデューを買いつづけたかったら、そろそろ始めたほうがいいんじゃないかしら？」

「了解。彼って、見た目どおりうまかった？」

「わたしが不満そうに見える？」

「ジャックって誰？」ティファニーが訊いてきた。

「ほら。あの見事なお尻と煙るような目をしたジャックよ」ティンクは前に進みでて手を洗った。

「あのジャック?」ティファニーは紫陽花を持った手をとめて、口をあんぐりと開けた。「まあ。知らなかったわ」

「できたてほやほやのニュースだから、あなたもこれで情報通よ。次もあるの?」ティンクがエマに訊いた。

「仕事して」エマはぶつぶつ言った。「勤務中よ」

「次もあるのね」ティンクは勝手に結論を出した。「すてきなブーケ。チューリップはどこかの惑星から来たみたいだけど、ロマンティックね。わたしはなにからやればいい?」

「テラス用のスタンド型のアレンジメント。材料は――」

「紫陽花、チューリップ、ラナンキュラス」ティンクがさっさと花や葉を集めだしたのを見て、エマはこれだから彼女を雇いつづけているのだと思いだした。

五時になるとティファニーを帰し、ティンクには引きつづき魔法の力を発揮してもらうことにして、エマ自身は手と頭を休めるために休憩をとった。外へ出て、マックのスタジオ目指してぶらぶらと歩きだす。

するとマックが肩にカメラバッグをかけ、ダイエットコークを持って出てきた。

「五時半のリハーサルね」エマは声をかけた。

「今、向かうところ」マックが方向を変えて近づいてきた。

「花嫁に、明日のお花はそれはすばらしいものをお見せできますと伝えてくれていいわよ。自分で言うかもしれないけれど」マックと行きあうと、エマは足をとめて背中を伸ばした。「今日は疲れたわ。でも、明日はもっと大変なのよね」

「ミセス・Gがラザニアをつくってるという噂よ。たっぷりのラザニア。カーターと一緒に食べに行くつもり」

「わたしも行く。ラザニアと聞いて、その気になったわ。ティンクがアレンジメントの仕上げをやってるから、あなたとパーカーのリハーサルの手伝いをしようと思って。そのあと今夜は、一時間か二時間ゆったり過ごすつもり」

「なるほど」

エマは自分の仕事着を見おろした。「この格好ではまずいかしら?」

マックはコークをごくごく飲みながら、エマの姿を観察した。「一日じゅう働いていた女って感じ。花嫁はあなたを見たら感動するわよ」

「それならいいわ。まだ着替えたくないの。また着替えなきゃならなくなるから」エマはマックの空いている腕に腕をからめ、本館に向かって歩きはじめた。「今日なにを考えていたかわかる? 自分は世界一幸運な女だと思っていたの」

「ジャックはそんなによかった?」

エマは鼻を鳴らして笑いながら、マックの腰に腰をぶつけた。「ええ。でも、それだけじゃないのよ。疲れているし、手は痛いけど、一日じゅう自分の好きな仕事をしていたんだもの。午後、お花をベビー・シャワーの会場に配達したあとで電話があったの。クライアントが大喜びで連絡をくれたのよ。お花を見たとたん、どんなにすばらしいかを伝えずにはいられなくなったって。こんな幸せな人たち、わたしたち以外にいると思う?」ため息をつき、太陽に顔を向ける。「なんて幸せな仕事をしているのかしら」

「大筋では賛成だけど、そういうところがあなたの長所なんだとも思うわ。モンスター・ブライドたちや常軌を逸した母親たちとか、酔っ払いの花婿付添人とか、鼻持ちならない花嫁付添人とか、そういうのを全部忘れて、いいことだけを覚えていられるんだもの」

「ほとんどがいいことばかりでしょう」

「まあね。でも、今日撮影した婚約写真は別よ。最初の一枚を撮る前に、幸せなカップルがすさまじいけんかを始めたの。まだ耳が痛いわ」

「そういうことがあるといやよね」

「あなたでも? 叫んで、泣いて、飛びだしていって戻ってきて。責めて、脅して、最後通告を突きつけて。また泣いて、謝って、メイクがぐちゃぐちゃになって、恥ずかしがって、ひどくあわてて。わたしの一日は台なしよ。花嫁の目が腫《は》れあがってしまったから、予定を組み直したわ」

「でも、ドラマがあると一日がおもしろくなる。それにほら、あれ」エマは、翌日の花婿が屋敷に続く歩道で花嫁をくるりとまわしているのを指さした。

「あらやだ。早いじゃないの。ちょっと、そのまま」マックはダイエットコークをエマに押しつけ、バッグからカメラを引っぱりだした。

「あのふたり、待ちきれないのね」エマはつぶやいた。「それに幸せなんだわ」

「そして、とってもかわいらしい」マックは幸せを絵に描いたようなカップルにズームを合わせた。「あら、今着いたのは誰？」

「まあ」ジャックの車を見つけて、エマはとっさに髪を手ですいた。

「もっと変な格好してるところを、さんざん見られているじゃない」

「それはどうも。今日はふたりとも忙しかったから、来るとは思ってなくて……」

なんてすてきなのかしら。今日はカーキ色のパンツにピンストライプのぱりっとしたシャツを合わせている。建築現場ではなく、クライアントとのミーティングやオフィスでの仕事だったのだろう。軽やかな足どりで、つややかな髪を日の光に輝かせ、あざやかな笑みを浮かべて……ああ、本当にすてき。

「このパンツだとお尻が大きく見えるのよ」エマは小声でマックにささやいた。「仕事だからいいと思ったんだけど――」

「大きくなんか見えないわよ。もしそうだったら教えてあげる。あの七分丈の赤いスウェットパンツだと、大きく見えるわ」

「あれを燃やすのを忘れないように言ってね」エマはダイエットコークをマックに返して、近づいてきたジャックに笑顔を向けた。

「やあ、お嬢さんたち」

「こんにちは」マックが応じた。「わたしは仕事に行かないと。またあとで」

彼女はゆったりと去っていった。

「リハーサルなの」エマは説明した。

「きみも行くの？」

「応援にね。今日は仕事は終わり？」

「ああ。ここから遠くないクライアントのところに寄る用があったから、来てみたんだよ……邪魔かな？」

「いいえ、そんなことないわ」エマは落ちつかない気分で、もう一度髪を押さえた。「今はちょうど休憩中で、手伝いが必要だったらと思って、リハーサルの場所まで行く途中だったのよ」

ジャックはポケットに両手を突っこんだ。「ぼくたち、なんだか不自然じゃないか？」

「あら。そうね。そうかも。もうやめましょ」エマはつま先立ちになって、ジャックにしっかりとキスをした。「寄ってくれてうれしいわ。今朝は八時ごろから働きづめで、休憩したかったの。ミセス・Gがラザニアをつくってくれているのよ。あなたも一緒にどう？」

「それはいいな」

「じゃあ、彼女をそそのかしてビールをもらってきたら？　リハーサルが終わったら行くから」

「そうするよ」ジャックは彼女の顎をつかんでキスをした。「仕事できみが扱っている花の匂いがする。いい匂いだ。それじゃあ、あとで」

別れ際、エマはにっこり微笑んだ。

エマが家のなかに入っていくと、おいしそうな夕食の匂いがして、ミセス・グレイディの大きな笑い声が聞こえた。それだけで、エマはぐんと幸せな気分になった。ジャックが今日の仕事の話をしているようだ。

「そうしたら、彼女が得意げに口をはさんできたんだ。〝あら、それならそのドアをちょっと動かせないの？〟って」

「まさか」

「ぼくが嘘をついたことがあったかい？」

「ええ、毎日。日曜日には二回も。それで、ドアを動かすんですか？」

「動かすよ。彼女はそのために、惚《ほ》れこんだ衣装戸棚の倍払うことになるけどね。でも、お客様の命令は絶対だから」

ジャックはビールに口をつけながら、入ってきたエマのほうに目を向けた。「どうだった？」

「うまくいったし、楽しかったわ。こういうときは本番もうまくいくのよ。あとは運次第。天気予報によると雨は明日の午後遅くまでは降らないみたいだから、テントもいらないいわ。だからあとは祈っていて」

わが家にいるときと同じように、エマはワインのグラスをとりだした。「今はリハーサル・ディナーをやっているけど、わたしはこっちのほうが好みだから」くんくんと匂いをかぐ。「すごくおいしそうだわ、ミセス・G」

「準備はできていますよ」ミセス・グレイディがサラダを混ぜながら言った。「ダイニングルームでお行儀よく食べてくださいね」

「パーカーとマックももうすぐ来るわ。ローレルは見てないけど」

「自分のキッチンでなにかやってるんですよ。わたしが食事を出す時間はわかっているはずですから」

「声をかけてくる」

「お願いします。ジャック、ぶらぶらしてるなら手伝ってくださいよ。このサラダをテーブルに」

「仰せのとおりに。やあ、カーター」

「やあ、ジャック。みんなすぐに来ますよ、ミセス・G」

ミセス・グレイディはカーターに厳しいまなざしを向けた。「今日は学校でなにか役に立つことを教えましたか?」

「そうだといいと思ってます」

「手は洗いました?」

「はい、先生」

「ではワインを注いで、座って。全員が席につくまで、つまみ食いはだめですよ」

ミセス・グレイディは天井が高く窓の大きいダイニングルームで、家族に出すように食事を出した。彼女のルールでは携帯電話は切ることになっていて、パーカーもブラックベリーをキッチンに置いてきた。

「日曜日の花嫁のおば様がいらしたの」パーカーが話しはじめた。「結婚式用の天蓋《てんがい》を届けてくれたのよ。昨夜、仕上げたばかりなんですって。すばらしい芸術作品よ。二階に置いてあるわ。エマ、アレンジメントの手直しをするのなら、見てみるといいわよ。カーター、あなたはそのおば様の義理の妹さんの息子さんを教えているんですってね。デイヴィッド・コーエンという名前だそうよ」

「デイヴィッド？　あの子は賢い子だよ。創造力を駆使して大活躍をしている。先週は、スタインベックの『二十日《はつか》鼠《ねずみ》と人間』についてのレポートをコメディ形式で出してきた」

「どうだった？」マックが訊いた。

「スタインベックがどう思ったかはわからないが、ぼくはAをつけたよ」

「悲しい話なのよね。どうして学校って、悲しい本をたくさん読ませるの？」エマは不思議そうに言った。

「今ぼくが教えている一年生のクラスでは、『プリンセス・ブライド』を読んでいるよ」

「なぜあなたみたいな先生に教われなかったのかしら。わたしは楽しい本が好きなのよ、ハッピーエンドの。そういえば、ほら、あなたの隣にはあなたのバターカップ（『プリンセス・ブライド』のヒロインの名前。日本語できんぽうげの意）がいるわ」

マックはくるりと目をまわした。「ああ、そうね。わたしはバターカップよ。ところで、明日の式はおとぎばなし風になりそうね。飾り電球にキャンドルに、白い花づくしだもの」

「雪焼けみたいに目がつぶれそうだとティンクが嘆いていたわ。でも、きれいでしょう。準備にあと二、三時間かかるけど。全部ハンドタイとワイヤリングだから、とても大変なのよ。それに」エマは片手をあげて、できたばかりの切り傷を見せびらかした。「見て、これ」

「フラワーコーディネーターが危険な職業だとは誰も思わないよな」ジャックが彼女の手をとり、しげしげと眺めた。「だが、これは名誉の負傷だ」そう言って、指の関節に口づける。

しばしのあいだ沈黙が流れ、みんなはおもしろそうに眺めていた。

「やめてくれよ」ジャックが半分笑いながら言った。

「こうなるってことくらい覚悟しておかないと」ローレルがじろじろと見つめながら、サラダをつついた。「わたしたち、変化に順応しようとしているところなんだから。今ここで彼女を襲ってみたらどう？　そうすれば目の当たりにしたわたしたちも、早く慣れるってものだわ」

「待って、待って！」マックが手を振った。「それならカメラをとってくるから」

「ラザニアをまわして」ジャックが言った。

パーカーは椅子の背に寄りかかって、ワインを飲んだ。「たぶんこのふたりは、わたしたちをからかってるのよ。つきあっているふりをして、わたしたちが本気にしたら、陰でばかにしてるんだわ」

「なるほどね」マックがうなった。「鋭い」

「でしょう？　ふたりともシャイなタイプじゃないんだから、本当につきあってるなら、写真を撮られるくらいどうってことないはずよ。友達の前なんだし」パーカーは口の端に笑みを浮かべて肩をすくめた。「でもいやがってるのを見たら、ふざけているんだという気がしてきたの」

「キスなさい」ミセス・グレイディがジャックに命じた。「でないと、この人たちがおさまりませんよ」

「ラザニアもあげない」ローレルが最後通告をした。「キスして！」拍手してはやし立てる。「キス！」

マックが調子を合わせてあおりだした。カーターを肘でつつくと、彼は笑って首を振った。

ジャックは観念して、笑っているエマに向き直ると、抱き寄せてキスをした。そのとたん、テーブルから歓声と拍手があがった。

「パーティーなのに、ぼくは招待されなかったらしいな」

戸口を振りかえってデルの姿を見たとたん、全員がいっせいに黙りこんだ。彼はジャックをにらみつけると、手をあげて、立ちあがろうとするパーカーを制した。

「何事だ？」

「食事をしてるのよ」ローレルが冷ややかに言った。「あなたも食べたかったら、お皿をとってきて」

「いや、けっこう」デルも負けず劣らず冷ややかに応えた。「パーカー、見てもらいたい書類があったんだが、忙しそうだからまたにしよう。ぼくには関係ないことのようだからね」

「デル――」

「おまえとは」デルは妹をさえぎり、ジャックを見据えたままで言った。「あとで話す」

デルが大股《おおまた》で出ていくと、パーカーは長いため息をついた。「話していなかったのね」

「どう話したらいいか考えていたんだ……」ジャックは言った。「はっきりさせてくる」最後はエマに向かって言う。

「わたしも一緒に行くわ。わたしが話して――」

「いや、やめたほうがいい。時間がかかりそうだから……明日、電話するよ」ジャックは立ちあがった。「すまない」

彼が出ていってから、エマは十秒ほど待った。「やるだけはやってみないと」彼女もさっと立ちあがり、ジャックのあとを追っていった。

「相当怒ってたわよね」マックが言った。

「それはそうよ。完璧なバランスだと思っていた足場が崩れたんだもの」ローレルが言ったとたん、パーカーがはっとして振りかえった。ローレルは肩をすくめた。「そういうことでしょう。それに加えて、ジャックが話していなかったのがまずかったわね。デルが怒るのは当然よ」

「ぼくも行ったほうがいいかもしれないな」カーターが言いだした。「仲介役くらいはできるかもしれない」

「仲介役っていうのは両方から顔を殴られるのよ」

カーターはおもしろがるようにマックに微笑みかけた。「はじめてじゃないさ」

「いいのよ、ふたりに解決させれば」パーカーがもう一度ため息をついた。「それが友達というものでしょう」


心配したエマに十分間は引きとめられていたため、ジャックは敷地内ではデルに追いつけなかった。しかし、彼がどこに行ったかはわかっている。家だ。家に帰れば、ひとりでいくらでも毒づいたり、うめいたり、鬱々と考えこんだりできるからだ。

ジャックはノックをした。デルはきっとドアを開けてくれると確信していた。いずれにしてもジャックは合鍵を持っているので、必要とあらばそれを使ってなかに入れることはデルもわかっている。だがなにより、ディレイニー・ブラウンは衝突を避けるタイプではないのだ。

デルがドアを開けると、ジャックはじっと目を見つめた。「殴られたら、やりかえす。ふたりで血みどろになったところで、なんにも解決しないがな」

「この野郎」

「ああ、なんとでも言えよ。おまえこそ、この野郎だ、デル。なんだって、そう頭がかたい――」

ジャックは顔にまともにパンチを受けて――こぶしが飛んでくるのが見えなかったのだ――殴りかえした。ふたりは血を流して、戸口に立ちつくしていた。

ジャックは自分の血を拭った。「とことん殴りあいたいか?」

「おまえがその手でエマになにをしたのか知りたいだけだ」

「一部始終を聞きたいのか?」

デルはくるりと後ろを向いて、部屋へビールをとりに戻った。「いつ彼女に近づいた?」

「ぼくのほうから近づいたわけじゃない。しいて言えば、お互いに接近したんだ。なあ、デル、彼女は大人の女性で、自分で選択できるんだよ。ぼくが彼女をそそのかして、ヴァージンを奪ったわけじゃないんだ」

「言葉を慎め」デルの目が怒りに燃えあがった。「彼女と寝たのか？」

「ちゃんと話そう」まずいぞ、クック。話のとっかかりとしてベストとは言えない。

「ちゃんと最初から」

「イエスかノーか、どっちなんだ」

「イエスだよ、くそっ。ぼくは彼女と寝た。彼女はぼくと寝た。ぼくたちは一緒に寝た」

デルの瞳が殺意を感じさせるほどにぎらついた。「おまえを半殺しにしてやる」

「やってみろよ。最後はふたりして病院行きだぞ。それにそこから出たら、ぼくはまた彼女と寝る」ジャックの目にも殺人的な光が宿った。「おまえにつべこべ言われる筋合いはない」

「ああ、そうだな」

思いきり痛いところをつかれたような気がして、ジャックはうなずいた。「わかったよ、いろいろ考えれば、おまえにも関係はある。だが、ぼくたちのどちらにも、それぞれが誰とつきあうかについて口を出す権利はないはずだ」

「いつからだ？」

「まだ始まったばかりだよ。この二週間ほどで、お互いに気になりはじめたんだ」

ったのか」
「二週間」デルは嚙みつくように言った。「そのあいだ、ぼくにはひと言も言わなか
「ああ、言わなかった。殴られないようにするにはどうしたらいいか考えていたん
だ」ジャックは冷蔵庫を開けて、ビールをとりだした。「おまえが気に入らないのは
わかっていたし、どうやって説明したらいいかわからなかったんだよ」
「ほかのみんなにはなんの問題もなく説明していたじゃないか」
「いや、説明はしていない。だけど、ぼくが美しくて知的で意思のある女性と寝てい
るからって、誰もぼくをこぶしで殴ってこようとはしなかったよ」
「彼女はそのへんの女とは違うんだぞ。エマだ」
「わかってるさ」怒りがいらだちに変わりつつあった。「彼女が誰かはわかっている
し、おまえが彼女のことをどう思っているかも知っている。彼女たち全員のことを。
だからぼくだって手を出さずにきたんだ……つい最近まで」そこで言葉を切って、冷
たいボトルをずきずきする顎に押しあてた。「彼女のことはずっと気になっていたん
だよ。でも、そういう対象として考えないようにしていた。〝そっちに行くんじゃな
い、ジャック〟と自分に言い聞かせていた。おまえが気に入らないのがわかっていた
からな。おまえは誰よりも大切な友人だから」
「おまえは大勢の女に手を出してきた」

「そのとおりだ」ジャックはさらりと応えた。「エマは次の新しい相手が見つかるまでのつなぎにつきあえるタイプじゃないぞ。約束をして、一緒に計画を立てていくようなタイプの女性だ」

「勘弁してくれよ、デル。つきあいはじめたばかりなんだ……」ぼくは計画を立てたり約束をしたりはしない。計画なんて変わるものだろう。約束は破られるものだ。ゆるい関係でいたほうが、正直でいられる。

「ひと晩一緒に過ごした。これからのことは考えているところだ。それに言っておくが、今まで大勢の女とつきあってはきたが、ぼくは彼女たちに嘘をついたり、失礼な扱いをしたりはしていないぞ」

「エイプリル・ウェストフォードはどうだ？」

「おいおい、デル。あれは大学院時代の話で、ぼくは彼女につけまわされていたんだぞ。彼女は頭がどうかしていたんだ。ぼくたちの家に押し入ろうとしたり、ぼくの車に傷をつけたりした。おまえの車もやられたよな」

デルはぐいっとビールをあおった。「たしかに、その点についてはおまえの言うとおりだ。だがエマは違う。彼女は別なんだ」

「だから言ってるだろう、ぼくだって彼女が違うということはわかってる。ぼくが彼女のことを大切に思っていないとでもいうのか？　ただのセックス目当てだとでも？」ジャックはじっとしていられなくなり、バーとカウンターのあいだを行ったり来たりしはじめた。落ちつかないのは思いが深いせいだ。親友に、約束だの、エマは別だのと言われるまでもなく、思いはすでに大きくふくれあがっている。

「エマのことはずっと大切に思ってきた。ほかのみんなもだ。おまえだって、それはわかっているだろう。よくわかっているはずだ」

「じゃあ、ほかの三人ともセックスしたのか？」

ジャックはゆっくりとビールを飲みながら、ばからしいと思った。「おまえの妹とはキスをしたよ。パーカーのことだ。おまえは全員を妹と思っているようだから、はっきりさせておくが。大学時代にパーティーでばったり会ったときだ」

「パーカーにちょっかいを出したのか？」デルの顔にありありと浮かんだのは、怒りではなくショックの表情だった。「ぼくはおまえという人間をわかっていなかったのかもしれない」

「ちょっかいを出したわけじゃない。唇がぶつかったんだよ。あのときはそうするのがいいように思えたんだ。でも、まるで妹にキスしたみたいな感じがして、彼女も同じ反応だったから、ふたりで大笑いして終わりになった」

「次にマックを試したのか？　それともローレルか？」

デルのまなざしは険しく、指は今にもこぶしを握りそうに震えている。「ああ、そうだよ。全員を試したさ。ぼくはポテトチップを食べては残りを道端に捨てるように、手当たり次第に女を試しているんだ。ぼくをどんな人間だと思ってるんだ？」

「今は正直、どう考えたらいいのかわからない。せめてエマのことをそういう対象として見ていることは話しておいてほしかった」

「へえ、こんなふうにか？　〝やあ、デル、ぼくはエマとセックスしようと思うんだが、どうかな？〟」

デルの顔に表れたのは怒りでもなく、ショックでもなく、氷のように冷ややかな表情だった。いっそうまずいことになったとジャックは思った。

「こう考えてみたらどうだろう？　今夜ダイニングルームに入ってきたのが、ぼくじゃなくておまえだったとしたら、どう感じたと思う？　考えてみてくれ、ジャック」

「頭にくるだろうな。裏切られたように感じるだろう。だからぼくが悪いと言いたいのか？　すべてぼくのせいだと？　だがいくら考えてみても、結局はこうなっていたんじゃないか。おまえがどういうふうに感じるか、ぼくにわからなかったと思うのか？　おまえのご両親が亡くなったとき、おまえがどんな立場に立ったか？　彼女たちひとりひとりが、おまえにとってどんな存在か？　あのとき、ぼくもそばにいたんだぞ、デル」

「それとこれとは関係ない――」

「関係あるよ、デル」ジャックは一瞬言葉を切ってから、穏やかに語りかけた。「エマに家族がいるかいないかは関係ないんだよな。彼女はおまえの家族なんだ」デルの表情がほんの少しやわらいだ。「そのことを覚えておいてくれ。それから、もし彼女を傷つけたら、ぼくがただではおかないということも」

「当然だ。じゃあ、これで万事解決だな？」

「まだだ」

「解決したら知らせてくれ」ジャックは半分残ったビールの瓶を置いた。


エマはほかにどうすることもできず、金曜の式にまつわる仕事を仕上げるのに集中した。金曜日の朝早くからアシスタント総出で、週末のほかのイベント用の花のデザインと制作を始めた。

午後遅くなると、冷蔵ケースの花を入れ替えてバンに積みこみ、家やテラスの飾りつけに出発した。

披露宴が始まると、家に戻ってきて、ひとりで残りの仕事を片づけた。

花嫁が到着する直前に、ビーチとふたりで柱廊式玄関《ポルティコ》の壺を大きな白い紫陽花で飾った。「豪華よね。完璧だわ。さあ、玄関ホールにいるティファニーを手伝いに行ってあげて。わたしは裏でティンクを手伝ってくる」

エマは時間を計算し、途中の鉢やアレンジメントを点検しながら走っていった。テラスでは梯子《はしご》にのぼり、白薔薇でできたボールを東屋の真ん中にくっつけた。

「これが好きになるとは思えなかったけど」ティンクがスタンド型のアレンジメントを運んできた。「ほら、あんまり白すぎるから。でもおもしろいし、ちょっと不思議な感じ。あら、ジャック。どうしたの、誰に殴られたの？」

「デルと殴りあったんだよ。しょっちゅうやりあってるんだ」

「あきれた」

顎のあざを見てエマが心配してくれることを期待していたとしたら、ジャックは落胆するところだった。彼女はしょうがないわねと言わんばかりの様子で梯子をおりてきて、腰に両手をあてた。「どうして男の人って、殴りあいでなんでも解決しようとするのかしら？」

「どうして女はチョコレートを食べることで解決できると思うんだ？　お互い、そういう性質なんだよ」

「ティンク、花綱を仕上げて。少なくともチョコレートなら気分がよくなるでしょう」エマは作業を続けながら言った。「顔を殴られたらそうはいかないわ。それで解決できたの？」

「完全にはできていない。でも、とっかかりにはなった」

「デルは大丈夫？」ジャックをちらりと振りかえって、エマは唇をきゅっと結んだ。

「パーカーが電話してたけど、一日じゅう裁判でつかまらなかったの」

「あいつが先に殴ってきたんだ」ジャックは梯子を受けとり、彼女が指示した場所に運んでから、腫れた唇をとんとんとたたいた。「いてっ」

エマはくるりと目をまわして、さっと彼に口づけた。「今はあなたをかわいそうがってる暇がないのよ。でも、もし泊まっていくのなら、埋めあわせはするわ」

「ちょっと寄っただけなんだ。事態がまだ……片づいていないことを知らせて、邪魔にならないように退散するつもりで。週末はスケジュールがびっしりなのはわかってるよ」

「そのとおりよ。あなたもここでうろうろしているより、ずっと楽しいことがあるでしょう」

ジャックはまだ後ろめたくて、少しみじめで、どこか腹立たしい気持ちでいるようだった。エマはそこで、友人として、家族としての気持ちを思いだした。

「でも……ここにいてもいいわよ。あるいはカーターと一緒にいるか、わたしのところでもいいわ。そうしたかったらね。わたしは披露宴のあいだに家へ戻って、明日のための仕上げをするつもりだから」

「そのときの気分次第でどうするか決めるというのは？」

「いいわよ」エマは後ろにさがって東屋を眺めてから、ジャックの腕に腕をからめた。

「どう思う?」

「世界じゅうにこんなに白い花があるとは知らなかったよ。上品で遊び心があるね」

「そのとおり」エマは彼に向き直り、指で髪をさっと撫でて、腫れた口もとに軽くキスをした。「大ホールと舞踏室を見てこないと」

「ぼくはカーターが遊んでくれないか探しに行くよ」

「じゃあ、もしかしたらまたあとで……」

「ああ、もしかしたら」ジャックは唇の痛みをこらえて、ちゃんとしたキスをした。

「よし。じゃあ、あとで」

エマは笑いながら、急いで室内に駆けこんだ。

11

夜もふけ、冷蔵ケースを週末の残りのイベント用のブーケと装花とアレンジメントでいっぱいにしたエマは、残りを完成させるために翌朝は六時に起きなければと考えながらソファに倒れこんだ。

「明日も今日と同じことをくりかえすんだろう」ジャックが言った。「それも二回も」

「うーん」

「そして日曜日にもう一回」

「うーん。日曜の朝は最初の式の着付けの前に、たっぷり二時間は働かないと。でも日曜の残りの分は、わたしが土曜日の式二回分のことをやっているあいだに、うちのチームがやってくれるわ」

「何度か手伝ったことはあるけど、まさかここまでとは思わなかったよ……毎週こんな感じなのかい？」

「冬になると若干、余裕ができるのよ」エマはジャックに少し体を寄せて、靴を脱いだ。「四月から六月までがいちばん忙しいわね。それから九月と十月。でも基本的には、そうね、毎週こんな感じ」

「きみが仕事をしているあいだに冷蔵ケースを見せてもらったよ。絶対にふたつ目が必要だな」

「そうなの。この仕事を始めたころは、誰もここまで大きなビジネスになるとは思っていなかったのよね。ううん、そうじゃない、パーカーは別よ」そう考えて、エマはにっこりした。「パーカーはいつだって先見の明があるから。わたしは自分が好きなことで食べていけると思っただけだった」痛むつま先を少しずつほぐしてから曲げてみる。「今みたいにいくつもの仕事をこなして、予約をやりくりするようになるなんて、まったく思っていなかったわ。びっくりよ」

「もっとアシスタントを増やせばいいのに」

「かもしれない。あなたもそうでしょう」ジャックがエマの足を膝にのせて、こわばったつま先や疲れきった土踏まずをマッサージしはじめると、彼女はうっとりと目を閉じた。「あなたが今の会社を始めたときのこと、覚えているわ。最初はあなたひとりだったわよね。でも、今は部下がいる。あなたは図面を描いていないときには、現場にいたり、クライアントとミーティングをしていたりする。会社を経営するのは、お勤めとはまったく違うものよね」

エマはまぶたを開けてジャックの目を見つめた。「そして誰かを雇うたびに、それが自分自身のためにもビジネスのためにもベストで正しいことだとわかっていても、ちょっとだけ自分のものを手放したような気になってしまう」

「チップを雇うときは、まさにその理由で何度となく自問自答をくりかえしたよ。ジャニスのときも、ミシェルのときも同じだった。それが今ではサマー・インターンまで引き受けるようになっている」

「すごいわ。だけど、そういうのって年をとっていく気分よね。受け入れるのが難しいの」

「インターンの学生は二十一歳なんだ。たったの二十一だよ。彼の面接をしたときは、自分がものすごく年をとったような気になったよ。明日は何時から仕事?」

「ええと……六時からかな。六時半でもいいかも」

「じゃあ、少し眠らせてあげないといけないな」ジャックはなにげないしぐさで、エマのふくらはぎを上から下、下から上へと撫でた。「本当に週末はびっしりなんだな。もし元気があったら、月曜日に出かけよう」

「出かけるの?　どこに?」エマは宙で手を振った。「誰かが食べ物を運んできてくれて、楽しませてくれるところかしら?」

ジャックは微笑んだ。「ディナーと映画はどうだろう?」

「ディナーと映画？　ばっちりよ」

「じゃあ、ばっちり準備して月曜日に迎えに来るよ。六時半でどう？」

「いいわよ。ちょうどいい時間。ねえ、質問があるの」エマは座り直しながら、ゆったり伸びをした。「真夜中過ぎまでここで時間をつぶして、これから家に帰るの？　わたしが眠れるように？」

「長い一日だったんだ」ジャックは彼女のふくらはぎをきゅっとつかんだ。「疲れているだろう」

「そうでもないわ」エマは彼のシャツをつかみ、自分のほうに引き寄せた。


月曜日の夕方、ローレルは打ちあわせの終わったクライアントを戸口まで見送った。九月に挙式予定の新郎新婦は、さまざまなケーキのサンプルが入った容器を手にしている。でも、きっとイタリアン・クリームケーキに決めるはずだ。ローレルにはわかっていた。それに花嫁は、ロイヤル・ファンタジーのデザインが気に入っていた。花婿はモザイク・スプレンダーびいきだったけれど。

花嫁が勝つことは確実だろうが、男性が式の細部にまで興味を持ってくれるのはうれしいことだ。

そうだわ、花嫁を説得して、モザイク風のデザインの花婿ケーキをつくって、ウェディングケーキを補うようにしてみよう。

そうすれば、みんなが納得できる。

「お気持ちが決まったらお知らせください。それに、決めたあとでの変更も自由です。まだ時間はたっぷりありますからね」ローレルはデルが歩道を歩いてくるのを見ても、さりげない笑みを浮かべたままでさわやかに言った。

ぴったりした仕立てのスーツに、かちっとしたブリーフケース、形のいい靴を履いたデルは、いかにも凄腕《すごうで》の弁護士に見える。

「パーカーならオフィスよ。今は手が空いてるはず」

「わかった」デルは入ってきてドアを閉めた。「おい」階段をあがりかけたローレルに声をかける。「ぼくと口をきかないつもりなのか?」

彼女はちらりと振りかえった。「今、話したでしょう」

「ちょっとだけだ。ここで腹を立てていいのはぼくのほうだろう。きみがぷんぷんすることはなにもないじゃないか」

「わたしがぷんぷんしてる?」ローレルは足をとめて、デルが階段をあがってくるのを待った。

「友人や家族に嘘をつかれるとは思わなかったよ。いや、省略による嘘か。しかもそれが――」

ローレルは彼の肩に指を一本突きつけてから、その指を垂直に立てた。「第一に、わたしはあなたが知らないことを知らなかった。パーカーもマックもカーターも同じよ。エマもそう。だから、その問題はあなたとジャックのあいだのこと。第二に」デルが口をはさみそうになったので、もう一度つつく。「あなたの言うとおりよ」

「ちょっと待ってくれ……ぼくの言うとおりっていうのは？」

「だから、あなたの立場だったら、わたしも傷ついて腹を立てただろうってこと。ジャックはエマとつきあっていることを、あなたに話すべきだったわ」

「わかった。ありがとう――いや、すまない。どちらでも、きみのいいほうを受けとってくれ」

「ただし」

「くそっ、なんだよ？」

「ただし」ローレルはくりかえした。「どうして親友が話してくれなかったのか、自分の胸に訊いてみたほうがいいわよ。それからこのあいだの晩、自分がどんな態度だったか振りかえってみて。ただの石頭がふてくされているようにしか見えなかったわ」

「おい、ちょっと待ってくれ」

「わたしにはそう見えたってこと。ジャックがあなたに話していなかったのはどうかと思うけど、あなたは彼に対してディレイニー・ブラウンらしさ丸出しだった」

「今のはどういう意味だ？」

「わからないのなら、話してもしょうがないわ」

歩きだそうとするローレルの手をデルがつかんだ。「それは責任逃れだ」

「わかったわよ。ディレイニー・ブラウンは認めない。ディレイニー・ブラウンは誰よりもよくわかっている。ディレイニー・ブラウンは人を操り、自分が望むとおりに人を動かす——その人のためになるように」

「ずいぶんな言いようじゃないか、ローレル」

彼女はため息をついて、口調をやわらげた。「いいえ。そうでもないわ。だって、あなたはそうなんだから。あなたは友人や家族にとってなにが最善か考えていて、いつだって自分が誰よりもわかっていると自信を持ってるんだもの」

「そこに突っ立ったまま、エマとジャックがつきあうことがふたりにとってベストなんだとぼくに言うつもりかい？」

「わからないわ」ローレルはお手上げというようにてのひらを上に向けた。「だってそうでしょう。わかっているのは、今のところ、ふたりが楽しんでるってことだけ」

「それだけでも妙な気分にならないか？　別世界に足を踏みこんでしまったような気がしないか？」

ローレルは笑うしかなかった。「大げさね。たしかにちょっとは――」

「まるで――そうだな、たとえばぼくが急にきみを口説きだしたらどうする？　今決めたんだ、ぼくはローレルとセックスしようと思うんだ、と言いだしたら？　それと同じようなものじゃないか？」

ローレルの表情がこわばり、笑い声が消えた。「あなたって大ばかね」

「なんだ？　なんだよ？」階段を駆けあがっていくローレルに問いかける。「だって別世界みたいじゃないか」デルはぶつぶつ言いながら、残りの階段をのぼって妹のオフィスへ向かった。

パーカーはデルが予想していたとおり、コンピュータに向かってヘッドセットで話をしていた。「そうそう、そのとおりよ。やっぱりあなたに頼んでよかった。必要なのは二百五十個なの。ここに、わたしのところに届けてくれたら、わたしが持っていくわ。ありがとう。本当に助かるわ。じゃあね」

彼女はヘッドセットを外した。「たった今、ゴムのアヒルを二百五十個注文したところ」

「どうして？」

「クライアントが結婚式の日にプールで泳がせたいんですって」椅子にもたれかかってボトルの水を飲み、兄に同情するような目を向ける。「調子はどう？」

「いいこともあれば、悪いこともある。たった今ローレルが、ぼくに話さなかったジャックはばかだと同意してくれたよ。だけど、それはぼくのせいだってさ。ぼくがデイレイニー・ブラウンだからだそうだ。ぼくは人を操っているのかな？」

パーカーはしげしげと兄の顔を眺めた。「それって、引っかけの質問？」

「くそっ」デルはブリーフケースをデスクの上にどんとおろすと、コーヒーメーカーに近づいた。

「わかった、まじめな質問ね。答えはイエスよ。あなたはそう。わたしもそう。わたしたちは問題を解決するのが仕事だし、解決策や答えを見つけるのが得意なの。そして解決するときには、関係する人たちが答えに向かっていくように動かそうとする」

デルは妹を振りかえり、顔をじっと見た。「ぼくはおまえのことも操っているのかな、パークス？」

「デル、お母さんとお父さんが亡くなったあと、あなたがこの地所をどうしたいか考えて、ある程度画策してくれなかったら、わたしは今日ここで二百五十個のゴムのアヒルを注文したりしていなかったわよ。この仕事自体、始めていなかったでしょうね。わたしたちの誰も」

「ぼくが言っているのはそういうことじゃないんだ」

「わたしがやりたがっていないことだったら、あなただって無理に押しつけたりはしなかったんじゃない？　それともあなたがやりたかったから、あと押ししたの？　違うわよね。ねえ、ジャックとエマのことをあんな形で知ることになったのは気の毒だと思う。でもわたしたちの誰も、あんなふうになるとは思っていなかった。ジャックとエマだって、思っていなかったのよ」

「まだ慣れないんだよ」デルは座ってコーヒーを飲んだ。「それに、ぼくが慣れたころには終わっているだろう」

「兄さんはロマンティックなほうだと思っていたけど」

デルは肩をすくめた。「ジャックは女に本気になったことがないんだ。誰彼かまわずというタイプでもないが、長続きはしない。エマを傷つけるつもりはないと思うよ。そんなやつじゃない。だが……」

「友達ふたりのことを、もっと信じてあげたらいいんじゃないかしら」パーカーは座り直して、椅子を左右に回転させた。「人が結びつくのは理由あってのことだと、わたしは思っているの。そう思わなければ今の仕事をやってられないわ。一度結ばれた関係がうまくいくときもあれば、いかないときもある。でも必ず理由はあるのよ」

「つまり、うるさいことを言うのをやめて、友人として黙って見守っていろ、ということか」

「そうよ」パーカーは兄に微笑みかけた。「それがわたしの答え、解決策よ。あなたを向かわせようとしている方向。どうかしら?」

「なかなかだね。ちょっとエマのところに寄って、彼女の顔を見てこようかな」

「そうしたほうがいいわ」

「その前にこの書類を片づけよう」デルはブリーフケースを開いた。

二十分後、デルはこぶしでエマのドアをたたいてから押し開けた。「エマ?」

音楽が聞こえる。仕事用の――ハープとフルートの音楽のようだったので、そのまま作業エリアまで歩いていった。彼女はカウンターに座り、白いバスケットに小さなピンクの薔薇のつぼみを並べているところだった。

「エマ」

彼女がはっとして振りかえった。「びっくりするじゃない。全然聞こえなかったわ」

「こっそり入ってきたからだよ」

「今週のベビー・シャワー用のアレンジメントをつくりはじめたところなの」エマは立ちあがった。「デル、わたしのこと、どのくらい怒ってる?」

「ゼロだよ。ゼロ以下だ」怒っていると思われていたことが情けなかった。「ジャックに対しては十点のうち七点分くらい怒ってるけど、だいぶおさまってきた」

「ジャックがわたしと寝ているということは、わたしもジャックと寝ているということなのよ」

「そこのところ、別の言い方をしてもらったほうがいいな。きみとジャックは一緒に小説を書いているとか、実験をしているとか」

「わたしたちが一緒に実験をしているから怒ってるの？　それとも、わたしたちがあなたに言わなかったから？」

「言わなかったのはやつだ。どちらにしても、理由はひとつではないんだよ。実験については折りあいをつけようとしているところだが、やつがその前の段階でぼくにいっさい話してくれなかったことは腹が立つ。つまり、きみと……」

「試験管を並べはじめたり？　シャーレにラベルをつけたりしたこと？」

デルは顔をしかめて、ポケットに手を突っこんだ。「実験のたとえもよくなかったな。とにかく、きみには元気で幸せでいてほしいんだ」

「元気よ。それに幸せ。あなたたちふたりが殴りあったと聞いてもね。かえってそれで幸せになったかもしれないわ。男性が自分のために殴りあってくれるなんて、いつだってうれしいもの」

「衝動的にやってしまったんだよ」

エマはデルに歩み寄り、手を伸ばして彼の顔をはさむと、軽く唇に口づけた。「もう二度としないでね。わたしの大好きな顔がふたつもかかわっているんだもの。裏のパティオに座って、レモネードを飲みましょう。友情を深めあうのよ」

「わかった」

エマとデルがパティオで友情を深めているあいだに、ジャックのほうはマックのスタジオで座って増築プランを披露していた。

「設計はメールで送ったものと同じだが、もう少し詳しく書いてあるのと、きみの希望に合わせて二箇所変更してある」

「見て、カーター！　あなたの部屋があるわ」

カーターはマックの明るい髪の上で指を躍らせた。「きみと同じ部屋がよかったけどな」

彼女は声をあげて笑いながら、設計図の上に身を乗りだした。「この更衣室を見て。クライアント用の更衣室よ。まあ、パティオのスペースもあるのね。ビールはいかが、ジャック？」

「いや、やめておくよ。アルコール以外でなにかある？」

「ええ。ダイエットコークは？」

「勘弁してくれ。水をもらおう」

マックがキッチンへ行っているあいだに、ジャックはカーターに詳細を説明した。

「ここにはつくりつけの棚を入れるから、本でもなんでも大量に収納できるよ。ファイルとか、事務用品とか」

「これは？　暖炉？」

「マックが希望した変更点だ。博士号を持っている人間はみんな、書斎に暖炉を持つべきだと言うんだよ。小型のガス式の薪《まき》ストーブだ。装飾だけじゃなくて、予備の暖房になる」

水のボトルとビール二本を手に戻ってきたマックを、カーターはちらりと振りかえった。「ぼくのために暖炉を頼んでくれたんだね」

「そうよ。これは愛よね」マックは軽くキスをしてから、三本脚の猫のトライアッドを抱きあげた。

そうだろうな。マックの膝で猫が丸くなるのを眺めつつ、ジャックは思った。詳細を詰め、材料を選びながら、誰かとこんなふうに絆《きずな》を結び、それを確かめるのはどんな感じがするのだろうと考える。

彼らは当然のことながら、この人だと思っているはずだ。この人と家庭を築き、未来をともにし、子供をもうけよう。一緒に猫を飼おう、と。

どうしてわかるんだ？　いや、どうしてそれだけの賭けをするに足る相手だと信じられるんだ？

ジャックにとっては人生の大いなる謎のひとつだった。

「いつから始められる?」マックが尋ねた。

「明日、建築許可の申請を出す。希望の請負業者はある?」

「そうね……最初の改築をしてもらったところがよかったけど、またお願いできるかしら?」

「ああ、あのときの。明日連絡をとって、見積もりを出すように言ってみるよ」

「頼りにしてるわ、ジャック」マックは親しげに彼の腕をたたいた。「夕食を一緒にどう? パスタをつくるところなの。電話して、エマを誘ってもいいし」

「ありがとう。でも、ぼくたちは出かけるんだ」

「あらあら」

「やめてくれ」彼は首を振って笑った。

「友達同士が仲よくしているのを見たら、なんだかかわいくて仕方がないんだもの」

「ディナーに行って、映画を見る予定なんだよ」

「あらあら」

ジャックはまた笑った。「退散するよ。カーター、またポーカー・ナイトで会おう。覚悟しといてくれよ」

「今から金を払っておくよ。時間の節約になる」

「それもいいが、テーブルで身ぐるみはいでいくほうが満足感があるからな。今の申し出分は必ずいただこう」ドアに向かいながら言い添えた。「図面の写しは持っていてくれ」

マックが「あら」と言ったのが聞こえた次の瞬間、ジャックはデルを見つけた。

ふたりは一メートル半ほど距離を置いたまま足をとめた。

「待って！」マックが呼びかけてきた。「殴りあうのなら、カメラをとってくるわ」

「彼女のことは黙らせるから」カーターが請けあった。

「ねえ、待って！　本気で言ってるのよ」マックはしつこく叫んだが、カーターに引きずられてなかに引っこんだ。

ジャックは両手をポケットに突っこんだ。「こんなの、ばかげてる」

「そうかもな。たしかに」

「なあ、殴りあって言いたいことは言った。ビールも飲んだ。ルールからすると、それで片がついたことになるんじゃないのか？」

「スポーツ大会に参加したわけじゃない」

ジャックは肩に張りつめていたものがほぐれるのを感じた。このほうがデルらしい。

「明日、話さないか？　今夜はデートなんだ」

「女より男友達じゃなかったのか？」

ジャックの顔にうれしそうな笑みが広がった。「エマはただの女じゃないだろう？」

デルは開けかけた口を閉じて、髪に手をやった。「それだけややこしいことになっているんだよ。ぼくはおまえとデートする相手をエマとして認識できないから、ただの女と呼んでしまうんだ。このぼくがだぞ」

「ああ、それはわかるよ。でなければ、もう一度顔を殴ってやるところだ。そういえば明日の晩、ヤンキースのホームゲームがあるんだが」

「おまえが運転だな」

「いや、カルロスに頼もう。その分の費用はぼくが持つ。チップとビールの分を頼むよ。ホットドッグ代は割り勘だ」

「わかった」デルは一瞬考えこんだ。「エマのためなら、ぼくの顔を殴るんだな？」

「もう殴った」

「あれは彼女のためじゃなかった」

やられたな、とジャックは思った。「どうかな」

「いい答えだ。じゃあ、明日」

〈ビストロ・フェア〉でのディナーとアクション映画のデートが楽しかったので、ふたりは次の月曜の夜も出かけることにした。それまではどちらも忙しくて時間がとれなかったが、電話でセクシーな会話を楽しんだり、ふざけたメールを送りあったりして過ごした。

エマは今のふたりの関係がセックスによるものなのか友情によるものなのかわからなかったが、両方のほどよいバランスをとろうとしているように感じていた。

デートの支度をほぼ終えたころにパーカーがやってきて、階段の下から声をかけてきた。

「今、行くわ。ご希望の花は裏の花瓶に入ってるから。どうして結婚式の記念品選びをあなたが見に行くのかわからないけど」

「花嫁の母親から、全部に目を通してほしいと頼まれたのよ。だから立ち寄って目を通すの。そんなに時間はかからないと思うわ」

「わたしが代わりに行ってあげられればよかったんだけど、最後の打ちあわせに時間をとられてしまって」エマは大急ぎで階下におりていくと、ファッション・ショーのモデルのようにくるりとまわってみせた。「どうかしら？」

「すてきよ。それ以上は望めないわね」

エマは声をあげて笑った。「髪をアップにしたのが効いてるでしょう？　ちょっとほつれた感じで、今にもはらりと落ちてきそうなところ」

「そうね。ドレスもいいわ。その深みのある赤、よく似合ってるわよ。ついでに言わせてもらうと、ワークアウトの効果が出てきているわね」

「そうなの、それがうれしくない点かも。だって、続けなきゃいけなくなるじゃない。ショールとセーター、どちらがいいかしら？」エマはそれぞれの手に持ったものを掲げて訊いた。

「どこに行くの？」

「個展のオープニングよ。地元の画家ですって。モダンアートの」

「ショールのほうがアートっぽいかな。それに、あなたは策士ね」

「そう？」

「たいていの人は黒で行くから、赤は目立つわ。みんな感心するでしょうね」

「せっかくおしゃれするんだもの、目立ったほうがいいじゃない。靴はどう？」

パーカーは、セクシーなアンクルストラップのついたオープントウのハイヒールを見つめた。「すてき。Y染色体の持ち主は、誰も絵なんか見ないわね」

「わたしが思い描いてるY染色体の持ち主はひとりだけなんだけど」

「幸せそうね、エマ」

「だって幸せだもの、そうに見えて当然よ。笑わせてくれて、ぞくぞくさせてくれて、話を聞いてくれて、フィルターをかけずにありのままのわたしを見てくれる、すてきな男性とつきあっているんだから。そして、わたしも彼のありのままの姿を見ているのよ。彼は楽しくて、おもしろくて、賢くて、仕事が好きで、友達を大事にしていて、スポーツに夢中。それと……まあ、どれもこれも、わたしたちみたいに十年以上前からの知りあいだったら、知っていて当然のことばかりだけどね」

エマは作業エリアに入っていった。「よく知っていたら、発見やときめきが奪われてしまうと考える人もいるでしょうけど、そんなことはないのよ。いつだってなにかしら新しい発見があるし、本当に理解しあっている安心感もある。わたしは彼のそばにいると、くつろげると同時にときめくこともできるの。ピンクのチューリップとミニアイリスを合わせてみたのよ。明るくて、女らしくて、春らしいでしょう」

「そうね、完璧」パーカーは、エマが花瓶から花をとりだし白いリボンをかけるのを見ていた。

「もっとたっぷりにしたかったら、トルコ桔梗を加えるけど」

「ううん、それでいいわ。ぴったりよ。エマ」花束を光沢のある透明な紙でくるんでいるエマに、パーカーは問いかけた。「あなたが彼を愛していること、ふたりともわかっているの？」

「えっ？　いやだわ。わたしはそんなこと……もちろんジャックのことは大好きよ。みんなそうでしょう」

「でもわたしたちみんなが、彼と夜を過ごすために赤いドレスを着てセクシーな靴を履いたりするわけじゃないわ」

「それはただ……デートだからよ」

「それだけではないでしょう。あなたはジャックとつきあっている、ジャックと寝ている。そういうことなんだと今まで思ってたわ。だけど今のあなたの話を聞いて、表情を見て、わかったのよ。あなたは彼を愛してるって」

「どうしてそんなことを言うの？」エマは顔をしかめた。「そういうことを言われると頭が混乱するし、なにもかもが厄介で面倒になってしまうじゃない」

パーカーは片眉をあげて首をかしげた。「いつから人を愛することが厄介で面倒なことになったの？」

「ジャックとつきあうようになってからよ。わたしは今の状態でいいの。いいなんてものじゃないわ。とてもすてきな男性と、どきどきするような関係なんだもの。それ以上のことなんて望んでいない。だって、ジャックらしくないもの。彼は今から五年後のことなんて考えないタイプよ。ううん、今から五週間後のことだって。今だけを大切にする人なの」

「ねえ、おかしいじゃない。あなたとデル、誰よりもジャックと親しいふたりが、なぜそんなに彼のことを信じられないわけ？」

「そういうことじゃないの。この分野についてだけは、ジャックは……永遠を求めない人だってこと」

「あなたはどうなの？」

「わたしも今を楽しむわ」エマは自分に言い聞かせるようにうなずいた。「彼に真剣になったりしない。だって、そうなったらふたりの関係がどうなるかわかっているもの。彼のこと、ふたりのことで夢を見はじめて、相手に期待しはじめたら……」

声が小さくなっていく。エマはおなかに手を押しあてた。「パーカー、自分が本気ではないときに相手に本気になられたらどんな気持ちになるか、わたしにはよくわかっているの。そうなったら、本気ではないほうも、本気になっているほうも、どちらも同じくらいつらいのよ」彼女は首を振った。「だからそういうことにはならない。わたしたちは少し前につきあいはじめたばかりだし、これからも本気にはならないわ」

「わかった」パーカーはなだめるようにエマの肩をさすった。「あなたが幸せなら、わたしも幸せなの」

「わたしは幸せよ」

「そろそろ行かないと。お花、どうもありがとう」

「どういたしまして」

「じゃあ、また明日ね。シーマン家の結婚式の打ちあわせの続きよ」

「手帳に書いてあるわ。先方は庭の装飾をどうするか、実際に見て考えたいと言っているのよね。壺をいくつか、ニッコウブルーという種類の紫陽花で飾りつけてみるつもり。温室でどうにか咲かせることに成功したの。みずみずしくて、きっといいアクセントになると思う。ほかにもいくつか案を考えているのよ」エマはそう話しながら、パーカーを玄関まで送った。

「あなたはいつだってそうよね。今夜、楽しんできて」

「ええ、ありがとう」

エマはドアを閉めてから、くるりと振りかえってそこに背中を預けた。

自分をごまかすことができるんだもの、ジャックをだますことだってできる。でも、パーカーまでは無理だ。

そう、わたしはジャックを愛している。もうずっと前からそうだったのに、肉体的に引かれているだけだと自分に思いこませてきたのだ。これだけでも面倒なのに、そのうえ愛しているなんて。絶望的だ。

自分が愛になにを望むかはよくわかっている。心の底まで染み渡り、全身に花を咲かせてくれる愛情。永遠の愛が欲しい。

来る日も来る日も、昼も夜も、今年も来年もその次も、ずっと続いていく愛。家庭を築き、家族を育《はぐく》み、けんかをして支えあい、愛しあう。すべてが欲しい。

パートナー、恋人、自分の子供たちの父親になる男性に対してなにを求めているかは、ずっと以前からわかっている。

でも、それがどうしてジャックでなければならないの？

ようやく、長いあいだ待ちこがれていた思いを抱けるようになったというのに、なぜそれが昔からよく知っている人でなくてはならないの？　知りすぎているから、彼が自分ひとりの居場所や方向性を大事にする人だということや、結婚をギャンブルだと考えていることがわかってしまうのだ。

彼のそういうところをすべて承知していたのに、それでも愛してしまった。

もしジャックがわたしの気持ちを知ったら、どうするだろう……ぎょっとするだろうか？　ううん、それは言いすぎだ。心配する？　でも、そのほうがいや。彼はやさしい人だから、さりげなく終わりにしようとするだろう。

そんなの悲しすぎる。

彼に知らせる必要はない。わたしが問題視しなければすむことよ。

だから、なにも問題はない。エマはそう思うことにした。

花と同様に、男性の扱いには自信がある。今までどおりつきあって、喜びよりも苦しさが勝るようなことになったら、わたしのほうから終わらせればいい。

そうすれば乗り越えられるはずだ。

エマはドアから離れて、水を飲みにキッチンへ入っていった。喉が乾いてひりひりする。

　きっと乗り越えられる。そう自分に言い聞かせた。今から先のことを気にしたって、なんにもならないじゃない？

　あるいは……ジャックがわたしを愛するように仕向けることはできないかしら？　男性が本気になるのを避ける方法や、恋に落ちかけた男性の気をそらす方法なら知っている。だったら、愛するように仕向けることだってできるのでは？

「待って、どうかしてるわよ」

　エマは息をついて水を飲んだ。

「もしできたとして、それは本物の愛なの？　ああ、考えることが多すぎるわ。今夜は個展のオープニングに出かけるの。それだけ、それだけよ」

　ドアをノックする音にエマはほっとした。これで考えごとをやめられる。あれこれ悩むのをおしまいにできる。

　ジャックと出かけるんだもの。楽しまなくちゃ。

　たとえ次になにが起ころうとも。

12

満ち足りた思いは、心配を遠くへと蹴散らしてくれる。エマはドアを開けてジャックのまなざしを受けとめたとたん、これこそが求めていたものだと思った。

「沈黙の瞬間が必要だな」彼は言った。「感謝の気持ちを表明するのに」

エマはゆったりとなまめかしく微笑んだ。「それなら、どういたしまして、と言わせてもらうわ。なかに入る?」

ジャックはふたりのあいだの距離を詰めて、指でエマの肌を肩から腕までなぞった。煙るような瞳は、彼女の瞳をじっと見据えたままだ。「なかに入って、個展のことは忘れてしまおうかと一瞬思った」

「あら、だめよ」エマはジャックを押して外に出た。彼にショールを手渡すと、背中を向けて肩にかけてもらう。「風変わりな絵と、まずいワインと、べたべたしたカナッペがあるって約束してくれたじゃない」

「今、家に入ったって」ジャックが身をかがめて彼女の首筋に顔を寄せた。「ぼくがエロティックな絵を描いて、おいしいワインを飲んで、ピザをとることならできる」

「究極の選択だけど」エマは車に向かって歩きながら言った。「今は個展に行って、エロティックな絵はあとという手もあるわ」

「どうしてもと言うのなら」ジャックは車のそばで足をとめると、彼女を抱き寄せてたっぷりとキスをした。「とてもすてきだ。びっくりするくらいに」

「それが目的だったの」エマは彼がレザージャケットの下に着ている濃灰色のセーターを撫でた。「あなたもすてきよ、ジャック」

「ふたりともこんなにすてきなんだから、見せびらかしに行ったほうがいいな」ジャックは運転席に座り、エマに穏やかに微笑みかけた。「週末はどうだった?」

「予告どおり忙しかったわ。でも、うまくいったのよ。パーカーが土曜日のクライアントを説得して、テントを借りたおかげ。雨が降っても濡れずにすんだの。それにね、いつもより余分にキャンドルをかき集めて、わたしの特別なとき用のお花も飾っておいたから、雨がぽつぽつとテントに打ちつけているあいだも、やわらかな光と香りに包まれていたのよ。とてもすてきだった」

「そんなふうにうまくいくとはね。ぼくは土曜の午後、新しい現場に出ていたが、だめだったよ。しっかり濡れた」

「春の雨って好きよ。音とか匂いとか。花嫁がみんな同じように感じているわけではないけれど、土曜日の花嫁には幸せを実感してもらえるようにがんばったの。ポーカー・ナイトはどうだった？」

ジャックは、ヘッドライトが闇を切り裂いて照らしだした路面をじっと見つめた。

「それについては話したくない」

エマは声をあげて笑った。「カーターにやられたって聞いたわ」

「あいつは〝ぼくはこういうの得意じゃないから〟というような、いかにも実直そうな顔でぼくたちをだましたんだよ。とんだいかさま師だ」

「ふうん、カーターがいかさま師ねえ」

「きみはあいつとポーカーをやったことがないんだろう。本当の話なんだよ」

「手ひどく負けたみたいね」

「最悪さ」

エマはシートにもたれかかり、おもしろがるように言った。「ねえ、今夜のアーティストについて聞かせて」

「ああ……そうだな、話しておいたほうがいいだろう」ジャックは一瞬黙りこみ、ハンドルを指でこつこつとたたいた。「クライアントの友人でね。そのことは話したと思うが」

「聞いたわ」エマは作品そのものについての話を聞きたかったのだが、彼はその気がなさそうな口ぶりだ。「あなたのお友達でもあるのよね？」

「まあね。二回くらいデートしたことがある。二、三回。いや、もう少しかな」

「ああ、そういうこと」がぜん興味がわいたが、エマはわざとなんでもなさそうな声を出した。「元カノってわけね」

「そうじゃないんだ。ぼくたちは……数週間つきあった程度だし、一年以上前のことだよ。いや、二年近くになるか。一時的なもので、すぐに終わったんだ」

ジャックがそわそわしだしたのが、エマにはおもしろくもあり、うれしくもあった。

「もしそれを聞いてわたしがやきもちを焼くんじゃないかと心配しているのなら、それには及ばないわよ。あなたがいろんな女性と寝たことがあるだろうということくらいは、前から疑っていたし」

「それはそのとおりだよ。ケリー――最後に〝e〟がつくケリーなんだ――もそのひとりだ。おもしろい女でね」

「そして芸術的でもある」

彼の口もとが引きつったのを見て、エマは興味をそそられた。「自分で判断してくれ」

「じゃあ、どうしてそれっきりになってしまったの？　こんな質問、するだけ野暮かしら？」

「ぼくにとっては少しばかり重くなりすぎたんだ。彼女はのめりこみやすいタイプで、要求が多かった」

「かまってほしがるタイプってこと?」エマはクールな感じを出して尋ねた。

「〝かまう〟にも程度があるからね。とにかく、終わりになったんだ」

「でも、友達としては続いていたのね」

「そういうわけでもない。ただ、二ヶ月ほど前にばったり出くわしてね、そのときは悪い感じではなかった。それで彼女が個展のことを知らせてきたから、行ってもいいかなと思って。とくに今は、きみがぼくを守ってくれているから」

「しょっちゅう女性から守ってあげなくてはいけないの?」

「いつもだよ」ジャックの答えに、エマはまたおもしろがった。

「心配しないで」ギアレバーをつかんだ彼の手を軽くたたく。「わたしがついてるわ」

車をとめて歩きだすと、ひんやりとした春の風が吹いてきて、エマのショールの端をはためかせた。通り沿いの店はすでに閉まっていたが、彼女はウィンドウをのぞいて楽しんだ。ビストロはまだ開いていて、活気にあふれていた。数人の客は寒さをものともせず、キャンドルの火が揺れる外のテーブルで食事をしている。

薔薇とレッドソースの香りがした。

「あなたにしてあげていないことがあったわ」エマは口を開いた。

「リストならあるけど、興味深い項目についてはずいぶん実行に移してきたと思ったんだがな」

彼女は肘でジャックをつついた。「料理よ。時間があるときは、わたしもちゃんと料理をするの。ファヒータ（細長く切った牛肉または鶏肉を焼いてマリネにしたもの）であなたを誘惑しないと」

「いつでも、どこでもどうぞ」ジャックはギャラリーの前で足をとめた。「さあ、着いた。本当に料理よりこっちがいいんだね？」

「アートよ」エマはそう言って、颯爽《さっそう》となかに入っていった。

ううん、これはアートじゃない。彼女は入ったとたんに思った。まわりに立って熱心に見入っている人たち以外で最初に目についたのは、真っ白なキャンバスの真ん中に幅の広いぼんやりとした黒い線が一本引いてある絵だった。

「これはタイヤの跡？　白い道にタイヤの跡が一本ついてるのかしら？　それとも境界線……みたいなもの？」

「白いキャンバスに黒い線が引いてあるんだよ。飲み物をもらってこよう」ジャックが言った。

「うーん」

彼が飲み物を探しに行っているあいだ、エマはぶらぶらと絵を見てまわった。二箇所だけ外れたところのある黒いねじれた鎖の絵には、『自由』というタイトルがついている。別のキャンバスには、黒い点のようなものがくっついていて、よく見ると小文字が散らしてある。

「すばらしいじゃないか」黒縁の眼鏡に黒いタートルネックの男が、エマのそばにやってきた。「感情、混沌《こんとん》」

「ええ」

「激しさと混乱へのミニマリズム的なアプローチ。見事なものだ。これなら何時間でも見ていられるよ。見るたびに違うものが見えてくる」

「文字をどう並べるかによって違ってくるということでしょう」

男性が彼女を見てにっこりした。「そのとおり！　わたしはジャスパーだ」

「エマです」

「『誕生』を見たことは？」

「いえ」

「あれが彼女の最高傑作だよ。あそこにある。ぜひあなたの感想をうかがいたい」

彼は試すようにエマの肘に触れてきた。「ワインを持ってこようか？」

「いえ……もう持ってきてもらいましたから」ちょうどジャックが現れてグラスを渡してくれた。「ジャック、こちらはジャスパー。感心して見ていたところなのよ」エマはタイトルを見てつけ加えた。「『バベル』を」

「言語の混乱か」ジャックは言って、自分のものだと言わんばかりにさりげなく彼女の肩に手をのせた。

「ああ、そうだ。では、失礼」

「夢が破れたようだな」ジャスパーがすごすごと立ち去ったのを見て、ジャックは言った。まずいワインを飲みながら、キャンバスを眺める。「これって、あれみたいだな。ほら、冷蔵庫につけるマグネットのセット」

「もう、いやだわ。なにか特別なものに見えたのかと思ったら」

「でなければ、誰かが落っことしたスクラブルの駒《こま》」

「やめてったら」エマはふうっと息を吸いこんで、笑いをこらえようとした。「ジャスパーは、ミニマリズム的な混沌を表現していて見事だと言っていたわよ」

「そりゃあ、ジャスパーはそう言うだろうさ。どうだい、そろそろ――」

「ジャック！」

エマが振りかえると、百八十センチはありそうな赤毛の女性が腕を広げ、人込みをかき分けて駆け寄ってくるところだった。長い脚とほっそりした体を引き立てる、ぴったりとした黒いドレス姿で、深く開いた襟ぐりから豊かな胸がこぼれ落ちそうだ。腕にはじゃらじゃらと銀のバングルを十数本つけていた。

女性はエマをなぎ倒しそうになりながらジャックに飛びつき、おぞましいほど真っ赤な唇を彼の口に押しつけた。

　エマはジャックのワイングラスが引っくりかえる前に押さえるのが精いっぱいだった。

「来てくれると思っていたわ」低く、すすり泣くような声だった。「わたしがどんなにうれしいか、あなたにはわからないでしょうね」

「ああ」

「ここにいる人のほとんどは、わたしのことを知らない人ばかりなの。深くつきあったことのない人ばかり」

　やれやれ、まったく。「そうか。ちょっといいかな……」ジャックは彼女を振りほどこうとしたが、彼女はしっかりと首に腕をまわしたまま離れようとしない。「顔を出して、お祝いを言おうと思ったんだよ。紹介しよう……ちょっと、ケリー、息ができないじゃないか」

「会いたかったのよ。今夜はとても意味のある晩だけど、それ以上の意味を持つようになったわ」わざとらしく目に涙を浮かべ、唇を震わせている。「今夜どんなにストレスを感じても、どんなに大変でも、切り抜けられそうよ。だって、あなたが来てくれたんだもの。ああ、ジャック、ジャック、そばにいてちょうだい。すぐそばに」

　これ以上くっつくには合体するしかないだろう、とジャックは思った。「ケリー、こちらはエマリン」仕方なく、ケリーの手首をぎゅっとつかんで首から外した。「エマ……」

「お目にかかれて光栄です」エマは明るく手を差しだした。「あなたは――」

ケリーは刺されでもしたかのようによろよろと後ろにさがり、それからジャックに向き直った。「あなたって人はよくも！　どうしてそんなことができるの？　彼女をここに連れてくるなんて？　顔なんて見たくもないのに。人でなし！」あっけにとられている客たちを押しのけるようにして、彼女は走り去ってしまった。

「さてと、楽しかったな。帰ろうか」ジャックはエマの手をつかんでドアのほうへ促した。「間違いだったよ。大きな間違いだ」外に出て、新鮮な空気を吸いながら言う。「彼女の舌が扁桃腺《へんとうせん》に突き刺さるかと思った。きみは守ってくれないし」

「期待を裏切ってしまってごめんなさい」

彼は目を凝らし、エマを引っぱって歩道を歩いていく。「おもしろがっていたんだろう」

「わたしはいやな女で、薄情なのよ。申し訳ないけれど」彼女はそこで立ちどまり、どっと笑いだした。「もう、ジャックったら！　あなた、なにを考えていたの？」

「女の舌で扁桃腺を突き刺されそうになったんだぞ、思考なんか停止してる。それに彼女は別の手も使ってきて……思わず声に出して叫ぶところだったよ」髪をかきむしりながら、楽しそうなエマの顔を眺める。「ぼくたちは長く友人でいすぎたんだな。危険なことだ」

「友情の証《あかし》として飲み物をおごるわ。受けとって」彼女はジャックの手をとった。

「彼女がのめりこみやすいタイプという話、大げさに言っているのだとばかり思っていたわ。あなたのほうが、いわゆる普通の束縛を嫌うタイプだからそう感じるんだろうって。でも、彼女を表現するのに〝のめりこみやすい〟はおとなしすぎるわね。それに彼女のアートは変よ。あの人、ジャスパーとくっつくべきだわ。ジャスパーなら、彼女のよさをわかってくれるはず」

「飲みに行くなら、街の反対側へ行こう」ジャックは提案した。「また彼女に出くわす危険は冒したくない」彼はエマのために車のドアを開けてやった。「きみはさっきの出来事にまったく動じていないんだね」

「ええ。わたしはよほどのことがないと動揺しないのよ。もしあの人に少しでも誠実そうなところがあれば、気の毒に思ったでしょうけれど。あのアートと同じくらい嘘っぽいんですもの。それにとにかく、変よね」

ジャックは運転席側にまわりながら考えていた。「どうしてわかる？　彼女が嘘っぽいって？」

「なにもかもが芝居がかっていて、その中心に彼女がいるのよ。あなたに対してなんらかの気持ちはあるんでしょうけど、それ以上に自分が大事なのね。それに彼女、あなたに飛びつく前にわたしを見たわ。あなたがわたしを連れてきたことを知っていて、ああいう芝居を仕掛けてきたんだと思う」

「わざわざ恥ずかしい目にあったというのか？　なんだってそんなことを？」

「彼女は全然恥ずかしいと思っていないし、むしろ生き生きしていたわよ」エマは首をかしげ、困惑したようなジャックの瞳を見つめた。「男の人って、そういうことがちっともわからないのね。おもしろいわ。ジャック、彼女は自分でつくりだしたロマンティックな悲劇の主人公になりきっていて、その瞬間瞬間を楽しんでいたのよ。あのばか騒ぎのせいで、彼女の言うアートとやらの売れ行きも伸びたはずだわ」

ジャックが黙りこくって運転するのを見て、エマは顔をしかめた。「今の話、あなたの自尊心をたたきのめしてしまったかしら」

「表面が傷ついたくらいかな。彼女に誤解を抱かせるようなことや、あんな見世物になるようなことはしていないのに、と考えていたんだよ」彼は肩をすくめた。「まあ、かすり傷ってところだ」

「すぐによくなるわよ。それで……ほかにもわたしに会ってほしい元カノがいるの？」

「まさか」ジャックがちらりとエマを見た。街灯の光を受けて、彼の髪が金色や銅色に輝いて見える。「でも、これだけは言っておくよ。ぼくがつきあった女性たちのほとんどはまともだった」
「それはよかったわ」

ふたりはこぢんまりしたビストロを選んで、アルフレードソースのパスタを分けあった。エマはぼくをくつろがせてくれる。ジャックは不思議な気がした。もともと自分は、いつもかなりリラックスしているほうだと思っていた。ところが彼女と一緒に過ごして、思いついたことを話しているだけで、頭の隅に引っかかっていた悩みや心配ごとが消えていくことに気づいたのだ。

もっと不思議なのは、ひとりの女性と一緒にいて、くつろげると同時にどきどきすることもできるということだった。エマ以外の誰かといて、こんな気持ちになったことはない。

「どうしてだろう」ジャックは思ったことを口に出していた。「知りあって長いのに、一度も料理をつくってもらったことはなかったよね？」

エマはパスタを一本フォークにからめた。「どうしてかしら。知りあって長いのに、あなたは一度もわたしをベッドに誘ったことがなかったわ」

「ああ。つまりきみは、セックスをする相手にだけ料理をつくるんだな」

「いい方針でしょう」エマは目で笑いながら、パスタを少しずつ食べていく。「料理はとても手間がかかるんだもの。それなりの見返りがないと」

「明日はどうだい？　それだけの見返りは提供する」

「あなたの言葉に間違いはないでしょうけど、明日はだめだわ。買い物に行く時間がないの。わたし、材料にうるさいのよ。水曜日もちょっと厳しいけど――」

「水曜は夜に仕事が入っているんだ」

「わかったわ。それなら来週がいいわね。パーカーと違って、わたしは頭のなかにスケジュール表が入っていないし、ブラックベリーも持っていないから……あら、そうだわ。シンコ・デ・マヨ（メキシコのプエブラ州の祝日。プエブラの戦いでメキシコがフランス軍を破った記念日）。もうすぐ五月五日なのね。家族でパーティーをするのよ。覚えているでしょう？　あなたも来たことがあるわよね」

「一年でいちばん大きなお祭りだったね」

「グラント家の伝統よ。お料理のことだけど、手帳を見て予定を確認してから考えましょう」

　エマはワインを手にして椅子にもたれかかった。「もう五月なのね。一年でいちばんすてきな月」

「結婚式に？」

「そうね、それもあるけど、もっと一般的によ。つつじ、牡丹、ライラック、藤。みんないっせいにつぼみをつけて咲きはじめる。そしてわたしは、一年草を何種類か植えはじめるの。ミセス・Gは家庭菜園の植えつけをする。すべてが新しく始まったり、戻ってきたりするのよ。あなたは何月が好き？」

「七月だな。ビーチで過ごす週末——太陽と砂と波、野球の試合のはしご、長い一日、バーベキューの煙」

「ああ、それもいいわね。みんないい。刈ったばかりの芝の香り」

「うちに芝はないぞ」

「シティ・ボーイね」エマは彼を指さした。

「そういう運命なんだよ」

ふたりでパスタを食べているうちに、エマは身を乗りだしていた。周囲の会話はほとんど耳に入ってこない。「ニューヨークに住もうと考えたことはないの？」

「あるよ。でも、ここが好きなんだ。生活するにも仕事をするにも。それに、ニューヨークへ遊びに行くにも近い。ヤンキース、ニックス、ジャイアンツ、レンジャーズの試合を追いかけるにもちょうどいい」

「ニューヨークにはバレエやオペラやお芝居もあるって噂を聞いたけど」

「へえ、そうなのかい？」ジャックはわざとびっくりしたような顔をしてみせた。

「それは妙だな」

「あなたって、本当におかしな人」

「認める」

「一度も訊いたことはなかったと思うけど、どうして建築家という職業を選んだの？」

「母によると、ぼくは二歳のときに二世帯住宅を建てようとしていたらしいんだ。三つ子の魂百まで、ってやつだろうな。空間をどう使うか、既存の建物をどう変化させるのかを考えるのが好きなんだよ。どうすればよりよく使えるか？　そこで暮らすのか、仕事をするのか、遊ぶのか？　空間の周囲にはなにがあるか、目的はなにか？　最適でおもしろい、あるいは実用的な材料はなにか？　クライアントは誰で、その人たちが本当に求めているものはなんなのか？　ある意味、きみがしていることとそんなに変わりはないんじゃないかな」

「でも、あなたがつくったものは長く残るわ」

「たしかに、自分の作品が消えたり朽ちたりしていくのを見るのはつらいだろうな。きみはそういうこと、気にならないの？」

エマは指の先ほどの大きさにパンをちぎった。「儚《はかな》いからいいこともあるのよ。一時的なものだからこそ、より大切で個人的なものになる。花が咲けば、きれいだと思うでしょう。ブーケのデザインをしてつくったら、ああ、美しいと思う。でもその美しさが一時的だとわかっていなかったら、同じように感動したり、感激したりするのかどうか。建物は長く残る必要があるけれど、庭は移り変わっていかなければならないわ」

「造園は？　考えたことはないのかい？」

「あるわよ、あなたがニューヨークについて考えたのよりも、ずっと短いあいだだけね。庭で作業をするのは好きよ。外の空気を吸って、日の光を浴びて、自分が植えたものが次の年にまたよみがえってきたり、春から夏にかけて花を咲かせたりするのを見るのはうれしいわ。でも、業者から切り花の配達を受けとるたびに、新しいおもちゃ箱を手渡されたような気持ちになるの」

エマがうっとりした表情になっていく。「そして花嫁にブーケを手渡し、反応を見るたびに、結婚式の招待客がアレンジメントを見たときの様子を見るたびに、いつも思うの。わたしがつくったのよ、って。たとえ前に同じアレンジメントをつくったことがあったとしても、決して同じものにはならない。だから、いつでもそのたびに新しいの」

「新しければ飽きることはないからね。きみに会うまで、フラワーコーディネーターの仕事は花瓶に花をさすことばかりだと思っていた」

「あなたに会うまで、建築家の仕事はボードに図面を描くことばかりだと思っていたわ。どう、お互いにずいぶん賢くなったじゃない？」

「数週間前まで、こんなふうにふたりで座っているなんて夢にも思わなかったな」ジャックはエマの目を見つめたまま手を重ね、指でさっと撫でた。「この夜が終わるまでに、その魅惑的なドレスの下になにが隠されているのか突きとめることができるとわかっているなんて」

「数週間前……」テーブルの下で、エマは足の先でゆっくりと彼の脚をなぞった。「あなたに脱がせてもらうために、このドレスを着ることになるとは夢にも思わなかったわ。だって……」

彼女がさらに身を乗りだすと、キャンドルの光が瞳のなかで金色に光り、唇がもう少しでジャックの唇に触れそうになった。「この下にはなにも着ていないのよ」

彼はじっと見つめつづけていた。エマのあたたかく、いたずらっぽい瞳を。それから空いている手をさっとあげた。「お勘定！」

ジャックは運転に集中しなければならなかった。なにしろ、最高速度記録を更新しようとしていたのだから。エマのせいで気が変になりそうだった。シートを倒し、素足のセクシーな脚を組んでいるため、ドレスがずりあがって腿があらわになっている。

彼女が前に身を乗りだした。これもわざとなのだ。ジャックが思いきって道路から目を離すと、魅惑的な赤いドレスに胸が押しつけられているのが見えた。

エマはラジオをいじったり、小首をかしげて女っぽく微笑みかけたりしては、またシートにもたれかかったりしている。脚を組み直すと、ドレスがまた一センチほどずりあがった。

このままでは、よだれを垂らしてしまいそうだ。

彼女が選んだラジオ番組も、ジャックにはただの低音にしか聞こえなかった。ずんずんと響いてくるベースの音。あとはただのノイズで、脳内で停滞している。

「きみはぼくたちの命を危険にさらしているんだぞ」彼がそう言っても、エマは笑うだけだ。

「もっと危険にできるわよ。あなたになにをしてほしいか言ってみましょうか。どうやってあなたに奪ってほしいか。奪われたい気分なの、思いきりもてあそばれたい」

エマは自分の体の中心を上から下へと指でなぞった。「数週間前、あるいはもっと前に、わたしを奪うところを想像したことはある？　もてあそぶところを」

「あるよ。最初は、あの朝ビーチできみを見かけたあとだった。ただし想像のなかでは夜で、ぼくはビーチを歩いていって、きみを水のなかに、波間に引きずりこむんだ。きみの肌がしょっぱくて、ぼくは両手で、口で、きみの胸に触れる。水に打たれながらね。それから波が押し寄せてくる濡れた砂の上で、きみを奪うんだ。きみがぼくの名前しか言えなくなるまで」

「ずいぶん前の話ね」エマはかすれた声を出した。「そんな前から想像していたの？　そうだわ、わたしたち、あのビーチに行かないといけないわね」

笑い声は痛みをやわらげてくれるはずなのに、逆効果だった。これもはじめてだ。ぼくを笑わせてくれると同時に、焦げつくような痛みを味わわせる女性。

ジャックはさっと道路からそれて、ブラウン邸の長い私道に車を乗り入れた。

本館の三階と両翼には煌々《こうこう》と明かりがついていて、マックのスタジオも明るい。ありがたいことにエマのポーチの照明もついており、彼女が消し忘れた一階のランプの光もあった。

ジャックはブレーキを踏むと同時に、ボタンを押してシートベルトを外した。エマが同じことをする前に彼女のほうを向き、ぎゅっと抱きすくめて唇を奪う。

それから胸に手を這わせ、誘惑するような赤いドレスの下の脚をさっと撫であげた。彼の全身に歓びがみなぎった。

エマが彼の舌を軽く噛み、すばやく手を動かしてスラックスの前を開けようとする。

ジャックはドレスを肩から引きおろそうとして、膝を思いきりギアレバーにぶつけた。

わね」

「あら」エマが苦しそうに笑いながら言った。「肘当てだけじゃなくて膝当てもいる
「車が狭すぎるんだ。けがをしないうちに家に入ろう」

彼女は両手でジャックのジャケットをつかんで引き寄せると、もう一度激しく口づけた。「急いで」

ふたりはそれぞれのドアから飛びだし、急いで駆け寄った。再び苦しげな笑い声があがり、次に切なげなうめき声が沈黙のなかに響き渡る。ふたりはよろめき、しっかりと抱きあって唇を重ねた。

気のふれた踊り子のようにくるくるとまわって歩道を進み、エマはジャックのジャケットを脱がせた。ドアの前にたどりつくと、彼をドアに押しつけて争うように唇を重ね、一瞬離してセーターを引っぱりあげた。爪で肌を引っかきながら、脱がせたセーターをわきに放る。

靴のヒールと角度のせいで、エマの唇はジャックの顎の高さに来ていた。彼女は顎に嚙みつきながら、彼のベルトをさっと外して放り投げた。

ジャックは後ろ手でノブを動かし、ふたりで飛びこむようになかへ入った。今度は彼がエマをドアに押しつけ、腕を頭の上にあげさせて両方の手首をつかんだ。そのままスカートをたくしあげて、彼女の中心を探りあてる。なにもつけていなかったそこ

は、彼を求めてすでに熱く潤っていた。すぐさまジャックが攻めはじめると、彼女のあえぎ声が悲鳴に変わった。

「どれだけ欲しい？」

エマが息をあえがせ、体をほてらせたまま、彼の目を見つめた。「あなたが持っているものすべて」

ジャックは彼女をうめき声も悲鳴もあげられないまでに駆り立て、両手と口を使って攻めつづけた。彼女の全身がじっとりと汗ばんだところでドレスを引きおろし、胸をあらわにして吸いつく。なにもかも、エマが求めていたこと、想像していた以上だった。荒々しく性急に、ジャックは彼女の体を翻弄《ほんろう》した。

所有されている、とエマは思った。彼はわかっているの？　気づいているかしら？　欲望だけで充分だ。こんなふうに求め、求められるだけでいい。それで充分だと思おう。ジャックを求め、欲しながら、エマはドアに背中をぴったりとつけて、彼の腰に片脚を巻きつけた。

「もっとちょうだい」

ジャックが入ってくる直前までにエマは彼を味わいつくし、ジャックもまた彼女の表情、感触、味、すべてを味わいつくしていた。けれども次の瞬間、彼は新たにわいてきた情熱に駆られ、エマをドアに押しつけて一気に奪った。ふたりの体がぶつかりあい、エマの髪はほつれ、彼女は何度もジャックの名を呼んだ。

すべてを解き放ったときには、激しさと同時に神々しさすら感じた。

ジャックは自分が立っているのかどうかもわからず、鼓動が再び正常に戻ることなどあるのだろうかとさえ思った。心臓はさっきからドリルのような音をたてていて、呼吸という基本的な行為すら難しくなっている。

「ぼくたち、まだ生きているのか？」やっとの思いで声を出した。

「い……生きていなかったら、こんなふうには感じないいんじゃないかしら。でも、ある時点で自分の人生が目の前を通り過ぎていくのを見たような気がする」

「そのなかにぼくはいた？」

「全部の場面に」

ジャックはもう一分だけ待ってから体を離した。まだ立っていた。エマもそうだった。顔を紅潮させ、セクシーなハイヒール以外は、なにも身につけていない格好で。

「ああ、エマ、きみは……言葉にならないよ」ジャックはまた彼女に触れずにはいられなかったが、今度はあがめるような手つきだった。「まだ二階にたどりつけそうにないな」

「いいわ」ジャックにヒップをつかまれて持ちあげられると、エマは両脚を彼の腰に巻きつけた。「ソファまでなら行ける？」

「やってみる」ジャックは彼女をソファまで抱えていき、ふたりで重なりあうように倒れこんだ。


二時間後、ようやく二階にたどりついてふたりは眠った。

エマは夢を見た。庭で月明かりを浴びてダンスをするふたり。春の空気はやわらかで、薔薇の香りがする。月と星が周囲の花々を銀色に照らしていた。彼女はジャックと指をからめ、くるくると踊っていた。それから彼に引き寄せられ、キスをされた。

顔をあげて微笑みかけると、ジャックが言葉にする前から、その瞳が語りかけてきた。

「愛しているよ、エマ」

夢のなかで、彼女の心が大きく花開いた。

13

シーマン家との打ちあわせに備えて、エマは入口の壺のなかに紫陽花の大きな鉢植えをいくつか入れた。濃い青の強い存在感がドラマティックかつロマンティックで、人目を引く。花嫁のテーマカラーが青と桃色なので、エマは紫陽花でまずは強い印象を与えることができればと考えていた。

彼女は鼻歌を歌いながらバンに戻り、白いチューリップの鉢植えをおろした。花嫁のお気に入りの花で、階段に並べることになっている。濃い青よりも甘いイメージで、やわらかく繊細だ。質感、形、種類がほどよく混じりあっている。

なにかが起きそうな雰囲気。

「エマ！」

壺のあいだにかがみこみ、腕いっぱいにチューリップを抱えていたエマが振り向いたとたん、マックがカメラのシャッターを押した。「いい感じよ」

「花がね。打ちあわせの前に、少しでもよく見えるようにしておきたくて。今までで最大のクライアントですもの。心して準備しないと」エマは鉢を置いた。「どこもかしこも」

マックは瞳の色と同じくらいあざやかなグリーンのスーツに身を包み、脚を開いて立っている。「もうそんなに時間がないわよ」

「あと少し。これが最後よ」エマは全身で花の美しさと香りを感じながら深呼吸した。「ああ！　なんて美しい日かしら」

「ずいぶんご機嫌ね」

「昨夜はとても楽しいデートだったの」エマは後ろにさがって柱廊式玄関《ポルティコ》の様子を確かめると、マックの腕に腕をからめた。「すべてが詰まっていたのよ。コメディにドラマに会話にセックス。エネルギーをチャージした感じ」

「目がきらきらしてる」

「そうかもね」エマはマックの肩にさっと頭をのせた。「早すぎるとわかっているし、愛がどうのなんて話しあったわけでもないんだけど。でもね、マック、わたしがどんな夢を抱いてきたかは知っているでしょう？　月明かりの――」

「庭でダンスをするのよね」マックは思わずエマの腰に腕をまわした。「覚えているわよ。子供のときからずっと」

「昨夜、その夢を見たの。相手はジャックだった。ジャックと踊っていたのよ。夢で見るのははじめてだったし、相手が誰なのかを想像したのもはじめてなの。これって、なにか意味があると思わない？」

「あなたが彼を愛しているってことでしょう」

「昨日、出かける前にパーカーにもそう言われたわ。もちろん、そんなことはないって否定したけど、例のごとくパーカーの言うとおりなのよね。わたし、おかしいのかしら？」

「愛がまともだなんて誰が言ったの？　そういう気持ちになったことくらい、今までにもあるでしょう？」

「一歩手前くらいまではね。誰かを愛したいと願っていたわ。でも実際にそうなってみると、想像していた以上なんだもの。ずいぶん想像していたのに」エマはわきによけ、片足を軸にしてくるりとまわった。「おかげで幸せな気分なの」

「彼に話すつもり？」

「ううん、まさか。そんなことをしたら、彼は怖《お》じ気《け》づいてしまうわ。ジャックがどういう人か、知っているでしょう」

「ええ」マックは慎重に答えた。「知っているわ」

「おかげで幸せな気分なの」エマは胸に手をあててくりかえした。「今はこのままでいい。彼もわたしに好意を持ってくれているから。男の人に好かれているときはわかるものじゃない？」

「それはそうね」

「だからわたしはこのまま幸せを味わって、彼がわたしを愛してくれるのを待つわ」

「エマ、はっきりしているじゃないの。どうして彼があなたの魅力に抗《あらが》えるの？　あなたたちふたりはうまくいってる。わたしにはそう見えるわ。あなたが幸せなら、わたしも幸せよ」

けれどもエマは、マックの口調や表情から本心を見抜いていた。「わたしが傷つくんじゃないかと心配しているのね？　声でわかるわ。だってほら、わたしたちみんな、ジャックを知っているんだもの。マック、あなたはカーターを愛そうと思って愛したの？」

「鋭い質問ね」マックは指でエマの髪の先をいじりながら、かすかに微笑んだ。「その気はなかったわ。でも、愛してしまったの。だから皮肉屋はやめたのよ」

「よかった。さてと、ぼんやり突っ立っていないで、仕事用の服に着替えてこないと。パーカーに準備はすんだと伝えてくれる？　二十分で戻るわ」

「了解」マックは不安そうな表情で、走り去っていく友人を見送った。

一時間後、きちんとしたスーツに身を包み、ローヒールを履いたエマは、未来の花嫁と鷹《たか》のような目をした花嫁の母親、うっとりと夢見心地の花嫁のおばを引き連れて庭を案内してまわった。

「来年の春にどんな花が咲いているかご覧になれますよ。今の庭はまだ、希望されているほどに満開ではないと思いますが」

「この子たちが、五月や六月までは待てなくて」キャスリン・シーマンがぶつぶつ言う。

「お母さん、もうその話はやめて」

「ですが、チューリップは今が盛りです。お好きでしたよね」エマは花嫁のジェシカに言った。「今年の秋には白と桃色のチューリップをもっと植えるつもりです。来春には一面に咲いたチューリップが見られますよ。それと青いヒヤシンスも。それから桃色の薔薇、デルフィニウム、金魚草、ストック、紫陽花も植える予定です。すべてあなたの色で、白い花のそばに咲くようにします。このエリアの後ろには、薔薇の花で覆われたスクリーンを立てるつもりです」

エマは花嫁の母、キャスリンに微笑みかけた。「ここが夢の庭のようになることをお約束します。お嬢様の結婚式にこうあってほしいと思うような、豊かでみずみずしくてロマンティックな庭になりますよ」

「あなた方の仕事ぶりはもう知っていますから、その言葉を信じますよ」キャスリンはマックに向かってうなずいた。「婚約写真も、あなたが言ったとおりになっていたわね」

「心から愛しあっている美しいおふたりのおかげです」

「わたしたちも楽しかったわ」ジェシカがマックに向かって微笑んだ。「物語のお姫様になったみたいな気分だった」

「そういうふうに見えたわよ」母親が言う。「さてと、次はテラスについて話しあいましょう」

「提案書のスケッチを覚えておいででしたら――」エマは話しながら、先に立って歩きはじめた。

「わたしもあなた方の仕事ぶりは知っているのよ」花嫁のおばのアデールが、さっとテラスを見渡した。「ここでの結婚式には三回出席しているの。どれも美しかったわ」

「ありがとうございます」パーカーが礼儀正しく微笑んで礼を述べた。

「実を言うとね、あなた方のここでしてきた仕事、築きあげてきたビジネスを見て、わたしも似たようなことをやってみようかという気になったのよ。うちは一年のうちの何ヶ月かをジャマイカで暮らしているの。結婚式を挙げに来るカップルの旅行客が多いところでしょう。すべてを一括してプランニングする、高級なウェディング・コンサルタント会社をつくるにはぴったりの土地なのよ」

「本気で考えているの？」姉のキャスリンが訊いた。

「調べてみて、どんどんその気になっているところ。夫がもうすぐ引退する予定なのよ」アデールはパーカーに向かって言った。「だから、冬はあちらの別荘で過ごす時間が増えると思うの。すばらしい投資になりそうだし、おもしろいじゃないの」

アデールがエマに輝くような笑顔を向けてウインクした。「それで、あなたを引き抜けないかと思っているのよ。熱帯の花使い放題と、かぐわしい島の風はお約束するわ。あなたが来てくれたら、土台の第一号ができるんだけど」

「まあ、すてきなお話ですこと」エマは軽い調子で応じた。「でも、わたしは〈Ｖｏｗｓ〉の装飾担当の仕事が忙しいものですから。もしプランを進めるおつもりでしたら、ご質問があるときにはいつでもお尋ねください。わたしたち、喜んでお答えします。さて、このエリアですが……」

打ちあわせが終わると、四人は談話室でぐったりと座りこんだ。

「ああ」ローレルが両脚を伸ばした。「あの人は人の動かし方を心得ているわね。ただの話しあいをしただけじゃなくて、式を一回すませたような気分よ。またしても」

「反対意見がなければ、式の前後の金曜と日曜は休みにしたいわ。この結婚式の規模と予算からいけば、休んだ分は埋めあわせ可能だし、話題性と口コミとでプラスになるはずよ」パーカーは靴を脱いだ。「だから、この週はこのイベントだけに集中できると思うの」

「よかった」エマはほっとして長いため息をもらした。「扱う花や庭の飾りつけの量、ブーケ、アレンジメント、装花、花綱、花輪、観賞用の木。全部こなすにはもっとデザイナーを雇わないといけないところだけど、丸一週間これだけに集中できるのなら、いつものチームでなんとかなるわ。実際の飾りつけのときに誰かに頼むのはいいけど、手に負える限りは自分で、残りは気心の知れているメンバーでやりたいの」

「わたしもエマと同じ意見よ」ローレルが言った。「ケーキ、デザート・バー、特注のチョコレート、どれをとっても凝っていて手がかかるの。でも一週間かかりきりになれるのなら、何時間かは眠れそう」

「わたしもその意見に賛成」マックが手をあげた。「式のリハーサル、リハーサル・ディナーも、全部写真で記録してほしいと言われているの。だから金曜に別のイベントがあると、そちらのために誰かカメラマンを頼まないといけなくなるわ。わたしはシーマン家のほうを撮らなきゃならないから。式当日にはカメラマンふたりと、ビデオ・カメラマンふたりを頼む予定よ。日曜を休みにするのはわたしたちも助かるし、アシスタントたちも倒れずにすむわ」

「シーマン家からあなたにどんな要望が出ているかは、わざわざ話してもらうまでもなさそうね」エマはパーカーに言った。

「では、全員賛成ということね。それと」パーカーはつけ加えた。「花嫁の母親には、結婚式の週にわたしたちがほかの予定を入れないことを伝えるわ。お嬢さんのお式に時間も技術もすべてを注ぎこみます、とね。彼女は喜ぶはずよ」

「彼女、わたしたちを気に入っているわ」エマは指摘した。「女性四人で設立して経営している会社というのが、彼女にはたまらないのよ」

「彼女の妹にもね。やり手のアデールにジャマイカへ誘われた人、ほかにもいる？」ローレルが訊いた。

四人全員が手をあげた。

「あの人には失礼なことをしているという意識もないのよね」パーカーが言う。「わたしたちは雇われているわけではないのに。わたしたちのビジネス、わたしたちが経営者なのに」

「失礼よね、たしかに。でも、きっと悪気はないのよ」エマは肩をすくめた。「わたしは褒められてうれしかったわ。わたしの花を美しいと思い、ローレルのケーキやペストリーをおいしいと思い、パーカーのコーディネートには誰もかなわないと思ってくれているわけでしょう。それに、マックが婚約写真で大ヒットを飛ばしてくれたから」

「そうよ」マックが同意した。「見事にやってのけたわ」

「ここはいったん、わたしたちのすばらしい才能を祝って乾杯しましょうか」パーカーが水のボトルを掲げた。「それから仕事に戻りましょう」

「休憩するなら、昨夜のすばらしい余興に対してエマにお礼を言いたいわ」

エマはわけがわからないというようにローレルを見た。「なんのこと?」

「ゆうべ寝る前にテラスへ出て外の空気を吸っていたら、車がすごい勢いで私道に入ってきたの。一瞬、なにか緊急事態が起きたんだと思ったわ。でも、そうじゃなかった、それはまだほんの序の口だったの」

「いやだ」エマは両手で目を押さえた。「やめて」

「すぐに誰かが血まみれで飛びだしてくることはなくて、それどころか誰も飛びだしてこないから、わたしはなかの人が大けがをしているんじゃないかと覚悟しはじめたくらいよ。ところが少ししたら、運転席と助手席のドアが両方ともぱっと開いたの。片方からエマが、もう一方からジャックがおりてきた」

「あなた、見てたの?」

ローレルは鼻を鳴らした。「ええ」

「もっと聞かせて」マックが要求した。「さあ、早く」

「ふたりは獣のようにくっつきあった」

「ああ、そんな……そうだったかしら」エマは記憶をたどった。

「それから昔ながらのドアに背中を押しつけて……が始まった」

「ドアに背中を押しつけられてだなんて、もうずいぶん長いことないわ」パーカーがかすかに声を震わせて強調した。「長いことね」

「わたしがいたところからは、ジャックの動きがよく見えたわ。慣れた感じだったけど、かなり情熱的だったわね。もちろん、ここにいる彼女も負けていなかったわよ。そうよね？」

「もうやめて、ローレル」

「エマは彼のジャケットを脱がせて放ったの。それからセーターをはぎとって、ジャケットの上に投げて」

「わあ、すごい！」マックが声をあげた。

「でも金メダル級だったのは、なんといってもベルトよ。彼女はさっとベルトを引き抜いて――」ローレルは宙で腕を振って再現してみせた。「飛ばしたのよ」

「もう一本、水をもらったほうがよさそうね」

「パーカー、残念ながら、そのあとふたりはなかに入ってしまったの」

「なんだ、がっかり」マックが文句を言った。

「あとはわたしの想像にゆだねられたわけだから……どうとでもなるのよ。とにかくエマにはお礼を言いたいの。わたしのバルコニー・シートからあんなものが見られたんだもの。さあ、立って、お辞儀をして」

　熱烈な拍手を受けて、エマは言われたとおりにした。「さてと、のぞき屋さんはどうぞいくらでも妄想してちょうだい。わたしは仕事に戻るわ」

「ドアに押しつけられて、ね」パーカーがつぶやいた。「やきもちを焼くなんて、わたしも器が小さいわ」

「ドアじゃなくても、なにかに押しつけられるというだけでやきもちを焼くところだけど。でもいいの、わたしは今、セックス休止期間だから」

「セックス休止期間？」マックがくりかえしてローレルを振りかえった。

「そう。セックス休止期間だから、デート休止期間にもできるでしょう。この二ヶ月ほど、デートするのもいらいらの種だったから、せいせいするわ」ローレルは両肩をあげてから落とした。「どうしてこんなにいらいらするのかしら？」

「セックスしてないせいじゃないの？」マックが言った。

　ローレルは険しい目つきになり、マックに指を突きつけた。「自分が定期的に寝てるから、そういうことを言えるんだわ」

「そうね」マックは考えてからうなずいた。「そう、たしかにわたしは定期的に寝ているわね」

「わたしたちみたいな人を前にして、自慢するのは失礼よ」パーカーが指摘した。

「だけど、わたしがセックスをしてるのは愛があるからだもの」マックが〝愛〟という言葉を引き伸ばして言ったので、ローレルは笑った。

「ああ、むかつく」

「でも、少なくとも愛があるのはわたしだけじゃないわ。パーカー、エマがあなたの言うとおりだと言ってたわよ。彼女、ジャックを愛しているのよ」

「それは愛しているでしょうよ」ローレルがさえぎった。「でなければ、彼と寝るわけないじゃない」

「幻滅させるのは忍びないけど、エマは愛していない男性ともセックスしたことがあるわよ。それに」マックはつけ加えた。「彼女がやんわりとセックスを断ってきた男の数は、わたしたち三人が寝た男の数全部を合わせたよりも多いわ」

「まさにそれよ。四人でクラブに行ったら、どうなると思う？　ホットな若い娘が四人よ。そりゃあ、言い寄ってくる男たちもいるわ。だけどエマは特別なの。彼女のところには群れをなして寄ってくる」

「それとこれと――」

「だからね」パーカーはうなずいた。「彼女はちょっといいなと思ったくらいで、誰かと寝る必要はないということよ。いくらでも選べるんだもの。だいたい彼女は誰でもいいというタイプじゃなくて、好みはうるさいほうでしょう？　単に肉体的な欲求だけなら、いつでもどこでも満たすことができるし、それをジャックで満たそうと思えば、ややこしいことになってリスクも伴うわ」

「そのせいで長いあいだ行動に出なかったのよ」マックが指摘した。「わたしにはわからない……ううん、わかるわ。もう、いやね、いつだってあなたのほうが正しいんだもの」

「わたしが数週間前からわかっていたことを、ようやくエマも認識したわけだけど、これからどうするのかしら」

「庭でダンスをする夢を見たんですって」マックが言った。「相手はジャック」

「それは深刻だわ。ただの恋じゃなくて」ローレルが言う。「愛なのね」

「大丈夫よ。今を楽しむって」

誰もなにも言わない。

「思うに」パーカーが慎重に切りだした。「人を愛することは悪いことではないわよね。それが一時的にしろ、永遠にしろ」

「エマはいつだって永遠の愛を求めているのよ」マックが指摘する。

「でも、一瞬があって永遠になるのよ」

「もしその一瞬がうまくいかなかったら？」ローレルがふたりを見た。「そのときこそ、わたしたちの出番よね」

エマはオフィスで書類仕事を片づけながら、汚れ落としと保湿のためのパックをしていた。肌の手入れをしつつ送り状を作成できるなんて、こんな幸運な女は世の中にどのくらいいるだろう？　しかも素足で、ノラ・ジョーンズの歌を聴きながら。

そのうち、前夜にすばらしい男性と狂おしいセックスを――二回も――した女はどれだけいるかしら？

そう多くはないはずよ。賭けてもいいわ。ほとんどいないはずだから。

パックが魔法の力を発揮しているあいだに、エマはコンピュータから、フローラルフォーム、プラスティック・タイ、ワイヤ、透明な石と色付き石を業者に注文し、セール品や特別販売品がないかを調べて、液状発泡ウレタンや発泡シート、ライトベース三ダースを追加購入した。

これでしばらくは持つだろう。そこでの注文をすませると、今度はキャンドルの卸業者のホームページを開いた。

「エマリン！　帰ってる？」

「お母さん？　こっちよ」エマはオンラインショップのカートを保存してから立ちあがった。階段をおりていくと、あがってくる母と行きあった。「いらっしゃい！」

「まあ、ベイビー。顔がすごいピンク色よ」

「えっ……ああ、忘れていたわ」エマは声をあげて笑い、指先で頬をつついた。「はがさないといけないの。キャンドルの注文をしていて忘れてた」彼女はバスルームに行き、パックを洗い流した。「今日はお休み？」

「午前中に仕事をして、今は自由の身だから、家へ帰る前に娘の顔を見に寄ってみたのよ」ルシアはパックの瓶を手にとった。「これ、効くの？」

「どう見える？　はじめて使ってみたんだけど」エマは顔に冷たい水をかけてから拭きとった。

ルシアは唇をとがらせた。「きれいすぎるのが、わたしから受け継いだ幸運な遺伝子のせいなのかパックのおかげなのか、わからないわね」

エマはにっこりしてシンクの上の鏡をのぞきこみ、頬や顎を軽くつついてみた。

「だけどいい感じ。効果はあったみたい」

「輝いてるわよ」エマが化粧水を顔にはたき、乳液をつけるのを見ながら、ルシアは言った。「でもわたしが聞いたことからすると、それはパックのおかげじゃないわね」

「幸運な遺伝子のおかげ？」

「別の幸運のせい。今朝うちの書店に、あなたのいとこのデイナが寄ってくれたの。彼女の友達のリヴィが……リヴィのことは知っているわよね？」

「ええ、ちょっとだけ」

「リヴィが新しいボーイフレンドとディナーに出かけたら、お店の奥の静かな一角でワインとパスタを食べながら、とあるハンサムな建築家と仲よさそうにおしゃべりしている人がいたんですって」

エマはまつげをぱちぱちさせた。「だから？」

ルシアが眉を上下させた。

「階下に行って、なにか飲みましょう。コーヒー、それとも冷たいものがいい？」

「冷たいのがいいわ」

「ジャックと一緒に個展のオープニングに行ったのよ」エマは階段をおりながら話しはじめた。「個展はさんざんだったんだけど、実はおもしろい話があってね」

「それはあとで聞くわ。その前にワインとパスタよ」

「ワインとパスタは個展のあとのことよ」エマはキッチンに入ると、グラスをとりだして氷を入れた。

「なんだかごまかしてない？」

「そう」エマは笑いながらレモンをスライスした。「ばかみたいね。お母さんはもう、ジャックとわたしがデートしてること知っているのに」

「わたしが反対すると思ってごまかしてるの？」

「そうかな」エマは母が好きな炭酸水を開けて氷の上に注ぎ、レモンのスライスを添えた。

「幸せ？　顔を見れば答えはわかるけれど、イエスかノーで答えてみて」

「イエスよ」

「それなら、どうしてわたしがあなたを幸せにしてくれることに反対するわけ？」

「だって、なんだかおかしいでしょう？　昔から知っているのに」

「物事には時間のかかることもあるし、そうでないこともあるのよ」ルシアはリビングルームに入っていき、ソファに腰をおろした。「この部屋が好きだわ。色合いも香りも。ここもあなたを幸せにしてくれる場所よね」

エマもやってきて、母の隣に座った。「そうよ」

「あなたが仕事でも生活でも家でも幸せでいてくれる。おかげで母親も安眠できるというものよ。たとえ娘が大人になっていてもね。しかもわたしが大好きな若者と一緒にいて、幸せだというんだもの、わたしまで幸せだわ。彼をディナーに連れていらっしゃいな」

「お母さんったら。わたしたち、まだ……デートしているだけよ」

「ディナーなら、前にも来てもらっているじゃない」

「そう、そうよね。デルの友人のジャックはディナーにも来たし、バーベキューにも来たし、パーティーにも来たわ。だけど今度は、デルの友達をディナーに連れてこいと言っているわけじゃないでしょう？」

「彼は急に、わたしの料理を食べたり、お父さんとビールを飲んだりできなくなったの？　いいこと、あなたが言う〝デート〟がどういう意味かくらい、わかっているわよ」

「ええ」

「シンコ・デ・マヨに連れてきなさいな。お友達もみんな招待するといいわ。わたしたちがグリルで焼くのはポークだけで、ジャックを火あぶりにしたりはしないから」

「わかった。わたしね、彼を愛しているのよ」

「そうでしょうね」ルシアはエマの頭を自分の肩にのせた。「顔を見ればわかるわ」

「だけど、彼はわたしを愛していないの」

「だったら彼は、わたしが思っているほど賢くはないということね」

「好意は持ってくれているのよ。わかるでしょう？　好意はあるし、強く惹《ひ》かれあっているの、お互いに。でも、わたしを愛してくれているわけではないのよね。今はまだ、ということだけど」

「それでこそ、わたしの娘だわ」ルシアは言った。

「男性に自分を愛してくれるように仕向けるのはずるいことだと思う？」

「嘘をついたり、自分を偽ったり、だましたり、守れない約束をしたりするつもりなの？」

「まさか、そんなことしないわ」

「だったら、なにがずるいの？　もしお父さんがわたしを愛してくれるように仕向けられなかったら、わたしたちはこのかわいい部屋にこうして座っていることもなかったでしょうね」

「お母さんも……本当に？」

「だって、それだけ愛していたのよ。絶望的なくらいに。フィリップはとてもハンサムで、やさしくて、幼い息子と一緒にいるときはとてもかわいらしかったの。それに寂しそうだった。わたしのことは敬意を持って丁寧に接してくれたわ。お互いを知るようになってからは友情も芽生えた。わたしは彼に連れ去ってほしかったの。わたしのことを女性として見て、ベッドに連れていってほしかった。たとえそれがひと晩だけのことであっても」

エマのロマンティックな心が一気にふくらんだ。「まあ、お母さん」

「なあに？　自分だけだと思っていたの？　欲求や欲望を持つのはあなただけじゃないのよ。わたしは若くて、彼はなにもかもわたしより上だった。財産も地位も。それが障害だと――少なくともわたしは思っていたわ。でも、夢を見ることはできる。それにもしかしたら、夢以上のことが起きるかもしれない」ルシアは秘密めいた笑みを浮かべた。「わたしは自分がきれいに見えるように努力して、彼が好きな料理をつくって、話し相手が必要なときには彼の話に耳を傾けた。話を聞くのは得意だったのよ。そして彼が出かけるときには、必ずネクタイが曲がっていることにして——曲がっていないときでも直してあげるようにしたの。今もそうしているわ」つぶやくように言う。「そうしたいのよ。そのうち彼の瞳になにか、坊やを通じて感じていた絆以上のもの、友情や尊敬以上のものが宿っていることに気づいたの。あとは彼に示してあげるだけだった。さりげないやり方で、わたしが彼のものだということを」

「お母さん、それって……話してくれたことがなかったわよね」

「その必要はなかったもの。フィリップはわたしに対してとても慎重だったの。わたしの手に長く触れないようにしたり、目を見つめすぎないようにしたりしていたわ。あの日まではね。あの日わたしは満開の桜の木の下に立って、彼が近づいてくるのを見ていたの。そして彼の瞳に映っているものを見たわ。そこにはわたしの心が映っていた」

ルシアは胸に手を押しあてた。「ああ！　だって、わたしの心は落っこちて、彼の足もとに転がっていたんだものね。気づかないわけがないわ。それから、わたしの心の隣に彼の心が落ちてきたのよ」

「わたしもそうなることを望んでいるの」

「それは当然よ」

エマはまばたきをして涙を払った。「ジャックのネクタイを直してあげても、うまくいくとは思えないわ」

「ちょっとしたことなのよ、エマ。ちょっとしたしぐさ、ちょっとした瞬間を積み重ねることが大きな瞬間につながるの。わたしは彼に自分の心を見せてあげた。彼に心を差しだしたのよ。彼は受けとれない、受けとってくれないだろうと思っていたけど、それでもとにかく贈り物として差しだしたの。たとえそれが、彼に壊されてしまった心でも。勇気を出したのよ。愛していれば勇敢になれるものなのよ」

「わたしはお母さんみたいに勇敢じゃないの」

「そんなことないわ」ルシアはエマの肩に腕をまわして抱きしめた。「あなたが自分で気づいていないだけ。それに、今はお互いにお互いを再発見していっている途中なんでしょう？　新しい発見にあふれた明るくて幸せなとき。今を楽しめばいいわ」

「ええ、楽しんでる」

「彼をパーティーに連れてきて」

「わかったわ」

「さて、あなたが仕事に戻れるようにわたしは帰るわね。デートの約束があるの？」

「今夜はないの。長い打ちあわせがあったのよ。シーマン家の結婚式の」

ルシアの目がきらめいた。「ああ、大きな式なのよね」

「そう、大きな式。それに今夜やってしまわなければならない書類仕事や注文があって、明日も一日予定がびっしりなのよ。彼は明日の夜に仕事があるの。でも、そのあとに寄ってくれるって……」

「なるほどね」ルシアは声をあげて笑った。「それなら、今夜はよく眠っておかないと」エマの膝をたたいて立ちあがる。

「来てくれてうれしかったわ」エマも立ちあがり、母をひしと抱きしめた。「お父さんにわたしからのキスを」

「あなたの分とわたしの分ね。今夜はディナーに連れていってくれそうなのよ。だからワインとパスタを食べながら、おしゃべりを楽しむわ。わたしたちもまだまだ仲がいいってことを見せびらかしておかないと」

「いつもそうしてるじゃないの」

エマは戸枠にもたれかかり、手を振って母を見送った。それから仕事には戻らずに、ドアを開け放したまま春の戸外に出て、庭を歩きまわった。

まだかたいつぼみ、咲いたばかりの花、やわらかな新芽。新しいサイクルの始まりだ。ぶらぶらと温室へ行き、のんびりと見てまわる。冬のうちにまいた種が、今では若い苗に成長し元気に育っていた。数日のうちには定植して外の空気に慣れさせないと。エマは自分に言い聞かせた。

そのあと家に向かって戻りながら、途中で、マックと一緒に世話をしている鳥用の餌台《えさだい》に餌を足していっぱいにした。家に入るころには、すでに気温がさがりはじめていた。日が沈んだら、もっと寒くなるだろう。

エマは思わず鍋《なべ》をとりだした。野菜を細かく刻み、湯を注ぎ、去年の夏に凍らせておいたハーブのキューブを放りこんで火にかける。スープの鍋がぐつぐつ煮えているあいだに、二階へ戻って注文を終わらせた。

一時間後、階下におりて鍋をかきまわしていると車の音が聞こえた。エマは窓の外を見て驚き、うれしそうにドアに駆け寄ってジャックを出迎えた。

「まあ、いらっしゃい」

「ミーティングがあったけど早めに終わらせたんだ。ここにまたジャケットを忘れたから、途中で寄ってみようと思って……料理をしているのかい？」

「散歩をしていたら寒くなってきたから、残り物でスープをつくりたくなって。たくさんあるのよ。もしよかったら」

「そうか……でも、今夜は野球の試合があるから――」

「うちにもテレビはあるわよ」エマは一歩前に出ると、秘密めいた笑みを浮かべてジヤックのネクタイを直した。「今日は野球にチャンネルを合わせてもいいことにするわ」

「本当に？」

彼女はネクタイをちょっと引っぱった。「スープを味見してみて。もし気に入らなければジャケットをとってきてあげるから、家で野球を見ればいいわ」

エマはキッチンに戻り、鍋をかきまぜはじめた。後ろからついてきた彼のほうを肩越しに振りかえる。「こっちに来て、口を開けて」

ジャックが言われたとおりにしたので、エマは味見用のスプーンを彼の口に運んだ。

「うまい」彼が驚いて眉をあげた。「すごくうまいよ。どうして今まで、きみがスープをつくれることを知らなかったんだろう？」

「ミーティングを早めに切りあげて、ジャケットをとりに寄ってくれたことがなかったからでしょう。夕食も食べていく？」

「ああ。ありがとう」

「一時間くらいでできるわ。カベルネのボトルを開けたら？」

「わかった」ジャックは身を乗りだしてエマにキスをした。いったんやめてもう一度、今度はやさしくゆっくりと口づける。「寄ってみてよかったよ」

「わたしもうれしいわ」

14

それぞれに誇らしげな色をしたメキシコとアメリカの旗が揺れる。エマのメキシコ人の母とアメリカ人の父は、互いの文化を融合させてシンコ・デ・マヨを祝うのだ。

広大な敷地では毎年、ローンボウリングやバドミントン、ムーンバウンスにウォータースライダーまで、さまざまなゲームや遊具が用意される。友人、親戚《しんせき》、隣人たちで遊んだり競ったり、そうでない者はピクニックテーブルに集まって、ポークやチキンの料理、あたたかなトルティーヤ、レッドビーンズやチリのボウル、グアカモーレ（メキシコ料理のアボカドのディップソース）や喉が焼けつきそうに辛いサルサに手を伸ばす。レモネード、ネグラ・モデロやコロナなどのビール、テキーラ、冷えたマルガリータもたっぷり用意されていて、焼けた喉を冷やすことができる。

ジャックは五月五日に来られたときにはいつも、グラント家が料理をふるまおうとする人の数に驚かされた。それに、ファヒータ、ハンバーガー、ブラックビーンズ、ライス、ポテトサラダというメニューにも目をみはった。エッグカスタードやアップルパイもある。

これらの料理は、フィリップとルシアを形成する文化が完璧に融合したことの象徴なのだろう。

ジャックはビールを飲みながら、ギターとマリンバのトリオに合わせて踊る客たちの様子を眺めていた。

彼のわきではデルがビールを飲んでいる。「すごいパーティーだな」

「盛大だよな」

「今年、ホストの末娘のパートナーとしてここにいるのは妙な気分か？」

ジャックは決まり文句どおりに否定しようとした。だが、相手はデルだ。「ああ、少しね。でも今のところ、誰にもなにも言われていないよ」

「パーティーはまだ始まったばかりだ」

「デル、おまえといるとほっとするよ。あそこに去年の倍くらい子供がいるように見えるのは幻覚かな？　去年じゃなくて一昨年か」ジャックは思いだした。「去年は来られなかったんだ」

「どうかな。全員が親戚というわけではないんじゃないか。でも、シーリアがまたおめでただと聞いたよ」

「うん、エマが言っていたな。おまえは今日はパートナーなしか？」

「ああ」デルはにやりとした。「どうなるかな？　あそこの青いドレスのブロンドを見てみろよ。いい脚じゃないか」

「そうだな。前からローレルはいい脚をしていると思ってたよ」

デルがビールにむせた。「あれはローレルじゃない……ああ」彼女が振りかえって笑ったので、デルにもはっきり見えた。「彼女のドレス姿は見慣れていないからだな」

彼はさりげなく反対側を向いた。「とにかくここには、なまめかしいブルネットやクールなブロンドが群れをなしているし、ホットな赤毛もちらほらいるんだ。そのほとんどはシングルときてる。だけどこの現場の偵察も、おまえには関係ないんだよな」

「連れがいても、ぼくは目が見えないわけでも、死んだわけでもないぞ」ジャックは肩甲骨のあいだがむずがゆくなった。

「エマはどこだ？」

「食事のことで誰かを手伝いに行った。ぼくたちはいつも一緒ってわけじゃないんだ」

デルが片眉をあげた。「そうか」

「ぼくには友人がいて、彼女にも友人がいる。たまたまそのうちの何人かが共通の友人だったというだけだ。パーティーに来たら、四六時中連れ立って歩かなきゃならないわけじゃない」

「了解」デルは考えこむように、もうひと口ビールをあおった。

「それで……今、彼女の口にキスをしている男は彼女の友人か、おまえの友人か、それとも共通の友人なのか?」

ジャックがあわてて振りかえると、エマと北欧神話の神のようなどこかの男がキスを終わらせるところだった。彼女は声をあげて笑い、表情豊かに手を動かして、男の手をつかんで仲間のもとへ連れていこうとしている。

「おまえの友人ではないみたいだな」デルが言った。

「どうして……」ジャックは頭に浮かんだことを言いかけたが、言葉を切った。ルシアがふたりの前に立っていたのだ。

「そこに突っ立って格好つけてるだけじゃなくて、ちゃんと食べてちょうだいよ」

「なにを食べようか考えていたんですよ」デルが言った。「最後の締めのアップルパイかエッグカスタードにたどりつくまでにも、大きな決断をしつづけなければなりませんからね」

「苺《いちご》のショートケーキとエンパナーダ(パン生地で具を包んだペストリー。メキシコでは甘いフィリングを詰めることが多い)もあるわよ」

「ほらね。やっぱり簡単には決められないんだ」

「どれも味見してみて、それから決めたらいいわ。あらあら!」ルシアは微笑み、近づいてきたマックとカーターに向かって腕を広げた。「マッケンジー、来てくれたのね」

「遅くなってすみません。思っていたよりも撮影に手間どってしまって」マックがルシアの頬にキスをした。

「来てくれたんだもの、それだけで充分よ。それにあなたも！」ルシアはカーターに腕をまわして抱きしめた。

彼は長いつきあいの親しさからか、ルシアを芝生から数センチ浮かすように持ちあげた。

「シンコ・デ・マヨに来てくれたのは何年ぶりかしら」

カーターはにっこりした。「前より盛大ですね」

「家族が増えたからよ。あなたのご両親も、ダイアンのお子さんたちを連れていらしてるわ。シェリーとニックもね」ルシアはカーターの妹と婚約者の名前を出した。

「ダイアンとサムもじきに来るわよ。マック、あなたの未来の義理のお母さんから、結婚式のプランが順調に進んでいると聞いたわ」

「ええ、とてもうまくいっているんですよ」

「もう一度指輪を見せて。ああ！」ルシアはマックの手に輝くダイヤモンドを眺めてから、カーターに微笑みかけた。「本当にすてき。さあ、来て、シーリアがまだ見ていないのよ。カーター」マックを引っぱっていきながら呼びかける。「料理をとって、飲み物をどうぞ」

　カーターはその場に立ちつくしていた。「こういうところに来たのは……十年ぶりだな。すっかり忘れていたよ。まるでカーニバルだ」

「郡でいちばんのカーニバルさ」デルが言った。「招待客は全員、グラント家の知りあいか親戚だ。どうやら、ぼくらのポーカー仲間の整備士もそのひとりらしい。やあ、マル」

「やあ」日陰に立っていたマルコムが、くたびれたジーンズに黒いTシャツ姿でぶらぶらと近づいてきた。ビールを二本、瓶の首部分をつかんで持っている。「一本いるか、マグワイア？」彼はカーターに声をかけた。

「もらうよ。きみがグラント家と知りあいだとは知らなかったな」

「半年くらい前から、車の点検や修理を頼まれるようになったんだよ。気づいたときにはルシアのコーンブレッドを食べながら、これまでの苦労話を打ち明けて、彼女が夫を捨ててマウイ島に一緒に逃げてくれたらと願うようになっていた」

「そう願って当然だ」

「仕事が終わったらいらっしゃい、シンコ・デ・マヨのお祝いに裏庭で食事をするから、と言われたんだよ。てっきりバーベキューだと思っていた。メキシコのビールやトルティーヤがあるだろうとは思っていたが」

「知りあいには全部声をかけているんだな」

「遅くなってごめんなさい」エマがマルガリータを手に急ぎ足で戻ってきた。「いろいろあったものだから」

「ああ、いろいろの一部は見せてもらったよ」

エマはとまどったような笑みを見せてから、マルコムを振りかえった。「こんにちは、エマリンよ」

「コバルトの持ち主だね」

「わたし……」彼女は目を大きく見開き、後悔したような表情を浮かべた。「ええ。あなたはマルコムね」

「マルと呼んでくれ」彼はエマの頭からつま先までじろじろと眺めまわした。「お母さんに似ていてよかったな。お母さんは俺が結婚したいと望んでいる女性だ。でなければ、きみだと勘違いしてきみのビジネス・パートナーに聞かせた説教をくりかえすところだった」

「わたしが悪かったんだから仕方ないわ。でも身に染みてわかったし、今ではずっと気をつけているのよ。すばらしい仕事をしてくださってありがとう。腕利きなのね。来週バンを持ちこんだら、点検してもらえるかしら？」

「お母さんに似ているのは見かけだけではないようだな」

エマはマルガリータをすすりながら微笑んだ。「お皿をとって、どうぞ料理を召しあがって」

「せっかくだから案内して――」マルコムは言葉を切った。ジャックの警告するような視線に気づいたのだ。ジャックがさりげなく、それでいてわが物顔でエマの髪を撫でている。「わかった。しばらく食べ物にありついてくるとしよう」

「ぼくもそうする」カーターも同調した。

デルが唇をゆがめた。「やれやれ、振られちゃったな」ビールの瓶を振る。「エマ、あのブルネットのロングヘアは誰だい？　ピンクのトップスにスキニージーンズの」

「ああ……ペイジよ。ペイジ・ハヴィラー」

「シングルか？」

「ええ」

「じゃあ、あとで」

「彼女に脳みそがあるかどうか、訊いてくれればよかったのに」去っていくデルを見送りながら、エマは言った。「三十分もしたら退屈しちゃうわよ」

「三十分なにをするかによるな」

エマはジャックを見あげて笑った。「たしかに」彼のてのひらに手を滑りこませて、きゅっと握りしめる。「いい日ね」

「どうやってここまで準備したんだか想像もつかないよ」

「ゲームやアクティビティは何週間もかけて、大勢の人に手伝ってもらっているのよ。それにパーカーもコーディネーターとして手伝ってるの。そういえば――」

「あの男は誰？」

「男？　男といってもたくさんいるじゃない。ヒントをちょうだい」

「きみが少し前にキスしていた男だよ」

「もっとヒントを」

ジャックはかっとなった。「デンマークの王子みたいなやつ」

「王子……ああ、マーシャルのことね。なかなか戻ってこられなかったのは彼のせいもあるのよ」

「そのようだね」

エマは首をかしげて、かすかに眉根を寄せた。「彼は遅れて来たのよ。奥さんと生まれたばかりの坊やと一緒だったから。彼が呼びに来たので、わたしは赤ちゃんを見せてもらいに行ったの。なにか問題ある？」

「いや」ばかだな、とジャックは思った。「デルにいっぱい食わされて、まんまと引っかかったんだ。どっちもどっちだけど。話を戻そう。さっき、なにか言いかけなかったかい？」

「二、三年前にちょっとだけつきあっていたの。マーシャルとわたし。彼を奥さんに紹介したのはわたしで、一年半前に〈Ｖｏｗｓ〉が結婚式を担当したのよ」

「わかった。謝るよ」

エマは小さく微笑んだ。「彼は、どこかの無茶苦茶なアーティストがあなたにしたみたいに、わたしのお尻をつかんだりはしなかったわ」

「やつの負けだな」

「みんなのところに行きましょう」

「そうだね」

「ああ」エマは足を踏みだしながら言った。「さっき言いかけた話だけど、ちょっと思いついたのよ。明日、街でいくつか用事があるから、今夜あなたのところに泊めてもらえないかと思って。パーカーは今朝手伝いがあって早く着きたかったから、わたしの車で一緒に来たけど、帰りはローレルと帰ってもらえばいいわ。泊めてもらえると、わたしは行ったり来たりがなくて助かるんだけど」

「うちに泊まるって？」

エマが眉をつりあげた。その下の瞳がみるみる冷めていく。「迷惑だったらソファに寝るし」

「いや、てっきりきみはこのあと家に帰らなければならないんだろうと思っていたか

「明日は街での用事からで、そんなに早くないのよ。でも迷惑なら——」

「いいんだ」ジャックはさえぎり、エマを自分のほうに向かせた。「かまわない。うれしいよ。でも、なにか必要なものはないのかい——明日用に?」

「それは車に積んできたの」

「だったら決まりだ」ジャックは身をかがめてキスをした。

「もう一本ビールをどうだね?」

エマの父親の声に、ジャックはびくっとして振りかえった。フィリップが微笑みかけてきた。見たところはさりげない笑顔だが、彼の娘と寝る約束をしている身としては、気楽には受けとめられない。

「ネグラ・モデロでよかったかな?」フィリップが瓶を差しだしてきた。

「ええ、ありがとうございます。いつものことながら、すばらしいパーティーですね」

「一年のなかでも好きな行事なんだ」フィリップがエマの肩に手をまわした。さりげなく愛情をこめて。縄張りを主張するように。「ルシアがマシューを身ごもった春から始めた伝統なんだよ。友人たち、家族、子供たちで集まる。今では自分の子供たちは大きくなって、それぞれの家庭を築いているがね」

「昔を恋しがっているのね」エマは顔をあげて、さっと父親の顎に口づけた。

「今でもおまえが友達と芝生を駆けまわる姿が目に浮かぶようだよ。輪投げの賞品を手に入れようと、あるいはピニャータ（なかにおもちゃや菓子を詰めて派手に飾り立てた陶器の壺や張り子の人形。メキシコや中米で、クリスマスや誕生日などに宙にぶらさげ、目隠しをした子供が棒で割ったり、たたき落としたりしてなかの物を出す）を割ろうと必死になっていた。お母さんと同じで、おまえは周囲に彩りと活気をもたらしてくれるんだ」

「お父さんったら」

フィリップは視線を移して、まっすぐにジャックを見据えた。「そんな彩りと活気をひとりじめできる男は幸運だよ。そして、その価値を認められる男は賢い」

「お父さん」今度は警告するようにくりかえす。

「そういう男だけが、多くの宝を手に入れることができるんだ」フィリップは指で娘の鼻の頭をつついた。「グリルの様子を見てこよう。兄さんたちやおじさんたちに長いあいだ任せてはおけないからな。失礼するよ、ジャック」彼はひとつうなずくと歩き去った。

「ごめんなさい。お父さんはどうしようもないの」

「いいんだよ。汗がシャツから染みだしてる？」

エマは笑って、ジャックの腰に腕をまわした。「ううん。さあ、子供たちにピニャータの割り方を教えに行きましょう」

　その後ふたりは芝生に座りこんで、ティーンエイジャーたちが思いつきで始めたサッカーの試合を眺めていた。パーカーもやってきて、サンダルを脱ぎ、サンドレスのスカートを撫でつけて座った
「夜にサッカーか」ジャックが言った。「珍しいな」

「あなたはサッカーをするの？」エマは訊いた。

「ぼく向きじゃないな。野球、フットボール、バスケットボールはいいけど。でも、見るのは好きだよ」

「あなたは球技ならなんでも見るのが好きなんでしょう」ふたりのそばにマックが腰をおろし、カーターを引っぱって座らせた。「食べすぎちゃった。いくら食べても減らないんだもの」

「ああ、ひどいとられ方」パスをカットされたのを見て、エマはぶつぶつ言った。

「ボールに目やレーダーがついているとでも思ってるのかしら？」

「サッカーが好きなのかい？」

　エマはちらりとジャックを見た。「学生時代、女子代表チームのメンバーだったのよ。州代表だったの」親指で自分を指す。

「本当に？」

「副キャプテンよ」パーカーを指しながらつけ加えた。

「強かったんだから」ローレルがパーカーのわきに腰をおろした。「マックとわたしはよく応援に行っては敵を哀れに思ったものよ。ねえ、また見せて」ローレルはパーカーを肘でつついた。「出ていって、目にもの見せてやって」

「うーん。やってみる？」

「エマ、十年ぶりなのよ」

エマは膝立ちになって、腰に両手をあてた。「こんな弱々しい子たちに負けるほど、わたしたちが年をとったっていうの？　もう当時のキレはないというわけ？」

「わかったわよ。ワンゴールだけね」

「やってやろうじゃないの」

エマもパーカーのようにサンダルを脱ぎ捨てた。

ジャックはふたりの女性がきれいな春らしいワンピースのままでフィールドに近づいていくのを、あっけにとられて眺めていた。

交渉があり、野次が飛び、口笛が鳴った。

「どうした？」マルコムがフィールドの一団と芝生の一団を見比べながら、ゆったりとした足どりで近づいてきた。

「エマとパーカーがサッカーですごい技を見せてくれるって」ローレルが答えた。

「本当に？　おもしろそうじゃないか」

サッカーのゲームに参加する面々が、照明のあたっている芝生の上で位置についた。エマとパーカーの敵チームがボールをとった。ふたりは顔を見あわせると、エマが三本指を立て、次に二本にした。パーカーが笑って肩をすくめる。

ボールがするすると飛んできた。エマが勢いよくパーカーにパスすると、パーカーは跳ねかえったボールをキープして、目にもとまらぬフットワークで三人の敵のあいだを抜いていった。先ほどまでのブーイングが喝采《かっさい》に変わる。

パーカーがくるりと方向を変え、フェイントでかわしてから一気に逆サイドにボールを蹴り、エマが跳びあがって受けとめた。彼女が放ったシュートはあざやかに弧を描き、キーパーが空けていたゴールの左に決まった。

エマはパーカーとそろって両腕を突きあげ、歓声をあげた。

「いつもああやっていたのよ」マックがみんなに説明した。「慎みってものがまったくないのよね。行け、ロビンズ！」

「女子のサッカーチームのことだよ」カーターが説明した。「コマツグミ《ロビン》は州の鳥なんだ」

パーカーがフィールドから出ようとすると、エマが腕をつかんだ。エマは「もう一度」と言っている。

パーカーは首を振ったが、エマは引きさがらない。パーカーがスカートをつかんで抵抗する。それに対してエマがなんと答えたのかは聞こえなかったが、相棒の元副キャプテンは笑いだした。

今度はふたりが敵チームの攻撃を受けて立った。相手方は先ほどより、ふたりに敬意を抱くようになっている。エマとパーカーは競りあい、ブロックし、跳ねかえし、敵の攻撃を撃退した。

エマの肩が敵にぶつかったときには、ジャックはにやりとした。ああやっていてもきれいだ――同時に激しくもある。エマがボールを持った選手に突進していくときには、彼のなかに新たな欲望のかたまりが芽生えた。それに彼女のスライディングタックル――あの格好！――で、インステップキックでパスを出そうとしていた相手はバランスを崩した。

パーカーが即座に反応し、高くあがったボール目がけて跳びあがった。スカートを翻しながら、正確なヘディングでパスを送る。

「こいつはすごいな」マルコムがつぶやいた。

「パスカット！」エマがボールをトラップするとローレルが叫んだ。「わあ！」

エマはすばやい切りかえしで、ボールを奪いかえそうとする敵の動きをかわした。バイシクルキックでパーカーにボールを戻すと、パーカーがキーパーの股のあいだを抜いてゴールを決めた。

　両腕をあげて叫びながら、パーカーはエマの肩に腕をまわした。

「おしまいにする？」

「そうね、もう充分」エマはふうっと息を吸いこんだ。「もう十七歳じゃないのよね。でも、まだいけるわ。最高の気分」

「勝っているうちに退散しましょう」ふたりはつないだ手を上にあげ、拍手に礼を返してからフィールドを出た。

「きみときたら」ジャックはエマの手をつかんで引っぱった。「すごいじゃないか」

「まあね」エマはマックが差しだした水のボトルに手を伸ばした。だがジャックと唇を重ねるのに忙しくて、すぐには飲めない。

　このキスがさらなる喝采を呼んだ。

「ぼくはとりこだよ」ジャックは唇を重ねたままでつぶやいた。「正確なバイシクルキックをくりだせる女性のね」

「本当？」エマは彼の下唇を軽く嚙んだ。「インステップのドライブシュートも見てもらわないと」

「いつでも、どこでもどうぞ」

　フィールドの端ではマルコムがパーカーに近づき、手にしていたビールを差しだした。「飲むかい？」

「いいえ。どうも」

彼のわきをすり抜けて、バケツ型のクーラーボックスから水のボトルをとりだす。

「どこのジムを使ってるんだ？」

パーカーはボトルの蓋《ふた》を開けた。「うちの」

「なるほど。いい動きをしていたな。ほかになにかやっているのか？」

彼女はゆっくりと水を飲んだ。「ピアノ」

マルコムはのんびりとビールを飲みながら、去っていく彼女を見送った。


その後、ローレルはグラント家のフロントポーチの階段に座っていた。肘を後ろについて目を半分閉じている。静けさと芝や庭の香りが迫り、春の星の光が降り注いでいた。

足音が聞こえてきても、彼女はわざと目を閉じたままでいた。帰ろうとしている客が誰かはわからないが、そのまま通り過ぎてくれることを、自分を放っておいてくれることを祈った。

「大丈夫か？」

そううまくはいかないわね。目を開けるとデルがいた。「ええ。ここに座ってるだけ」

「それはわかる」

彼は隣に腰をおろした。

「もうお別れの挨拶はすませたの。パーカーはまだなかにいて――外かもしれないけれど、とにかく、ほかにもうすることがないか確かめているところ。わたしはテキーラの飲みすぎで、そんなところまで気がまわらないけど」

デルは彼女をしげしげと眺めた。「ぼくが送っていこう」

「キーはパーカーに渡してあるわ。運転してくれるって。だから送迎サービスは必要ないのよ」

「わかった。ところで、ロビンズがカムバックしたと小耳にはさんだよ。見逃して残念だった」

「今までと変わりなく敵を圧倒してたわ。あなたはほかで忙しかったんでしょう」後ろを振りかえり、大げさなしぐさで左右を眺めまわす。「ひとりなの、ディレイニー？　今日、さんざん品定めをしていたのに？　ロビンズがゴールしたのに、あなたがしていないなんて信じられない」

「ゴールを決めに来たわけじゃない」

ローレルはふんと鼻で笑って、彼を小突いた。

デルは仕方なさそうに微笑んだ。「酔ってるな」

「そうよ。明日になったら自分に腹を立てるでしょうね。でも今はいい気分。こんなにテキーラを飲んだのは、ううん、こんなにお酒を飲んだのは久しぶりよ。わたしもゴールを決められそう」

「なんだって？」

「サッカーじゃないわよ」けらけら笑い、もう一度デルを小突く。「なんていう名前だったかしら、キュートな人が誘ってきたのよ。でも、わたしはセックスきょう……きゅう……ええと。セックスきゅ、う、し期間中だから」一音一音区切って発音する。

デルは笑顔のまま、ローレルの明るいブロンドの髪を耳にかけてやった。「そうなのかい？」

「ええ。わたしは酔っ払いで、今言ったような状態なんだけど、もう一度言いたくはないわ」彼が撫でつけてくれた髪を振り払い、儚げな笑みを投げかけた。「あなた、誘っているんじゃないわよね？」

デルの笑みがふっと消えた。「違う」

ローレルはまた鼻で笑って後ろに体重を預け、追い払うように何度か手を振った。

「あっちへ行って」

「パーカーが出てくるまでここにいる」

「ミスター・ブラウン、ディレイニー・ブラウン、人助けばかりしていて、いやにならないの?」

「ぼくはきみを助けているわけじゃない。ただここに座っているだけだ」

ええ、そうでしょうとも。ただ座っているだけね。美しい春の晩に星明かりを浴びて、初咲きの薔薇の甘い香りに包まれて、ただ座っているだけね。


エマはジャックの車の後ろに駐車して、大きめのバッグを手にとった。車をおりてトランクを開けると、彼が一泊用の小型バッグをとりだしてくれた。彼女はジャックに微笑みかけた。

「なにが入っているかは訊かないの?」

「実を言うと、もっと重いんじゃないかと思ってた」

「だいぶ抑えたのよ。あなた、明日は何時から仕事? まだ訊いていなかったわ」

「八時だ。そんなに早くない」

エマは彼と手をつなぎ、ふざけて腕を振りまわした。「泊めてくれるお礼に朝食をつくるわ。なにか材料があればだけど」

「たぶんあるよ」ふたりはジャックのオフィスの上にあるアパートメントの裏階段をあがっていった。

「仕事場と同じ住所に暮らすのって楽よね？　職場と家が分かれているときよりも、長く仕事をしてしまいそうだと思うことはあるけれど。この建物、好きよ。特徴がはっきりしていて」

「ひと目惚れだったんだ」ジャックが鍵を開けながら言った。

「あなたに似合ってる。外観は特徴がはっきりしていて伝統が感じられるし」エマはキッチンに足を踏み入れてつけ加えた。「なかはすっきりしたラインで、バランスがとれた流れになっているわ」

「ラインと流れといえば、あのサッカーのエキシビションにはどうコメントしていいか、いまだに言葉が見つからないよ」

「衝動的にやってしまったけど、明日は手足が筋肉痛ですごいでしょうね」

「きみなら大丈夫さ。言ったかな？　ぼくはスポーツをする女性に弱いんだ」

彼女はジャックと一緒にいくつかの部屋を通り抜けてベッドルームに入った。「言われなくてもわかっていたわ。あなたは女性に弱いし、スポーツにも弱い」

「両方が一緒になったら勝ち目はないな」

「バイシクルキックをする女性のとりこなんでしょう」エマはつま先立ちになって、彼の唇に軽くキスをした。「サッカーのユニフォームを着たわたしを見せてあげたい」

「まだ持ってるのかい？」

彼女は声をあげて笑い、ベッドにバッグを置いてファスナーを開けた。「実は」

「そこに?」

「残念ながら、違うわ。でも、これはどう?」とても薄くて短くて黒いものを引っぱりだす。「あなたが興味があればだけど」

「今日は最後まで完璧な一日になりそうだ」

翌朝、エマはフレンチトーストをつくり、スライスしたりんごをかりっと甘く焼いた。

「おいしいよ。フラワーコーディネーターで、サッカー・チャンピオンで、キッチンの魔術師か」

「わたしはいろいろなものになれるのよ」ジャックがダイニングとして使っている一角で、エマは彼と向かいあって座った。このスペースには花が必要だ。銅製の花瓶に入れた大胆で明るい色の花が。「これで卵はなくなったし、ミルクもあと少ししかないわよ。今日買い物に行く予定だから、買っておきましょうか。ほかにもなにか必要なものがあれば」

ジャックがぴくっとしてためらってから、ようやく話しだしたことにエマは気づいた。

「いや、いいよ。週の後半に買い物に行くつもりだから。筋肉痛はどうだい？」

「大丈夫」たかが卵を買ってこようかと言っただけで彼がいやそうな顔をしたからといって、大げさに騒ぎ立ててはだめよ。エマは自分に言い聞かせた。「いまいましいエリプティカルが役に立ってるみたい。あなたはどうやって体を鍛えているの？」

「週に三、四回ジムに行ったり、バスケットボールをしたりかな」

エマは責めるようなまなざしを投げた。「あなた、好きでしょう、ジム」

「ああ、好きだよ」

「パーカーもそうなのよ。あなたたちって本当に病気ね」

「体を鍛えるのが病気なのかい？」

「違うわ。体を鍛えるためにすることが好きというのが病気なの。わたしもやっているけど、やらなければならない仕事、義務、必要悪だと思ってる。芽キャベツみたいなものよ」

ジャックの目がおもしろがるように輝いた。「芽キャベツは必要悪なのか？」

「もちろんよ。みんな口に出しては言わなくても、わかっていることだわ。あれは邪悪な緑色の小さなボール。スクワットが、そもそもスクワットなんてやる必要のない人たちによって考えだされた拷問だというのと同じことよ。本当にいやだわ」

「トレーニングと栄養についてのきみの哲学は実に魅力的だな」

「正直だから魅力的なのよ」エマはコーヒーの最後のひと口を味わった。「少なくとも夏になればプールが使えるわ。プールはいいわよ、楽しいし。さて、シャワーを浴びてこないと。あなたが浴びているあいだ、熱いガスレンジの前にいたから。あなたを待たせないように手早くすませるわね」ガスレンジの上の時計を振りかえる。「大急ぎで」

「ああ……いや、急がなくてもいいよ。ぼくが出たあとでも、裏口に鍵をかけていってくれればいいから」

彼女はうれしくなってにっこりした。「それなら、先にもう一杯コーヒーをいただくわ」

おかげでゆっくりコーヒーを味わい、シャワーを浴びることができた。タオルに身を包んで、肌にクリームをすりこんでから、顔に塗る乳液の瓶を開ける。

化粧を始めたところにジャックが入ってきた。鏡越しに、彼がバスルームのカウンターの上に散らばった彼女のチューブや瓶を見渡しているのが見える。その目が不安そうに翳ったのを見て、エマの心は傷ついた。

「行ってくる」濡れた髪にさっと触れた手は、キスと同じくやさしかった。「夜に会えるかい?」

「ええ」

エマはひとりになって化粧を終わらせ、髪を整えた。服を着て荷物をまとめる。支度がすむと、もう一度バスルームに入り、洗面台とカウンターをせっせと磨いた。ジャックの空間に自分や自分の持ち物の痕跡《こんせき》が残らないようにしておきたかったのだ。

「あわてなくていいのよ、ジャック」彼女はつぶやいた。「全部片づけたわ。すべてあなたのものよ」

帰り際に、キッチンのボードにメモを残した。

〝ジャック――今夜予定があったのを忘れていたわ。また連絡します。エマ〟

少し距離を置いたほうがよさそうだ。

裏口のドアに鍵がかかったことを確かめると、バッグを車まで運んだ。運転席に座ってから、電話をとりだしてパーカーにかけた。

「あら、エマ。今、別の電話に出ているところで――」

「すぐすむわ。今夜、ガールズ・ナイトはできる？」

「どうしたの？」

「別に。たいしたことじゃないの。ただ女の子だけで集まりたいのよ」

「家で、外で？」

「家で。出かけたくないから」

「任せて」

「ありがとう。二時間くらいで家に着くわ」

エマは携帯電話を閉じた。

友達。女友達。彼女たちだけは絶対に裏切ることがない。

15

「わたし、過剰反応してしまったのよ」

一日じゅう仕事をしながら、何度となくジャックの態度を反芻《はんすう》したあとで、エマはそういう結論に達した。

「それについてはわたしたちが判断するわ」ローレルは二階の談話室の自分の場所に陣どると、ミセス・グレイディ特製のピザにかじりついた。

「彼がなにか間違ったことをしたわけじゃないの。言ってもいない。ただわたしがひとりで、いらついてしまっただけなのよ」

「わかった。でも、あなたは誰かほかの人にいらつくより、自分にいらついてしまうタイプでしょう。本当は誰かのせいだというときでも」マックは自分のグラスにワインを注いでから、ボトルをローレルにまわした。

「いらないわ。大量のテキーラを抜かなくちゃいけないから。何日かかかりそう」

「そんなことないわよ」エマはピザ越しにマックをにらんだ。「それだったら、まるでわたしがいじめられっ子みたいじゃないの」

「いじめられっ子じゃないわよ。あなたは心が広くて、思いやりがあるのよね」マックはエマが差しだしたグラスに注いでくれた。「だから誰かのせいでいらだっているときは、よほどのことなのよ」

「そんなにお人よしではないわよ」

「わたしたちほど意地が悪くないからって、お人よしってことにはならないわ」ローレルが指摘した。

「意地悪だってできるわ」

「でしょうね」マックが同意して、励ますようにエマの肩を軽くたたいた。「方法は心得てるだろうし、その技術だってある。ただ、たいていはそういう気持ちにならないだけ」

「わたし――」

「生まれつきやさしいことは欠点じゃないのよ」パーカーが口をはさんだ。「わたしたちみんな、生まれつきやさしいところがあると思いたいわ」

「わたしは別」ローレルがダイエットコークを掲げた。

「そう、あなたは別ね。どんなことで動揺したのか話してみて、エマ」

「きっとばかみたいに聞こえると思うわ。すごくつまらないことだって」エマはグラスのなかのワインをじっと見て考えこみ、それからつま先のキャンディピンクのネイルを見つめた。友人たちは彼女が話しだすのを待っている。「要するに彼は、自分のスペース、場所を守りたい人なのよ。なにも口に出してはいないけど、ジャックの周囲には目に見えない境界線があるの。前に一度だけ言っていたこともあるわ。覚えてるでしょう、マック？」

「ヒントをちょうだい」

「冬に、あなたのベッドルームを改装することにしたときよ。クローゼットとか。あなた、カーターがあなたの部屋に物を置いていくのでかりかりしていたじゃない。そこにやってきたジャックがあなたに共感してたのよ。あのとき、自分のテリトリーにつきあっている人を入れるとどういうことになるか、あれこれ言っていたの」

「あれはほとんど冗談でしょう」マックは思いだした。「あなたは怒って、出ていってしまったけど」

「女はバスルームに物を置いていくようになって、そのうち専用の引き出しを欲しがるようになるって言ったのよ。気づいたときには、いろいろ占領されてるって。歯ブラシを置いていくのは、〈ティファニー〉の予約をよろしく、って言っているみたいなものだって」

「あなたが歯ブラシを置いていこうとして、ジャックがあわてたということ？」ローレルが問いただす。

「いいえ。そうね。ちょっと違うのよ。わたしは歯ブラシのことなんてなにも言ってないもの。だから、こういうことなの。たとえばどこかへ出かけていたとして、彼の家のほうが近かったとしても、わたしたちはこっちに戻ってくるの。昨夜はわたしから泊めてほしいと頼んだのよ。今朝、街で用があるからって。彼は……ためらっていたわ」

「ジャックのところは女の子には向かない環境だとか?」マックが言った。「脱いだソックスやいかがわしい雑誌がそのへんに落ちていないか彼自身も心配になるとか、十年間シーツを交換していないとか?」

「そうじゃないわ。部屋はいつでもこぎれいに片づいているもの。逆に、そのせいなのかもしれない。彼はなにもかもがあるべき場所におさまっているのが好きなのよ。パーカーみたいに」

「ちょっと待ってよ」

「だって、そうでしょう」エマは愛情をこめて申し訳なさそうに微笑んだ。「そういう性格なのよね。問題は、あなたは男性が泊まりに来て歯ブラシを置いていったとしても、気にしないだろうってこと。その歯ブラシを、どこか決めた場所に置くだけよね?」

「どの男性かしら？　名前と住所と写真をお願い」

エマは少しリラックスして笑った。「たとえばの話よ。とにかく朝食のときに、卵とミルクが切れそうだから、買い物へ行くついでに買ってきましょうかと訊いたの。そうしたら、泊めてほしいと言ったときと同じようにまたちょっとためらってから、〝いや、いいよ〟って答えたのよ。きわめつけは、彼が階上にあがってきたとき。わたしはメイクをしてる最中で、カウンターの上にいろいろ広げていたの。そこに入ってきた彼の顔といったら。むっとして……警戒しているみたいだった。ほらね、ばかみたいな話でしょう？」

「そんなことないわ」パーカーが答えた。「歓迎されていないような、入ってはいけないところに入ってしまったような気持ちになったのね？」

「そうなの」エマは目を閉じた。「まさにそのとおりよ。彼に悪気はなかったんでしょうし、自分でも気づいていなかったかもしれないけど――」

「関係ないわよ、そんなこと。むしろ無意識のほうがまずいくらい」

「そうなの！」エマはくりかえし、感謝するようにパーカーを見た。「ありがとう」

「それで、あなたはどうしたの？」ローレルが尋ねる。

「どうって？」

「なにをしたのかってことよ。たとえば、彼に乗り越えてほしいと言ったとか、ただの歯ブラシやマスカラのチューブでしょ、と言ったとか」

「ジャックが仕事に出かけたあと三十分かけて、彼の大切な空間にマスカラのかけらが落ちていないかどうか確かめたわ」

「もう、それじゃ全然相手に伝わらないでしょう?」ローレルは言い募った。「わたしだったらブラを外して、彼のシャワーにかけておいたり、鏡に口紅で皮肉をこめたメッセージを残してきたりするところよ。そうだ、タンポンの徳用パックを買ってきて、カウンターに置いておくかな。そのほうがはっきりわかるじゃないの」

「彼の考えが?」

「違うわよ。彼の考えなんて関係ない。あなたたちはベッドをともにする仲なんでしょう。どちらのベッドを使うにせよ、泊まったほうには最低限必要なものがあるわけよ。彼が歯ブラシやかみそりをあなたの家に置いていったとして、あなたはとり乱したりする?」

「置いていったりしないもの。絶対に」

「そんなわけないでしょう。一度もないわけないじゃないの」

「でも、一度もないのよ」

「ああ、なんてこと」ローレルはぐったりと椅子にもたれかかった。「強迫観念みたいなものを抱いているのかしら?」

マックが手をあげて、ばつが悪そうに微笑んだ。「わたしにもそういうところがあるかもしれないわ。強迫観念というほどではないけど。わたしはカーターの家に忘れることがあったし、カーターも同じだった。でもそのせいで、さっきエマが言っていた日のようなことになったのよ。彼のジャケットやひげそりセットなんかが、わたしの物とごっちゃになっちゃったの。単に片づかないとかではなくて、そうなること自体が問題だった。彼がここにいる、本当にここにいる。セックスだけじゃない、気楽な関係じゃないんだってこと。本物の関係ということね」マックは肩をすくめて両手を広げた。「わたしは焦ったわ。すばらしい男性がわたしを愛してくれているのに、怖くなったのよ。ジャックも同じように感じているんじゃないかしら」

「わたしは愛しているなんて言ってないわ」

「言うべきかもしれないわね」パーカーが座り直して脚を抱えた。「相手のカードがわかっていれば、勝負の仕方も決まってくるわ。彼があなたの気持ちを知らないんだとしたら、どうやってあなたの気持ちを考えることができるの?」

「わたしの気持ちを考えてほしいとは思っていないもの。彼が感じているまま、彼らしくいてほしいの。もしジャックがジャックらしくなかったら、そもそもわたしは彼を愛することはなかったと思うから」エマはため息をついてワインを口にした。「だいたい、愛するのがすばらしいことだなんて、どうして思っていたのかしら?」

「もつれを解きほぐすことができたら、すばらしい関係になるわ」マックが言った。「問題は、もともと彼をよく知っているから、ちょっとしたことでもわかってしまうことなのよ……」エマはふっと息をつき、さらにワインを飲んだ。「敏感になりすぎているのかも。なにもかもロマンティックに考えるのをやめたほうがいいのかもしれないわ」

「あなたが感じるまま、あなたらしくいるべきよ」

先ほど自分が口にした言葉をパーカーに投げかえされて、エマは目をしばたたいた。「そうよね。そして、ジャックとこのことについてちゃんと話しあってみるべきなのかも」

「わたしが提案した、タンポンの徳用パックのほうがいいと思うけど。あれなら言葉はいらないから」ローレルが肩をすくめる。「でも大人らしく解決したいなら、話しあうべきね」

「大人らしくしたいわけではないけど、半日すねていて飽き飽きしたわ。これなら理性的に話しあってみたほうがましかもしれない、来週にね。少し距離を置いてみるのがいいのかもしれないわ」

「月に一度は、男抜き仕事抜きの夜が必要よ」

「今だってやっているじゃないの」マックがローレルに思いださせるように言った。

「でも、たまたまでしょう。それはそれでいいけど、今やわたしたちの半分は決まった男性がいるわけだから、正式に決めて集まるようにしないと。エストロゲンを再生させるの」

「男抜き仕事抜き、ね」エマはうなずいた。「それは――」

パーカーの携帯電話が鳴った。彼女はちらりと表示画面を見た。「六月の第一土曜日のウィロー・モランから。すぐすむわ。こんにちは、ウィロー！」パーカーは明るい声で応じながら立ちあがり、部屋を出ていった。「いいえ、かまいませんよ。そのためにわたしがいるんですから」

「まあ、仕事に関してはほぼ抜きってことで。もっとピザをもらおうっと」ローレルはふた切れ目のピザをとった。

何度か邪魔は入ったが、その晩は願っていたとおりの時間になった。友人たちと小さな空間を分かちあい、ささやかなひとときを過ごすことができたのだ。エマは心地よい疲れを覚えながら家に入った。二階にあがり、これから数日間の予定を確かめる。どうやら息をつく暇もないくらい忙しそうだ。でも、それこそ今の彼女が必要としていることだった。

部屋を横切り、わざと置いていった携帯電話をとりだしてみると、ジャックからボイスメールが入っていた。たちまち気持ちが高まる。急激な気分の変化にあわてて、エマはもう一度電話を置くよう自分に言い聞かせた。緊急な話ではないはずだ。もしそうなら、本館に電話をしてきたはずだから。

明日まで待ってもいいかもしれない。

なにをごまかしているの？

エマはベッドの片側に腰をおろして、ボイスメールに耳を傾けた。

〝やあ、きみに会えなくて寂しいよ。デルと一緒に、カーターをさらに堕落させて、日曜日の試合に引きずっていこうと計画中なんだ。土曜日のどこかでそちらに寄るよ。手伝いができるかもしれない。カーターを誘拐する前に、今朝のお礼に朝食をつくってもいいな。時間があったら電話して。これから、きみの仕事場の図面を描くところだから……きみのことを考えている。きみがなにを着ているか〟

エマは声を出して笑った。ジャックはいつでも笑わせてくれる。すてきなメッセージだった。思いやりがあって、愛情にあふれていて、おもしろい。

ほかになにを望むの？

すべて。彼女は自分の気持ちに正直になった。すべてが欲しいのよ。

エマは話しあいを持ちかけることもなく、ふたりの関係をそのままにしておいた。忙しすぎて大人の会話をする時間なんてない。そう自分に言い聞かせながら。実際のところ、五月は結婚式にブライダル・シャワー、母の日のイベントがあり、予定はびっしりだった。花に埋もれていないときは、次のデザインを考えなければならない。

そんなスケジュールだったので、自然とジャックのほうが彼女のところへ来るようになったし、そのほうが双方にとって都合がよかった。エマは、週末や夜遅くまで仕事をしていることに文句を言わないばかりか、近くにいるときには手を貸してくれる男性とつきあっていることをありがたく思った。

五月のある荒れた天気の日の午後、彼女はひとりで仕事をしていた。幸せな時間だった。ひとりでないときはティンクとティファニーのおしゃべりで耳が痛くなるほどだが、今は雷と吹きつける雨風の音が心地いい。

花嫁付添人のブーケを仕上げてから、いったん立ちあがって伸びをした。くるりと振りかえったとたん、きゃっとウサギのように跳びあがる。ジャックがいたのだ。

はっと胸に手を押しあてると、小さな悲鳴はすぐさま笑い声に変わった。「もう！びっくりするじゃないの」

「すまない。ノックはしたし、大声で呼んだんだよ。でも、神の怒りの前では聞こえなかったようだ」

「びしょ濡れじゃない」

「雨だからね」ジャックが髪に手をやると、しずくが飛び散った。「最後のミーティングが中止になったから、もしかしたらいるかなと思って寄ってみたんだ。すてきだね」ブーケを見てうなずく。

「そうでしょう？　これを冷蔵ケースに入れて、花嫁のブーケにとりかかるところだったの。コーヒーでも飲んで、服を乾かしたら？」

「まさに聞きたかった言葉だ」ジャックは近づいてきてキスをし、エマの背中をさっと撫でおろした。「きみに見てもらおうと思って図面を持ってきたんだよ。時間ができたら見てほしい。天気がよければ、月曜の朝からマックのところの工事にとりかかる。朝早くからだから、覚悟しておいて」

「楽しみね。ふたりは知ってるの？」

「先にスタジオへ寄ってきた。きみもコーヒーを飲むかい？」

「いいえ、けっこうよ」

エマは冷蔵ケースまで行って戻ってくると、花と道具をそろえ、頭のなかにデザイン画を描いて作業にとりかかった。

ジャックが入ってきたので顔をあげる。「ここできみが仕事をしているのは、今まで見たことがなかったな。邪魔かい？」

「いいえ。座って、なにか話して」

「今日、お姉さんに会ったよ」

「あら」

「街でばったり出くわしたんだ。写真やスケッチはいらないの？」

「どちらも使うことはあるけれど、これは……」彼女はこめかみを指でとんとんとたたいた。「白い枝咲き薔薇に、淡い色の莢蒾《がまずみ》（スイカズラ科の低木。多数の白い花を散房状につける）をアクセントにするの。ほっそりしたキャスケード・タイプで、うまくこのマジョリカ焼きの花瓶を満開にできたら、甘くてロマンティックな感じになるはずなのよ」

　雷鳴を聞きながら、ジャックはエマが茎を切ったりワイヤで束ねたりするのを眺めていた。「ブーケだと言っていたよね」

「そうよ」

「どうして花瓶があるんだい？」

「水で浸したフローラルフォームを入れておくためよ。見える？」エマは花瓶を傾けてみせた。「こうやって花瓶の底に入れておけば、そこに花をさして形を整えて、キャスケード状にできるのよ」

「ここでほかの人たちが作業してるときは、どんなふうにやっているんだい？」

「えっ？」

「ええと、みんなで並んでやってるの？　流れ作業みたいに？」

「最初の質問はイエス、二番目はノーね。並んでやることはやるんだけど、流れ作業ではなくて、それぞれが割りあてられたアレンジメントをつくるの。わたしがここまでやって、ティンクに渡すというやり方じゃないのよ」

雷鳴と雨音だけが聞こえる静寂のなかで、エマは作業を続けた。

「L字型の作業台がいるな」ジャックはスペースを見渡して、道具や花を入れておく桶を見た。「U字型のほうがいいかもしれない。カウンターの上と下にはごみ箱と引き出しをつける。ぼくが最初にここを設計したときは、基本的にきみがひとりで作業をしていた。でも、仕事の量が増えたんだ。それに、車輪付きのごみ箱を置けるスペースもあったほうがいいだろう。ひとつは花のごみ用、もうひとつは不燃ごみ用に。作業中にここへクライアントを招くことはあるかい？　きみじゃなくても、スタッフの誰かが作業しているときに？」

エマは棘があたった親指を吸った。「ときどきあるわ」

「わかった」

ジャックは立ちあがり、眉をひそめている彼女を残して出ていった。

またびしょ濡れになって戻ってきた彼は、車からとってきたらしいノートを手にしていた。「そのまま続けて」エマに言う。「描いてあった図面を手直ししたいだけなんだ。その壁の位置をずらそうと思うんだよ」

「ずらす？」彼女はまっすぐにジャックを見た。「壁を？」

「外側にずらして、作業エリアとディスプレイエリアを広げるんだ。そのほうが動線もよくなるし、効率的に作業できるようになる。ひとりでやるんだったら、そこまで必要ないが……ああ、すまない」彼は図面から顔をあげた。「思いついたことを口に出してるんだ。うるさいよな」

「いいえ、大丈夫」なんだかおかしい、とエマは思った。嵐の午後に、ふたりでこうして一緒に仕事をしているなんて。

それからしばらくのあいだ黙って仕事を続けたが、彼女はジャックが鉛筆を手にぶつぶつつぶやいているのに気づいた。気にはならなかったし、いまだに彼について知らないことがあったことに驚いたくらいだった。

エマはブーケをつくり終えると、持ちあげたりまわしたりして、あらゆる角度から眺めてみた。そのうちにジャックと視線がぶつかった。「薔薇が咲いたら、もっとふっくらとやわらかい感じに見えるはずよ」

「速いんだね」

「こういうのはそんなに時間がかからないの」立ちあがって姿見を振りかえる。「ドレスはとても手のこんだ複雑なデザインだから、シンプルでやわらかな感じのブーケのほうが似合うのよ。リボンはなし、あまり長すぎない、さりげないキャスケード・タイプ。こうやってウエストの高さに両手で持つの。これなら……」

鏡のなかで、ジャックと目が合った。彼はかすかに眉をひそめている。「心配しないで、ジャック。予行演習をしているわけじゃないわ」

「えっ？」

「冷蔵ケースに入れてくるわね」

エマがブーケをしまっていると、戸口から彼が声をかけてきた。「白がよく映えていると思ったんだ。きみにすごく似合っていたというか。でも、きみにはなんでも似合うな。それと、きみは花を身につけないよね。あまりにもありきたりになってしまうからかな。それなら、ぼくは失敗したかもしれない」

彼女は花に囲まれ、香りに包まれて立っていた。「失敗？」

「ああ。すぐ戻る」

また彼が出ていくのを見て、エマは頭を振った。一歩さがって冷蔵ケースを閉める。作業エリアを片づけて、明日の予定を確認しないと。

「ブーケを持って確かめてみるのはいつものことなのよ」ジャックが戻ってきた気配を聞きつけて、彼女は声をかけた。「持ちやすさを確認して、形や色や素材感を見てみるの」

「ああ、わかるよ。ぼくも仕事のたびに、一回はハンマーを手にとってみる。物を建てる感触を確かめるためにね。うん、よくわかる」

「それならいいんだけど、はっきりさせておきたくて……」振りかえり、彼の手のなかの細長い箱を見て言葉を切った。「まあ」

「街でミーティングがあったときに見かけたんだ。ディスプレイのウィンドウから叫んでいるみたいだった。〝ねえ、ジャック、エマがわたしを必要としているの〟って。ぼくも、たしかにそうだなと思った。それで……」

「プレゼントを持ってきてくれたのね」箱を差しだされて、エマは言った。

「花をもらうのはうれしいと言っていただろう」

彼女は箱を開けた。「まあ、ジャック」

なかに入っていたのは色とりどりのブレスレットで、あざやかな宝石調の石が完璧な形の小さな薔薇をかたどっていた。

「でも、きみは花のついたものを身につけない」

目をあげたエマの顔には驚きと喜びが浮かんでいた。「これからはつけるわ。きれいね。本当にきれい」箱からとりだして手首にあてる。「なんてすてきなのかしら、うっとりしちゃう」

「わかるよ、その感覚。ほら、店の人からつけ方を教わったんだ。留め金がこうしてスライドするようになっているから、表には見えない」

「ありがとう。ああ……ねえ、わたしの手につけるとどう見える？」

ジャックは仕事で染みと傷のついた彼女の手をとり、唇に持っていった。「すてきだよ。とても」

「わたしはあなたにいやみを言ったのに、あなたはお花をくれるのね」エマは彼の胸に飛びこんだ。「もっといやみを言うようにしようかしら」ため息をついて目を閉じる。「あら、雨がやんでる」彼女はつぶやき、ジャックにもたれかかった。「少し片づけたら、今夜のリハーサル・ディナーの手伝いがあるの。でも、それがすんだら飲みましょう。パティオで食事をしてもいいわ。あなたがそれまでいてくれるなら、だけど」

「もちろんだ」エマの顔を見つめていた彼の瞳が不意に熱っぽさを帯びた。「エマ、ぼくはちゃんと伝えてこなかったような気がするよ、どれだけきみのことを思っているか」

「わかってるわ」彼女は立ちあがって、そっとキスをした。「わかってる」

そのあとエマが本館に行ってしまうと、ジャックはキッチンで食材を探し、簡単な料理がつくれそうなことを確認した。ぼくだって料理くらいできるさ。彼女につくってほしいと思うこともあるけれど。

もっとこういう時間を増やせばいいんだ、とジャックは思った。

実のところ、彼はけっこうおいしい料理がつくれた。かつて副シェフとつきあっていたおかげだ。ガーリックとオリーブオイルにハーブとトマトのみじん切り、それにパスタ。たいしたことはない。

前に朝食をつくってあげたこともあったよな？

一度だけ。

急にジャックは、自分がエマを利用しているような、彼女の存在を当然と思いすぎているような気がしはじめた。これではほかの男たちと変わらないじゃないか。なぜこんな気持ちになるのか、理由はわかっていた。わかりすぎるほどよくわかる。彼はガーリックやトマトを刻みながら考えた。

鏡のなかで目が合ったときのエマのまなざし。あの一瞬の傷ついたような表情。すぐにいらだちに紛れてしまったけれど。

〝予行演習をしているわけじゃないわ〟

あのときぼくは、花のことやブレスレットのことを考えていた。しかし、彼女の直感もまったく的外れだったわけではない。どこかでぼくは……不安を感じていた。いや……自分でも気づいていなかったのだが。エマがブーケを持つ姿を見て、どきりとしたのだ。ほんの一瞬だけ。

それが彼女を傷つけた。心に傷を負わせてしまった。世界じゅうで、いちばんしたくないことだったのに。

エマは許してくれた、というか、受け流してくれた。それはブレスレットのためではない。彼女はプレゼントに釣られるようなタイプではないし、些細《ささい》なことですねるタイプでもないのだ。

彼女は……エマなのだから。

ぼくはエマがそばにいてくれることを当然と思いすぎているのかもしれない。気づいたからには改めなければ。もっと気をつけよう。いくら彼女とつきあうようになって……。

ジャックはショックを受け、親指をほんの少し切ってしまった。七週間だ。いや、もうすぐ八週間、つまり二ヶ月。春らしい陽気になってきたころから続いている。

あと一ヶ月すれば、一年の四分の一になる。

ひとりの女性とのつきあいが月数で数えられるくらい長くなったのは、本当に久しぶりのことだった。

あと二週間もすれば、春の季節を丸々一緒に過ごして、夏に突入することになる。

ぼくはそれでかまわない。いや、かまわないどころか満足している。

ほかに一緒に過ごしたい相手などいないのだから。

いい気分だ。それが意味するところがどういうことであろうとも、エマがもうすぐ戻ってきて、パティオで食事ができると考えるとうれしかった。

ジャックはグラスにワインを注いで、ガーリックを炒めはじめた。「残りの春に乾杯！」そう言ってグラスを掲げた。「夏の始まりに乾杯」

「緊急非常事態！」優美な花輪をいっぱいに抱えて梯子の上にのっていたエマは、パンツに引っかけたウォーキー・トーキーのディスプレイを見ようと首を伸ばした。

「やれやれ。非常事態発生よ。ビーチ、早く花輪の飾りつけを終わらせて。ティファニーは花綱、ティンクは監督をお願い」

エマがあわてて梯子をおりようとしたところにジャックが近づいてきた。「気をつけて。国家の緊急事態じゃないんだ」

「パーカーが緊急だと言っているんだもの。一緒に来て。余分な手があったほうが、それも男性の手があったほうが助かるのよ。もし女だけで大丈夫だったら、戻ってきて椅子の飾りつけを手伝ってくれればいいし。ああ、もう。予定があったのに」

「きみならできるよ」

エマは猛スピードでテラスを渡り、階段をあがって――ここも飾りつけなければと考えながら、ドアを抜けて花嫁控室の前の廊下に出た。

そこは大騒ぎになっていた。

人々が支度もまちまちな状態のまま、廊下に詰めかけている。みな必死に声をあげているが、この騒ぎのなかで聞きとれるのは犬ぐらいのものだろう。誰もがぼろぼろと泣いていた。

そのただ中に立っているパーカーは、さながら嵐の海のなかで凛《りん》と持ちこたえている島のようだった。だが周囲は、今にも小競りあいが始まりそうな雰囲気だ。

「みなさん、聞いてください！　すべてうまくいきます。今はとにかく落ちついて、話を聞いてください。ミセス・カーステアーズ、お願いですから、お座りください。今すぐ座って、息を吸って」

「でも、うちの子が、うちの子が」

カーターは勇敢にも人のあいだを縫って進みでると、泣いている女性の腕をとった。

「さあ、座って」

「どうにかしないと。どうにかしないと」

エマは花嫁の母親に気がついた。彼女は泣いていなかった——少なくともまだ——が、顔が熟れたビートのように赤くなっている。エマが、花嫁の母や助けを必要としている人に手を貸そう、パーカーの負担を軽くしようと足を踏みだしたとき、甲高い口笛が鳴った。一同ははっとして静まりかえった。

「いいですか、みなさん、とにかく黙って！」ローレルが指示を出す。彼女はラズベリーソースらしき染みのついたエプロンをつけている。

パーカーが再び話しだした。「ミスター・カーステアーズ、ちょっとだけ奥様のお隣に座っていただけませんか？　花婿とその関係者の皆様は花婿控室に戻ってください。カーターがお手伝いします。ミセス・プリンストン、ローレルがあなたとご主人を階下にお連れします。お茶を召しあがっていてください。わたしに十五分ください。ジャック、ローレルと一緒に行ってくれる？　カーステアーズご夫妻には、お茶を持ってきましょう」

「スコッチをいただけないかね？」ミスター・プリンストンが訊いた。

「かまいませんよ。ご希望のものをジャックにおっしゃってください。エマ、あなたは花嫁控室をお願い。みなさん、十五分お待ちください。とにかく落ちついてください」

「どういうことなの？」エマは尋ねた。

「簡単に説明すると、ブライズメイドのふたりがひどい二日酔いで、ひとりがついさっきバスルームで派手にもどしちゃったのよ。花婿の母親は花婿控室に息子の様子を見に行って泣きだして、それで花嫁の母親が機嫌をそこねて――もとから、あんまりうまくいってなかったの。ちょっとした言い争いから感情のぶつかりあいになって、そのままふたりでけんかしながら花嫁控室にやってきたのよ。その騒ぎに影響されて、妊娠八ヶ月の花嫁付添人の陣痛が始まってしまって」

「なんてこと。今、陣痛が来ているの？　今？」

「陣痛じゃなくて、ブラクストン・ヒックス収縮（妊娠後期にときどき見られる無痛性の子宮収縮）ね」パーカーは確信に満ちた表情で言った。「たぶんそのはず。ご主人がお医者様を呼んだけど、彼女はご主人を説得して、今はわたしたちに収縮の間隔を計らせるからと言ったのよ。マックと花嫁とそれ以外の、今もどしたり、うめいたりしていない人たちがそばについてるわ。今のところ冷静なのは、妊娠八ヶ月の花嫁付添人と花嫁だけね。マック以外では。ということで」

　パーカーは息を吸いこんで、花嫁控室のドアを開けた。

　その花嫁付添人は小さなソファにぐったりと横たわっていた。青い顔をしているが、落ちついてはいる。そばにはコルセットとガーターの上にヘアメイク用のケープをつけた花嫁がひざまずいていた。部屋の奥では、マックがブライズメイドのひとりに冷湿布をあててやっている。

「調子はどうかしら？」パーカーはきびきびと、花嫁付添人に近づいていった。「ご主人を呼びましょうか？」

「いいえ。彼にはピートのそばについていてあげてほしいの。わたしは大丈夫。本当よ。この十分間、なんともないもの」

「あとちょっとで十二分になるわ」花嫁がそう言って、ストップウォッチを掲げてみせた。

「マギー、ごめんなさいね」

「もう言わないで」花嫁は友人の肩をさすった。「なにもかもうまくいくわよ」

「あなたは髪のセットとメイクを終わらせないと。それから――」

「もう少ししてから。全部、もう少ししてからで大丈夫だから」

「本当にそのとおりですよ」パーカーがはきはきとビジネスライクに、それでいて明るい口調で言った。「ジェニー、もしここでは楽になれないようでしたら、わたしの部屋を使ってください。そこのほうが静かです」

「いいえ、ここで大丈夫ですから。ここで見ていたいんです。たぶん坊やは、また眠ってくれると思います」花嫁付添人はおなかのふくらみを軽くたたいた。「きっとね。わたしより、ジャンのほうが具合が悪そう」

「わたしがばかなのよ」青い顔をしたブライズメイドが目を閉じた。「マギー、わたしを撃ち殺して」

「お茶とトーストを運ばせますね。それで気分がよくなると思いますよ。それまでここはエマとマックがお手伝いします。わたしは二分で戻りますから。もしまた収縮が起きたら」パーカーはひそひそとエマに言った。「ウォーキー・トーキーで呼んで」

「さあ、マギー、きれいにお支度してしまいましょう」エマは花嫁を立たせて美容師に預けた。それからストップウォッチを手に、未来の母親のそばに腰をおろした。

「ジェニー、男の子なんですか？」

「そうなの、はじめての子なのよ。予定日まであと四週間で、木曜日に検診を受けてきたばかりなの。順調なのよ、母子ともに。うちの母はどうしているかしら？」

ジェニーが花婿の妹だということを思いだすのに少し時間がかかった。「大丈夫ですよ。興奮して感情的になっていましたけど、でも――」

「ぼろぼろでしょう」ジェニーは笑った。「タキシード姿のピートをひと目見たとたん、決壊しちゃったんだわ。ここまで泣き声が聞こえてきたもの」

「それで、うちの母が反応してしまったのよね」鏡の前でマギーが言う。「それからふたりでピットブルみたいにやりあっちゃって。ジャンはバスルームで吐くし、シャノンはおなかを押さえてうずくまっちゃうし」

「もうよくなったわ」小柄なブルネットのシャノンが言った。ジンジャーエールらしきものを飲みながら、椅子から手を振っている。

「クリッシーは元気だから、ちょっとのあいだ子供たちを外に連れていってくれたわ。もう戻ってくるでしょう」

この部屋の混乱はなんとか収拾がついたようだと判断して、エマはマギーを見た。

「赤ちゃんのほうは、十五分何事もないみたいですね。シャノンが大丈夫そうだったら、計測係を代わってもらって、わたしはクリッシーと子供たちを探してきます。ブライズメイドとフラワーガールとリングボーイですよね？」

「お願いします。本当にありがとう。とんでもないことになってしまって」

「もっととんでもないことだってありましたよ」エマはシャノンにストップウォッチを渡し、もう一度ジェニーの様子を見た。頬に赤みが戻っている。それだけでなく、とても穏やかな表情をしていた。「マック、任せてもいい？」

「かまわないわよ。そうだ、写真を撮りましょう！」

「ひどいわ」ジャンがぶつぶつ言った。

エマは大急ぎで部屋を飛びだした。テラスでは花婿の母親がティッシュを顔にあててすすり泣き、夫が肩をたたきながら「おいおい、エディ。しっかりしてくれよ」と声をかけている。

そこをよけて正面階段に向かうと、ちょうどパーカーが戻ってくるところだった。

「状況は？」

「非常事態は脱したと思う。収縮はなし、二日酔いのうちひとりは回復傾向、もうひとりは――わからない。花嫁はヘアメイク中。わたしはもうひとりのブライズメイドと子供たちを連れ戻しに行くところ」

「キッチンでクッキーを食べてミルクを飲んでいるわよ。フラワーガールとリングボーイに声をかけるとき、ブライズメイドも階上に来させて。ミセス・Ｇがお茶とトーストを用意してくれているわ。わたしは花婿の様子を見て、未来の赤ちゃんのパパに大丈夫だってことを知らせてくる」

「了解。花婿の母はテラスで派手に泣いているわ」

パーカーの顔がこわばった。「なんとかする」

「がんばって」エマが急いで階段をおりてキッチンに向かおうとしたところに、ジャックが大ホールの方向からやってきた。

「階上で分娩《ぶんべん》が始まったなんて言わないでくれよ」

「どうやらその危機は去ったみたい」

「よかった、それはありがたい」

「ＰＯＢは？」

「えっ？」

「花嫁の両親《ペアレンツ・オブ・ブライド》」

「カーターがついてる。彼らの甥っ子が教え子なんだそうだ。母親のほうは化粧直しだかなんだかをしてるよ」

「よかった。わたしは子供たちとキッチンへブライズメイドをつかまえて階上に行かせて、FGとRBも連れていかないといけないの」

ジャックは顔をしかめたものの、暗号解読はあきらめたようだった。「なんでもいいや」

エマは立ちどまったまま、彼をじっと見た。「あなたは子供の扱いがとても上手だったわよね」

「まあね。子供といっても、背が低いだけだから」

「もしRB――五歳の男の子なの――の相手を十五分ほどしてくれると助かるんだけど。わたしたちの準備が整い次第、花婿控室へ連れていってくれればいいわ。わたしは女の子のほうを連れていって、着替えの手伝いをするから」ウォーキー・トーキーが鳴ったので、はっとして表示画面を見たが、すぐにほっとしたように息をついた。

「なんとか黄色で持ちこたえてる。よかった」

「その子供たちの親は一緒じゃないのかい？」ジャックは彼女についてキッチンに向かいながら訊いた。

「いるわよ。ご両親とも結婚式では大役を務めるわ。フラワーガールとリングボーイはそのお子さんで、双子のきょうだいなのよ。今子供たちと一緒にいるブライズメイドがママ。パパは花婿付添人のひとりだから、十分か十五分したら、RBをパパのところに連れていって。あと何分かで、すべてうまくおさまるはずなの。ＦＧの準備がすんだら、現場に戻って外の飾りつけを終わらせないと。行くわよ――」

エマは言葉を切り、満面の笑みを浮かべてキッチンに入っていった。

一時間後、花嫁と付添人はきれいに支度を整え直し、花婿と付添人も準備をすませた。マックがグループごとに記念写真を撮っているあいだ、パーカーは両家の母親を離しておいた。エマは外の飾りつけを終わらせた。

「この仕事をする気はない？」最後の椅子の列の飾りつけを手伝っているジャックに、エマはふざけて訊いた。

「いや、けっこうだ。毎週こんなことをしているなんて信じられないよ」

彼女は淡いピンクの牡丹をさしたコーンを椅子にとめた。「絶対に退屈することがないのよ。ティンク、家まで帰って着替えてくるわ。そろそろ招待客の到着よ」

「ここは任せて」

「パーカーによると、遅れは十分くらいですって。奇跡よね。終わったらみんな、キッチンで食事をしてね。十五分で戻るわ。ジャックも飲んできて」

「そのつもりだ」

エマは仕事着から落ちついた黒のスーツに着替えて、十二分で戻ってきた。新郎たちにブートニエールをつけているとき、ヘッドセットからパーカーの声が聞こえた。

「花婿控室に向かってる。音楽スタート。案内係はエスコートして」

カウントダウンを聞きながら、エマは襟を直して花婿にジョークを言った。パーカーは親たちを並ばせ、マックは撮影の位置についた。

エマは一瞬だけ外を見て、その光景に見とれた。椅子にはぴんと糊《のり》のきいた白いカバーがかけられ、その白が花々を完璧に引き立てている。淡いものから濃いものまでさまざまなグリーンとピンクが、ちらちらと揺らめくチュールやレースをバックにあざやかに映える。

すぐ次の瞬間には花婿が位置につき、涙ぐんだ母親と、スコッチでほろ酔いかげんになったもうひとりの母親とがエスコートされて席についた。

エマは後ろを向いてブーケをとると、パーカーが並ばせた付添人たちに手渡していった。

「みなさん、とってもすてきよ。ジェニー、大丈夫?」

「坊やは目を覚ましたみたいだけど、お利口にしてくれてるわ」

「マギー、すごくきれいよ」

「やめて」花嫁は顔の前で手を振った。「こんなに胸いっぱいになるなんて思っていなかったのに、今にも泣いてしまいそう。義母といい勝負になっちゃうわ」

「息を吸って、吐いて」パーカーが合図する。「ゆっくりと楽にして」

「はいはい。パーカー、もし戦争をするとなったら、あなたは軍司令官ね。エマ、お花が本当に……吸って、吐いてね。お父さん」

「やめてくれよ」花嫁の父は娘の手をぎゅっと握った。「赤ん坊みたいにおいおい泣いてる父親と歩くのはいやだろう?」

「さあ、いよいよですよ」パーカーはヴェールの下に手を差し入れて、そっとマギーの涙を拭ってやった。「顔をあげて笑顔で。そう、いいわよ。さあ、ブライズメイドからね。まずはひとり目」

「向こうで待ってるわよ、マギー」ジャンはまだ少し青い顔をしていたが、にこやかに微笑んで歩きはじめた。

「次、ふたり目……行って」

その場の仕事が終わったエマは、後ろにさがってパーカーがショーを仕切るのを見守った。

「正直に言うと」すぐそばでジャックが言った。「きみたちがこれを乗りきれるとは思わなかったよ。こんなにうまくやるとはね。感心するなんてものじゃない。畏敬《いけい》の念を覚えるくらいだ」

「もっとひどいことが何度もあったわ」

「おっと」彼女が涙ぐんでいるのを見て、ジャックは言った。

「わかってる。ときどき、じんときちゃうのよ。花嫁もこうしているんじゃないかと思うの。危機をひとつ、またひとつと乗り越えて、大切な瞬間を前にくずおれそうになって。でも、持ちこたえるのよ。ほら、あの笑顔を見て。それに彼女を見る花婿の表情」エマはため息をついた。「あいうのがたまらないの」

「これくらいの働きはしたはずだ」ジャックはワインのグラスを差しだした。

「ああ、そうよね。ありがとう」

エマは彼の腕に腕をからめ、肩に頭をもたせかけた。そしてそのまま結婚式を見守った。

16

式と披露宴が終わると、一同は家族用の談話室でくつろいだ。エマは一瞬一瞬を思いだしながら、その晩二杯目のワインを飲んでいた。

「目に見えてわかる失敗はなかったわ」肩をまわし、裸足《はだし》のつま先を曲げたり伸ばしたりする。「それが大事よね。今日結婚式にかかわった人たちは、この先何週間も、二日酔いや母親たちのけんかや出産未遂事件のことを語りつづけるんじゃないかしら。だけどそういうことこそが、結婚式をこのうえなく思い出深いものにしてくれるんだわ」

「六時間近くも休みなく泣きつづけられる人がいるなんて、目の当たりにしない限り、信じられなかったわね」ローレルはアスピリンを二錠、口に放りこみ、炭酸水で流しこんだ。「あれでは息子の結婚式じゃなくて、お葬式みたいじゃない」

「花婿の母親の写真は画像編集ソフトでかなり修整しないと。それでも……」マックは肩をすくめた。「誓いの言葉のあいだじゅう、文字どおり声をあげて泣いていた人を義理のお母さんにするなんて、あの花嫁は勇気があると思うわ」

マックは首をのけぞらせて、ミセス・カーステアーズの泣き方をそっくりにまねてみせた。

「もうやめて」ローレルがぶつぶつ言う。「頭が痛いんだから」

ソファの端に座ったカーターがマックを見て笑い声をあげながら、なだめるようにローレルの肩をたたいた。「きみたちはどうか知らないが、ぼくはあの人が恐ろしかったよ」

「もうすぐ孫が生まれそうだというのもあったんじゃないかしら。いっぺんにいろいろなことがありすぎたのよ」

「それなら誰か精神安定剤を送ってあげたほうがいいんじゃない？」ローレルがエマに言った。「冗談で言っているのではないのよ。今にもウェディングケーキの上に身を投げだすんじゃないかと思ったもの。火葬用の薪に覆いかぶさるみたいに」

「そんなことになったら、どんな写真が撮れていたのかしら」マックがため息をついた。「ちょっと残念かも」

「カーター、ジャック」パーカーが水のボトルを持ちあげた。「ふたりがいてくれて本当に助かったわ。花婿の母親があれほどの泣き虫だとわかっていたら事前になんとかしたんだけど、リハーサルのときはなんともなかったのよ。むしろ陽気だったくらいで」

「誰かが薬を盛ったのね」ローレルが言った。

「どうやって?」ジャックが不思議そうに訊く。

「あら、この業界ではいろんな方法があるのよ」パーカーは秘密めかして微笑んだ。

「式のあいだじゅう泣きじゃくるのはとめられなかったかもしれないけれど、着付け途中の花嫁や花婿を動揺させずにすませることはできたと思うの。ピートとマギーが冷静でいてくれなかったら、どうにもならなかったでしょうね。ああいう感情的になりやすいタイプは、ちょっとした役割を与えて忙しくさせておくのが有効なのよ」

「それでぼくも泣かずにすんだんだな」ジャックが言った。

「明日は援軍を頼らずに、どうにか切り抜けないといけないわね」マックがふざけてカーターを蹴った。「この人たち、わたしたちよりヤンキースをとったみたいだから」

「明日といえば、ちゃんと起きられるように早く寝なきゃ」ローレルが立ちあがった。

「みんな、おやすみ」

「わたしたちも失礼しましょう、プロフェッサー。ああ、やだ、足が痛い」

カーターがマックに背を向けて手で合図すると、彼女は笑いながらその背中におぶさった。「これが愛ってものよね」カーターの頭のてっぺんに音をたててキスをする。

「背中を差しだしてくれる彼といい、お上品なプロフェッサーがつまずいて落としたりしないことを信じるわたしといい、これがね。じゃあ、また明日。進め！」

「もう、なんてかわいいの」ふたりを見送りながら、エマは微笑んだ。「恐るべきリンダをもってしても、あのふたりの笑顔を消すことはできないわ」

「今朝、マックのところに電話があったのよ」パーカーがエマに言った。

「そうなの？」

「気が変わって、結婚式にマックとカーターにも出席してほしいって。来週のイタリアでの式によ。マックがそんな急にイタリアまで行けないと答えたら、例のごとく大騒ぎして罪悪感をあおってきたそうよ」

「マックはわたしにはひと言も言わなかったわ」

「今日の仕事に差しさわりが出るといけないと思ったんでしょう。リンダは、マックが午前中の式のために撮影機材を用意している最中にかけてきたの。でも重要なのは、さっきあなたが言ったとおり、リンダでさえもふたりの笑顔を消すことはできないってことよ。カーターが来る前は、そんな電話が来たらマックは鬱々としていたもの。今日だって気分がいいわけではなかったでしょうけど、そのことは無視して切り抜けたわ」

「カーターの愛がリンダに勝ったのね。彼にはお礼にたっぷりキスしてあげないと」

「彼とは明日会うから、ぼくにしてくれれば伝えておくよ」ジャックが言った。

エマは身を乗りだし、澄まして軽く口づけた。

「それだけ?」

「彼は友達のものだから。さあ、立って、帰りましょう」

「八時に打ちあわせよ」パーカーが声をかけた。

「はいはい」エマはあくびを嚙み殺した。「おんぶはどう?」ジャックに訊く。

「ぼくはこっちがいいな」彼は大げさな身ぶりでエマを抱えあげた。

「まあ。わたしもこっちが好き。おやすみなさい、パーカー」

「おやすみなさい」レット・バトラーよろしくエマを抱きかかえたジャックが談話室を出ていくのを、パーカーは少しうらやましい思いで見送った。

「すばらしい退出の仕方ね」エマはうれしそうにジャックの頰にキスをした。「ずっと抱いていってくれなくてもいいのよ」

「カーターに負けてはいられないだろう? 本当の戦いはここからだ。マックが幸せそうにしているのはうれしいな。リンダに痛めつけられてるところを何度か見たことがあるんだよ。見ているだけでつらかった」

「わかるわ」エマはぼんやりと指を動かして、ジャックの日に焼けた髪に触れた。

「知っている人のなかで、本気で嫌いだと思ったのはあの人だけよ。彼女なりの理由があってのことなんだろうと考えたけれど、どうしても理解できなかった」

「彼女、一度だけぼくに迫ってきたことがあるんだ」

エマはぴくりと顔をあげた。「なんですって？　マックの母親なのに？」

「ずいぶん昔のことだよ。実際には、そのあとにもう一度あった。だから二回だな。最初はまだぼくが大学生のころで、夏休み中に何週間かここで過ごしていたときだった。みんなでパーティーに行くことになって、ぼくがマックを迎えに行ったんだ。彼女はまだ車を持っていなかったからね。そうしたら母親が戸口に出てきて、ぼくのことをじろじろと眺めまわして品定めを始めたんだ。普通の母親なら絶対にしないような目つきで。それからぼくを隅に追いつめようとしたんだよ。そこにマックがおりてきてくれたから助かったけど。ある意味おもしろかったが、恐ろしかったな。〝恐るべきリンダ〟とはよく言ったものだよ」

「そのころのあなたはいくつ？　二十歳くらい？　なんて恥知らずなのかしら。逮捕されたっておかしくないわよ。ああ、もう、ますます嫌いになったわ。今まで以上に嫌いになるなんてありえないと思っていたけど」

「ぼくは無事だったわけだし、もし今度そんなことがあったら、きみに守ってもらうことにするよ。〝恐るべきケリー〟のときより、ずっとうまくね」

「そのうちわたし、彼女のことをどんなに嫌いか面と向かって言ってしまいそう。ケリーじゃなくてリンダにね。もし彼女が本当にマックの結婚式に現れてなにかしでかそうとしたら、暴れてしまうかもしれないわ」

「ぼくも見られるかな?」

エマはジャックの肩に頭をのせた。「明日母に電話して、どんなにすばらしい母親だと思っているか伝えないと」再び彼の頬にキスをする。「それにあなたも。月明かりのなかをこんなふうに運んでもらったのははじめてよ」

「実際は雲がかかっているけどね」

彼女は微笑んだ。「わたしのところからは月がはっきり見えるわ」


ジャックは自分のホールカード（ポーカーで最初にプレイヤーに裏返して配られるカード）を確かめた。今夜のこれまでの勝負はうまくいっていたが、二が二枚ではあまり期待できない。彼はチェック（ベットせずにそのままゲームに参加すること）して、みながベットするのを待っていた。順番がまわってきた医師のロッドは二十五ドルを投じた。ロッドの隣でマルコムがフォールド（そのゲームへの参加を放棄すること）し、デルはチップを投げた。造園技師のフランクも同じことをした。弁護士のヘンリーはフォールドした。

ジャックは少し考えて、二十五ドルをしぶしぶ出した。

デルは一番上のカードを裏向きに置き、カード三枚を開いた。クラブのエース、ダイヤの十、ダイヤの四。

フラッシュ（同じ図柄のカードが五枚そろうこと）もストレート（図柄は関係なく、連続した数字五枚がそろうこと）もありだ。ジャックにはしょうもない二が二枚しかない。

再度チェックした。

ロッドがまた二十五ドル。

カーターはフォールドし、デルとフランクはベットした。

ばかだ。ジャックはそう思いつつも、ここだという気がしていた。ときには感覚が二十五ドルに値するときもある。

彼はポットにチップを加えた。

デルはカードを一枚しまい、次を開いた。ダイヤの二。

さあ、おもしろくなってきたぞ。ロッドの出方はわかっている。ジャックはチェックした。

ロッドはまた二十五ドルをベットし、デルがさらに二十五ドル、レイズ（ベットがなされているときに、その金額に上乗せしたベットをすること）した。

フランクがフォールドする。ジャックは二のスリーカードのことも考えたが、まださっきの感覚が残っていた。

五十ドルを投じる。

「きみが怖じ気づいて逃げださなくてよかった。今回は勝つ気だから、ポットの中身を増やしたかったんだ」ロッドがにやりとした。「婚約したんだよ」

デルがちらりと目をやった。「本当か？　次々と落ちていくものだな」

「おめでとう」カーターが言った。

「ありがとう。さらに五十、レイズする。思ったんだよ、いったいなにを待っているんだってね。だから思いきって飛んでみた。彼女、妹さんのところを見に行く気でいるよ。ポーカー仲間用の割引はないのか？」

「無理だな」デルはチップを数えた。「だけどきみの勝ちだ。これがきみにとっての最後のポーカーと葉巻か」

「まさか、シェルはそんな女じゃないぞ。きみの番だ、ジャック」

エースを二枚持ってるな。ロッドははったりをかけてだましたりしない、というか、そういうことが苦手なせいで、窓ガラスを透かして見るように考えていることがわかる。エースか、ダイヤを二枚か。それでも……。

「このままで。婚約祝いだと思ってくれ」

「ありがたい。来年の六月を考えているんだ。シェルが大がかりな式にしたがっていてね。ぼくは冬にでもどこかの島に飛んで、ビーチで日差しを浴びたりサーフィンしたりして式を挙げればいいと思っていたんだが、彼女が大々的にやりたいと言うからさ」

「それが始まりだな」マルコムが葬式のときのような口調で言った。

「きみも大々的にやるんだったよな、カーター？」

「マックがそういう仕事をしているからね。彼女たちはいい仕事をするよ。本当に特別な式を演出するんだ。ひとりひとりに合わせた式をね」

「悩むことはないさ」マルコムがロッドに言った。「この件に関してはおまえに発言権はないんだ。彼女になにが好きか、なにが欲しいか、なにをするかと訊かれても、〝ああ、いいとも〟と答える練習だけしておけばいい」

「ずいぶんよく知っているんだな。きみは結婚したことはないんだろう？」

「しそうになったことはある。俺はあんまり〝ああ、いいとも〟とは言わなかった」

マルコムは葉巻の先を見つめた。「ありがたいことに」

「結婚するのはうれしいんだ」ロッドはずりさがってきた眼鏡を押しあげた。「身をかためるというか、落ちつくというか。きみもそろそろなんだろう、ジャック？」

「えっ？」

「あのホットなフラワーコーディネーターとつきあうようになって、ずいぶんになるじゃないか。もうシングル市場からは撤退だよな」

デルは葉巻を噛みしめた。「ポーカーをやってるのか？ それともロッドがどこで式を挙げるかについて話しあうのか？ リバー（三回目にテーブル中央に開かれる一枚のカード）を引くプレイヤーは三人だ」

デルは最後のカードを引っくりかえしたが、ジャックはロッドに気をとられて見ていなかった。

「ぼくのベットだ。オールイン（プレイヤーの手持ちのチップを全部賭けること）」

「これはおもしろいな、ロッド」デルは表情を変えずに、ふうっと煙をくゆらせた。

「おまえはどうだ、ジャック？　このまま続けるか、フォールドするか？」

「えっ？」

「おまえのベットだ」

「そうか」シングル市場撤退だって？　どういうことだ？　ジャックはビールをゆっくり飲みながら、集中しろと自分に言い聞かせた。流れてきたリバー・カードはハートの二。

「コール（ベットがなされている段階で、直前のベット額と同額を賭けること）」

「こっちは三発そろってる」

「こっちの一発のほうがすごいぞ」デルはカードを引っくりかえした。「ダイヤ二枚を引きあてた。おまえの恋人の指に輝いてるのと同じでぴかぴかだ。キング・ハイ・フラッシュ」

「くそっ。きみはテン狙いかと思ってた」

「見込み違いだ。ジャックは？」

「えっ？」

「おい、ジャック、おまえのカードを見せるか、放りだすかしろよ」

「すまない」ジャックは頭を振ってわれに返った。「すごい一発もダイヤのきらめきも色あせてしまうな。だけど、ささやかな二が二枚加わってくれたおかげでフォーカードになった。これだとぼくの勝ちだよな」

「リバーで四枚目の二を引きあてたのか？」ロッドがかぶりを振った。「運のいい野郎だな」

「ああ、まったく運のいい野郎だよ」

　勝負のあと、ジャックは五十ドルの参加費全員分をポケットにおさめて、裏のデッキでデルとくつろいでいた。

「もう一杯ビールを飲んだら、ここから落っこちるんじゃないか？」

「かもな」ジャックは言った。

「朝はコーヒーを入れるんだよな」

「朝早くからミーティングなんで、コーヒーは六時ごろだな」

「そうか。こっちは離婚調停の証言がある。友達から離婚の案件を押しつけられるのはいやなんだよ。そもそも離婚を扱うこと自体、いやでたまらないんだから」

「友達って誰だい？」

「おまえの知らない女性だよ。高校時代に何度かデートしたことがあるんだ。結婚して、五年前にニューヘイヴンに越して、子供がふたりいる」

デルは頭を振って、さっとビールをあおった。「ところがもうお互いの顔を見るのもいやとかで、彼女はこっちに戻ってきて、自分のやりたいことがはっきりするまで実家にいるんだそうだ。旦那《だんな》のほうは、彼女がこっちで暮らすと言いだしたせいで、子供との面会が難しくなると怒ってる」彼はボトルを左に傾けた。「一方、彼女のほうは、母親業を優先してきたせいで、やりたい仕事ができなかったと文句を言ってるんだ」今度は右に傾ける。「旦那は彼女を大切にしてこなかったし、彼女は旦那が抱えてきたプレッシャーを理解してこなかった。よくある話だ」

「もう離婚調停は扱わないんだと思っていたよ」

「昔つきあってた女性が、助けを求めてオフィスにやってきたんだぞ。ノーとは言えないよ」

「それはそうだな。ぼくの業界ではよくあることじゃないが、気持ちはわかる」

デルはビールをすすりながら、にやりとした。「もしかしたら、ぼくのほうがおまえよりたくさんの女をかわいがってきたのかもしれない」

「コンテストをやればよかったな」

「いちゃついた女の数を全部覚えていられたとしたら、たいした人数じゃないってことだ」

ジャックは上を向いて大笑いした。「ラスヴェガスに行くべきだな」

「女のためにか？」

「うーん……ラスヴェガスのためだ。二日くらいカジノで過ごして、それから色っぽい女のいるバーに行く。だから、そうだな、やっぱり女が関係してくるか。二、三日、のんびりするだけでいいんだ」

「ラスヴェガスは嫌いだったろう？」

「嫌いというほどじゃないさ。いや、待てよ、セント・マーティンかセント・バーツに行くほうがいいか。カジノで遊んで、ビーチで品定めして、釣りをする」

デルが眉をあげた。「釣りをしたいのか？　たしかおまえは釣竿《つりざお》を手にしたことすらなかったじゃないか」

「何事もはじめてということはある」

「落ちつかないのか？」

「何日かどこかに行けたらと思ったんだよ。もうすぐ夏だ。冬は働きどおしで、コロラドのベイルでのスキーも三日しか行けなかった。だからその分の埋めあわせをするんだ」

「週末に休みをくっつけることならできるかな」

「いいな。そうしよう」ジャックは満足げにビールを飲んだ。「ロッドには驚いたな」

「なにが？」

「婚約したことだよ。突然だったじゃないか」

「シェリーとはもう二年くらいのつきあいだ。突然というほどじゃない」

「でも、結婚したいなんてひと言も言ってなかった」ジャックは言い募った。「あいつが結婚を考えているなんて夢にも思わなかったよ。カーターみたいなやつだったらわかる。あいつは結婚を考えるタイプだ。毎晩仕事を終えたら家に帰って、スリッパを履くような」

「スリッパ？」

「言いたいことはわかるだろう。家に帰ってきて、食事をして、三本脚の猫をかわいがって、動画を見て、その気になったらマックとやる」

「マックのことと〝やる〟ってことは、一緒に考えないようにしてるんだ」

「翌朝起きて、また同じことをくりかえす」ジャックの口調が熱を帯びはじめた。「そのうちふたりくらい子供ができて、三本脚の猫に片目の犬が加わるかもしれない。子供たちがうろちょろするから、やる回数は減ってくる。海釣りや色っぽい女のいるバーは遠い昔の出来事になる。悪夢のようなモールへの買い出しや保育園の送り迎えに追われ、乗るのはいまいましいミニバンで、教育費もかかるようになるからだ。ああ、まったく！」両手を投げだす。「そうこうするうちに四十になり、リトルリーグのコーチなんかをするようになる。腹が出てくるかもしれない。なぜって、買い物に行ってパンやミルクを買う時間はあっても、ジムへ行ってる時間はないからね。それからあっという間に時は過ぎ、気がつくと恐ろしいことに五十になっていて、バーカラウンジャー（米国バーカラウンジャー社製の高級リクライニングチェア）で『ロー＆オーダー』の再放送を見ながらうたた寝したりするようになるんだ」

デルは少しのあいだなにも言わずに、じっとジャックの顔を見ていた。「なかなか興味深い、カーターの今後二十年間の考察だな。子供のひとりにはぼくの名前をつけてくれることを期待するよ」

「そんなふうになると思わないか？」なにを焦っているんだ？　この胸のざわつきはなんなんだ？　考えたくない。「いいことと言ったら、マックがおまえのところに離婚の手続きを頼みに来ることはないだろうということだ。ふたりは結婚してうまくやっていくだろうからね。それにカーターがポーカー・ナイトに出かけたからって、マックは大騒ぎしないだろうし、〝あなたはわたしをどこにも連れていってくれない〟なんて責めたりもしないだろう」

「エマはどうなんだ？」

「なんだって？　いや。エマの話はしていない」

「そうか？」

「ああ」ジャックは意識して息を吸いながら、自分のくだらないおしゃべりに半ば啞《あ》然《ぜん》としていた。「エマとはうまくいっている。いい調子だよ。ぼくはただ、一般的なことを話しているだけだ」

「一般的にいうと、結婚はバーカラウンジャーとミニバンで人生の終わりってわけか？」

「Ｌａ‐Ｚ‐Ｂｏｙ（米国Ｌａ‐Ｚ‐Ｂｏｙ社製のリクライニングソファ）とステーションワゴンということもありうるよ。また流行るかもしれないだろう。要は、マックとカーターがそうやってうまくやっていくってことなんだ。だから……ふたりにとってはいいことだよ。ただ、みんながみんな、うまくいくわけじゃない」

「力関係による場合もあるな」

「力関係は変化する。だからおまえは明日、離婚調停で意見を述べるんだろう」少し落ちついてきたようだ。ジャックは肩をすくめた。「人は変わるし、要素、環境、状況、すべてが変化する」

「ああ、そうだ。そして結婚生活を大事にしたいと思う人間は、そうした変化を乗り越えようと努力を続ける」

ジャックはとまどい、わけもなくむっとしてデルをにらみつけた。「おまえは急に結婚賛成派になったのか？」

「反対派だったことは一度もないぞ。両親は長く結婚生活を続けていたしな。結婚に踏みきるにはかなりの覚悟か絶対的な信頼が必要で、維持するには相当な努力や柔軟性が必要なんだと思う。マックとカーター、それに彼らの生い立ちを考えると、マックのほうには根性が、カーターのほうには圧倒的な信頼があるんだろう。あれはいい組みあわせだよ」

デルは言葉を切って、ビールを味わった。「おまえはエマを愛しているのか？」

またしてもわきあがってきたパニックを、ジャックはビールとともに押し戻した。

「彼女やぼくたちの話をしているんじゃないと言っただろう。関係ないよ」

「とんだ大嘘だな。おまえが勝って、ぼくがびりに近かったポーカーの勝負のあとで、こうして締めのビールを飲んでいるっていうのに。おまえはぼくをいじめもしないで、結婚だの釣りだのの話をしている。どちらも今までのおまえには興味のなかったことじゃないか」

「ぼくたちは次々と落ちていく。そう言ったのはそっちだろう」

「ああ、言ったさ。実際にそうだからな。トニーが落ちてもう三年、いや四年近くになる。フランクは去年飛びこみ、ロッドも婚約した。カーターもいる。ぼくは今のところつきあっている相手はいないし、知る限りではマルコムにもいない。となると、次はおまえとエマだ。そう考えれば、ロッドのささやかな発表でおまえの調子が狂ったとしてもおかしくはない」

「彼女がなにを期待しているのか、考えはじめてしまったのかもしれない。彼女は結婚を仕事にしているわけだからな」

「いや、彼女は結婚式を仕事にしているんだ」

「ああ、そうだな。彼女は大家族の出だ。大家族で絆が強くて、見るからに幸せそうな家族。それに、結婚式と結婚が違うものだとはいえ、つながっているのはたしかだろう。子供時代からの親友のひとりが近々結婚する。あの四人がどういう関係かはわかっているだろう？　まるで握りこぶしみたいなんだ。指は個々に動くけど、ひとつの手なんだよ。さっき、おまえとマルコムはまだシングル市場にいると言ったけど、それを言うならローレルとパーカーもそうだ。だけどマックは違う。そのことが物事を変化させている。そして今度はポーカー仲間のひとりが、彼女たちと結婚式のプランについて話をすると言っている。これもまた物事を変えていく」

ジャックはビールを持った手を動かした。「そういうことをぼくが考えているということは、間違いなく彼女も考えているということだ」

「なにか思いきったことをして、彼女と具体的に話したほうがいいんじゃないか」

「具体的に話をしたら、一歩前進することになる」

「いや、一歩後退するかもしれない。おまえはどちらを望んでいるんだ？」

「おまえまでそうやって訊いてくる」ジャックは強調するようにデルに指を向けた。

「彼女も間違いなく訊いてくるだろう。ぼくはなんと答えたらいいんだ？」

「だから、思いきりが必要なんだ。本音を話すのはどうだ？」

「本音がわからない」そう、だからこんなに焦っているんだ。「どうしておまえは、ぼくが怯《おび》えていると思うんだ？」

「それは自分で答えを見つけるしかないな。まだ大事な質問に答えてくれていないぞ。おまえは彼女を愛しているのか？」

「そんなこと、どうやったらわかるんだ？　それに、ずっとその気持ちのままでいられるとどうしてわかる？」

「直感と絶対的な信頼だ。それがおまえにあるかないかだな。だけど傍《はた》から見ている限り、おまえにプレッシャーをかけているのは、ほかならぬおまえ自身だぞ」デルは足首を交差させてビールを空けた。「そのことも考えたほうがいい」

「彼女を傷つけたくないんだ。がっかりさせたくもない」

　自分の思いに耳を傾けるんだな、とデルは思った。もうすっかり心はとらわれているのに、自分で気づいていないだけなんだ。「ぼくもエマのそんなところは見たくない」気楽な口調で言う。「おまえの尻を蹴りたくはないからな」

「蹴ろうとして、逆にやられるのがいやなだけだろう」

そこからは最後の一本を飲みながら、いつもの気安い口げんかが続いた。


マックのスタジオの増築工事を見守るために、ジャックは毎日現場に立ち寄ることにしていた。おかげで〝マックとカーターの生活〟を特等席から眺めることになった。毎朝キッチンにいるふたりが見えた。ひとりは猫に餌をやり、もうひとりがコーヒーを入れる。やがてカーターがノートパソコンのケースを抱えて出ていき、マックはスタジオでの仕事にとりかかる。

午後にやってくると、カーターが本館から戻ってくるのが見えることもあった。だがマックのところにクライアントが来ているときは、彼は絶対に近づかない。やつにはレーダーがあるに違いない、とジャックは思った。

ときどきどちらかひとり、あるいはふたりそろって外に出てきて、工事の進捗《しんちょく》状況を確かめたり、質問をしたり、ジャックが立ち寄った時間によってはコーヒーを出してくれたり、冷たい飲み物をふるまってくれたりもする。

そうしたふたりの生活リズムに興味をそそられて、ジャックはある朝、カーターを呼びとめた。

「学校はもう休みだろう?」

「ああ、夏のお楽しみが始まったんだ」

「毎日のように本館へ行っているみたいだな」

「今はスタジオのほうが混んでいるんだよ。それにうるさいだろう」カーターはのこぎりのギーギーという音や、ネイルガンが釘《くぎ》を打ちこむバシバシという音のするほうをちらりと振りかえった。「ティーンエイジャーを教えているから、騒がしいのには慣れているほうなんだが、それでもよく彼女があの騒音のなかで仕事をしていられると思うよ。まったく気にならないみたいなんだよな」

「きみは一日なにをしているんだ? 新学期に向けて、抜き打ちテストの問題でも練っているのか?」

「抜き打ちテストというものは、何年間も同じ問題をくりかえしていることに美点があるんだ。そのためのファイルがあるんだよ」

「だろうな。じゃあ、なにをしてるんだ?」

「実はゲストルームを臨時の書斎として使わせてもらっているんだ。静かだし、ミセス・Gが食事を出してくれる」

「勉強しているのか?」

カーターが足を動かしたのを見て、ジャックはかすかなとまどいを感じた。「本を書いてる」

「冗談じゃなくて？」

「冗談みたいなものかもしれない。半分くらいはね。でもうまくいくかどうか、ひと夏かけてやってみたいんだ」

「そいつはすばらしいな。ところで、マックのもとを訪れていたクライアントが帰ったかどうか、どうやって見きわめているんだい？　彼女が電話してきて、もう帰ってきても大丈夫だって教えてくれるのか？」

「彼女は午前中に撮影を入れて、工事期間中、ほとんどの打ちあわせは本館でしているんだ。ぼくは彼女の予定表のその日の覧を見て、撮影中は帰らないようにしているんだよ。雰囲気を壊したり、彼女の集中を切らしたりしたらいけないからね。ごく簡単なことさ」

「そのやり方がきみには合っているようだな」

「こんなに早く工事が進むとは思っていなかったよ」カーターはスタジオを振りかえった。「毎日どこかしら新しくなっている」

「天気がいいし、検査も通過したから、あとは工事を進めるだけなんだ。いい職人が集まっているよ。あの連中なら――すまない」携帯電話が鳴っている。

「どうぞ。ぼくはそろそろ行かないと」

ジャックは電話をとりだし、カーターを見送った。「クックだ。ああ、ブラウン邸の現場にいる」話しながら、工事の騒音から離れるように移動する。「いや、それは無理だ……もしそういう希望なら、変更点を図面にして、改めて許可をとらないと」

通話をしながら歩きつづける。

現場を訪ねることで、エマの基本的な日課もはっきりわかるようになっていた。週のはじめには、クライアントがきっちり決まった時間にやってきては帰っていく。週の半ばに配達が届く。何箱も花が届くのだ。今ごろ彼女は、あの花を使って作業をしていることだろう。早い時間にひとりで始めて、あとからティンクやほかのメンバーが加わり、それぞれの担当の仕事をするのだ。

日中、時間が許せば、休憩をとってパティオに座っている。ジャックも現場に来ているときには時間をやりくりして、少しのあいだ一緒に過ごすようにしていた。

エマが日向ぼっこをしているとわかっていて、そばに行かずにいられる男がいるだろうか？

そのとき、彼女の姿が見えた。束ねた髪に帽子をかぶり、今はパティオではなく、地面に膝をついて鋤《すき》で土を掘りかえしている。

「二、三週間かかると伝えてくれ」ジャックが電話に向かって言うと、エマが振りかえって帽子のつばを持ちあげ、微笑みかけてきた。「あと数分でここを出る。現場主任と直接話すよ。オフィスには二時間くらいで戻る。大丈夫だ」

携帯電話を閉じながら、植物が植えられた地面を見渡した。「もう花は充分すぎるほどあるじゃないか？」

「足りることなんてないのよ。ここにもう少し一年草を植えておきたくて。会場のあたりから見ると、とてもきれいなの」

ジャックはしゃがみこんで、彼女にキスをした。「きみこそきれいだよ。なかで仕事をしているんだと思ってた」

「こっちが気になってしまったの。それに、そんなに時間はかからないから。必要なら、今日の仕事のあがりを一時間延ばすわ」

「そのあとは忙しい？」

エマは首をかしげ、帽子のつばの下から魅惑的な視線を投げてきた。「誘いによりけりかしら」

「ニューヨークへ食事に行くというのはどうだい？　ウエイターがお高くとまっていて、やたらと料理が高い店に。でも、きみが美しすぎるから、ぼくはほかのことはまったく気にならないんだ」

「仕事のあとはまったく予定なしよ」

「よかった。七時に迎えに来るよ」

「支度をしておくわ。せっかくあなたがここにいるから」エマは彼の首に腕をまわして、しっかりと夢のようなキスをした。「あなたががんばれるように」

「荷物を用意して」

「なんの？」

「ひと晩泊まるのに必要なものを用意しておいてくれ。ニューヨークのホテルのスイートルームをとろう。ひと晩、楽しむんだ」

「本当に？」エマはその場でうれしそうに踊りだした。「十秒で準備できるわ」

「じゃあ、決まりだ」

「早く帰ってこなくてはいけないけど、でも――」

「それはぼくも同じだよ」今度はジャックが彼女の顔を両手ではさんで唇を重ねた。

「これできみもがんばれるね。じゃあ、七時に」そう言って立ちあがる。

　自分の思いつきと彼女の喜びように満足して、ジャックはトラックに向かいながら電話をとりだし、アシスタントに予約を頼んだ。

17

「十秒で準備できるって言ったのに。大嘘つきだわ」仕事の汚れをきれいにこすり落とし、体の隅々までクリームを塗って香りをつけたエマは、シャツをたたんで一泊用の小型バッグに入れた。「帰ってくるときの服はどうでもいいんだけど……」

振りかえってシルクの白いナイトガウンを持ちあげ、パーカーの意見を求めた。

「どう思う?」

「ゴージャスね」パーカーは前に進みでて、ボディスを縁どる繊細なレースに指を走らせた。「いつ買ったの?」

「冬に。どうしても欲しくて、自分のためだけに着るんだから、いつだって着られると自分に言い聞かせて買ったのよ。でも、そうじゃなかった。一度も着ていないの。おそろいのバスローブもあるのよ。豪華なホテルのローブも好きだけど、これはロマンティックでしょう。ディナーのあとには、なにかロマンティックなものを身につけたい気分なの」

「それなら完璧じゃない」

「どこへ食事に行くのか、どこに泊まるのかもわかっていないのよ。だけど、それがうれしいの。連れ去《ふ》られるみたいな感覚がたまらないわ」エマはくるりとまわって、ナイトガウンをバッグにしまった。「シャンパンとキャンドルがあるところがいいわ。それと、ばかみたいに贅沢《ぜいたく》なデザート。キャンドルの明かりのなかで、彼に見つめられて、〝愛してる〟って言われたい。どうしてもそう考えてしまうの」

「考えたっていいと思うわよ」

「でも、連れ去られるだけで充分でしょう。こんな夜を計画してくれる人と一緒にいられるだけで。彼はわたしを幸せにしてくれる。それだけで満足するべきなのよ」

パーカーは荷物を詰めているエマに近づき、肩をもんでやった。「だからって、あなたが自分の思いを押し殺す必要はないわ。なんだかそういうふうに見えるけど」

「そんなことない。そんなことしてないわよ。ジャックとのことについては、いいときもあれば悩んでしまうときもあるから、期待しすぎないようにしているだけ。そして、つきあいはじめたときにするつもりだと言っていたことをしているの」後ろに手を伸ばし、パーカーの手に重ねてぎゅっと握った。「ただ楽しんで、やってきたものを受けとるのよ。わたしはずっと前から彼を愛しているけれど、それはわたしの問題。現実には、彼とつきあってまだ二ヶ月だもの。急ぐことはないのよ」

「エマ、あなたとは長いつきあい——生まれてからずっと、と言ってもいいくらいよね——だけど、これまであなたが自分の気持ちを口にしたがらないなんてことはなかったわ。どうしてジャックに話すのが怖いの?」

エマはバッグを閉めた。「もし彼に心の準備ができていなかったら、わたしが本心を告げることで、彼は引いてしまうかもしれない。また友達に戻ろうとするかもしれない。そうなったら耐えられそうにないのよ、パーカー」振りかえり、友人の顔をじっと見る。「今ある関係を壊したくないのね。今はまだ。だから、今夜は旅行を楽しむだけにする。そこに重苦しいものは加えないようにするの。いけない、早く着替えないと。ええと、明日は八時、遅くとも八時半には戻るわ。だけど、もし渋滞に巻きこまれたりしたら——」

「ティンクに電話して、ベッドから引きずりだすわ。やり方はわかってる。彼女に朝の配達とブーケ作りを始めておいてもらえばいいでしょう」

「よかった」パーカーに任せておけば大丈夫と安心して、エマはドレスを着はじめた。

「でも、戻ってくるわよ」後ろを向いて、パーカーにファスナーをあげてもらう。

「この色、いいわね。レモン色。わたしが着ると顔色が悪く見えるからいやなんだけど、あなただと輝いて見えるわ」パーカーは鏡のなかでエマと目を合わせ、それからウエストに腕をまわしてぎゅっと抱きしめた。「楽しんできて」

「もちろんよ」

二十分後、エマがドアを開けると、ジャックがひと目見てにやりとした。「やっぱり大正解だったな。もっと前に思いつくべきだったんだ。はっとするほどきれいだよ」

「お高くとまったウエイターと値段の高すぎる料理の店に合うかしら?」

「それ以上だ」彼はエマの手をとって、自分が贈ったブレスレットに口づけた。

ニューヨークまでのドライブすら、エマには完璧に思えた。すいすい走っているときでも、のろのろと進んでいるときでも変わりはない。光がやわらいで心地よい夕べが近づいてくるのを感じながら、彼女はこれから先に待っている夜を思った。

「いつも、もっとニューヨークに出かけようって思うのよ」エマは言った。「遊びに行ったり、買い物したり、花屋や市場を見てまわったりしようって。でも、思っている半分も来ていないの。だから来るたびにどきどきするのね」

「これからどこに行くのか、きみは訊きもしないんだね」

「どこだろうと関係ないもの。サプライズは大好きよ。思いつきも。わたしの仕事の大半は――あなたもだけど、スケジュールに従って進めなければならないでしょう。でも、これはどう?　魔法のミニ旅行みたい。シャンパンをおごってくれると約束してくれたら、それだけで充分よ」

「好きなだけどうぞ」

ジャックが〈ウォルドーフ〉の前に車をとめると、エマは眉をあげた。「まだまだお楽しみがありそうね」

「きみは伝統的なのが好みだと思ったんだ」

「そのとおりよ」

エマは歩道に立ち、ドアマンが荷物を車からおろすのを待ってから、ジャックの手をとった。「すてきな夜をありがとう、と前もって言っておくわ」

「どういたしまして、と前もって言っておこう。チェックインして、荷物を部屋に運ばせるよ。レストランはここから三ブロックほど先のところだ」

「歩いていける？　外が気持ちよさそう」

「もちろん。五分待っていてくれ」

エマはロビーをうろつき、店のウィンドウをのぞいて楽しみ、豪華な花のディスプレイやホテルを出入りする人々を観察した。やがてジャックがやってきて、さっと彼女の背中に手を走らせた。

「行こうか？」

「ええ」エマは再び彼の手にてのひらを滑りこませ、パーク・アヴェニューを歩きだした。「いとこがこのホテルで結婚したの。まだ〈Ｖｏｗｓ〉ができる前のことよ。

大がかりで、ありえないくらい派手で格式ばっていて、いかにもグラント家が好きそうな式だった。わたしは十四歳で、とても感銘を受けたわ。今でもあのときの花を覚えてる。一面、花ばかりだった。黄色い薔薇がテーマで、ブライズメイドも黄色いドレスを着ていて、バターみたいに見えたわ。ああ、花の話だったわよね。黄色い薔薇と藤を使って、舞踏室に手のこんだ東屋をつくってあったの。ものすごい人数のフラワーコーディネーターが必要だったでしょうね。でも、なによりもよく覚えているから、それだけの価値はあったのよ」

彼女はジャックに微笑みかけた。「そんなふうに印象に残っている建物はどれ?」

「いくつかあるよ」彼は角を東に曲がった。少し歩くと、通りがにぎやかになってきた。「だが正直に言うと、いちばん印象に残っているのは、はじめて見たブラウン邸なんだ」

「そうなの?」

「ニューポートで育ったあいだに豪邸はいくつも見たし、信じられないような建築物も見た。だけど、ブラウン邸にはなにか——今でも変わらないなにかがあるんだ。バランスとライン、控えめながら壮大で、威厳と風変わりさが融合している」

「まさにそうよね。風変わりなのに威厳があるの」

「本館を歩いていると、人が住んでいるんだというのがすぐわかるんだ。実際に暮らしているというだけではなくて、その人たちが家と土地を、すべてを愛しているのが伝わってくる。だから今でもあそこは、グリニッチで好きな場所のひとつなんだよ」

「わたしもそうよ」

ジャックはまた角を曲がって、レストランのドアを開けた。なかに入ったとたんに外の喧騒《けんそう》が遠ざかっていく。空気までもがしんと静まりかえっているようだ。

「よくやったわね、ミスター・クック」エマは小声で言った。

支配人が優雅にお辞儀をした。「ボンジュール、マドモワゼル、ムッシュー」

「クックだ」ジャックがジェームズ・ブラウンばりの無表情で応えたので、エマは頬の内側を噛んで笑いをこらえた。「ジャクソン・クック」

「ミスター・クック、お待ちしておりました、どうぞこちらへ」

支配人は豪華な花のディスプレイやちらちらと揺れるキャンドルのあいだを縫い、白いリネンの上に銀食器やクリスタルが輝くテーブルをまわって案内していった。そうして仰々しくふたりを席につかせると、カクテルを出した。

「こちらのレディはシャンパンのほうが好きなんだ」

「かしこまりました。ソムリエに伝えます。どうぞお楽しみください」

「もう楽しんでいるわ」エマはジャックのほうに身を乗りだした。「とっても」

「みんながきみを振りかえっていたよ」

エマはセクシーな笑みを見せた。「わたしたち、とっても魅力的なカップルよね」

「今はこの店にいる男全員がぼくに嫉妬《しっと》している」

「今夜がさらに楽しくなってきたわ。あなたにお任せするわね」

ジャックは近づいてきたソムリエをちらりと見た。「楽しみにしていてくれ」

彼が注文したボトルを、ソムリエは大絶賛してくれた。ジャックはエマに手を重ねた。「これでどうだい？」

「自分がすごく特別な存在になった気分」

「相手が誰だか考えれば、ぼくにはたやすい仕事だよ」

「そうやってわたしをうぬぼれさせるのね。もっとやって」

ジャックは声をあげて笑い、彼女の手に口づけた。「きみと一緒にいることがいとおしくてたまらないんだ。きみは一日の元気の源なんだよ、エマ」

今、彼はわたしのこと、なんて言ってくれたの？〝一緒にいることがいとおしい〟と言われたから、こんなにどきんとしたのかしら？「今日のことを話して」

「そうだな、カーターの謎を解明したんだ」

「謎なんてあったの？」

「彼がどこへ行き、なにをしているか？」ジャックは自分が観察していて気がついた、カーターとスタジオの関係について説明した。「ほんの短期間のことだったが、見ていたのが朝のときもあれば午後のときもあったから、彼らの一日のさまざまな場面を垣間《かいま》見ることができたんだ」

「それで、どういう結論に達したの？」

「結論ではないけど、いくつかの仮説を立てた。カーターはこそこそミセス・グレイディとの情事にふけっているのではないかとか、ノートパソコンでオンライン・ギャンブルにはまって、絶望的な堕落の道に入りこんでしまったのではないかとか」

「両方の可能性もあるわよね」

「そうだな。やつは器用なほうだから」ジャックはそこで言葉を切り、ソムリエが見せたボトルのラベルを確認した。「こちらのレディがテイスティングを」

　コルク抜きの儀式が始まると、ジャックはエマのほうに身を乗りだした。「そしてわれらが愛するマッケンジーはなにも気づかず、やつを信頼しきって尽くしているんだ。一見無害で愛想のいいカーター・マグワイアが、そんな恥ずべき秘密を抱えているのだろうか？　ぼくはどうしても解明しなければいけないと思った」

「変装して、本館までついていったの？」

「それも考えたけどやめた」ジャックはソムリエがエマのグラスにシャンパンを注ぐのを待った。彼女はひと口飲んで考えてから、どんな氷でも溶かしてしまうような微笑をソムリエに向けた。「すばらしいわ。ありがとう」

「どういたしまして、マドモワゼル」ソムリエは残りを手際よくグラスに注いだ。「最後のひと口までお楽しみくださいませ。ムッシュー」彼はボトルをワインクーラーに入れると、お辞儀をして立ち去った。

「それで、どうやってカーターの謎を解明したの？」

「ちょっと待ってくれ。まばゆい笑顔のおこぼれにあずかって、なにを話していたか忘れかけていた。ああ、そうだった、ぼくは実に巧妙な方法をとったんだ。彼に尋ねたんだよ」

「なにそれ？」

「やつは本を書いているんだ。なんだ、もう知っていたんだね」ジャックはエマの表情を見て言った。

「あのふたりには、ほぼ毎日会っているもの。マックからも話を聞いていたし。でも、あなたの方法のほうがずっとおもしろそう。もう何年も前から、ぽつぽつと書いているらしいのよ、仕事の合間に時間を見つけてね。マックが、この夏は夏の講習で教える代わりに執筆することを勧めたの。彼の本、なかなかいいわよ」

「読んだのかい？」

「今書いているのじゃなくて、前に短編やエッセイを出版したことがあるの」

「そうなのか？　ひと言も言っていなかったな。またしてもカーターの謎が増えたよ」

「どんなに古い知りあいでも、どんなによく知っているつもりでも、誰かのことをなにもかもわかるようにはならないものよね。いつだってどこかに別のポケットがあるんだもの」

「ぼくたちがまさにその証拠だな」

エマは目にあたたかな笑みを浮かべながら、もうひと口シャンパンを飲んだ。「そうかもしれないわね」

「ウエイターたちは高慢ちきというほどじゃないな。みんな、きみに夢中になってしまったから、きみを喜ばせようと必死なんだ」

エマはふたりで食べようと言って頼んだチョコレート・スフレを、ほんの少しだけ口もとに運ぶ。「完璧な高慢ちきレベルに達していると思うわよ」そして唇のあいだに滑りこませる。そのとたんにもれた小さなうめき声は、どんな言葉よりも雄弁だった。「ローレルのスフレに勝るとも劣らないおいしさだわ。彼女のが、今まで味わったなかでいちばんなんだけど」

「〝味わった〟という表現がうまいな。どうしてもっと食べないんだ?」

「味を楽しんでいるの」またほんのちょっとだけすくう。「五皿も頼んだんだもの」

コーヒーを口にしてため息をついた。「パリまで旅行したみたいな気分よ」

ジャックはエマの手の甲を指でなぞった。彼女は指輪をしない。仕事のせいもあるし、手に注目を集めたくないせいもあるのだろう。

奇妙なことだが、ジャックはエマの手を彼女のもっとも魅力的な部分のひとつだと感じていた。

「行ったことはある？」

「パリに？」エマはまた少しだけスフレを口に入れた。「一度目は、幼すぎてなんにも覚えていないころね。でも母がベビーカーにわたしを乗せて、シャンゼリゼ通りを歩いている写真があるの。それから十三歳のときに、パーカーや彼女のご両親、ローレル、マック、デルと一緒に行ったわ。出発直前になって、リンダがつまらないことで難癖をつけて、マックは行かせないと言いだしたのよ。最悪だった。だけどパーカーのお母さんが訪ねていって、解決してくれたの。どうやったかは絶対に教えてくれなかったわ。旅行は最高に楽しかった。パリで二日間過ごしたあと、プロヴァンスですばらしい二週間を満喫したの」

彼女はもうひとすくい口に入れた。「あなたは？」

「二回。デルと大学三年の夏に行ったときは、バックパックを背負ってヨーロッパじゅうをまわったんだ。あれはすごい経験だったな」

「ああ、思いだしたわ。絵はがきや写真を送ってくれたし、カフェからおかしなメールをくれたりしたわよね。わたしたちも行くつもりだったのよ、四人で。でもブラウン夫妻が亡くなって……悲しすぎたし、片づけなければならないことがあまりにも多すぎて。そのうちにパーカーがすべてを集約して、〈Ｖｏｗｓ〉のビジネスの原型をつくりだしたものだから、行く暇がなくなってしまったの」

　エマは椅子にもたれかかった。「もう、ひと口たりとも食べられないわ」ジャックは支払いの合図をした。「きみのポケットのひとつを見せてくれ」

「わたしのポケット？」

「まだぼくが知らないところだよ」

「ああ」彼女は笑いながらコーヒーを飲んだ。「そうねえ。そうだ。わたしがフェアフィールド郡綴《つづ》りコンテストのチャンピオンだったことは知らないでしょう？」

「まさか。本当なのか？」

「そうよ。実を言うと、州大会まで行ったの。あとほんのちょっとで……」エマは親指と人差し指をほんの少しだけ離してみせた。「あとこのくらいで勝てそうだったのに、負けちゃったのよ」

「なんの単語で？」

「オートセファラス《Autocephalous》」

ジャックの目が険しくなった。「それって本当にある言葉？」

「ギリシャ語からきた語で、外側の権威から独立しているという意味よ。とくに家長制に関係があるの」彼女はつづりを口にした。「プレッシャーに負けて、ふたつ目のaの代わりにeと言ってしまってアウトだった。でも、今でもスクラブル（単語のつづり方を競うゲーム）は強いのよ」

「ぼくは数学のほうが得意だな」

エマは身を乗りだした。「さあ、今度はあなたのポケットを見せて」

「すごいぞ」ジャックは、すぐそばにひっそりと差しだされた革のフォルダーにクレジットカードを入れた。「綴りコンテストのチャンピオンに勝るとも劣らない」

「それはわたしが判断するわ」

「高校でやったミュージカルの『オクラホマ！』で主人公のカーリー役だった」

「本当に？」エマは彼を指さした。「あなたが歌うのは聞いたことがあるわ。歌は上手よね。でも、演じることに興味があったとは知らなかった」

「全然なかった。興味があったのは、お相手のローリー役を演じたゾーイ・マロリーさ。彼女にぞっこんだったんだよ。だから『飾りのついた四輪馬車』に全力を傾けて、その役を手に入れた」

「ゾーイも？」

「ああ。輝かしい二、三週間のあいだはね。その後はカーリーとローリーのようにはいかなくて別れたよ。それがぼくの俳優としてのキャリアの終わりだった」

「格好いいカウボーイだったんでしょうね」

ジャックはからかうように、にやりとした。「まあね。ゾーイは間違いなくそう思っていた」

伝票にサインをすると、立ちあがってエマに手を差しだした。

「ゆっくりまわり道をしていきましょう」彼女はジャックの指に指をからめた。「きっと気持ちのいい晩よ」

実際、そのとおりだった。あたたかで活気があって、渋滞している車までもがきらきらと輝いて見える。ふたりはのんびりとまわり道をして、ホテルの正面玄関に戻ってきた。

人々がビジネススーツやジーンズや夜会服姿で出入りしている。「いつでもにぎやかなのね。〝カット〟って合図する人がいない映画みたい」

「部屋にあがる前に飲むかい？」

「うーん、やめておくわ」エマはエレベーターへ向かいながら、彼の肩に頭をもたせかけた。「欲しいものが全部そろっている感じ」

エレベーターに乗りこむと、彼女はジャックの胸に飛びこんで顔をあげた。脈拍がぐんぐん加速していく。

彼が開けてくれたドアから室内に足を踏み入れたとたん、エマはキャンドルの光に包まれた。白い布がかかったテーブルには、シャンパンのボトルが入った銀のワインクーラーあり、ほっそりした花瓶にさされた一本の赤い薔薇が迎えてくれた。部屋じゅうをちろちろと照らす透明のガラスに入ったティーライトが雰囲気を醸しだす。ささやくようにやさしく流れる音楽もかかっていた。

「まあ、ジャック」

「おや、いったいいつのまに？」

エマは笑って彼の顔を手ではさみこんだ。「あなたはたった今、最高のデートを夢のデートにしてくれたのよ。すばらしいわ。どうやったの？」

「レストランの支配人が伝票を持ってきたとき、ホテルに知らせてくれるように頼んだんだ。プランニングがものを言うのは、きみの仕事だけではないんだよ」

「そうね、あなたのプラン、大好きよ」彼女はジャックにキスをした。もう一度ゆっくり。「とっても」

「ひらめいたんだよ。シャンパンを開けようか？」

「ええ、もちろん」エマは窓に近づいていった。「この眺め。すべてが明るくて、にぎやかで。そしてわたしたちはここにいる」

　上品なポンという音とともにボトルが開いた。ジャックはグラスふたつに注いで、彼女のそばにやってきた。エマはそれを受けとり、彼のグラスにこつんと合わせた。

「すばらしいプランニングに乾杯」

「ほかにも話してくれないか」ジャックは彼女の髪をさっと指先で撫でた。「なにか新しいことを」

「ほかのポケット？」

「綴りコンテストのチャンピオンで、サッカーの名選手だったことはわかった。ほかにもまだまだありそうだ」

「わたしの秘められた特技についてはすべて明かしたと思うわ」エマは手を伸ばして、指先で彼のネクタイをなぞった。「影の部分は、あなたには刺激が強すぎるかも」

「試してみてくれ」

「長い一日のあとで、夜ひとりのとき……とくに気持ちがざわざわしているときとか、いらいらしているとき——」そこで言葉を切り、グラスを持ちあげてひと口飲んだ。

「これを打ち明けていいものかどうかわからないわ」

「大丈夫だよ」

「そうね。でも、女性の欲求について理解がない男性もいるのよ。自分が応えられない欲求を受け入れられない人も」

ジャックはぐいっとシャンパンを飲んだ。「いいよ。怖がっていいのか、どきどきしていいのかわからないが」

「あるとき、その晩会うことにしていた男性に、とあることを一緒にしてくれないかと頼んだことがあるの。でも、彼にはその覚悟がなかったのね。それ以来、誰かに頼んだことはないわ」

「それは道具を使うこと？　道具の扱いなら得意だよ」

エマは首を振り、部屋の中央に戻ってシャンパンを注ぎ足すと、ジャックを誘うようにボトルを持ちあげた。

「わたしがするのはね……」彼のグラスに泡立つシャンパンを注ぐ。「まず、ワインを注いだ大きなグラスを持ってベッドルームにあがり、キャンドルをつけるの。やわらかで着心地がよくて、リラックスできるものに着替えて。とても……女らしい気分になれるから。それからベッドに入って、枕を並べるのよ。自分だけの旅を始めるための準備ね。そして用意ができたら……ぐっと枕に沈みこんで……ＤＶＤを見るの。『愛《いと》しい人が眠るまで』の」

「ポルノ映画を見るのか？」

「ポルノじゃないわ」エマは笑い、ジャックの腕をぴしゃりとたたいた。「すばらしいラブストーリーなの。恋人のアラン・リックマンが死んで、ジュリエット・スティーブンソンは打ちひしがれるの。悲しみに押しつぶされそうになってしまうのよ。もう、見ているだけで胸が痛くなって」目をきらきらさせて、喉もとに手をあてる。

「ぼろぼろ泣いちゃうの。ところが、彼が幽霊になって戻ってくるのよ。それだけ彼女のことを愛していたのね。もう胸がかきむしられるように切ないのに、おかしくて笑ってしまうの」

「胸がかきむしられるように切ないのに、おかしくて笑うのかい？」

「そうよ。男の人には絶対にわからないのよね。あなたに全部説明するつもりはないわ。とにかく、切なくてかわいらしくて、悲しくて前向きになれる。言葉にできないくらいロマンティックなの」

「つまりそれがきみの秘密の行動なんだね。夜ひとりのときに、ベッドに入ってすることなわけだ」

「そうよ。何百回も見たわ。ＤＶＤを二回買い換えたもの」

ジャックは見るからにとまどった様子で、シャンパンを飲みながら彼女の顔をしげしげと眺めた。「死んだ男がロマンティックなの？」

「あのね、アラン・リックマンなのよ。それに、そうね、この映画での彼はすばらしくロマンティックなの。これを見て――泣き終わったあとは、ぐっすり眠れるのよ」

「『ダイ・ハード』はどうだい？　彼は『ダイ・ハード』にも出ていたよな。きみがその映画を百回は見ているというのなら、今度二本立てでやってみたらどうだろう。きみさえよければ」

「すてき！」

彼はエマを見てにっこりした。「来週のどこかの晩にしよう。ポップコーンは絶対に必要だぞ。ポップコーンなしに『ダイ・ハード』は見られないからな」

「わかったわ。それで、お互いの核になっている映画を見られるわけね」彼女はさっとジャックにキスをした。「着替えてくるわ。すぐに戻ってくる。あなたはシャンパンをベッドルームへ持っていったらどうかしら」

「そうだな」

彼はベッドルームに入ると、ジャケットを脱いでネクタイを外しながら、エマのことを考えた。これまで知らなかった彼女の驚くべき顔、次々と現れる意外な一面のことを。

実際、おかしなものだな。誰かのことを知りつくしているつもりでいたのに、まだ新たに知ることがあるなんて。そして知れば知るほど、もっと知りたくなるなんて。

ジャックは衝動的に花瓶から薔薇を抜きとり、枕の上にのせた。

エマがキャンドルの明かりのなかに入ってきたとき、彼は息をのんだ。黒い髪が白いシルクの上に波打ち、なめらかな肌が白いレースにきらきらと輝いて見える。そしてあの瞳。深みのあるダークブラウンの瞳が、ジャックの瞳をのぞきこんでいる。

「夢のデートだと言っていたね」

「今度はわたしの番よ」

エマは女らしい体にシルクをまとわりつかせながら近づいてきた。両腕をあげて彼の首に巻きつける。まるで、これがなければ生きていけないとでもいうふうに。彼女の香りがキャンドルの明かりのように宙で揺れた。

「ディナーのお礼は言ったかしら?」

「ああ」

「それなら……」エマは彼の下唇を軽く嚙んでからキスをした。「もう一度お礼を言うわ。それからシャンパン。シャンパンのお礼は言った?」

「たしか」

「念のために」吐息とともに唇を重ねる。「それから、キャンドルと薔薇と長い散歩とこの眺めにも」ジャックに寄り添い、一緒になってゆっくりと円を描いて踊った。

「どういたしまして」

ジャックはエマをさらに抱き寄せ、自分の体にぴったりと押しつけた。唇を重ね、鼓動を重ねながらまわるうちに、時はどこかに飛んでいってしまった。

エマは彼の香りを吸いこみ、味わった。慣れ親しんでいるのに、どこか新しい。日に焼けて赤茶けた髪に指をからませ、くるりと巻きつけてから、ぐっと引っぱって自分のほうに引き寄せる。

ふたりは重なりあうようにして白いシーツの上に倒れこみ、一輪の赤い薔薇の香りに包まれた。ため息が続き、夢のような動きにつながる。いとおしむように触れるやさしい手が、エマの肌をさっと震わせた。彼女はジャックの顔を撫でながら、心と体を開いていった。やがて彼とともに、ロマンスのきらめきをまとった情熱を見いだした。

これこそが求めていたもの。ずっと望んできたもの。甘さと熱だ。エマが与えれば与えるほど、めまいがするほどの愛に満たされる。

あたたかな肌が重なり、エマは歓びに胸を高鳴らせた。ジャックが胸に唇を押しつけてきたのに合わせて、心臓がリズムを刻む。

彼にはわかるかしら？　彼も感じている？

ジャックに高みへとゆっくり導かれていきながら、エマの心のなかには彼の名前が――彼の名前だけが花開いていた。

エマはジャックの頭に銀色の霞《かすみ》をかけ、シャンパンのように血を泡立たせた。彼女が気だるそうに動くたび、なにかささやくたび、触れるたびに、誘惑され魅了されていく。

やがて高波のような快感に襲われて、エマは彼の名をささやいた。そして微笑んだ。ジャックのなかで、なにかがぐらりと揺らいだ。

「きみは美しい。ありえないくらいに美しいよ」

「あなたに見つめてもらうと、自分が美しく感じられるの」

彼が胸に指を這わせると、エマの瞳が新たな歓びに輝いた。唇を近づけ、歯と舌を使ってやさしく味わう。彼女の体が再び欲望に震えた。

「あなたが欲しい」エマが体をそらし、彼は息をのんだ。「あなたはわたしの理想なのよ、ジャック」

エマは彼を包みこみ、一緒になってゆっくりと一瞬一瞬を味わうように動いた。ジャックはそのまま彼女のなかでわれを忘れていった。


ジャックは満ち足りた思いで、エマの胸に頬をのせて思いをめぐらせていた。

「明日ずる休みをして、ここに泊まるのは無理だよな」

「うーん」エマが彼の髪に指をからめた。「今回は無理。でも、いい考えね」

「明日のことを考えると、夜明けには起きなくてはいけないね」

「わたしは二、三時間だけ眠るより、まったく寝ないほうがうまくいくことが多いのよ」

ジャックは顔をあげて微笑んだ。「奇遇だな。ぼくも同じことを考えていた」

「あのシャンパンの残りや、チョコレートがけの苺も、無駄にしたらもったいないわ」

「犯罪に等しいよ。このまま動かないで。ぼくがとってくる」

エマは伸びをして吐息をついた。「どこにも行かないわ」

18

エマが家に着いた五分後、マックがドアから飛びこんできた。

「彼が帰るまで待ってたのよ」呼びかけながら階段をあがってくる。「ものすごい自制心が必要だったわ」彼女はエマのベッドルームに入ったとたん、顔をしかめた。

「荷物を片づけているのね。全部しまってる。こういう手際のよさ、わたしにはないのよね。あなたたちのうちひとりくらいは、わたし並みにずぼらだったらよかったのに」

「あなたはずぼらじゃないわよ。自分のスペースに関して、ちょっと大らかなだけ」

「なるほど、それ、気に入ったわ。自分のスペースに関して大らか、ね。さてと、わたしのことはいいのよ。全部話して。そのためにわたしの恋人は、ひとり寂しくコーンフレークを食べているんだから」

エマは前夜に着たナイトガウンを手にして、幸せそうにくるりとまわった。「すばらしかったわ。一瞬一瞬のすべてが」

「もっともっと詳しく」

「エレガントなフレンチ・レストラン、シャンパン、〈ウォルドーフ〉のスイート」

「まあ、いかにもあなたらしい。おしゃれなデートじゃない。カジュアルなデートだったら、月明かりのビーチでピクニック、赤ワイン、小さな貝殻に立てたキャンドルね」

エマは空になったバッグの口を閉めた。「あなたとデートしようかしら？」

「きっとすてきなカップルになるわよ、絶対」マックは友人の肩に腕をまわして鏡を振りかえり、ぴったりしたジーンズにやわらかなシャツを着たエマと、コットンパンツとパジャマ代わりのTシャツ姿の自分をまじまじと見た。

「本当にばっちり。そうだわ、もしほかがうまくいかなかったときの保険ってことにしておきましょう」

「キープの相手がいれば安心だものね。ねえ、マック、最高に完璧な夜だったの」エマはぎゅっとマックを抱きしめてから、またくるりとまわった。「わたしたち、眠らなかったのよ。一睡もしなかったの。びっくりでしょう。話すことがありすぎたのよ。いまだにお互いのことで新しい発見があって。ディナーのあいだもずっとしゃべっていて、それから長い散歩もしたのよ。そのあいだに、彼、ホテルの部屋にシャンパンとキャンドルを用意させて、音楽もかけておくようにしてくれたの」

「まあ」

「部屋でもまたシャンパンを飲んで、話をして、愛しあったわ。とてもロマンティックだった」鼻歌を歌いながら目を閉じて、ぎゅっと自分を抱きしめる。「それからまた話をして、シャンパンを飲んで、もう一度愛しあったの。キャンドルライトのそばで朝食をとって、それから――」

「また愛しあったのね」

「そう。帰りは最初から最後までひどい渋滞だったけど、そんなことも気にならなかった。なんにも気にならなかったのよ」エマはマックを再び抱きしめた。「どんなことがあっても、この幸せは壊せないわ。マック、わたしはだいたいいつも幸せにしているわよね」

「ええ、ときどきむかつくときがあるけど」

「わかるわ。ごめんなさい。とにかくわたしは幸せ人間なんだけど、ここまで幸せになれるとは思ってもいなかったのよ。こんな気持ちになれるなんて。跳びあがって踊りまわって歌いたい気分なの。『サウンド・オブ・ミュージック』でジュリー・アンドリュースが山の上でしていたみたいに」

「わかったわ。でもやめて。それこそむかつくから」

「わかってる。だから頭のなかで想像するだけにするわ。長いあいだ、狂おしいほどに人を愛するのってどんなだろうと想像してきたけど、どうしてもわからなかった」

ベッドに座り、にっこりと天井を見あげる。「あなたはずっとこんな気持ちでいるの？　カーターと一緒にいて」

マックがエマのそばに腰をおろした。「わたしは誰かを愛するようになるなんて、まったく思っていなかったわ。本気でね。あなたみたいに想像したことも、あこがれたこともなかった。それがいつのまにかじわじわと忍び寄ってきて、そのうち煉瓦《れんが》みたいに一気に降ってきたの。こんな気持ちが自分のなかにあったんだと思うと、いまだに驚くのよ。くるくるまわったり歌ったりっていう気分じゃないけど。頭のなかでだけでも、いらつきそうだから。でも、跳びはねたり踊ったりはまだ続いてる。それに、誰かがわたしに対してそういう思いを抱いてくれている。それこそ衝撃的よね」

エマは手を伸ばしてマックの手をとった。「ジャックがわたしに対してそんな思いを抱いてくれているかどうかはわからないわ。わたしと同じような気持ちではないと思う。でも、わたしのことを大切に思ってくれているのはわかるの。なにかを感じてくれているのは。それで充分なのよ、マック。わたしが胸に抱えているこの愛が、根づいてくれると信じたいの。前から彼を愛していると思っていたけど、今になってわかったわ。あれは一時的な熱と欲望が一緒になったようなものだったって。だって、今のこの気持ちとは全然違うんだもの」

「ジャックに話せる?」

「二、三日前だったら、ノーと答えたでしょうね。なにも壊したくない、秤《はかり》のバランスを乱したくないって。実際、パーカーとその話になったときにも、ノーと答えたのよ。でも、今は話せると思う。話さなきゃいけないと思うの。あとはいつ、どうやって話すかを考えないと」

「わたしは怖くなったのよ、カーターが愛してると言ってくれたとき。もしジャックが少し怖がってるように見えたとしても、あわてないで。少なくとも一度目はね」

「誰かに愛していると伝えるのは、なにか見返りを期待してではないわよね。なにかを与えたいからじゃないかしら」

「あなたは旅行から帰ってきたら、すぐに荷物を片づける。もともと幸せで楽しいタイプ。そして愛のことをわかってる。わたしたち三人が結束して、あなたを定期的にやっつけてこなかったのが不思議なくらいよ」

「そんなの無理よ。みんな、わたしを愛しているもの」

マックはくるりと振りかえって、エマと顔を見あわせた。「そのとおり。わたしはあなたの味方よ、エマ。みんなそう」

「それなら、うまくいかないわけがないわよね?」

午前の配達分の花の準備をしている途中で、誰かがドアをノックした。少しだけぶつぶつ言いながら、エマは花を持ったまま立ちあがった。ガラス越しにキャスリン・シーマンとその妹を見て、顔をしかめる。びしょ濡れでみっともない格好では、重要なクライアントによくない印象を与えかねない。

けれどもほかにどうすることもできず、エマは軽く微笑んでドアを開けた。「ミセス・シーマン、ミセス・ラティマー、お目にかかれてうれしいですわ」

「いきなりお邪魔してごめんなさいね。ジェシカと仲間たちがブライズメイドのドレスを決めたものだから。あなたに素材見本を見ていただきたくて」

「それはありがとうございます。どうぞ、お入りください。お飲み物はいかがですか？　サンティーはいかがでしょう？　今日はあたたかいですから」

「いただきたいわ」アデールが即座に答えた。「ご迷惑でなければ」

「もちろんです。どうぞ座って、お楽になさってください。すぐに戻ります」

サンティーね。エマはキッチンに急ぎながら考えた。レモンのスライスに、きれいなグラス。もう大変。あとはクッキーを少し。ローレルが緊急時用に用意してくれた缶があって助かった。必要なものをかき集めてトレイにのせたあとに、髪に手をやる。

キッチンの引き出しから緊急用のリップグロスを引っぱりだして唇に塗り、頬をきゅっとつねった。

今はこれが精いっぱいだ。エマは落ちついて見えるように、二度深呼吸した。ゆったりとした足どりで戻っていくと、ふたりはディスプレイエリアをぶらぶらしていた。

「キャスリンから、あなたのところの装飾がそれはすてきだと聞いていたのよ。話に聞いたとおりだったわ」

「ありがとうございます」

「お住まいは二階なの？」

「はい。便利ですし、とても居心地がいいんですよ」

「あなたのパートナーのマッケンジーはスタジオの増築工事をしているのね」

「はい」エマはお茶を注いだが、ふたりとも座ろうとしないので、そのまま立っていた。「マックは十二月に結婚するんです。それでプライベートスペースを広げるのと同時に、スタジオの工事もしているんですよ」

「まあ、すてき」お茶を飲みながら、アデールはうろうろと歩きまわって、花に触れてみたり、写真を眺めたりしている。「お仲間のために結婚式のプランを立ててるなんて」

「そうなんです。わたしたち、四人とも幼なじみで」

「ここにある写真を見たわ。これがあなたで、あとのふたりがパートナーの方たちよね？」

「はい、ローレルとパーカーです。結婚式ごっこが好きだったんですよ」エマは写真を見て微笑んだ。「その日はわたしが花嫁役で、マックは将来を暗示させるようにカメラマンを務めていました。彼女に訊いていただければ、この瞬間――青い蝶が飛んできた瞬間――に、自分はカメラマンになりたいんだと気づいたことを話してくれると思います」

「いいお話ね」キャスリンがエマを振りかえった。「お仕事の邪魔をしたうえに、ずいぶん時間をとらせてしまいそうでごめんなさい」

「思いがけないお客様は、いつでもうれしいものですわ」

「本当にそう思ってもらえるならいいけれど」アデールが口をはさんだ。「わたし、あなたの仕事場を見たくて仕方なかったの。今日はアレンジメントをつくっているの？　ブーケ？」

「あの……今日は午前中の配達分をつくっていて、それでこんなにみっともない格好をしているんです」

「あつかましいかもしれないけど、仕事場を見せていただけないかしら？」

「ええ、どうぞ」エマはさっとキャスリンを振りかえった。「びっくりしないでくださいね」

「わたしは前にも見せてもらったから」

「ええ、でも、実際に作業をしていたときではないですよね」エマはふたりを案内していった。「作業中は……ご覧のとおりなんです」カウンターを手ぶりで示す。

「まあ、あのお花」アデールが興奮して頬を染め、前に進みでた。「ああ、この牡丹の香り」

「花嫁のお気に入りなんです」エマは説明した。「この豪華な赤を花嫁のブーケに使います。派手なピンクから淡いペールピンクまででコントラストをつけて。ワインカラーのリボンでハンドタイにして、キャンディピンクの飾りボタンをとめます。ブライズメイドはピンクの小さめのブーケを持つんですよ」

「それをこのバケツに入れておくのね？」

「水和剤と栄養剤の溶液です。みずみずしい状態を維持してお式のあとまでもたせるための、重要なひと手間なんです。デザインを始めるまでは冷蔵ケースに入れておきます」

「どうやって——」

「アデール」キャスリンが舌を鳴らした。「根掘り葉掘り訊きすぎよ」

「はいはい。訊きたいことがいっぱいあるんですもの。本気でジャマイカにウェディング・コンサルタント会社を設立しようと考えているのよ」アデールはうなずきながら、もう一度作業エリアを見渡した。「完璧な環境ね。これではあなたを引き抜ける望みはなさそう」

「でも、ご質問があれば喜んでお答えしますわ。ただ、ビジネス全体についてお尋ねになるのでしたら、パーカーが適任者です」

「さあ、そろそろ失礼しないと」キャスリンがバッグから布見本をとりだした。「これが見本なの」

「まあ、なんてきれいな色。朝露のかかった若葉のようだわ。おとぎばなしみたいな結婚式にぴったりですね」エマはディスプレイを振りかえり、白いシルク製のチューリップを手にとった。「ほら、白がみずみずしいグリーンによく映えます」

「ええ、本当に。最終的なデザインが決まったらスケッチを送るわね。お時間をとらせてしまってごめんなさい、エマ」

「わたしたちは、お嬢様が完璧《パーフェクト・デイ》な日を迎えられるようにするのが仕事ですから」

「ほらね」アデールが姉の腕をつついた。「こういう姿勢がすばらしいのよ。〈パーフェクト・デイ〉という社名にしようかしら」

「いいですね」エマは相槌《あいづち》を打った。

「わたしの名刺は渡したわよね。気が変わったらいつでも連絡して。ここでの収入の十パーセントアップをお約束するわ」

「彼女があなたを引き抜こうとしても、むっとしないように努力するわ。毎度のことだもの」パーカーは二件の長い打ちあわせを終えて靴を脱いだ。

「ジャマイカに移ったら、いくら出すって言われた？」エマはパーカーに訊いた。

「白紙委任ですって。そのくらいの条件なら考えると匂わせたわたしがばかだったわ。いくらでも言い値が通るなんて、ありえないのにね。とくにビジネス・モデルを構築する場合には」

「あの人はお金があり余ってるのよ」ローレルが指摘した。「もちろん、現実的なビジネスのレベルでは、そんなこと関係ないのはわかってる。でも、彼女はそういうお金のつかい方に慣れているんでしょう」

「アイデアはいいと思うのよ。専門的かつ包括的なウェディング・コンサルティング会社を、結婚式で人気の観光地に設立するというのは。それに、しっかりした経験のある人を引き抜こうとしているところもさすがだわ。ただ、予算を立てて、そのなかでやっていかないとね」

「じゃあ、わたしたちがやったらいいんじゃない？」マックが言った。「みんなでジャマイカやらアルバ島やらに移住しようっていうんじゃないけど、どこかエキゾティックな土地に〈Ｖｏｗｓ〉の支社をつくるのはどう？　絶対いけるわよ」

「反対」ローレルが親指と人指し指で拳銃《けんじゅう》の形をつくって、バンと撃つまねをした。

「もう仕事は充分じゃない？」

「実はわたしも考えていたの」

ローレルはあんぐりと口を開けてパーカーを見た。「もう一発、弾をこめないと」

「そんなことができたらいいな、という構想だけよ。将来のために」

「完璧なクローン人間がつくれるようになってからにして」

「支店というよりはフランチャイズみたいなものね」パーカーが説明を始めた。「条件を細かくつけるの。でも詳細を詰めたわけではないし、どんな問題点があるのかもわからない。もしいつかやってみようということになったら、みんなで徹底的に話しあいましょう。やるときは全員が賛成したときよ。今は、そうね、仕事は充分。ただし八月の第三週は別よ。そこの予定は白紙」

「見たわ。訊こうと思っていたの」エマは首の凝りをほぐしながら言った。「自分が予定を書き忘れたのかと思ったんだけど」

「いいえ、その週は結婚式はなし。わたしがそうしたの。誰もビーチで一週間過ごすのに興味がないというのなら、考え直すけど」

一瞬、しんと静まりかえったあとで、三人はいっせいに跳びあがってうれしそうに踊りはじめた。ローレルがパーカーの手をとり、踊りの輪に引きずりこんだ。

「興味があるということね」

「もう荷造りしていい？　ねえ？　いい？」マックが詰め寄る。

「日焼け止め、ビキニ、マルガリータ用のブレンダー。ほかになにがいる？」ローレルはパーカーをくるりとまわした。「休暇よ！」

「どこ？」エマは訊いた。「どこのビーチ？」

「どこでもいいじゃない」ローレルはソファに座りこんだ。「ビーチよ。フォンダンや糖衣のことを考えずに過ごせる一週間。ああ、涙が出そう」

「ハンプトンズよ。デルが家を買ったの」

「デルがハンプトンズに家を？」マックが宙にこぶしを突きあげた。「でかしたわ、デル」

「正確には〈ブラウン有限会社〉が買ったのよ。デルがここのところ持ってきていた書類のなかに、この件についてのものもあったの。いい投資になりそうな物件が出たから。みんなに黙っていたのは、万が一話が流れてしまった場合を考えてのことよ。だけどもう契約が成立したから、八月の第三週はみんなでビーチに行くわよ」

「みんなって？」ローレルが訊きかえした。

「わたしたち四人とカーターとデルとジャック。部屋が六つにバスルームが八つあるの。全員の分の部屋があるわ」

「ジャックは知っているの？」エマは疑問を声に出した。

「デルがその物件に目をつけていたのは知ってるけど、八月の旅行のことは知らないわ。うまくいくかどうかわからないうちに、休みをとる話をするのはどうかと思ったから。でも、ようやく話がまとまったのよ」

「カーターに伝えなきゃ。ああ、うれしい！」マックはパーカーに音をたててキスすると、大急ぎで駆けだしていった。

「最高ね。わたしもカレンダーに書いてくる。ハートやお日様のマークをいっぱいつけて。月明かりのビーチで散歩よ」エマはパーカーを抱きしめた。「月明かりの庭でダンスをするのと同じくらい完璧。ジャックに電話するわ」

ふたりだけになると、パーカーはローレルに目を向けた。「どうしたの？」

「えっ？　ううん。どうもしないわ。ビーチで一週間と聞いてショック状態なのよ。水着を買わないと」

「そうよね」

ローレルは立ちあがった。「買い物に行きましょう」

エマはひらめいたとたん、それに従って突っ走ることにした。いくつかの予定を調整し、融通のきくクライアントに打ちあわせを一時間くりあげてもらって、なんとか月曜日の午後を空けた。

いつもの月曜の晩のデートにひねりをきかせて、ジャックを驚かせるつもりなのだ。出がけに本館へ立ち寄り、パーカーを探してオフィスに行った。

ヘッドセットをつけて行ったり来たりしていたパーカーは、エマが入っていくと目をくるりとまわした。

「ケヴィンのお母様は批判や侮辱のつもりはなかったと思いますよ。ええ、そのとおりです、あなたの結婚式、あなたの一日ですもの、あなたが決めるんです。あなたにはその権利があります……ええ、彼はとてもかわいくて、ものすごくお行儀がいいですよね、ドーン。ええ、ええ、わかります」

パーカーは目を閉じて、エマに向かって首を絞めるまねをしてみせた。

「あの、この件はわたしに任せていただけないでしょうか？　そのほうが、あなたとケヴィンの負担も減るでしょう。外のパーティーでのほうが説明しやすいこともありますよ……ええ、そんなつもりではなかったと思います。もちろんですとも。わたしだって腹を立てると思います。でも——でもですね……ドーン！」わずかに鋭さを増した声音は、なんであれ花嫁の愚痴を黙らせるものだった。「いいですか、どんなにややこしいことや細かいこと、うまくいかないことがあったとしても、その日とその日にかかわるすべてのことはあなたのため、そしてケヴィンのためのものなんです。それを覚えておいてください。そうして、わたしがいるのは、あなたとケヴィンが理想どおりの日を迎えられるお手伝いをするためだということも覚えておいてくださいね」

彼女は今度は天井を仰いだ。「今夜はケヴィンと出かけて、なにかおいしいものでも召しあがっていらしたら？　ふたりだけで。こちらで予約をおとりしますよ。どこかご希望は……ああ、あのレストラン、わたしも大好きです」彼女はメモ用紙に店名を書きとめた。「七時でいいですか？　では、今すぐに予約を入れます。それから今夜、わたしが彼のお母様と話しあいましょう。明日には万事うまくいっていますよ。心配しないでください。またお話ししましょう。ええ、ドーン、わたしはそのためにいるんですから。よかった。本当に。ええ、では」

パーカーは指を一本立てた。「あと一分だけ待って」花嫁が選んだレストランに電話を入れ、無理やり予約をねじこんでもらってからヘッドセットを外す。

息を吸いこみ、短いけれど心からの叫び声を発してからうなずいた。「これでいいわ。だいぶよくなった」

「ドーンが未来の義理の母親ともめているの？」

「ええ。不思議なことに、花婿の母が彼女のリング・ベアラーの選択を理解してくれないし、認めてもくれないんですって」

「そんなこと、花婿の母親が決めることじゃ――」

「ビーンズなのよ。花嫁の愛犬のボストン・ブルテリア」

「ああ、忘れてたわ」エマは眉根を寄せた。「待って、その話、わたしは聞いていたかしら？」

「たぶん聞いてないわ。わたしも二日ほど前に聞いたばかりだもの。花婿の母は、ばかげてる、みっともない、恥ずかしいと考えていて、はっきりそう言ったんですって。花嫁は、未来の義理の母が犬嫌いなんだという結論に達したのよ」

「彼、タキシードを着るの？」

パーカーは唇をゆがめた。「今のところ、ボウタイだけの予定よ。ドーンはとにかく犬にいてほしいの。だからわたしは花婿の母を飲みに誘って――こういうことは個人的にアルコールを飲みながら話したほうがうまくいくから――丸くおさめようと考えているわけ」

「成功を祈ってるわ。わたしは街まで行ってくる。料理をつくってジャックを驚かせようと思って。だから朝まで戻ってこないわ。ついでに、あなたとローレルがグリニッチのどこかにセクシーな夏服を残しておいてくれていないか、見てこないと」

「ホルター・トップが一枚残ってると思う。サンダルも一足」

「見つけるわ。市場《マーケット》に行って、園芸店にも寄るつもりよ。なにかいるものはある？明日の朝になってもよければ買ってくるけど」

「書店には寄る?」

「街へ行ったのに寄らなかったりしたら、母がなんて言うと思う?」

「そうよね。注文した本が届いているはずなの」

「とってくるわ。ほかになにか思いついたら、携帯に連絡して」

「楽しんできてね」エマが出ていくと、パーカーは自分のブラックベリーを見てため息をついた。それから、ケヴィンの母親に電話をかけはじめた。


数時間外をぶらぶらできるのがうれしくて、エマはまず園芸店へ向かった。しばらくあれこれ見てまわって楽しんでから、目当てのものを選びはじめた。

彼女はここの匂いが好きだった。土と植物と緑の匂い。大好きだから、なにもかも注文してしまいそうになるのをこらえるのが大変だ。でも明日の朝にもう一度寄って、ブラウン邸用に苗を何本か選ぶことにしよう。

今はジャックの家の裏手のポーチを思い描きながら、どの鉢にしようか考える。さびたような銅色のほっそりした壺形の鉢をふたつ見つけて、裏口のドアの両わきに置いたらぴったりだと思った。

「ニーナ?」エマは店主に合図した。「このふたつをいただくわ」

「これ、いいでしょう?」

「ええ、すてきね。車に積んでもらえるかしら？　前にとめてあるの。あとは鉢植え用の土も。苗を選んでくるわ」

「ごゆっくり」

エマは望みどおりのものを見つけた。深紅の花と紫の花に、それと合わせたら華やかになりそうな苗をいくつか。

「ゴージャスね」エマがカートをレジまで押していくと、ニーナが言った。「力強い色、しっかりした質感。そのヘリオトロープは香りもいいのよ。結婚式に使うの？」

「いいえ、実は友人への贈り物なの」

「ラッキーなお友達ね。全部積みこんだわよ」

「ありがとう」

繁華街に出ると店をまわって歩き、新しいサンダルと涼しげなスカートを買い、夏のことを思いだして、大胆なプリント柄のスカーフを買った。ビーチでパレオとして使うのだ。

それから書店に飛びこんでいき、カウンターでレジを打っている店員に手を振った。

「あら、エマ！　お母さんなら倉庫にいるわ」

「ありがとう」

母は届いたばかりの本をとりだしているところだったが、エマを見るなり荷物をわきによけた。「まあ、最高のサプライズだこと」

「散財してきたのよ」エマは箱の上に身を乗りだして、母の頬にキスをした。

「わたしが大好きなことね。たいていは。なにか幸せな気分になるようなものを買えた？　それとも……」エマのブレスレットを指でつつく。「なにも買わなくても幸せ？」

「両方ね。これからジャックのところへ食事をつくりに行くから、マーケットに行かなくちゃならないのよ。でも、すごくかわいいサンダルを見つけて、もちろんその場で履き替えたわ」

　エマはサンダルを見せびらかすようにくるりとまわった。

「かわいらしいこと」

「それに……」人差し指で、買ったばかりの金のバングルを揺らす。

「きれいね」

「あとは、赤いポピー柄のすてきな夏のスカート。トップス二枚に、スカーフとかいろいろ」

「それでこそ、わたしの娘よ。今朝ジャックに会ったわ。今夜はあなたと映画に行くと言っていたけど」

「計画変更よ。ステーキを焼いてあげるの。ミセス・Gの冷凍庫にあったのを、お願いしてもらってきちゃった。一晩じゅうマリネ液に漬けてあったものよ。クーラーボックスに入れて車に積んできたの。小さなじゃがいもをローストして、ローズマリーとアスパラガスを添えて。あとはおいしいパンとディップ用のオイル。どうかしら？」

「男の人が好きそうなメニューね」

「でしょう。そう思ったの。ローレルが忙しくてデザートは頼めなかったから、アイスクリームかベリーにするわ」

「男性好みだし、よく考えられたメニューだわ。なにかの記念なの？」

「ニューヨークですばらしい夜をプレゼントしてくれたお礼と、それから……わたし、彼に話そうと思うの。彼に対してどういう気持ちでいるかを。彼を愛しているということを。こんな気持ちでいながら」エマは胸に手をあてた。「それを伝えないのは間違っているような気がするのよ」

「人を愛するには勇気がいるものよ」ルシアは思いださせるように言った。「わたしに言えるのは、ジャックがあなたの名前を口にするとき、幸せそうだということね。話してくれてありがとう。これで今夜、あなたのために祈ることができるわ。あなたたちふたりのために」

「ありがとう。ああ、それから、パーカーが注文した本があるでしょう。代わりに受けとっていくわ」

「今、持ってくるわね」ルシアはエマのウエストに腕をまわし、一緒に倉庫を出ようとした。「明日、電話してくれるわね？　ディナーがどうなったか聞きたいわ」

「電話するわ。朝いちばんに」

「エマ？」

声の主のかわいらしいブルネットの女性を見て、エマは誰だったろうと必死に思いだそうとした。「こんにちは」

「やっぱりあなたね！　ああ、エマ！」

情熱的に抱きしめられて、エマは左右に揺さぶられた。とまどいながらも抱擁を返し、いぶかしげに母を見る。

「レイチェル、大学から帰ってきたのね」ルシアは微笑みながら、娘にヒントをくれた。「エマがあなたのベビーシッターをしに出かけていったのが、つい先週のことのようなのに」

「そうなんです。わたしも信じられない――」

「レイチェル？　レイチェル・モニングなの？」エマは体を離して、明るいブルーの瞳をのぞきこんだ。「まあ、驚いた。あなただとわからなかったわ。大人になってきれいになって。いったい、いつのまに十二歳じゃなくなったの？」

「だいぶ前よ。お久しぶりね。大学に入ってからは二度目くらいかしら。ああ、エマ、とってもきれいよ。いつもきれいだったけど。こうして偶然に会えるなんて信じられない。ちょうどあなたに電話しようと思っていたところだったの」

「今は大学生？　夏休みで帰ってきたの？」

「ええ。あと一年なの。夏休み中は〈エスターヴィル〉の広報で働いているのよ。今日は一日お休みで、本を探しに来たの。ウェディングの本。わたし、婚約したの」

レイチェルは手を突きだして、きらきらと輝くダイヤモンドを見せた。

「婚約？」エマはショックで黙りこんでから、ようやく声を絞りだした。「でも、あなた、ついこのあいだまでバービー人形で遊んでいたじゃないの」

「それはもう十年くらい前のことでしょう」レイチェルは声をあげて笑い、顔をほころばせた。「ぜひドルーに会ってちょうだい。すてきな人なの。もちろん会ってもらうことになるわ。来年の夏、わたしが卒業したら結婚する予定なんだけど、あなたにお花とか全部お願いしたいのよ。母も〈Ｖｏｗｓ〉でやるべきだと言ってるわ。信じられる？　わたしが結婚して、あなたにブーケをつくってもらうなんて。よくティッシュでブーケをつくってくれたわよね。でも、今度は本物のブーケなのよ」

エマはおなかを殴られたような衝撃を受けた。そう感じる自分がいやだったが、どうしようもない。「おめでとう。いつ決まったの？」

「二週間と三日と……」レイチェルは腕時計を見た。「十六時間前。ああ、もっと時間があったらよかったんだけど、本を買って急がないと約束に遅れちゃう」彼女はもう一度エマを抱きしめた。「今度連絡するから、お花やケーキやいろんなことを相談させて。じゃあ！　失礼します、ミセス・グラント。またお目にかかれますよね」

「レイチェル・モニングが結婚するなんて」

「本当に」ルシアがエマの肩を軽くたたいた。「びっくりだわ」

「わたしは彼女のベビーシッターをしていたのよ。あの子の髪を三つ編みにしてあげたり、寝る時間を過ぎても起きているのを許してあげたり。その子の結婚式のお花を請け負うことになるなんて。ああ、もう、お母さん」

「まあまあ」ルシアはくすくす笑っているのを隠そうともしなかった。「今夜はすばらしい男性と過ごすんじゃなかったの？」

「そう、そうよ。みんな、それぞれの道があるのよね。でも……ああ、もう」

　エマはベビーシッターをしていた子が結婚することは考えないようにして、買い物を終わらせた。マーケットを出たところで、また誰かに声をかけられた。

「こんにちは、《ブエノス・タルデス》お嬢さん《ボニータ》！」

「リコ」ハグの代わりに、両方の頰に熱烈なキスを受けた。「お元気？」

「きみに会えて元気になった」

「どこかおしゃれな都市に飛行機を飛ばしているはずじゃないの?」

「イタリアまで行って戻ってきたところなんだ。飛行機のオーナーが家族と一緒にトスカーナ地方で休暇を過ごすというので、送ってきたんだよ」

「お抱えパイロットは大変ね。ブレナはお元気?」

「二ヶ月ほど前に別れたんだ」

「まあ、それは残念。知らなかったわ」

「仕方ないさ」リコは肩をすくめた。「その荷物、運ぶよ」彼は食料品の袋を抱えて車に向かいながら、袋のなかをのぞきこんだ。「ごちそうだね。俺が食べる予定の冷凍ディナーよりずっとうまそうだ」

「あら、お気の毒に」エマは笑って、助手席側のドアを開けた。「ここに入れてくれる? 後ろはもう荷物でいっぱいだから」

「そのようだね」リコはバックシートの植物と袋を見て言った。「今夜は忙しそうだな。でも、もしよかったら一緒に夕食をどうだい?」誘うようにエマの腕に指を走らせる。「でなければ前に話してた、飛行機の操縦レッスンをしてあげてもいいよ」

「ありがとう、リコ。だけどわたし、今はおつきあいしている人がいるの」

「俺以外にか。気が変わったら、いつでも連絡してくれ」

「そうなったら、真っ先にあなたのことを思いだすわ」エマは彼の頬にさっとキスをしてから、車の前を運転席側にまわりこんだ。「ジル・バークを覚えてる？」

「ああ……小柄なブロンドの、よく笑う子だったね」

「そう。彼女も今、シングルよ」

「そうなのか？」

「電話してみたら？　きっと操縦レッスンを喜ぶと思うわ」

にやりとして目を輝かせたリコを見て、エマはどうして彼といると楽しいのかを思いだした。彼女は車に乗りこむと、リコに手を振って走りだした。

鉢と植物と食料品があることを考えて、ジャックのオフィス兼自宅の裏手に車をとめた。できるだけ階段に近いところにと思ったのだ。エマはキッチン前の小さなデッキを見あげてうなずいた。あそこに鉢植えを置いたらすてきになるわ。きっとすてきになる。

早く作業を始めたくてうずうずしながら、建物の表にまわって正面玄関からなかに入った。ドアの面とりガラスと正面の高窓から光が入り、受付エリアは上品で居心地のいい空間になっている。めかしこんだ感じではなく、あたたかでこぢんまりしているのがいい。穏やかで静かな威厳がある。その一方で、個々のオフィスや設計室は雑然としていることが多い。

「こんにちは、ミシェル」

「エマ」殺風景なほどに片づいたデスクでコンピュータに向かっていた女性が手をとめ、椅子をくるりとまわして振りかえった。「お元気？」

「元気よ。具合はいかが？」

「二十九週なの。もうじきよ」ミシェルは大きくふくらんだおなかをぽんぽんとたたいた。「順調そのもの。そのサンダル、とってもすてきね」

「でしょう。さっき買ったばかりなの」

「すごくいいわ。月曜の夜のデートね？」

「そう」

「でも、ちょっと早くない？」

「計画を変えたのよ。ジャックは忙しい？　まだ彼には話してないんだけど」

「まだ戻っていないのよ。現場でトラブルがあって、予定より遅れているの。下請け業者だか、新しい郡の検査官だか、まあ、今のところはなににでも腹を立てている状態ね」

「あら」エマは顔をしかめた。「そういう状況だったら、わたしの新しい計画はいいほうに転ぶか悪いほうに転ぶかわからないわ」

「どんな計画か訊いてもいい？」

「もちろんよ。食事をつくって驚かせようと思ったの。それとデッキに鉢植えを飾ろうと思って。出かける代わりに、家で食事をして映画を見るのよ」

「わたしの意見を言わせてもらえば、それは名案だと思うわよ。さんざんな一日のあとで手料理が食べられるなんてうれしいじゃないの。電話して訊いてみることもできるけど、今ごろは検査官と三度目の話しあいだわ」

「じゃあ、やるだけやってみるというのはどうかしら？　問題はね、ミシェル、わたしは鍵を持っていないのよ」

一瞬、驚いたような間があった。「ああ、そう、それなら問題ないわ」ミシェルはデスクの引き出しを開けて合鍵をとりだした。

「大丈夫かしら？」こんなことを訊かなければならないなんて屈辱的だ、とエマは思った。

「大丈夫に決まっているじゃない。あなたとジャックは昔からの友達で、今は……」

「そうね、そうだわ」エマはわざと明るく言った。「もうひとつ問題があるのよ。鉢をふたつ買ってきたんだけど、ひとつが二十キロ以上あるの」

「チップが裏にいるから運ばせるわ」

「ありがとう、ミシェル」エマは鍵を受けとった。「あなたがいてくれて助かったわ」

鍵をぎゅっと握りしめて裏の階段に向かった。恥ずかしく思うことなんてないのよ。自分に言い聞かせる。もう三ヶ月近くつきあっている男性が――しかも十年以上も知っている男性が――合鍵を渡そうとしてくれなかったからといって、自分が軽んじられていると思う必要はない。

そんなことでふたりの関係が決まるわけじゃないでしょう。ジャックに締めだされたわけではないんだから。彼はただ……。

どうでもいい。今夜の計画を推し進めるまでよ。彼に花をプレゼントして、食事をつくり、愛していると伝えるの。

そして、そうね、鍵をちょうだいと頼むことにしよう。

19

エマは食材を片づけたり、家から持ってきたひまわりをキッチンのカウンターに飾ったりして楽しんでから、鉢植えの準備にとりかかった。

思ったとおり、ふたつの壺形の鉢をドアの両わきに置くというアイデアは大正解だった。深みのあるはっきりした色もよかったと、赤いサルヴィアを紫のヘリオトロープの背後に植えこみながら思う。この組みあわせなら一年じゅう色彩と花を楽しめるし、ロベリアとスイートアリッサムが縁からはみだすように咲いたら、いっそう華やかになる。

きっと階段をあがってくるたびに、おかえりなさいと迎えられているような気分になるだろう。それに、出迎えてくれる花々を植えつけた女性のことも思いだすはずだ。

エマは小さく微笑んだ。

しゃがんだまま後ろに重心をかけて、出来栄えを点検する。「自分で言うのもなんだけど、ゴージャスね」

空になった苗ポットやセルパックを重ねて片づけてから、ふたつ目の鉢にも同じように植えつけた。

ジャックはじょうろを持ってるかしら？　たぶん持っていないわね。そのことを考えておくべきだったけど、買うまではなにか方法を考えればいい。土に触れているのがうれしくて、ステレオでかけておいた音楽に合わせて鼻歌を歌う。正面玄関の鉢にも、もう少しアクセントが欲しいところだ。来週にでも、なにか選んでこよう。

植えつけが終わるとこぼれた土を掃き集め、プラスチックのトレイやポット、園芸用具を車まで運んだ。手についた土をさっと払い落としながらデッキを見あげて、自分の仕事ぶりを確かめる。

花は家に欠かせない要素だと、エマはいつも思っている。ようやくジャックの家にも花が加わった。それに、愛をこめて植えられた花はより美しく咲く。そう彼女は信じていた。もしそれが真実ならば、あの花々は初霜がおりるころまで見事に咲きほこることだろう。

エマは時間を確かめると、階段を駆けあがった。着替えをして食事の支度を始めなければ。メニューに前菜を加えることにしたので、よけいに時間が必要なのだ。

汚れて汗だくで、そのうえ行方不明の配管工と新人の横柄な建物検査官に腹を立てながら、ジャックはオフィスの裏口を目指して角を曲がった。シャワーを浴びてビールを飲みたい。アスピリンも必要だ。もし業者があのまぬけな配管工――それが業者の義理の弟にあたるのだが――を首にしなかったら、ジャックとしてはクライアントに工事が遅れている理由を説明できる。それに、戸口が二センチずれていたからと、権力をかさにきていばりちらした建物検査官にも反論できる。

よし、先にアスピリンをのんでからシャワー、そのあとビールだ。

それで朝六時にクライアントからの電話で始まった一日も、少しはましになるだろう。クライアントはメジャーを手にして、配膳用《はいぜんよう》のカウンターが幅百八十センチではなく百五十センチになっているとまくしたててきたのだ。

別にクライアントを責めているわけではない。ジャック自身、まくしたてたい気分だった。図面での百八十センチは現場でも百八十センチにしかならない。業者がどう思おうと、だめなものはだめだ。

今日という日は、あの電話を皮切りにどんどんひどくなっていった。肩の凝りをほぐしながら、ジャックは思った。残り半日はせめて、トラブル解消のために郡じゅうを駆けまわる代わりに、なにかほかのことをして過ごしたい。

最後の角を曲がり、家に帰ってこられたことに安堵《あんど》した。もうオフィスは閉まっているから、修理や交渉を頼まれたり、意見をぶつけられたりすることもない。

ジャックはエマの車を見つけて、痛む頭で必死に考えた。なにか勘違いをしていただろうか？　街で会う約束だったか？　ここから出かけるのだったろうか？

いや、違う、ディナーと映画だったはずだ。映画はできればレンタルのＤＶＤに変更してもらって、それも涼んで落ちついてからと思っていた。ただ、トラブルと苦情にどっぷり浸《つ》かっていて、エマにそのことを知らせるのを忘れていた。

でも、彼女が街に来ているのなら……。

ジャックは、裏口のドアが開いてスクリーンドアだけになっており、その両わきに花の鉢が置いてあるのに気づいてはっとした。一瞬そのまま座席に座っていたが、サングラスをダッシュボードに放りだして車をおりた。とたんにスクリーンドアから音楽が聞こえてきた。

あの花はいったいどこから来たんだ？　すでに爆発している頭が、新たないらだちでいっそうずきずきしはじめた。それに、なぜドアが開いているんだ？

今、必要なのはエアコンの効いた部屋と冷たいシャワー、最悪の一日を忘れるための五分間だ。それなのに毎日水をやらなければならない花があり、音楽ががんがん鳴っていて、相手をしてもらいたがっている誰かが家のなかにいる。

ジャックは階段をのろのろとあがり、鉢植えをにらみつけ、スクリーンドアを押し開けた。

なかにいたのはエマだった。ずきずきする頭に響く音楽に合わせて歌いながら、彼のガスレンジで料理をしている。ジャック自身はテイクアウトのピザを食べたい気分だというのに。それにカウンターの上には合鍵がある。そのわきの花瓶に活けられた巨大なひまわりを見て、今度は目もずきずきしてきた。

エマは片手でフライパンを揺すりながら、もう一方の手をワインのグラスに伸ばそうとしたところで彼に気づいた。

「あら！」フライパンの柄を握った手をくいっと動かし、彼女は声をあげて笑った。「聞こえなかったわ」

「無理もない、ご近所じゅうに聞こえるような大音量なんだから……まったく、そいつはＡＢＢＡ《アバ》か？」

「なに？　ああ、この音楽？　うるさいわよね」エマはもう一度フライパンを揺すって火を調節した。それから軽やかに横に移動してリモコンをとり、ステレオの音量をさげた。「料理用の音楽なの。食事を用意して驚かせようと思ったのよ。このほたて貝の料理はあと一分で完成するわ。ソースはできているから、今すぐ食べはじめられるわよ。ワインを一杯いかが？」

「いや、けっこうだ」ジャックは彼女の頭越しに手を伸ばして、戸棚からアスピリンの瓶をとりだした。

「大変だったわね」エマが同情するように言って、瓶を開けようと格闘している彼の腕をさすった。「ミシェルから聞いたわ。座って休んだら?」

「汚れているんだ。シャワーを浴びたい」

「そうね、それがいいかも」彼女はつま先立ちになって、ジャックの唇に軽くキスをした。「冷たいお水を持ってくるわ」

「自分でできる」彼はエマのわきを通り冷蔵庫に近づいた。「ミシェルから鍵をもらったのか?」

「あなたは仕事にかかりきりで、大変なことになっていると教えてくれたのよ。わたしは車に食材を積んでいたから、それで……」彼女はもう一度フライパンを揺すってから火を消した。「マリネにしたお肉のステーキがあるの。赤身の肉は頭痛に効くわよ。シャワーを浴びて楽にしていて。もし気分がよくなるまで横になりたければ、食事はあとでもいいわ」

「いったい何事なんだ、エマ?」音量がさがっても、音楽が神経にさわる。ジャックはリモコンをつかんで消した。「あの鉢は自分で運びあげたのか?」

「チップが運んでくれたの。あれと苗を選ぶの、最高に楽しかったわ」エマはほたて貝に用意しておいたソースをかけ、コリアンダーとガーリック、ライムを混ぜたものを散らした。「この家によく映えると思わない? ニューヨークのお礼になにかしたいと思っていて、はっとひらめいたものだから、用事をいくつか調整して出てきたのよ」

彼女は空のボウルをシンクに置いて振りかえった。笑顔が消えている。「でも、わたしの判断ミスだったみたいね」

「今日はさんざんな一日だったんだ」

「そこにわたしがだめ押しをしちゃったのね」

「ああ、いや」ジャックは、錐《きり》で穴を開けられているようにうずくこめかみに指を押しあてた。「最悪の一日だったんだ。だから、のんびりしたかったんだよ。電話してくれればよかったのに……こういうことをしたかったのなら」

彼はなにも考えず、いつもの習慣でスペア・キーをポケットに突っこんだ。エマにとっては平手打ちされたも同然だった。

「心配しないで、ジャック。クローゼットにはなにもわたしのものは入っていないし、引き出しも無事よ。歯ブラシはまだバッグのなかだわ」

「なにを言ってるんだ?」

「わたしが侵入したのはキッチンだけだし、もう二度とこういうことはないから。あなたがいないあいだに出かけて、大切な鍵のスペアをつくったりもしていない。だから勝手にわたしに鍵を渡したからって、ミシェルを怒るのはやめてね」

「勘弁してくれよ、エマ」

「勘弁するって、なにを？　鍵を持っていないと彼女に打ち明けるのがどんなに屈辱的だったか、あなたには想像もつかないでしょうね。四月からつきあっているのに、信頼されていないだなんて」

「信頼とは関係ない。ぼくは誰にも——」

「いいかげんにして、ジャック。わたしがここに泊まるたびに——それもあなたの縄張りだからめったにないことだけど、ヘアピン一本残していかないようにどれだけ気をつかってきたことか。だってほら、ひとつ許されたら、次を期待してしまうでしょう。ヘアブラシ？　シャツ？　自分がここで歓迎されているような気になって、あなたが気づかないうちになじんでしまうかもしれない」

「実際、歓迎されてるじゃないか。ばかなことを言わないでくれ。きみとけんかをしたいわけじゃないんだ」

「あら残念ね、わたしはあなたとけんかしたい気分なのよ。あなたはわたしがここにいるからいらだってる。わたしがあなたの領域に侵入して、くつろいでいたから。つまり、わたしは時間と気持ちを無駄にしたということよね。こんな仕打ち、あんまりだもの」

「いいか、エマ、いろいろとタイミングが悪かっただけなんだよ」

「それだけではないわ、タイミングの問題だけじゃない。ずっとだもの。あなたはわたしがここに来るのをいやがってる。本気のつきあいになりすぎるから」

「おいおい、エマ、ぼくは本気だよ。ほかには誰もいない。きみとつきあうようになってからは誰もいないよ」

「ほかに誰かいると言ってるわけじゃないわ。あなたとわたしの問題よ。あなたはわたしを求めてくれている。でもそれは、あなたの条件で、あなたの図面に合わせてのこと」エマは宙で手を振った。「その範囲におさまっていれば、なんの問題もないのよ。だけど、わたしはもうそれではだめなの。あなたのためにミルクを買ってくることもできないし、バスルームのカウンターにリップの一本も忘れてはいけない、そんな状態は無理。鉢植えをプレゼントしたら、怒られてしまうし」

「ミルク？　ミルクってなんの話だ？　なにを言ってるんだか、さっぱりわからないよ」

「あなたのために料理をするのがまるで犯罪行為みたいなんだもの、やってられないわ」エマはほたて貝をのせた皿をつかみ、シンクに投げ入れた。がちゃんと陶器が割れる音が響いた。

「わかった、もうたくさんだ」

「いいえ、まだよ」エマはさっと振りかえり、両手でジャックを押しやった。目は怒りと傷心の涙で濡れ、声がくぐもっている。「わたしは今の状態で納得する気にはなれないの。あなたを愛しているのよ、あなたにもわたしを愛してほしい。あなたと一緒に生きていきたいの。結婚して、赤ちゃんを産んで、未来をともに生きたい。でも今の関係は？　これではいや。やっぱりあなたが正しかったのよね、ジャック。大正解。ちょっとでも譲ったら、すぐにつけこまれるという話」

「なにが？　いったいなんなんだ？　ちょっと待ってくれよ」

「でも、心配しないで。逃げださなくても大丈夫よ。わたしは自分の感情や欲求や選択には責任を持つから。ここでの用はもうおしまい。こういうのはおしまいよ」

「待てったら」ジャックは自分の頭が爆発したのではないかと思った。たぶんそうなのだろう。「ちょっと考えさせてくれ」

「時間切れよ。さわらないで」近づいてきた彼に警告する。「その手でわたしに触れようなんて考えないでね。あなたにはチャンスがあったし、わたしは自分が持っているものをすべて与えたわ。あなたがもっと求めてきたら、わたしはもっと見つけてきて与えたでしょうね。愛ってそういうものだもの。わたしはそういう愛し方しか知らないの。でも、求められていない、大切にされていないのがわかっていて、与えることはできない。自分が求められてもいないのに」

「むかついて皿を割るのはいい。だがそこに立って、ぼくがきみを欲しがっていないとか、大事にしていないとか言うのはやめてくれ」ジャックはがなりたてた。

「わたしが望んでいるようには、ということよ。それにこれ以上求めないようにするなんて、自分の知っている唯一のやり方では愛さないようにするなんて、心が壊れそう」エマはバッグをつかんだ。「もう近づかないで」

ジャックは彼女をとめようとして、スクリーンドアをぴしゃりとたたいた。「座ってくれ。言いたいことがあるのはきみだけじゃないんだ」

「あなたがどうしたいかなんて知らないわ。もう気にするのはやめたの。近づかないでと言ったでしょう」

顔をあげたエマの瞳にあったのは怒りの炎ではなかった。怒りならば、燃えつきるまで無視することもできる。だが、痛みはどうすることもできない。

「エマ、頼むよ」

彼女は首を振ると、ジャックの横をすり抜けて車に走っていった。

どうやって涙をこらえることができたのか、自分でもわからなかった。わかっていたのは、泣いていたら前が見えない、それでは家に帰れないということだけだった。家に帰りたかった。震えそうになる手で、必死にハンドルにしがみついていた。ひとつ呼吸をするたびに胸が痛む。どうしてそんなことがあるの？　ただ息を吸いこむだけで、焼けつくように痛むなんて。自分がうめいていることに気づいて、唇をきつく結んで押し殺した。傷ついた動物のような声だったのだ。

そんな気持ちになってたまるものですか。今はだめ、まだよ。

携帯電話の明るい呼び出し音を無視して、ひたすら運転に集中しつづけた。

私道に入ったとたん、ダムが決壊し、涙があふれてきた。いらいらと乱暴に手で涙を拭いながら、カーブに沿って進んで車をとめる。

今度は震えに襲われて、エマはよろめきながら車からおりて歩道を歩きだした。なんとか無事に家のなかに入ると、すすり泣きがもれた。

「エマ？」パーカーの声が階段の上から聞こえてきた。「どうしてこんなに早く帰ってきたの？　てっきり今夜は――」

あふれでる涙の向こうに、階段を駆けおりてくるパーカーの姿が見えた。「パーカー」

次の瞬間には、力強い腕でしっかりと抱きとめられていた。「ああ、エマ。かわいそうに。さあ、こっちに来て」

「なんの騒ぎです？　いったい……けがでもしたんですか？」パーカーと同じように、ミセス・グレイディもあわただしく駆け寄ってきた。

「そうじゃないのよ。二階へ連れていくわ。マックに電話してもらえる？」

「任せてください。さあ、お嬢ちゃん」ミセス・グレイディはエマの髪を撫でた。「もう家ですからね。大丈夫、わたしたちがついてますよ。パーカーと一緒にお行きなさい」

「とまらないの。とまらないのよ」

「とめなくていいの」パーカーはエマのウエストに腕をまわして、二階に連れていった。「泣きたいだけ泣けばいいのよ、必要なだけいくらでも。談話室に行きましょう。わたしたちの場所に」

三階に向かおうとしたとき、ローレルが駆けおりてきた。なにも言わず、パーカーの反対側からエマに腕をまわす。

「どうしてわたしはこんなにばかなのかしら？」

「ばかじゃないわよ」パーカーが小さく言った。「そんなことない」

「お水を持ってくるわ」ローレルが言い、パーカーはうなずいてエマをソファに座らせた。

「苦しいの、ものすごく。こんなのに耐えられるものなの？」

「わからないわ」

ソファに座ると、エマは丸くなってパーカーの膝に頭をのせた。

「家に帰らないとって思ったの。とにかく家に帰ろうって」

「もう帰ってきたのよ」ローレルが床に座り、エマの手にティッシュを押しつけた。

エマはティッシュに顔をうずめ、胸をうずかせ腹をよじらせる痛みと悲しみを吐きだすようにすすり泣いた。泣きつづけて喉がひりひりしはじめ、やがて声が出なくなった。それでもまだ涙は頰を伝いつづけている。

「なにか恐ろしい病気にかかって」一瞬、目をぎゅっと閉じる。「二度と治らないような感じ」

「少しお水を飲んで。楽になるわよ」パーカーはエマの体を起こしてやった。「それからアスピリンも」

「ひどい風邪みたい」エマは水を飲んでひと息つくと、パーカーに手渡されたアスピリンをのみこんだ。「峠を越しても、体が弱って気分が悪くてどうしようもないみたいな」

「お茶とスープがあるわ」マックも床に座っていた。「ミセス・Gが持ってきてくれたわよ」

「今はいいわ。でも、ありがとう。今はまだ」

「ただのけんかじゃないのね」ローレルが言った。

「そう。ただのけんかじゃないの」エマはパーカーの肩にぐったりと頭をもたせかけた。「最悪の気分なのは、わたしのせいだからなのかしら?」

「自分を責めたりしないの」ローレルがエマの脚をぎゅっとつかんだ。「だめよ」

「彼がまったく悪くないと言っているわけじゃないのよ。でも、わたしから飛びこんでしまったようなものだから。とくに今夜は、起きるわけもないことを求めて——うん、期待してしまったのよ。彼のことはわかっているのに、それでも自分で崖《がけ》から飛びおりてしまったの」

「なにがあったか話してくれる？」マックが訊いた。

「ええ」

「少しお茶を飲んで」ローレルがカップを差しだした。

エマはひと口飲んで、ふっと息を吐きだした。「ウイスキーが入ってる」

「ミセス・Gが飲みなさいって。楽になるから」

「薬みたいな味がするわ。実際、そうなのよね」エマはもうひと口飲んだ。「わたしは彼の境界線を越えてしまったんだと思う。わたしにはその境界線は受け入れられないの。だから、もうおしまいなのよ。おしまいにしなくちゃ。こんな気持ちではいられないもの」

「境界線って？」パーカーが尋ねた。

「彼はわたしを自分の領域に入れてくれないのよ」エマは頭を振った。「わたしは彼のためになにかしてあげたかったの。それはわたし自身のためでもあったけど、でも、なにか特別なことがしてあげたかった。だから園芸店に寄ったのよ」

お茶を飲み終えると、喉のうずきが少しだけやわらいだような気がした。「つらかったのは、ミシェルに合鍵を持っていないことを話さなければならなかったときよ。わたしはひるんで、心の一部で〝やめなさい〟と言っていたわ」

「どうして?」ローレルが問いただす。

「わたしの残りの部分も、まさにそう言ったのよ。〝どうして〟って。わたしたちは恋人同士なんだもの。それ以前によい友人なんだもの。彼の家に入って、食事をつくって驚かせることのなにが悪いのって。だけど、心のどこかでわかっていたのよ。これはテストみたいなものなんだって。どうなってもいい、かまうものですかって。それにもっといやだったのは——衝撃的だったのは、書店でレイチェル・モニングに出くわしたこと。覚えてる、パーカー? わたしがベビーシッターをしていた子よ」

「ええ、なんとなく」

「あの子、結婚するの」

「だって、あなたがベビーシッターをしていた子なんでしょう?」ローレルが両手をあげた。「十二歳の子が結婚できるわけ?」

「もう大学生よ。来年卒業後に結婚するんですって。そういえば、わたしたちに式を頼みたいそうよ。とにかく最初のショックを越えてからは、考えられることはただひとつ、わたしも同じものが欲しい、ということだった。わたしがベビーシッターをしていた子と同じものが欲しい、この子と同じような顔をしていたい。うれしそうで、自信に満ちていて、愛する人と人生を始めることを楽しみにしている顔。どうしてわたしが同じものを望んではいけないの？　なぜわたしにはその資格がないの？　結婚を望むことは、望まないのと同じく、法に触れるわけでもなんでもないのに」

「わたしたちの仕事は結婚式だしね」マックが思い起こさせるように言った。

「とにかく、わたしは結婚したいのよ。誓いあって、助けあって、子供を育てて、人生のすべてをともに過ごしたいの。おとぎばなしを望んでいるんだということもわかっているわ。月明かりの庭でダンスをするとか。でも、それは……ブーケやきれいなケーキと同じ。象徴みたいなものね。わたしは象徴そのものを求めているんじゃなくて、象徴の根源にあるものを求めているの。けれど、彼は違うのよ」エマは後ろにもたれかかって、一瞬目を閉じた。「彼もわたしも、どちらも間違ってはいないわ。ただ、求めているものが違うだけ」

「彼がそう言ったの？　あなたが求めているものを求めているわけじゃないって？」

「彼はわたしが家で待っていたことに腹を立てたの」エマはパーカーに言った。「それだけじゃないわ。いやがっていた。わたしは出すぎたことをしたのよ」

「なんなの、それ」マックがぶつぶつ言った。

「わたしは勝手に思いこんでいたのよ。わたしに会ったら彼は喜んでくれる、長い大変な一日を終えて戻ってきたときに、わたしがあれこれ世話を焼くのを喜んでくれるだろうって。わたしは『愛しい人が眠るまで』のＤＶＤを持っていったのよ。どうしてそんなに好きなのか、わかってもらおうと思って。そのうち『ダイ・ハード』とダブルヘッダーで見ようと冗談で話していたのよ」

「アラン・リックマンつながりね」ローレルがうなずいた。

「そう。それからひまわりを活けて、鉢に植えつけて――本当にきれいだったのよ――彼が帰ってきたときには、前菜をつくり終わるところだったの。わたしは少しのあいだ、浮かれてひとりでしゃべってたわ。ワインをいかが、とか、座って休んだら、とか。ああ、もう！　ばかよね。それからようやく、はっきりと思い知らされたの。彼は……合鍵を手にとって、自分のポケットにしまったのよ」

「それって冷たい」ローレルが静かな怒りをこめて言った。「ものすごく冷たいわ」

「彼の鍵だから、別に間違ったことじゃないわ。それでわたしは自分の考えや気持ちを打ち明けて、求めていないふり、感じていないふりをするのはもうおしまいにすると言ったの。彼を愛していることも伝えたわ。それに対して彼が言ったのは、ちょっと考えさせてくれ、だけだった」

「ばかはどっちよ」

マックの憤慨した口調に、エマは少し笑いそうになった。「電話してくれればよかったのに、と言われたわ。タイミングが悪かった、とも」

「ひどい」

「それは愛していることを伝える前だったけど、どうでもいいわね。だから終わりにしたの。わたしのほうから出てきたのよ。傷ついたし、これからしばらくは胸が痛むんでしょうね」

「彼から電話があったわ」マックが言った。

「話したくない」

「そうだと思った。彼はあなたがここにいるか、無事に帰っているか確かめたかったのよ。向こうの肩を持ってるわけじゃないわよ、わかって。でも彼、すごく動揺しているみたいだったわ」

「知るものですか。もう気にしたくない。今、彼を許して、もとに戻ったら――彼が与えてくれるものだけで満足していたら、わたしは自分を失ってしまう。先に彼のことを乗り越えないと」エマはまた体を丸めた。「乗り越えなければいけないの。だからそれまでは彼に会いたくもないし、話もしたくない。少なくとも、もっと自分が強くなったと思えるまでは」

「だったら、会わなければいいし、話もしなくていいのよ。明日の打ちあわせは延期にしましょう」

「ああ、パーカー――」

「一日休んだほうがいいわ」

「悲しみに浸るために？」

「そうよ。さあ、熱いお風呂にゆっくり入って。スープをあたためてあげるから。それからもう一度泣けばいいわ――またそうなるはずだもの」

「ええ」エマはため息をついた。「泣くでしょうね」

「それがすんだら、あなたをベッドに入れて寝かしつけてあげる。目が覚めるまで眠るのよ」

「目が覚めても、まだ彼のことを愛しているでしょうね」

「そうね」パーカーは否定しなかった。

「そして、まだ胸が痛むのよね」

「ええ」

「でも、ちょっとは強くなっている」

「そうよ」

「お風呂にお湯を入れてくるわ。こういうときの入れ方があるのよ」マックは立ちあがると、身を乗りだしてエマの頬にキスをした。「わたしたちみんながついてるわ」

「わたしはスープをあたためて、ミセス・グレイディに伝説のフライドポテトを分けてもらえないか頼んでくる。ありきたりだけど」ローレルはもう一度エマの脚をぎゅっとつかんだ。「でも、ありきたりなのは理由があってのことなのよ」

「ありがとう」パーカーとふたりきりになると、エマは目を閉じて友人の手を探った。

「みんながついていてくれるとわかってたわ」

「いつだってそうでしょう」

「ああ、パーカー。どうしよう、二回目がやってきたみたい」

「大丈夫」パーカーはやさしく言って、すすり泣くエマの背中を撫でた。「大丈夫よ」

エマが泣いているころ、ジャックはデルの家のドアをたたいていた。なにかしていないと、エマのもとへ駆けつけてしまいそうだった。だが、彼女がジャックに会いたがっていないのは明らかだし、マックがさらにだめ押しをしてくれた。だからエマのところに行くわけにはいかないのだ。

デルがドアを開けた。「どうした?　おい、ジャック、ひどい様子じゃないか」

「そういう気分だからさ」

デルは顔をしかめた。「おいおい、まさかここに来て、ビールを飲んで、エマとのけんかの愚痴を言うつもりじゃ――」

「けんかではないんだ。ただのけんかじゃない」

デルが険しい顔になって後ろにさがった。「ビールを飲もう」

ジャックはなかに入ってドアを閉めてから、デルがジャケットとネクタイをつけているのに気がついた。「出かけるところか？」

「もう少ししたら出かけるところだった。ビールを飲めよ。電話してくる」

「たいしたことじゃないからまたでいい、と言えたらいいんだが。そうはいかないんだ」

「ビールを飲んでいてくれ。すぐ戻る」

ジャックはビールを二本とりだして、裏のデッキに出た。けれども座りはせずに、手すりへ近づいて闇を見つめた。かつて、ここまで最悪な気分になったことがあっただろうか？　車の衝突で腕が折れ、肋骨《ろっこつ》二本にひびが入った状態で病院で目覚めたときくらいか。ほかにはないはずだ。

あの事故のときだって、最悪だったのは身体的なことだけだった。

いや、前にもこんな気分になったことがあったじゃないか。ジャックは思いだした。こんなふうに気分が悪くて途方に暮れ、混乱していたことがあった。両親が彼を座らせて、離婚することになったと冷静に説明してくれたときのことだ。

あなたのせいじゃない、そう両親は言った。わたしたちは今もあなたを愛しているし、それはこれからも変わらない、と。でも……。

あの瞬間、ぼくの世界は引っくりかえった。ならば、今回もっとつらく感じるのはなぜなんだ？　エマがぼくのもとを去っていくことができる、去っていこうとしていると認識することが、なぜこれほどまでにつらいのか？　そう、彼女は去っていくことができるし、去っていこうとしている。それはぼくのせいで、エマに自分はないがしろにされていると感じさせてしまったためだ。すべてをかけてでも、彼女を大切に思っていることをわかってもらわなければならないときだったのに。

ドアが開く音が聞こえた。「ありがとう」デッキに出てきたデルに声をかけた。「本当に」

「たいしたことじゃないと言うべきなんだろうが、そのつもりはないぞ」

ジャックは弱々しく笑った。「ああ、デル、台なしにしてしまったんだ。自分でもなぜこんなことになってしまったのか、よくわからないんだよ。だけど、彼女を傷つけてしまったことだけははっきりしてる。本当に傷つけてしまったんだ。だから約束どおり、尻を蹴ってくれていいぞ。ただし、先に自分でやらせてくれ」

「まずは話を聞こう」

「エマはぼくを愛していると言ったんだ」

デルがぐいっとビールをあおった。「ジャック、おまえもばかじゃないだろう。そこに突っ立って、知らなかったとでも言う気か？」

「まったく知らなかったと言うつもりはない。ただ、突然そう言われて……いや、ぼくだってばかじゃない、ふたりの関係がどこに向かっているかはわかっていた。だが一気に飛躍したせいで、不意をつかれてしまったんだ。ついていけなくて、どうしていいかわからなくて、なにを言ったらいいのかもわからなくて。それで彼女は傷ついて、傷つきすぎて腹を立てて、ぼくにチャンスすらくれようとしないんだ。彼女がどんなだかわかるだろう。怒ることなんてほとんどないし、爆発することだってない。でもいったんそうなったら、容赦はない」

「どうして彼女は爆発したんだ？」

ジャックはビールをとりに戻ったが、まだ座ろうとはしなかった。「今日はさんざんな一日だったんだよ、デル。地獄でさえも楽園に思えるような、そんな日だった。汚れきって、いらいらして、しかも手に負えないストレス性の頭痛がしていた。家に着いたら彼女がいたんだ。家のなかに」

「エマに合鍵を渡していたとは知らなかったよ。すごい進歩じゃないか、クック」

「違うんだ。鍵は渡していなかった。彼女がミシェルから借りたんだ」

「なるほど。つまり彼女は前線に潜入してきたというわけだな」

ジャックははっとして目をみはった。「ぼくはそんなふうに思われているのか？

どうなんだ?」

「だって実際にそうじゃないか、女に対しては」

「それじゃあ、怪物か変人みたいじゃないか?」

デルはデッキの手すりに腰をもたせかけた。「いや、ちょっとばかり恐怖症なんじゃないかな。それで?」

「汚れきって、気分も同じくらい最悪な状態のときに彼女がいたんだ。デッキに鉢植えを飾ってた。なにがおかしい?」

「おまえのショックと狼狽《ろうばい》ぶりを想像したんだよ」

「くそっ。彼女は料理中で、花が飾ってあって、音楽ががんがん流れていて、こっちは頭ががんがんしていた。ああ、もう一度やり直せるなら、そうしたいよ。絶対に彼女を傷つけるようなことはしない」

「わかるよ」

「だが彼女は傷ついて腹を立てた。なぜなら……ぼくが最低なやつだからだ。それは疑問の余地がない。でもけんかというほどにはならなくて、少しのあいだ言い争ったんだ。誤解を解くこともできなかった」頭痛がまた反撃を始めたので、ジャックは冷たいボトルをこめかみにあてた。「代わりに事態はどんどん悪化してしまったんだ。彼女はぼくが彼女のことを信頼していないとか、ここでは歓迎されていないとか、今の状態には納得できないとか言いだして。ぼくのことを愛していて、だから……」

「だから、なんだって？」

「なんだと思う？　結婚、子供、すべてだそうだ。ぼくは必死で話についていこうとしたよ。がんがんして肩から吹き飛びそうな頭で必死に考えようとした。でも、彼女は時間をくれなかったんだ。たった今彼女が言ったばかりのことについて、考えさせてもくれなかった。もうおしまいにする、ぼくたちは終わりだと言うんだよ。ぼくは彼女を傷つけた。彼女は泣いていた。今も泣いているんだ」

エマの顔が脳裏によみがえり、ジャックは後悔のあまり気分が悪くなった。「ぼくは彼女を座らせて、少し時間を置いて、自分も座りたかったんだ。息を整えて、考えられるようになるまで。だが、彼女はそのチャンスをくれなかった。もう近づかないで、と言ったんだよ。そう言ったときの彼女の目つき。あんな目で見られるくらいなら、撃たれたほうがましだ」

「それで終わりか？」少ししてデルが尋ねた。

「これだけあれば充分じゃないか」

「前におまえに訊いたときは、おまえは答えなかった。もう一度訊くぞ。今度はイエスかノーで答えてくれ。おまえは彼女を愛しているのか？」

「わかった」ジャックはビールをぐいっと飲んだ。「イエスだ。尻を蹴られてようやくわかったみたいだが、答えはイエスだよ。ぼくは彼女を愛している。だが――」

「やり直したいのか？」

「彼女を愛していると言ったばかりじゃないか。やり直したくないわけがあるか？」

「どうすればいいかわかるか？」

「くそっ、デル」もうひと口ビールを飲む。「ああ、おまえは憎たらしいほど賢いからな。どうすればやり直せるんだ？」

「もがけ」

ジャックはふっと息を吐きだした。「それならできる」

20

ジャックは翌朝からもがきはじめた。頭のなかには、ひと晩じゅう何度も練り直したスピーチが入っている。彼にわかっているのは、どうやってエマに話を聞いてもらうかが問題だということだった。

きっと聞いてくれるさ。ブラウン邸の私道を入っていきながら、自分に言い聞かせる。相手はエマだぞ。彼女ほどやさしくて寛大な女性はいない。それも彼女を愛した数多くの理由のひとつだったじゃないか。

ぼくはばかだったが、彼女は許してくれる。許してくれるに違いない……だって、彼女はエマなのだから。

それでも本館の前にとまっている彼女の車を見たとたん、胃がきゅっと締めつけられた。自分の家には戻っていないのか。

こうなると、エマだけでなく全員と顔を合わせなければならなくなる。背中にじわりと汗がにじむような恐怖感に襲われた。あの四人に、さらにミセス・グレイディがついているのだ。

大事なところを焼かれるぞ。

仕方がない。それだけのことをしてしまったのだ。それにしても、本当に四人全員と対面しなければならないのか？　くそっ。

「しっかりするんだ、クック」ぶつぶつ言って、トラックをおりた。

ドアに向かって歩きながら、最後の一マイルを歩く死刑囚も、こんな諦観《ていかん》と鈍い恐怖を味わうのだろうかと考えた。

「落ちつけ、落ちつくんだ。殺されるわけじゃない」

どこかを切りとられる可能性もあるが、言葉で激しく責め立てられることだけは間違いない。それでも殺されることはないだろう。

いつもの習慣でドアを開けようとして、今の自分は招かれざる客なのだということを思いだし、ベルを鳴らした。

ミセス・Gが相手なら、なんとかできるかもしれない。ミセス・Gには気に入られている――かなりひいきされている。彼女の情けにすがれば……。

パーカーが出てきた。パーカー・ブラウンに太刀打ちできる人間など、この世にいるわけがない。絶対に無理だ。

「あの」

「こんにちは、ジャック」

「エマに会いたいんだ。会う必要があるんだよ。謝りたいんだ……なにもかも。ほんの何分かでいい、彼女と話をさせてもらえたら――」

「だめ」

こんな短い言葉を、なにもここまで冷たく言わなくたっていいじゃないか。「パーカー、とにかく――」

「だめよ、ジャック。彼女は眠っているの」

「また来るよ、それか待っていてもいいし、あるいは――」

「だめ」

「きみがぼくに言うのはそれだけか？　〝だめ〟だけか？」

「だめ」パーカーはもう一度言った。そこには皮肉もユーモアもこめられていない。

「わたしたちが言いたいのはそれだけじゃないわ」

マックとローレルがパーカーの背後に現れた。さすがの戦略だと、ジャックも認めざるをえなかった。降伏する以外に道はない。

「きみたちになにを言われようと仕方がない。ぼくが間違っていたと言えばいいのか？　ぼくは間違っていたよ、ばかだったと？　ああ、ばかだった。そして――」

「良心の呵責《かしやく》とか、そういうことを言うんじゃないかと思っていたけど」ローレルが言った。

「そういうのもあるよ。それなりに理由があって、状況があってのことだから。でも関係ない。きみたちに話すことじゃない」

「たしかに関係ないわね」マックが滑るように前へ出てきた。「わたしたちが知っているなかで、誰よりもいい人を傷つけたんだから」

「彼女と話をさせてもらえないと、やり直すことも、埋めあわせをすることもできないじゃないか」

「エマはあなたと話したくないと言っているのよ。会いたくもないって」パーカーが言った。「今はね。あなたが傷ついているとしても、気の毒だとは思わない。傷ついているのはわかるけど、かわいそうだとは言えないわ。今は。今大事なのはエマのことで、あなたのことじゃないから。彼女には時間が必要なの。だから、あなたにはそっとしておいてもらいたいのよ。言われたとおりにしてちょうだい」

「どのくらい？」

「必要なだけ」

「パーカー、頼むから話を――」

「だめ」

ジャックがパーカーをにらみつけているところに、カーターがキッチンを出て廊下を歩いてきた。彼は同情するようにちらりとジャックを見ると、くるりときびすを返して行ってしまった。

　男の友情なんて、こんなもんだ。

「ぼくを締めだすことはできないぞ」

「できるし、するわよ。でも、その前にひとつだけ言っておくわ。わたしはあなたが大好きよ、ジャック」

「頼むよ、パーカー」これならいっそ、大事なところを焼かれたほうがましだ。今以上に苦しいことなどない。

「あなたのことが大好きなのよ。あなたはわたしにとって兄みたいなものじゃなくて、兄そのものなの。わたしたちみんなそう思っているのよ。だからわたしはあなたにも手を差し伸べるし、結局はあなたを許すでしょうね」

「わたしはそれには賛成してないの」ローレルがジャックに言った。「まだ保留中」

「わたしは許すわ」パーカーはさらに続けた。「そしてまた友達になれるでしょう。でも、もっと大切なのは、エマがあなたを許すだろうということよ。彼女はきっとその方法を見つけるわ。だけどそれが見つかるまで、彼女にその準備ができるまでは、そっとしておいてあげて。電話したり、連絡をとったり、会おうとしたりしないこと。今朝あなたがここに来たことも彼女には伝えないわ。彼女のほうから訊いてこない限りは。彼女に嘘をつくつもりはないのよ」

「あなたはここには来てはだめよ、ジャック」マックの声にはかすかな同情がこめられていた。「スタジオの工事の件で問題や疑問が生じたときは、電話で相談しましょう。あなたはエマが大丈夫になるまで、ここには来られないの」

「そのときが来たことはどうしたらわかるんだ?」ジャックは尋ねた。「彼女がこう言うのかい? 〝あら、もうジャックが来ても大丈夫よ〟って」

「わたしたちにはわかるのよ」ローレルがさらりと言う。

「もし彼女を大切に思っているのなら、彼女に必要なだけの時間をあげて。約束してちょうだい」

ジャックが髪をかきむしっているあいだ、パーカーは待っていた。「わかった。きみたち三人は誰よりも彼女のことを理解している。そのきみたちが彼女に必要なことだと言うのなら、きっとそのとおりなんだろう。約束するよ。彼女をそっとしておく……今のところは」

「それからね、ジャック」パーカーがつけ加えた。「その時間はあなたのためにもなるのよ。本当はどうしたいのか、なにが必要なのかを考えるための。もうひとつだけ約束して」

「血判状でも書けばいいのか?」

「約束してくれればいいの。彼女の心の準備ができたら、わたしがあなたに知らせるわ。それはあなたのために——そして彼女ために——することだけど、そのときにはここへ来て、彼女に会う前にわたしと話をすると約束してちょうだい」

「わかった。約束する。ときどき連絡をもらえるかな？　彼女の様子を教えてほしいんだ。彼女がどんな——」

「だめよ。さようなら、ジャック」パーカーは彼の目の前で静かにドアを閉めた。マックが大きく息をついた。「ちょっと彼がかわいそうと言っても、裏切り者ってことにはならないわよね。この手のことで大失敗をやらかすのがどんな気持ちか、よくわかるのよ。誰かに愛されているとわかって、ばかなことをしてしまうときの気持ち」

ローレルがうなずいた。「そうでしょうね。一分だけ、彼を気の毒がってもいいわよ」腕時計を見て時間を計る。「すんだ？」

「ええ、充分」

「わたしもあとで一分間だけもらおうかな。彼、つらそうだったから」ローレルは階段のほうをちらりと見た。「でも、エマのほうがずっとつらい思いをしたのよね。様子を見に行ってこないと」

「わたしが行くわ。できるだけ、いつもどおりに過ごしたほうがいいと思うの」パーカーはつけ加えた。「いろいろと滞って仕事に差しさわるようだと、エマが気にするだけよ。だから今は、わたしたちは仕事をする。もしまずいことや問題が発生したとしても、できるだけ彼女なしでがんばってみる。エマが落ちつくまでね」

「なにか手が足りないときはカーターに頼めるわよ。わたしの彼は最高なんだから」

「そうやってのろけてばかりで飽きないの？」ローレルがマックに尋ねた。

マックは考えこんだ。「それが飽きないのよ」ローレルの肩に腕をまわす。「だからジャックにほんの少し同情するし、エマの気持ちがよくわかるのかも。愛って、どうつきあっていけばいいかわかるまでは振りまわされてしまうものなのよね。でも、つきあい方がわかったとたん、どうしてこれなしで生きてこられたんだろうと思うのよ。そろそろカーターに活を入れに行ってこないと。午後、またこっちに来るわね」マックはキッチンに向かいながら言った。「それより前にエマがわたしを呼んだら、電話して」

「〝愛って、どうつきあっていけばいいかわかるまでは振りまわされてしまうものなのよね〟」ローレルは唇をきゅっと結んだ。「ねえ、今の言葉、うちのホームページにのせたらいいんじゃない？」

「真実味があるわね」

「カーターはたしかに最高よ。だけどわたしの仕事中に、彼にキッチンへ来てもらうつもりはないわ。彼のこと、傷つけたくないから。エマがもうひとつ肩を必要としているか、仕事の最前線で兵士が必要なときには知らせて」

パーカーはうなずくと、階段をあがっていった。

二階ではエマが、ベッドから出なさい、自分を哀れむのはやめるのよ、と自分に言い聞かせるものの、結局は枕を抱きしめて天井を見つめることしかできずにいた。友人たちがカーテンをおろしたままにしておいてくれたので、部屋のなかはまだ暗く静かだ。三人は彼女のことをまるで病人のようにベッドに入れてくれて、余分な枕を置き、ナイトスタンドにはフリージアの花瓶を飾ってくれた。そして彼女が眠るまで、そばについていてくれた。

こんなに甘えて、弱々しくて、われながら情けなくなってしまいそうだったが、三人がいてくれて、彼女の望みをわかってくれたことがありがたかった。

でも、もう新しい日だ。前に進まなくては。現実と向きあわなくては。壊れた心は癒《い》えたはず。薄い傷跡のようにひびは残っているかもしれないけれど、生々しい傷ではない。人はこういう心のひびを抱えたまま、生きて働き、笑って食べて、歩いてしゃべるものなのだ。

癒えた傷跡を抱えて、また誰かを愛するようになる人も大勢いる。

だが、傷つけられて壊れた心を抱えた人のなかで、その相手に何度も何度も会わなければならない人はどのくらいいるだろう？　相手が織物の糸のように日常生活にからまっていて、糸を抜いたらすべてがばらばらにほどけてしまうという人はどのくらいいる？

エマにはジャックを自分の生活から締めだすという選択肢はない。二度と彼と顔を合わせないのは不可能だし、特別なときだけ会ってすませることもできない。だから職場恋愛には落とし穴がいっぱいなのだ。うまくいかなくなったら、毎日悩みの種と顔を突きあわせなければならなくなる。九時から五時まで週五日。それがいやなら職場を辞めるか、転勤してほかの街に引っ越すかしかない。逃げだして、心を癒《いや》してから前に進むのだ。

これもわたしには無理な選択肢ね。だって……。

ジャマイカ。アデールの誘い。

別のオフィス、別の街どころか別の国。まったく新しいスタートが切れる。大好きな仕事を続けられるうえ、新しく生きることができるのだ。ややこしい人間関係、からみあった絆はない。ジャックがここに立ち寄るたびに顔を合わせることもないし、マーケットで鉢あわせすることもない。同じパーティーに呼ばれることもない。

彼女の心のひびを知っている大勢の人たちから、同情の目で見られることもない。

仕事なら自信がある。熱帯の花々に囲まれて、季節はいつも春か夏だ。ビーチの小さな家では、毎晩波の音を聞くだろう。

たったひとりで。

ドアが静かに開く音に、エマは体の向きを変えた。

「起きてるわ」

「コーヒーよ」パーカーがベッドに近づいてきて、ソーサーにのったカップを差しだした。「もしかしたらと思って、持ってきたの」

「ありがとう、パーカー」

「朝食はどう?」パーカーはきびきびした動作でカーテンを開け、光を室内に採りこんだ。

「おなかがすかないの」

「そう」パーカーがベッドに腰をおろして、エマの頰にかかった髪をそっと払った。

「眠れた?」

「それが眠れたのよ。逃亡ルートだったんでしょうね。今はだるくてぼんやりした感じ。それとばかみたいな気分。致命的な病気に苦しんでるわけじゃないし、骨折や内出血があるわけでもない。誰かが死んだのでもないわ。それでも、ベッドから出ることができないの」

「まだ丸一日もたっていないんだから」

「時間をかければいい、そう言うつもりなんでしょう。よくなるからって」

「そうよ。離婚は死と同じようなものだという人がいるわ。たしかにそうだと思うの。そして今のあなたのように、愛情が大きくて深いときも同じよ」パーカーのあたたかな青い瞳は思いやりにあふれていた。「喪に服す時間が必要なのよ」

「どうして怒り狂えないのかしら？ かんかんになれないの？ あの人でなし、最低男って言えればいいのに。喪に服す部分は飛ばして、彼を憎めればいいのに。そうすればみんなで出かけて酔っ払って、彼をこきおろすことができるわ」

「あなたには無理よ、エマ。あなたがそういうことができる人で、それが助けになるとわかれば、一日仕事を休みにして、みんなで酔っ払って、今からでも悪口大会を始めるわよ」

「そうでしょうね」エマはようやく少しだけ笑みを浮かべて枕に寄りかかり、パーカーの顔を見つめた。「あなたが入ってくる前、どっぷりと自己憐憫の海に浸って、なにを考えていたかわかる？」

「なに？」

「アデールの誘いを受けるべきだと考えていたの。ジャマイカに移り住んで、アデールがビジネスを立ちあげるのを手伝えばいいって。わたしの得意なことだもの。立ちあげ方も、管理の仕方もわかってるわ。少なくとも、さまざまな分野を扱うのにどういう人に任せればいいかはわかる。わたしにとっては心機一転、新しいスタートになるし、うまくやれると思うのよ。きっと成功させられるわ」

「あなたならできるでしょうね」パーカーは立ちあがり、窓に近づいてカーテンを直した。「大きな決断になるわよ。とくに感情が激しく揺れ動いているときには」

「ずっと考えていたのよ。しょっちゅうジャックと顔を合わせるのに、どうしたらいいんだろうって。ここでも、街でも、パーティーや結婚式でも。彼はここで挙げられる式に毎月のように招待されているんだもの。共通の友人が多すぎるし、わたしたちの生活圏が重なっているからなんだけど。そのうち、彼のことやわたしたちのことを考えられるように……」

言葉が途切れて、エマは必死に落ちつきをとり戻そうとした。「泣かずに考えられるようになったとしても、しょっちゅう顔を合わせていられるかしら? こういうことになるかもしれないとわかってはいたけど、でも……」

「そうね」パーカーはうなずいて振りかえった。

「それでアデールの誘いを受けることを考えたのよ。心機一転、新しい生活を築くことを。ビーチ、あたたかな気候、やりがいのある夢中になれそうな仕事。五分くらいは考えたわ。ううん、三分くらいかしら。でもね、ここがわたしの家であり、家族なのよ。あなたたちと一緒にいられるところ、それがわたしの居場所なの。だから、どうやって切り抜けるか考えないと」

「そんなことを三分間でもあなたに考えさせたというだけで、彼に腹が立ってきたわ」

「だけど、もしそれが自分にとっていちばんだとわたしが判断したら、そのときは行かせてくれるわよね」

「そうする前に、とにかく思いとどまらせようとするでしょうね。根拠を説明するために、エクセルでグラフや表やリストを何枚もつくって。ＤＶＤもつけるわ」

また涙があふれてきた。「大好きよ、パーカー」

パーカーはもう一度ベッドに座り、エマに腕をまわしてぎゅっと抱きしめた。

「起きてシャワーを浴びて着替えるわ。どう乗り越えていけばいいか考えはじめないとね」

「わかった」


エマはなんとか一日を終わらせ、次の日も切り抜けた。アレンジメントを並べ、ブーケをつくり、クライアントに会った。泣いて、母が来てくれたときにはさらに泣いた。それでも涙を拭いて、一日を乗りきった。

危機的状況に対処し、式の飾りつけのときに仲間たちが言葉や態度で同情を示してきたときも、どうにか気丈にふるまった。エマは、花嫁が彼女のつくったブーケを抱いて、愛する人のもとに歩いていく姿を見守った。

生きて働いて、笑って食べて、歩いてしゃべった。

なにをもってしても埋まることのない空《むな》しさを胸のうちに感じても、ジャックのことは許していた。

週半ばのミーティングに、エマは数分遅れて入っていった。「ごめんなさい。金曜の夜の式用の配達を待っていたものだから。ティファニーに下準備を頼んであっただけど、カラーだけは自分でチェックしたくて。グリーン・ゴッデスという品種をたくさん使うので、蘭と色が合うかどうか確かめたかったの」

サイドボードに近づき、ダイエットペプシを選ぶ。「なにか聞き逃した?」

「とくにないわ。というより、あなたから始めてもらっていいわよ」パーカーが言った。「金曜の式が今週最大のイベントで、花がちょうど届いたところね。なにか問題は?」

「花についてはなにも。すべて入荷して、状態もいいわ。花嫁は超現代的なファンク風にしたがっているの。グリーンのカラー、黄緑がかったクールなシンビジウムに、色を引き立たせてくれる白のユーカリスト・リリーを合わせて、ハンドタイ・ブーケにするわ。十人いる――そう、十人いるのよ――ブライズメイドは、グリーン・ゴッデス三本のハンドタイ・ブーケ、フラワーガールはユーカリスト・リリーの小さなブーケに蘭の髪飾り。新郎新婦の母親たちは、コサージュやタジマジの代わりに一輪の蘭の花を持つことになっているの。ディナーと受付のテーブルにはそれぞれの花瓶を用意するわ」

エマはノートパソコンの画面をスクロールしていった。「玄関の壺にもグリーン・ゴッデスを活けて、木賊《とくさ》（常緑のシダ植物）、蘭、しだれるタイプのアマランサスの穂を合わせて……」

パソコンを閉じた。「二、三分、仕事ではない話をしたいの。まず、あなたたちのことが大好きだって言わせて。先週、あなたたちがいなかったら、わたしはどうしていたかわからない。みんなは、鬱々めそめそしているわたしにうんざりしたでしょうけど――」

「たしかに」ローレルが手をあげて振ったので、エマは声をあげて笑った。「だってあなたの鬱々は並以下だし、めそめそもまだまだよ。将来はもっとがんばって」

「やるだけやってみるわ。とにかく、今のところはもうおしまい。わたしは大丈夫よ。ジャックがここに訪ねてくることはなかったし、電話もメールものろしをあげることもなかったのを見ると、あなたたちが彼にそういうことをするなと言ってくれたのよね」

「そうよ」パーカーが認めた。「わたしたちで言ったの」

「それについてもお礼を言うわ。わたしには、今回のことについてじっくり考えて、なんというのかしら、落ちつくための時間が必要だったから。デルも見かけていないけど、彼にもしばらく近づかないように言ってくれたの？」

「そのほうが、なにかとよさそうだったから」マックが言った。

「そうかもしれないわね。でもね、わたしたちはみんな友達でしょう。家族なのよ。また友達に戻らないと。だから警報解除の合図を決めてあるのなら、その合図を出してちょうだい。ジャックと話しあって、誤解があれば解きたいの。そうすれば正常な状態に戻れるわ」

「あなたが大丈夫だと確信できるのなら」

エマはパーカーを見てうなずいた。「ええ、大丈夫。さてと、玄関ホールについてだけど」彼女は仕事の話に戻っていった。

ジャックは〈コーヒー・トーク〉のボックス席に滑りこんだ。「時間をつくってくれて助かったよ、カーター」

「密偵になった気分だよ。二重スパイみたいな」カーターは自分の緑茶を見つめた。

「なかなか楽しい」

「それで、彼女はどんなふうだい？　なにをしてる？　どうなってる？　なんでもいいんだ、カーター、どんなことでも教えてほしい。もう十日になるんだよ。彼女と話ができず、会うこともできず、メールもできない。いったいいつまでこんな……」ジャックは言葉を切って顔をしかめた。「今のはぼくの台詞《せりふ》か？」

「ああ、きみだ」

「まいったな。自分で自分がいやになりそうだ」ウエイトレスを見あげる。「モルヒネをダブルで」

「おもしろい冗談ね」ウエイトレスが言った。

「緑茶はどうだい？」カーターが勧めた。

「そこまでひどい状態じゃないさ。まだね。コーヒーをレギュラーで。彼女はどんなふうなんだ、カーター？」

「大丈夫だよ。今は仕事が忙しくてね。六月は……異常なんだよ、実際。彼女はものすごく長い時間仕事をしている。全員がそうだ。そして家で過ごしてる時間が長い。夜には三人のうちの誰かが、わずかな時間でも様子を見に行くようにしている。お母さんが来たときには、かなり気持ちが揺さぶられたとマックが言っていたよ。こういうところが二重スパイみたいだよな。エマはぼくにはなにも話してくれないんだ。敵ではないけど、でも……」

「わかるよ。ぼくもルシアの書店には行ってない。ぼくの顔を見たくないだろうと思ってね。行くときには、なにかメッセージでも掲げていくべきじゃないかという気がする」

いらだちとみじめさに、ジャックはぐったりと椅子にもたれかかった。「デルもそっちに行ってないんだよな。パーカーに命令されたって。くそっ、ぼくは彼女を裏切ったわけでもないし、ひっぱたいたわけでもないんだが……いや、そんなのは言い訳だな。だけど、彼女と話ができないのに、どうやって謝ればいいんだ？」

「そのときが来たら言おうと思っていることを、練習しておくといいよ」

「それはさんざんやった。きみもこんな思いをしてるのか、カーター？」

「ぼくはマックと話ができるから」

「そういうことじゃなくて――」

「わかってる。そうだよ、そういう気分だ。マックは光なんだよ。前は暗闇のなかをふらふらすることも、薄暗がりのなかをなんとか進むこともできた。いつもそうだったから、それが薄暗がりだということにも気づいていなかったんだ。だが彼女が光になってからは、すべてが変わった」

「光が消えたら、いや、もっとまずいことに自分がばかなことをしてその光を消してしまったら、前よりずっと暗くなるじゃないか」

カーターが身を乗りだした。「光をとり戻すには、彼女にわかってもらうしかないんじゃないかな。言葉で伝えるのはもちろんだが、行動で示すことが大事なんだ。ぼくはそう思う」

ジャックはうなずきながら、鳴りだした携帯電話を引っぱりだした。「パーカーからだ。もしもし？」そう言って電話に出た。「彼女が——なんだって？　すまない。わかった。ありがとう、パーカー。わかったよ。すぐに行く」

電話を閉じた。「ドアが開かれた。行かないと。ぼくにはやるべきことが——」

「行けよ。ここはぼくが払っておくから」

「ありがとう。ああ、気持ちが悪くなってきた。山ほどの幸運を祈っていてくれ」

「山ほどの幸運を祈るよ、ジャック」

「運が必要なんだ」ジャックはボックス席を出て、急ぎ足でドアへ向かった。

そして、パーカーに指定された時間きっかりに本館に到着した。彼女を怒らせるようなことはしたくなかった。あたりは夕暮れどきのやさしい光に包まれ、花々の甘い香りが漂っている。てのひらがじっとりと汗ばんできた。

ジャックは玄関のベルを鳴らした。ここへは長年のあいだに何度となく訪れていたが、ベルを鳴らすのはこれが二度目だ。

パーカーが出てきた。グレーのスーツを着て、うなじのあたりにゆったりと髪をまとめている。まだ仕事モードのままなのだろう。きちんとしてさわやかで美しいパーカーを見たとたん、ジャックはどんなに彼女に会いたいと思っていたかに気がついた。

「こんにちは、パーカー」

「入って」

「もう二度とそう言ってもらえないんじゃないかと思ってた」

「彼女はあなたと話をする心の準備ができたそうよ。だから、わたしもあなたに彼女と話をさせてあげようと思うの」

「きみとぼくとは、もう二度と友達になれないのかな?」

パーカーはジャックを見て、顔を両手ではさんで軽くキスをした。「ひどい顔。それはあなたに有利に働くわね」

「エマと話をする前に、きみに言っておきたいんだ。きみたちを失うことは耐えられないよ。きみとローレルとマックのことだ。そんなことになったらたまらない」

パーカーが彼に腕をまわした。「家族は許しあうものよ」ぎゅっと抱きしめてから後ろにさがる。「選択肢としてはなにがあるかしら? わたしがふたつ提案するから、どちらかを選んでエマのところに行ってちょうだい。ひとつ目。もしあなたが彼女を愛していないのなら――」

「パーカー、ぼくは――」

「いいえ、わたしには言わないで。エマを愛していなくて、彼女が必要としているもの、求めているもの――彼女のためだけでなく、あなたのためにも――を与えられないというのなら、きれいに別れてちょうだい。彼女はすでにあなたのことを許していて、別れも受け入れるわ。あなたが与えられないもの、与えたくないことを約束しないで。ふたつ目。そうされたらエマは絶対に乗り越えられないし、あなたも幸せにはなれない。彼女を愛していて、彼女が必要としているもの、求めているもの――彼女のためだけでなく、あなたのためにも――を与えられるのなら、どうすればいいか、はっきりとそれを伝える方法を教えてあげるわ」

「じゃあ、教えてくれ」


エマは遅くまでひとりで仕事をしていた。最近は毎晩こんな調子だ。そろそろこんな生活はやめなくては。人や会話が恋しい。外の世界へ、安全なわが家の外へ出ていく頃合《ころあい》なのだ。言うべきことを言って整理がついたら、もとのわたしに戻ろう。

自分でも、以前のエマが恋しい。

できあがった作品を冷蔵ケースに持っていき、作業台を片づけはじめた。

ノックの音にはっとする。出迎える前から、ジャックだとわかっていた。パーカーほど手際のいい人はいない。

　腕いっぱいに抱えた真っ赤なダリアの花束を差しだされ、エマは胸が痛くなった。

「こんばんは、ジャック」

「エマ」彼はふっと息をつき、「エマ」ともう一度言った。「ありきたりなのはわかってる。仲直りに花を持ってくるなんて、でも――」

「きれいだわ。ありがとう。入って」

「話したいことがたくさんあるんだ」

「お水にささないと」エマはくるりと後ろを向いて、キッチンへ花瓶と鋏《はさみ》をとりに行った。「あなたが話したいことがあるのはわかっているけど、先にわたしから話をさせて」

「わかった」

　エマは水のなかで茎を切りはじめた。「まず、謝りたいの」

「やめてくれ」ジャックの声にいらだちがにじむ。「やめてくれないか」

「わたしの態度や言ったことに対して謝りたいのよ。落ちついて考えてみて、わかったの。あのときあなたは疲れきっていて、動揺していて、気分がよくなかったのよね。それにわたしはわざと境界線を越えたの」

「謝ってほしくなんかない」

「さわりをもう聞いたんだから残りも受け入れて。わたしは腹を立てていた。あなたがわたしの求めるものを与えてくれなかったから」エマは花を一本一本そろえて並べていった。「あなたの境界線を尊重するべきだったのに、そうしなかった。やさしくなかったのはあなたも悪いけど、無理を言ったのはわたしが悪いわ。でもいちばん大きな問題は、友達のままでいようと約束したのに、その約束を守らなかったこと。わたしは約束を破ったのよ。ごめんなさい」

　エマは彼の顔を見て言った。「そのことを謝りたいのよ、ジャック」

「わかった。それで話は終わりかい？」

「まだよ。わたしは今もあなたの友達よ。もとに戻るにはもう少し時間が必要だけど、わたしにとって、あなたと友達でいることはとても大切なことなの」

「エマ」ジャックはカウンターの上のエマの手にてのひらを重ねようとしたが、彼女はそれをすっと引っこめて花をいじりはじめた。

「本当にきれいだわ。どこで買ったの？」

「きみのところに花を卸している業者だよ。電話して頼みこんだんだ。きみのためだからと言ってね」

　エマは微笑んだが、手は彼の手が届かないところに置いたままだ。「ほら。あなたがこういうことをしてくれるのに、友達になれないわけがないわよね。ふたりのあいだには、なんのわだかまりもいやな感情もあってほしくないの。お互いのことを大事に思っているのは変わらないんだもの。ほかのことはすべて水に流しましょう」

「それがきみの望みなのか？」

「ええ、そうよ」

「そうか、わかった。じゃあ、次はぼくがどうしたいかを話そう。散歩に行かないか。外の空気を吸ってから話したい」

「いいわよ」エマはきちんと話せたことで誇らしい気持ちになって、鋏と花瓶を置いた。


外に出たとたん、彼女は両手をポケットに突っこんだ。大丈夫、切り抜けられるわ。今だってちゃんとやっている。でも、もしジャックに触れられたら、気持ちが崩れてしまう。まだそこまでの心の準備はできていない。

「あの晩」ジャックが話しはじめた。「ぼくは疲れきって、怒り狂っていて、とにかくさんざんだった。だが、きみが言ったことは間違っていないよ。自分では気づいていなかっただけで、ぼくはバリアを張っていたというか、境界線を引いていたんだ。あれ以来、ずっとそのことを考えていた。どうしてだろうってね。自分なりに思いあたったのは、両親が離婚したあと父親の家へ行ったときに、見慣れないもの――ほかの女性のものがあるのを見たことなんだ。バスルームとか、あちこちに。それがいやでしょうがなかった。両親は離婚したけど……」

「あなたの両親だもの。いやになるのは当然よ」

「ぼくは両親の離婚を乗り越えることができなかったんだ」

「ああ、ジャック」

「いかにもな話だけど、でも、そうなんだ。ぼくはまだ子供で、あのころはなにも考えていなかった。降ってわいたような話だったんだよ。ふたりは愛しあっていて幸せだったはずなのに、もう愛していなくて、幸せでもなくなっていた」

「そんなに簡単なことではないわよね。月並みな言い方だけど」

「理屈ではわかっていても、気持ちは別だったんだ。最近になってわかったんだよ。両親は穏やかにふるまうことができたし、争ったり、ぼくを犠牲者にしたりすることなく、それぞれ幸せな新生活を築くことができた。だが、ぼくはそんなふたりを反面教師にしたんだ。約束はしない、未来を築くことはしないって。だって人の気持ちは変わるから、そうなったら築いたものも終わってしまう」

「たしかに人の気持ちは変わるかもしれない。それはあなたの言うとおりよ。でも――」

「いや。ぼくに言わせてくれ。ぼくからきみに」ジャックはさえぎった。「だがそうやって、人の気持ちは変わるからと自分自身を、自分の気持ちを信じられず、それに賭けることができなかったら、なんの意味がある？　思いきりは必要だ。思いきって飛びこむとき、これだと決めるときには、本気でなくてはだめだ。絶対に自信がないとね。なぜなら自分ひとりのことではないし、今だけのことではないから。信じる気持ちがなければ、思いきって飛ぶことはできない」

「そのとおりよ。今はよくわかるわ。いろいろなことがどうしてそうなのかって……その理由がね」

「ぼくたちふたりとも、わかるようになったのかもしれない。きみが歓迎されていないように感じてしまったこと、すまなかった。ぼくのためになにかをしようとして、境界線を越えたように感じていたことも。ぼくは感謝すべきだったのに。いや、今は感謝してるんだ」ジャックは言い直した。「毎日、鉢植えに水をやっているんだよ」

「よかった」

「きみは……ああ、会えなくて寂しかったよ。言おうと思って考えてきたこと、練習してきたことが思いだせない。今は頭がまわらないんだ。きみを目の前にしているからだよ、エマ。きみが言ったとおりだったんだ。ぼくはきみを大切にしていなかった。もう一度チャンスをくれないか。頼む、もう一度チャンスをくれ」

「ジャック、もうあと戻りはできない――」

「あと戻りじゃない、前に進むんだ」ジャックはエマの腕をとり、向かいあう体勢になった。「前に進むんだよ。エマ、どうか情けをかけてほしい。もう一度チャンスが欲しいんだ。ぼくはきみ以外、欲しくないんだよ。きみの……光が必要なんだ」カーターの言葉を思いだしながら言う。「きみの心と笑い声が。きみの体と頭が。ぼくを締めださないでくれ、エマ」

「ふたりが求めているもの、必要としているものが違うのに、ここから始めるのは……それぞれにとっていいことじゃないわ。わたしにはできない」

目に涙をにじませた彼女を、ジャックは抱き寄せた。

「ぼくに任せてくれ。ぼくが思いきって飛んでみるから。エマ、きみとなら、ぼくは信じられる。きみとなら、今だけのことで終わらないとわかるんだ。明日があるってわかるんだよ。たとえなにがあろうとも。きみを愛している、愛しているんだ」

エマの涙がこぼれ落ちたとき、ジャックは彼女と一緒になって動きだしていた。

「愛しているんだ。あまりにもその気持ちが強くて、気づいていなかった。それがすべてになっていて、見えなくなっていたんだ。きみはぼくにとってすべてなんだよ。ぼくと一緒にいてくれ、エマ、一緒にいてほしい」

「一緒にいるわ。わたしだって……なにをしているの？」

「きみと踊っているんだよ」ジャックは握りしめた手を唇に近づけた。「庭で、月明かりを浴びながら」

エマの胸が激しく震え、それから大きくふくらんだ。ひびというひびが、ぴったりとくっついたようだった。「ジャック」

「そして、きみに愛を告げている。ぼくと一緒に生きてくれと頼んでいるんだ」くるくるとまわって揺れながら、彼はエマにキスをした。「ぼくが必要としているもの、求めているものを与えてほしいと頼んでいるんだよ。それがなにかわかるまでに、ずいぶん時間がかかってしまったが。ぼくと結婚してほしい」

「結婚？」

「結婚してくれ」思いきって飛ぶことがこんなにも簡単だったとは。着地もすんなりできた。「ぼくと生きてほしい。朝は一緒に目覚めて、ぼくのために花を植えてほしい。ぼくが水やりを忘れないように言ってもらわないといけないけどね。計画を立てて、そのときどきで変更していこう。未来を築いていくんだよ。ぼくは持っているものすべてをきみに与える。きみがもっと望むなら、見つけてきてきみにあげよう」

かぐわしい空気と月明かりのもとで、エマは愛する人とワルツを踊りながら、ようやく言葉をとり戻した。

「もうあなたはすべてをくれたわ。たった今、夢をくれたもの」

「イエスと言ってくれ」

「本気なの？」

「きみはぼくのことをどのくらいわかっているんだっけ?」

エマは微笑み、まばたきして涙をこらえた。「よくわかっているわ」

「そのぼくが本気ではないのに結婚を申しこむと思うのか?」

「いいえ。あなたは本気でなければそんなことはしない。あなたはわたしのことをどのくらいわかっているの?」

「よくわかってるよ」

エマは彼の唇に唇を重ね、そのまま歓びを味わった。「それなら、わたしの答えもわかるわよね」


三階のテラスで、三人の女性が腰に手をまわして、ふたりの様子を見つめていた。後ろでミセス・グレイディが吐息をもらす。

マックがはなをすすると、パーカーがポケットからティッシュをとりだした。マック、ローレル、ミセス・グレイディと一枚ずつ手渡し、自分の分もとった。

「きれいだわ」マックがなんとか声を出した。「とってもきれい。あの光を見てよ。銀色がかった光、花々の影、きらきらした輝き、それにエマとジャックのシルエット」

「写真として見ているでしょう」ローレルが目を拭った。「あそこにあるのは真剣なロマンスなのよ」

「ただの写真じゃないわ。大切な瞬間を残すの。エマの大切な瞬間。彼女の青い蝶よ。わたしたち、こうやって見ていてはいけないのかもしれない。もしふたりがこっちに気づいたら、ぶち壊しじゃないの」

「ふたりにはお互いしか見えていないわよ」パーカーはマックとローレルの手をとって微笑んだ。肩にはミセス・グレイディの手がのっている。

夢に見ていたとおりの瞬間。

四人はその瞬間を見守っていた。六月の穏やかな夜、庭で月明かりを浴びながら、エマが愛する人と踊っているのを。

訳者あとがき

ブライド・カルテット第二作『香《かぐわ》しい薔薇のベッド』(原題：Bed of Roses）をお送りします。本シリーズは、ウェディング・コンサルティング会社〈Ｖｏｗｓ〉で活躍する親友四人組を描いたもので、第二作の主人公は、結婚式のブーケや飾りつけを担当するフラワーコーディネーターのエマです。

第一作のマッケンジーとは違って、エマは愛しあう両親のもと、家族に大切にされて育ちました。実際、四人組のなかで、現在まで両親がそろっているのはエマだけです。彼女は大らかで、基本的にどんなことにも幸せを見いだせるような性格で、仲間たちにもエマほどいい人はいないと言われています。しかもメキシコ生まれの母の美貌を受け継いだ美女で、言い寄ってくる男性はあとを絶たず……と、傍から見ると幸せを絵に描いたようなパーフェクトなお嬢さんなのです。

ところがそんなエマも、なにもかもに満ち足りているというわけではありません。おとぎばなしのような恋愛をして結ばれ、今も幸せに暮らしている両親を目の当たりにしてきたために、自分も両親のように愛しあえる人と出会いたい、そうして月明かりの庭でその人とダンスをして永遠に幸せに暮らしたい……子供のころからそんな夢を抱いてきました。長いあいだ、本当に心をときめかせてくれる男性には出会えずにきましたが、ある日突然ひとりの男性に、強烈に――彼女の〝ときめきメーター〟が壊れるほどに心を揺さぶられます。それは十年来、四人組の兄のような存在だった建築家のジャックでした。

長年兄妹のように過ごしてきたのに、どうしてこんな気持ちに、と困惑するふたり。周囲もみな仲間内での関係の変化に慣れなくて、一時は気まずくなったりもします。それにエマが永遠の愛を求めているのを知っている仲間たちは、独身主義のジャックが彼女を悲しませることになるのではないかと心配します。恋愛に求めるものが違うふたりの関係はどうなっていくのでしょうか?

このシリーズでは、四人のヒロインたちのロマンスの行方とともに、彼女たちがプロデュースする結婚式の場面やビジネスシーンも注目ポイントです。エマの担当は結婚式のブーケや会場の飾りつけで、花を扱う仕事が中心です。彼女は花嫁の好みや希望を聞き、ドレスや式のイメージに合わせて、花を選び形を決めてブーケをつくりあげていきます。結婚式ごとにまったく異なる花々が選ばれ、形や雰囲気の違ったブーケに仕上げられていくシーンの数々には、とくに花好きの方でなくてもわくわくされるのではないかと思います。

また〈Ｖｏｗｓ〉では庭園で式が行われることもあるため、庭の花も重要です。季節は春から初夏へという時期で、冬のあいだ休んでいたものが息を吹きかえして芽吹いたり、かたかったつぼみがほころんで花開いたりと、景色も移り変わり、物語にいっそうの華やぎをもたらしてくれています。本シリーズは一作目が冬、二作目が春……と物語とともに四季がめぐっていきます。エマの物語の舞台が春なのも、花を扱う彼女にふさわしい舞台設定と言えるでしょう。

さて、夏を迎えるシリーズ次回作は〈Ｖｏｗｓ〉のパティシエ、ローレルがヒロインです。第二作ではなにやら寂しげな様子も見られたローレルが、どんな恋に出会うのでしょうか。どうぞお楽しみに。

扶桑社ロマンスのノーラ・ロバーツ作品リスト

『モンタナ・スカイ』（上下）*Montana Sky*（井上梨花訳）
『サンクチュアリ』（上下）*Sanctuary*（中原裕子訳）
『愛ある裏切り』（上下）*True Betrayals*（中谷ハルナ訳）
『マーゴの新しい夢』*Daring to Dream* ※（1）
『ケイトが見つけた真実』*Holding the Dream* ※（2）
『ローラが選んだ生き方』*Finding the Dream* ※（3）
『リバーズ・エンド』（上下）*River's End*（富永和子訳）
『珊瑚礁の伝説』（上下）*The Reef*（中谷ハルナ訳）
『海辺の誓い』*Sea Swept* ☆（1）
『愛きらめく渚』*Rising Tides* ☆（2）
『明日への船出』*Inner Harbor* ☆（3）
『恋人たちの航路』*Chesapeake Blue* ☆（番外編）
『この夜を永遠に』*Tonight and Always* ★
『誘いかける瞳』*A Matter of Choice* ★

『情熱をもう一度』*Endings and Beginnings* ★
『心ひらく故郷』（上下）*Carnal Innocence*（小林令子訳）
『森のなかの儀式』（上下）*Divine Evil*（中原裕子訳）
『少女トリーの記憶』（上下）*Carolina Moon*（岡田葉子訳）
『ダイヤモンドは太陽の宝石』*Jewels of the Sun* ◎（1）
『真珠は月の涙』*Tears of the Moon* ◎（2）
『サファイアは海の心』*Heart of the Sea* ◎（3）
『新緑の風に誘われて』*Dance upon the Air* ＊（1）
『母なる大地に抱かれて』*Heaven and Earth* ＊（2）
『情熱の炎に包まれて』*Face the Fire* ＊（3）
『ぶどう畑の秘密』（上下）*The Villa*（中谷ハルナ訳）
『愛は時をこえて』（上下）*Midnight Bayou*（小林令子訳）
『愛と哀しみのメモワール』（上下）*Genuine Lies*（岡田葉子訳）
『盗まれた恋心』（上下）*Homeport*（芹澤恵訳）
『魔法のペンダント』*Ever After* ＃（1）
『神秘の森の恋人』*In Dreams* ＃（2）
『千年の愛の誓い』*Spellbound* ＃（3）

『運命の女神像』（上下）*Three fates*（清水寛子訳）
『情熱の赤いガラス』*Born in Fire* ◇（1）
『心やすらぐ緑の宿』*Born in Ice* ◇（2）
『夢描く青いキャンバス』*Born in Shame* ◇（3）
『優しい絆をもう一度』（上下）*Birthright*（岡田葉子訳）
『オーロラの奇跡』*The Witching Hour* ‡（1）
『春を呼ぶ魔法』*Winter Rose* ‡（2）
『二つの世界を結ぶ愛』*A World Apart* ‡（3）
『十七年後の真実』（上下）*Northern Lights*（清水寛子訳）
『光の鍵を探して』*Key of Light* †（1）
『真実の鍵をもとめて』*Key of Knowledge* †（2）
『愛する人をまもる鍵』*Key of Valor* †（3）
『魔女と魔術師』*Morrigan's Cross* ∞（1）
『女狩人と竜の戦士』*Dance of the God* ∞（2）
『王女と闇の王子』*Valley of Silence* ∞（3）
『炎の壁の彼方から』（上下）*Blue Smoke*（野川聡子訳）
『禁断のブルー・ダリア』*Blue Dahlia* ◆（1）

『ブラック・ローズの誇り』*Black Rose* ◆（2）
『輝きのレッド・リリー』*Red Lily* ◆（3）
『羽根をなくした天使』（上下）*Angels Fall*（佐藤知津子訳）
『愛と裏切りのスキャンダル』（上下）*Private Scandals*（加藤しをり訳）
『真昼の復讐者』（上下）*High Noon*（長嶋水際訳）
『遥か栄華をはなれて』（上下）*Tribute*（野川聡子訳）
『過去を呼ぶ愛の秘石』*Blood Brothers* ▽（1）
『今甦る運命の熱い絆』*The Hollow* ▽（2）
『未来に羽ばたく三つの愛』*The Pagan Stone* ▽（3）
『聖夜の殺人者』（上下）*Hidden Riches*（中谷ハルナ訳）
『再会のブラックヒルズ』（上下）*Black Hills*（安藤由紀子訳）
『聖なる森の捜索者』（上下）*The Search*（野川聡子訳）
『まごころの魔法』（上下）*Honest Illusions*（加藤しをり訳）
『純白の誓い』*Vision in White* ◯（1）（村上真帆訳）
『香《かぐわ》しい薔薇のベッド』*Bed of Roses* ◯（2）（野川聡子訳）本書
Savor the Moment ◯（3）
Happy Ever After ◯（4）

※印〈ドリーム・トリロジー〉、☆印〈シーサイド・トリロジー〉、◎印〈妖精の丘トリロジー〉はいずれも竹生淑子訳です。
＊印〈魔女の島トリロジー〉は、いずれも清水寛子訳です。
★印は、いずれも清水はるか訳により、著者自選傑作集 *From the Heart* 収録の三作品を一作品一冊に分冊して刊行したものです。
#印も、清水はるか訳により、短編集 *A Little Magic* 収録の三作品を一作品一冊に分冊して刊行したものです。
◇印〈海辺の街トリロジー〉も、同じく清水はるか訳です。
‡印は、いずれも石原まどか訳により、短編集 *A Little Fate* 収録の三作品を一作品一作に分冊して刊行したものです。

†印〈失われた鍵トリロジー〉は、いずれも岡聖子訳です。

§印〈光の輪トリロジー〉は、いずれも柿沼瑛子訳です。
◆印〈ガーデン・トリロジー〉は、いずれも安藤由紀子訳です。
▽印〈セブンデイズ・トリロジー〉は、いずれも柿沼瑛子訳です。
○印は〈ブライド・カルテット（仮）〉です。
扶桑社ロマンスでは、これからもノーラ・ロバーツの作品を、日本の読者にお届けすることを計画しています。今後の予定については、最新刊の巻末をご覧ください。

さらに、扶桑社ではデニス・リトルほか編による『完全ガイド　ノーラ・ロバーツ　愛の世界』を刊行しております。あわせて、ご覧いただければ幸いです。

（二〇一一年二月）

◉訳者紹介　野川聡子（のがわ　さとこ）
英米文学翻訳家。東京生まれ。国際基督教大学卒業後、会社勤務を経て翻訳を始める。訳書にロバーツ『炎の壁の彼方から』『遥か栄華をはなれて』『聖なる森の捜索者』（いずれも扶桑社ロマンス）などがある。

ブライド・カルテット2
香《かぐわ》しい薔薇のベッド
発行日　2012年3月10日　第1刷

著　者　ノーラ・ロバーツ
訳　者　野川聡子

発行者　久保田榮一
発行所　株式会社 扶桑社
〒105-8070　東京都港区海岸1-15-1
TEL.(03)5403-8870(編集)　TEL.(03)5403-8859(販売)
http://www.fusosha.co.jp/

印刷・製本　図書印刷株式会社
万一、乱丁落丁(本の頁の抜け落ちや順序の間違い)のある場合は
扶桑社販売宛にお送りください。送料は小社負担にてお取り替えいたします。

ISBN978-4-594-06533-1
Printed in Japan(検印省略)
定価はカバーに表示してあります。